ALEX GRAY | Tote Wasser

Alex Gray im Gespräch

Wie sind Sie zur Krimiautorin geworden?

In jungen Jahren drückte mir jemand einen Bleistift in die Hand, und ich begann, Geschichten zu schreiben. Und ich hatte schon immer eine »morbide Neugier«, wie meine Mutter es genannt hat, ich wollte stets wissen, warum Menschen einander gemeine Dinge antun. Ich habe eine lebhafte, ja beinahe hyperaktive Fantasie und eben diese Neugier menschliches Verhalten betreffend – wahrscheinlich bin ich genetisch dazu bestimmt, Schriftstellerin zu werden.

Ist Glasgow wirklich so eine gewalttätige Stadt?

Ich wünschte, ich könnte jetzt antworten, dass Glasgow eigentlich ein kleiner, idyllischer Ort ist, wo in der Realität überhaupt nichts von diesen schlimmen Dingen passiert – aber dann müsste ich lügen. Ich habe ein Seminar über Forensik an der Universität von Glasgow besucht, und die Statistik belegt, dass es eine Menge Messerstechereien in der Stadt gibt. Es gibt eine unheilvolle Verbindung zwischen Alkohol und Gewalt, die eine ganze Reihe unserer Bürger in die städtische Leichenhalle bringt.

Über die Autorin

Alex Gray wurde in Glasgow geboren, wo sie auch heute noch lebt. Bevor sie sich ausschließlich dem Schreiben widmete, arbeitete sie unter anderem als Sängerin, Regierungsbeamtin und Englischlehrerin. Alex Grays Krimireihe um DCI Lorimer und Profiler Solly Brightman wurde mehrfach ausgezeichnet.

ALEX GRAY

Tote Wasser

Roman

Aus dem Englischen von Nadine Mutz

Diana Verlag

Die Originalausgabe erschien 2007 unter dem Titel
The Riverman bei Sphere, an imprint of Little, Brown Book Group, London

FSC
Mix
Produktgruppe aus vorbildlich bewirtschafteten Wäldern und anderen kontrollierten Herkünften
Zert.-Nr. SGS-COC-1940
www.fsc.org
© 1996 Forest Stewardship Council

Das für dieses Buch verwendete
FSC-zertifizierte Papier
Holmen Book Cream liefert Holmen Paper,
Hallstavik, Schweden.

Deutsche Erstausgabe 02/2009

Redaktion | Friederike Arnold
Umschlaggestaltung | Hauptmann & Kompanie Werbeagentur,
München – Zürich, Teresa Mutzenbach
unter Verwendung eines Fotos von © Shutterstock Images
Herstellung | Helga Schörnig
Satz | Christine Roithner Verlagsservice, Breitenaich
Druck und Bindung | GGP Media GmbH, Pößneck
Printed in Germany 2009

978-3-453-35175-2

http://www.diana-verlag.de

Dieser Roman ist George Parsonage gewidmet,
Mitglied der Glasgow Humane Society,
sowie dem Andenken an seinen Vater Ben Parsonage
und allen Flusswächtern vor ihnen.

PROLOG

April

Der Flusswächter

Der Flusswächter kannte den Clyde genau. Die Gezeiten und Strömungen waren Teil seines Vermächtnisses. Sein Vater und viele andere vor ihm hatten unzählige Male, einem Hilferuf folgend, das kleine Boot zu Wasser gelassen. Heutzutage erreichte ihn dieser Hilferuf über ein Warnsignal, das ihn aus dem Schlaf riss, während man ihm Ort und Zeit über das Handy mitteilte. Es wäre nicht das erste Mal gewesen, dass er jemanden aus den eiskalten Fluten gerettet hätte, lediglich mit einer Öljacke bekleidet, die er flüchtig über den Pyjama geworfen hatte.

An diesem Morgen war er immerhin schon auf den Beinen, als der Anruf kam. Die Leiche befand sich drüben bei Finnieston, jenseits des Wehrs, so dass er mit einem Boot auf dem Anhänger hinüber auf die andere Seite fahren musste. Er hatte immer Bereitschaft. Darin bestand sein Job: sofort zu reagieren, in der Hoffnung, einem armen Teufel das Leben zu retten. Und er hatte über die Jahre Hunderte gerettet, Verzweifelte, die kurz davor waren, den Sprung von einer der vielen Clydebrücken zu wagen, und solche, die ihn gewagt hatten und gerettet werden konnten, ehe das Wasser ihre Lungen füllte.

George Parsonage war zu Respekt vor seinem Fluss erzogen worden. Der Clyde war ehemals die Arterie eines großen, pulsierenden Herzens gewesen, an dessen Ufern sich Schiffe aus aller Welt mit ihren Masten dicht gedrängt hatten. Der Tabakhandel mit Virginia hatte Glasgow einst zur Blüte verholfen. Damals sang man ein Loblied auf den Handel und eine neue Welt, die reif war, geplündert zu werden. Manche Straßennamen erinnerten noch an jene längst vergangene Zeit. Noch in seiner eigenen Erinnerung war der Clyde ein Inbegriff für große Schiffe und Reichtum gewesen. Als kleiner Junge war George oft dabei gewesen, wenn eines der beeindruckenden Erzeugnisse der Glasgower Schiffbauindustrie vom Stapel gelassen worden war. Aber schon in jenen Tagen war die Herrlichkeit des Flusses allmählich dahingeschwunden. Er hatte Geschichten über die grauen Kolosse gehört, die wie Monster aus der Tiefe ragten und, zur Schlacht bestimmt, auf dem Wasser dahinglitten, und über die abenteuerlustigen roten Schornsteine der Kreuzfahrtschiffe, die von Jubel begleitet über die Helligen zu Wasser gelassen wurden, unter dem triumphierenden Blick eines Volkes, das von Stolz erfüllt war, Teil dieser Stadt mit ihrem großartigen Fluss zu sein.

Die Romantik und Nostalgie hatten nach dem Niedergang des Schiffbaus und der Fährschifffahrt noch jahrzehntelang angehalten. Bücher über die Glanzzeiten des Clyde fanden auch heute noch ihre Leser, Stadtbewohner, die einer längst vergangenen Zeit nachtrauerten. Die Glasgower Gartenschau in den Achtzigern hatte manche dazu veranlasst, die alten Zeiten wieder aufleben zu lassen, und in der jüngsten Vergangenheit war in der Stadt ein reger Unternehmungsgeist zu spüren, als die Kräne begannen, zu beiden Seiten des Flusses Luxuswohnungen und Büroräume zu errichten. Und doch gab es nur wenig Verkehr auf den trägen, dunklen Fluten: den ein oder anderen Ruderer, hier und da ein privates Passagierschiff sowie die gelegentlichen Streifenfahrten der Wasserschutzpolizei. Nur sehr wenige bemerkten, was der Fluss an einzelnen Tagen zum Vorschein brachte.

Als der Flusswächter nun die Ruder in das braune Wasser stieß, schickte er ein stummes Gebet zum Himmel. Er hatte in seinem Leben schon zahlreiche Opfer von Verzweiflungs- oder Gewalttaten gesehen, und jedes Mal wurde er unweigerlich daran erinnert, dass sie alle Menschen waren wie er, mit unterschiedlichen Hoffnungen, Träumen und Pflichten. Wenn es in seiner Macht stand, würde er helfen. Dafür war die Glasgow Humane Society schließlich da. Über ihm dröhnte der Lärm des Morgenverkehrs, während er sich langsam stromabwärts bewegte. Die Schnelligkeit des Einsatzes wurde durch die Notwendigkeit beeinträchtigt, vorsichtig zu rudern, sobald er sich in der Nähe des Opfers befand. Schon der kleinste Strudel genügte, um den Körper zum Kippen zu bringen, so dass sich seine Lungen mit Wasser füllten und er immer tiefer auf den Grund hinabsank. Als sich George Parsonage nun der Stelle näherte, wo das Opfer trieb, berührten die Ruder die Wasseroberfläche zart wie Vogelschwingen, und er heftete seinen Blick fest auf die Gestalt, die sich gegen die Uferböschung abzeichnete wie ein dunkler, undefinierbarer Fleck.

Der Flusswächter vernahm Stimmen, die von oberhalb der Böschung kamen, doch er ließ den halb untergetauchten Körper nicht eine Sekunde aus den Augen. Als ihn nur noch wenige Meter von der Stelle trennten, holte er die Ruder ein und ließ das Boot vorsichtig neben das jüngste Opfer des Flusses gleiten. Dann richtete er sich auf und beugte sich nach vorne, wodurch sich der Dollbord Richtung Wasseroberfläche neigte. Einen Fuß auf dem Bootsrand, packte er den Körper bei den Schultern und zog ihn mit einem einzigen Ruck ins Boot, das daraufhin Wellen schlug und sich mitsamt seiner Fracht wieder aufrichtete.

Bei dem Opfer handelte sich um einen Mann mittleren Alters. Offenbar war er bereits einige Stunden im Wasser getrieben, so dass jeglicher Versuch der Wiederbelebung hinfällig war. Der Flusswächter untersuchte den Kopf des Toten, aber von einem Einschussloch oder sonstigen Anzeichen äußerer Gewalteinwirkung war keine Spur zu sehen. Vorsichtig befühlte George den durchnässten Mantel. Sein ursprüngliches Beige war völlig dreckverschmiert, der Samtkragen ölig schwarz. Wer auch immer dieser Mann gewesen war, seine Kleider deuteten auf Wohlstand hin. Das blasse Gesicht glänzte feucht im morgendlichen Perlmuttrosa. Einen Augenblick lang glaubte George, der Mann würde sich aufsetzen und nach seiner Hand greifen, um ihm für die Rettung zu danken, wie er es schon viele Male erlebt hatte. Dieser hier schwieg jedoch, und es fand nur die stumme Zwiesprache zweier Männer statt, eines Toten und eines Lebenden, bevor weitere Hände daran gingen, den Leichnam zu untersuchen.

George ergriff die Ruder und entfernte sich von der Uferböschung. Erst dann blickte er auf und nickte kurz, als er die Männer sah, deren Stimmen über das Wasser zu ihm herübergedrungen waren. Detective Chief Inspector Lorimer fing seinen Blick auf und erwiderte sein Nicken. Oben an der Böschung standen zwei Polizisten in Uniform und blickten herunter. Als er ein Stück vom Ufer entfernt war, erkannte er eine kleinere Gestalt, die in diesem Augenblick zu den anderen stieß. Dr. Rosie Fergusson war eingetroffen.

»Wir sehen uns drüben in Finnieston, George«, rief Lorimer ihm zu.

Der Flusswächter nickte noch einmal, ehe er sich mit voller Kraft in die Ruder legte, um die Fracht auf ihre letzte Reise über den Clyde zu bringen.

ERSTER TEIL

Februar

1. Kapitel

Duncan Forbes wusste, was er zu tun hatte.

Wie jeden Morgen im Winter legte er seinen beigefarbenen Mantel über einen Bügel, fühlte den braunen Samtkragen zwischen den Fingern und hängte ihn an den alten Garderobenständer aus Holz. Wie so vieles in dem Raum schien auch der Garderobenständer schon immer da gewesen zu sein, sein abgegriffener Firnis ein eintöniges Gelb vor der dunklen Holzvertäfelung der Wände. Der leichte Geruch nach Möbelpolitur erinnerte an die vorangegangene Fürsorge des Reinigungspersonals. Ein Hauch von Zitrone erfrischte die Luft.

Duncan gestattete sich einen leisen Seufzer. Er runzelte die Stirn. Als einer der älteren Partner von Forbes Macgregor war er nicht dafür bekannt, in sentimentalen Erinnerungen zu schwelgen, doch wie er jetzt so in Gedanken versunken dastand und in die Ecke des Zimmers starrte, hatte er das Gefühl, als hätten sich seine Sinne verschärft. Zum ersten Mal fragte er sich, wie lange er wohl noch in der Lage sein würde, hierherzukommen und den Mantel an seinen gewohnten Platz zu hängen. In gewisser Weise bedeutete ihm diese kleine Geste mehr als alles andere, was noch kommen würde. Er hatte sich bereits mit dem Gedanken abgefunden, eine Hälfte des Hauses und das Cottage in Argyllshire abzutreten. Nacht für Nacht hatte er nicht umhingekonnt, sich die Folgen des Niedergangs der Firma auszumalen, während er schweißgebadet auf dem Rücken lag, den Blick starr zur Decke gerichtet, wo ihm die

Bilder von der Zukunft wie wild vor den Augen tanzten. Mit alldem hatte er sich nun abgefunden. Was Liz allerdings dazu sagen würde, das wussten nur die Götter.

So etwas passierte anderen Leuten, modernen Firmen, die wie Unkraut aus dem Boden schossen, nur um gleich wieder ausgerissen und auf den Komposthaufen des Fortschritts geworfen zu werden, nicht aber einem alten, ehrwürdigen Unternehmen wie Forbes Macgregor. Diese Verschleierung musste bereits vor Jahren begonnen haben, vielleicht schon bevor die Firma zu den Big Five gehörte ...

Duncan blickte sich in dem Raum um, der einst das Büro seines Vaters und davor seines Großvaters gewesen war. Das Familienunternehmen, eine Steuerberatungsfirma, gegründet vor einem knappen Jahrhundert, war Grund für einen gewissen Stolz, besonders jetzt, da es auf der internationalen Bühne agierte. Er hatte sich dem sanften Druck, die Familientradition fortzuführen, nie widersetzt. Im Gegenteil, er hatte es sogar begrüßt, einen so sicheren Arbeitsplatz zu haben. Bei dem Gedanken verzog sich sein Mund schmerzlich. Sicherheit. Wenn er die Dinge erst einmal in Gang gesetzt hatte, war nichts mehr sicher. Sein Blick fiel auf den Rahmen an der Wand mit seinem Ausbildungszeugnis. Als er es damals aufgehängt hatte, hatte er darin eine Errungenschaft gesehen: die Garantie für eine großartige Karriere. Heute war es nichts weiter als ein Stück Papier hinter einer zerbrechlichen Glasscheibe.

Er wandte sich langsam um und betrachtete den Ort, an dem er die letzten dreißig Jahre seines Lebens verbracht hatte, dann durchquerte er das Zimmer und ließ sich in den Vorstandssessel hinter dem lederbezogenen Schreibtisch fallen. Darauf standen in Silberrahmen Fotos von seinen Kindern: Janey am Strand in Arromanches, Philip feierlich mit seiner ersten Geige nach einem Schulkonzert, die jeweiligen Schulabschlussfotos, Janey mit dem Baby, Philip, der unter einem Schlapphut hervorgrinste, irgendwo in Kenia.

Philip. Duncans Mund verhärtete sich bei dem Gedanken an seinen einzigen Sohn. Letztlich würde es für ihn keinen Job mehr in der Firma geben. Ob es ihm etwas ausmachen würde? Mit einem Mal wurde sich Duncan bewusst, dass er nicht die leiseste Ahnung hatte, wie sein Sohn reagieren würde. Wann hatte er das letzte Mal mit ihm über solche Dinge gesprochen? Hatte er überhaupt einmal mit ihm darüber gesprochen? Oder hatten sie alles immer für völlig selbstverständlich gehalten?

Einen Augenblick lang wurde Duncan Forbes von einem sonderbaren dumpfen Gefühl übermannt.

Seine Pläne berührten so viele Leben, so viele Karrieren, und doch konnte er immer wieder nur daran denken, wie sehr er seinen täglichen Weg ins Büro vermissen würde, und diesen Raum mit all seinen Erinnerungen.

2. Kapitel

Die Frau lächelte schläfrig, als sie ihre Arme genüsslich über dem Kopf ausstreckte. Die zusätzliche halbe Stunde im Bett machte um diese Jahreszeit unendlich viel aus. Duncan hatte sich an diesem Morgen früher als sonst aus dem Haus geschlichen, aber das machte nichts. Mit den Jahren war ihr klar geworden, dass seine Abwesenheit mehr Arbeit bedeutete, und mehr Arbeit bedeutete, dass sie sich eine Freiheit leisten konnte, die heutzutage nur wenigen Frauen vergönnt war. Die Jahre, in denen sie beim ersten schrillen Klingeln des Weckers aus dem Bett gesprungen war, um sich in einen der überfüllten Züge zu quetschen, die ihre zusammengepferchte menschliche Fracht stadteinwärts brachte, lagen weit zurück. Gott sei Dank. Oder vielleicht sollte sie lieber sagen: Duncan sei Dank, kam es Liz Forbes in den Sinn. Schließlich war es ihm zu verdanken, dass sie nie mehr hatte arbeiten müssen, seit die Kinder auf der Welt waren.

Wie viele Jahre war das jetzt her? Sie hatte aufgehört, sie zu zählen.

Nicht alle waren immer damit einverstanden gewesen. Janey hatte ihre Mutter einmal ein Auslaufmodell genannt und sich beschwert, die Mütter anderer Mädchen hätten schließlich auch als Rechtsanwältinnen oder Ärztinnen Karriere gemacht. Sie hätten ebenso eine Familie gegründet und all die Dinge getan, die Liz tat, warum ging *sie* also nicht arbeiten? Eine Zeit lang hatte Liz die Kameradschaft des Büroalltags mit dem Klatsch und Tratsch sowie die Abende mit den Kollegen vermisst, insbesondere wenn die Kinder wieder einmal quengelig und die schlaflosen Nächte endlos waren. Den Morgenmantel fest um ihren erschöpften Körper geschlungen, hatte sie am Fenster gestanden und den adrett gekleideten Mädchen nachgesehen, die auf ihrem allmorgendlichen Weg zum Bahnhof an ihrem Haus vorbeikamen. Dann hatte sie sich nach dem vertrauten Ritual gesehnt, sich zu schminken und die Kleider auszuwählen, die sie anziehen würde. Doch diese Zeiten waren vorbei. Außerdem liebte sie ihr Haus, den Garten und ihre täglichen Gewohnheiten.

Inzwischen konnte sich Liz nicht mehr vorstellen, auch nur einen Halbtagsjob in ihrem vollen Leben unterzubringen. Zum einen waren da die Anforderungen ihrer ehrenamtlichen Arbeit. Sie saß in verschiedenen Komitees, unter anderem zur Organisation eines jährlichen Spendenballs. Und von Mai bis Oktober machten sie und Duncan einmal im Monat ihren Garten für die Öffentlichkeit zugänglich, ebenfalls zu Spendenzwecken. Für die Besucher der Christmette war es der Höhepunkt des Abends, wenn sie die Bäume mit Tausenden von kleinen, bunten Lichtern schmückten, Glühwein ausschenkten und Weihnachtsgebäck anboten. Und das zählte doch sicherlich auch, oder? Immer wieder sagten ihr die Leute, wie sehr sie sich darüber freuten.

Die meisten von Liz' Freundinnen waren berufstätig: die einen, um nach ihrer gescheiterten Ehe irgendwie über die Runden zu kommen, andere, weil es ihre Berufung war. Sally, zum Beispiel, war die geborene Grundschuldirektorin. Liz konnte sich ihre Freundin gar nicht anders vorstellen, so wie sie selbst in den Augen ihrer Freundinnen zu diesem Haus mit seinem großen Garten gehörte. Beides in Ordnung zu halten bedeutete eine Menge Arbeit, die sie schlank und fit hielt, aber es gab auch Momente wie diesen, in denen sie sich unter ihre Bettdecke kuscheln und den grauen Wolkenbändern zusehen konnte, die über den hellen Horizont dahinzogen, während die Amseln in den Kiefern vor dem Haus zwitscherten.

Das Klingeln der Türglocke kündigte die Ankunft der Morgenpost an, und Liz rollte sich aus ihrem warmen Kokon, wobei sie in freudiger Erwartung des Schaffells vor ihrem Bett mit den Zehen wackelte. Beim zweiten Klingeln sprang Liz auf und eilte durch den Hausflur, während sie sich noch den Morgenrock zuknöpfte. Mit flinken Fingern entwirrte sie ihr Haar und warf einen Blick auf die antike Standuhr. War es wirklich schon so spät?

»Danke, John.« Sie lächelte dem Postboten zu, als er ihr den Stapel überreichte. Wie gewöhnlich waren darunter einige Din-A4-Umschläge, die nicht in den antiquierten Briefkasten passten. Eine schnelle Durchsicht des Bündels ergab, dass das meiste für Duncan war, abgesehen von zwei Rechnungen und einem Brief an Liz sowie einer Postkarte aus Kenia, die an sie beide adressiert war.

»Ihr Lieben,
es geht mir großartig hier. Gestern haben wir eine Elefantenherde gesehen – es war einfach unglaublich! Leonard, unser Ranger, hat uns ganz nah an die Tiere herangeführt. Es ist immer noch heiß, obwohl die Nächte erstaunlich frisch sein können. Habe eine Gruppe Australier kennengelernt, die nächsten Monat nach Schottland kommen. Werde mich wahrscheinlich mit ihnen treffen, wenn ich zurück bin. Jetzt sind es nur noch drei Monate. Nicht zu fassen, wie schnell die Zeit vergeht! Ich hoffe, es geht euch beiden gut.
Alles Liebe, Philip.«

Liz musste lächeln. Sie hatte Philip auf die Idee gebracht, nach dem Studium ein Jahr Auszeit zu nehmen.

»Er wird für den Rest seines Lebens in einer 8-Stunden-Routine stecken«, hatte sie argumentiert, als Duncan Einwände erhoben hatte. »Gib dem Jungen ein bisschen Zeit, bevor ihn der Ernst des Lebens einholt. Er hat hart für seinen Abschluss gearbeitet, er hat es sich wirklich verdient.« Und das stimmte. Philip hatte sogar eine Zwei plus geschafft, dafür hatte er ein ganzes Jahr gebüffelt und sein Sozialleben geopfert.

Duncan hatte das widerwillig anerkannt, allerdings nicht ohne zu bemerken, dass seine Ausbildung noch nicht beendet sei. In den nächsten Jahren standen ihm mindestens noch die staatlichen Prüfungen zum Wirtschaftsprüfer bevor, wenn er erst einmal in die Firma eingestiegen war.

Liz stellte die Postkarte auf das Glasregal über der Heizung im Flur, wo Duncan sie auf jeden Fall sehen würde, wenn er nach Hause kam, und nahm den restlichen Stapel mit in die Küche. Während sie darauf wartete, dass das Wasser im Kessel kochte, sortierte sie die Post ihres Mannes und legte ihre eigene auf einen kleineren Stapel daneben. Die beiden Rechnungen waren von Marks & Spencer und Frasers, wie sie der Rückseite der Umschläge entnehmen konnte. Der Brief, der mit Schreibmaschine an Mrs. D. Forbes adressiert war, steckte in einem langen blauen Umschlag von Basildon Bond. Sie warf einen kurzen Blick auf die Rückseite, in der Hoffnung, dort einen Aufkleber mit dem Absender zu finden, aber es gab keinen. Wahrscheinlich eine Mitteilung von einer der Wohltätigkeitsorganisationen, mit der sie in Kontakt stand, vermutete Liz, und griff nach dem Brieföffner, der immer auf dem Brotkasten lag. Sie irrte sich.

Die Buchstaben auf den beiden einzeilig bedruckten Briefbögen tanzten vor ihren Augen. »Sehr geehrte Mrs. Forbes«, hieß es in der Anrede. So weit war alles richtig. Sie war Liz Forbes, Ehefrau des hoch angesehenen Duncan Forbes, Steuerberater und Wirtschaftsprüfer, Partner von Forbes Macgregor. Aber der Rest? Nein. Der Rest des Briefes war ganz und gar falsch. Er musste falsch sein. Und die Unterschrift? Nun ja, es gab keine; auch die letzte Zeile war maschinengeschrieben: »von einem Freund.«

Liz sank in den Küchenstuhl zurück, ihre Hände zitterten. Ihr erster Gedanke war, Duncan anzurufen und ihm die schreckliche Sache, die ihr widerfuhr, zu erzählen. Ein anonymer Schmähbrief, sagte man nicht so dazu? Sie biss sich auf die Lippe. Und was, wenn es stimmte? Wie würde Duncan reagieren, wenn sie ihn jetzt im Büro anrief? Sie las den Brief ein zweites Mal. Es gehe um Duncan, erklärte der Verfasser. Man lasse ihr dieses Schreiben aus einem gewissen Pflichtgefühl heraus zukommen, fuhr er fort. *Er?*, schoss es Liz durch den Kopf. Oder *sie?* Irgendwie klang es nach einem Mann: Die Wortwahl war förmlich, gebildet. Kein Anflug von Gehässigkeit, keine spöttische Bemerkung über Duncan und das, was er angeblich getan hatte, vielmehr war der Ton entschuldigend, fast so, als hätte der Absender keine andere Wahl gehabt, als ihr, Liz Forbes, diese Schreckensnachricht zu überbringen. Ihr Mund fühlte sich trocken an.

Hätte in dem Brief ein böses Wort gestanden, sie hätte ihn einfach zerrissen und in den Papierkorb geworfen. Doch er klang so vernünftig, so sachlich, dass Liz die eng gedruckten Zeilen immer wieder lesen musste, bis sich jedes einzelne Wort unauslöschlich in ihr Gedächtnis eingebrannt hatte.

Ihr Ehemann habe eine Affäre, las sie. Schon seit einigen Jahren, wenn man dem Brief Glauben schenken durfte. Mit jemandem aus dem Büro.

Liz musterte das Briefpapier und den Umschlag. Es war kein Firmenpapier, so viel stand fest, und trotzdem musste der Brief von jemandem aus der Firma verfasst worden sein. Die verschiedensten Möglichkeiten schwirrten ihr durch den Kopf. War es einer der Partner?

Allerdings, sosehr sie sich anstrengte, sich Duncans engste Mitarbeiter vor Augen zu führen, sie sah letztlich ständig nur die Frauen, mit denen ihr Mann in der Firma zusammenarbeitete.

Aber das war absurd! Duncan war nicht der Typ für eine Affäre! Sie waren glücklich zusammen. Er *liebte* sie. Sagte er ihr das nicht immer? Aber warum fühlte sie sich dann so, als hätte ihr jemand einen Schlag in die Magengrube verpasst? Warum hatte sie überhaupt Zweifel? Warum ging sie andauernd sämtliche Gesichter von Forbes Macgregors weiblicher Belegschaft durch? War das vielleicht die Absicht des Verfassers gewesen? Handelte es sich am Ende um einen heimtückischen Schachzug, Liz Forbes in Verwirrung zu stürzen? Zwischen Duncan und ihr Unfrieden zu stiften?

Liz stieß einen tiefen Seufzer aus, der in einem erbitterten Schluchzer endete. Welche Absicht sich auch immer hinter diesem Brief verbarg, sie fühlte sich, als hätte man sie in ein tiefes, dunkles Loch gestoßen. Sie war gefangen, es gab keinen erkennbaren Ausweg. Sie konnte niemandem davon erzählen, denn immerhin bestand die Möglichkeit, dass es stimmte. Schon gar nicht Duncan. Doch ebenso wenig konnte sie darüber hinwegsehen. Sie hatte es schwarz auf weiß vor sich, Worte, die ihr klipp und klar zu verstehen gaben, dass ihr Mann sie betrog. Oder ihr einen Haufen schmutziger Lügen auftischten, wie Liz' stärkere, vernünftige innere Stimme hartnäckig beteuerte. Was sollte sie also tun? Den Brief in den Papierkorb werfen und vergessen, dass es ihn jemals gegeben hatte? Das war in jedem Fall die weisere Entscheidung, oder etwa nicht?

Doch noch während Liz Forbes den Brief mit zittrigen Händen zusammenfaltete und ihn in seinen blauen Umschlag zurücksteckte, sann sie über einen Ort nach, wo sie ihn verstecken konnte.

3. Kapitel

»Danke, dass du dir so kurzfristig Zeit genommen hast«, begann Duncan. »Tut mir leid, dass du deinen Kunden vertrösten musstest, Alec«, fügte er hinzu, als er das Stirnrunzeln über der rahmenlosen Brille des Geschäftsführers bemerkte. Duncan setzte sich auf die Vorderkante des Schreibtischsessels, damit der raue Tweed nicht an seinem Hemd scheuerte. Er fühlte sich auch so schon reichlich unbehaglich in Gegenwart des massigen Körpers seines geschäftsführenden Partners, der bedrohlich vor ihm aufragte. Aus dem Gesicht des Mannes sprach kaum verhohlene Ungeduld. Unter den fleischigen Wangen verbargen sich kräftige Kieferknochen, und die haselnussbraunen Augen musterten ihr Gegenüber kühl. Alec Barr war gleichermaßen wegen seiner Persönlichkeit wie seiner Fachkenntnis in Steuersachen Leiter der Glasgower Kanzlei geworden. Duncan hatte sich nie darüber geärgert, dass ihn die Geldgeber in London in der Frage um den Firmenvorsitz übergangen hatten. Alec war zweifellos der richtige Mann, um die Glasgower Kanzlei im einundzwanzigsten Jahrhundert zu führen. Trotzdem hatte er von Anfang ein ungutes Gefühl gehabt, was in erster Linie auf den Führungsstil des Firmenchefs zurückzuführen war. Diese Anflüge von Bedauern, hatte er sich gesagt, waren wahrscheinlich nichts anderes als reine Nostalgie in Bezug auf ein Familienunternehmen, das nicht mehr existierte.

»Also, worum geht es, Duncan? Deine E-Mail klang ja ziemlich dramatisch.« Barr war bereits dazu übergegangen, einen

Stapel Akten durchzusehen, der vor ihm auf dem Schreibtisch lag, als ob das, was sich darin befand, in jedem Fall wichtiger wäre als der Wunsch seines Partners nach einer umgehenden Besprechung. Duncan spürte plötzlich eine Wut in sich aufsteigen, die seine Wangen zum Glühen brachte. Er starrte Barr so lange an, bis diesem nichts anderes mehr übrig blieb, als aufzublicken und Duncan in die Augen zu sehen.

»Schlechte Nachrichten, Alec«, begann Duncan in gewollt düsterem Ton.

»Hat wohl jemand in die Kasse gegriffen, was?« Alec grinste freudlos, doch als er sah, dass Duncan bedächtig nickte, kniff er die Lippen zusammen und setzte eine unergründliche Miene auf.

»Wer zum Teufel ...?« Barr riss sich die Brille von der Nase und starrte Duncan ungläubig an. Im ersten Augenblick erfüllte ihn das Unbehagen des Geschäftsführers mit Genugtuung. Unter anderen Umständen hätte es ihn gefreut, den Mann aus der Fassung zu bringen, der jetzt eine so große Macht über sein Familienunternehmen besaß. Aber nicht heute, bemerkte er, als der Augenblick zu Asche verbrannte. Nicht in diesem Moment.

Er holte tief Luft.

»Michael Turner ist letzte Woche zu mir gekommen. Und zwar damit.« Duncan holte ein DIN-A4-Blatt aus seinem pinkfarbenen Ordner und reichte es seinem Partner. Er beobachtete, wie Barr die Stirn in Falten legte, während er las. Schließlich blickte er auf. Sein Gesicht schien in sich zusammengefallen zu sein, die fleischigen Kinnbacken hingen schlaff herunter, der Mund stand offen vor Fassungslosigkeit. Zum ersten Mal, seit er den Mann kannte, wirkte er verloren und verwundbar. Dann schloss Alec den Mund wieder und setzte sich erneut seine halbmondförmige Brille auf die Nase. Schweigend las er das Schreiben noch einmal durch. Dann blickte er Duncan durchdringend an und wedelte mit dem Papier.

»Und was hast du seither unternommen? Keine Dummheiten, hoffe ich.«

Duncan zog die Augenbrauen hoch. Welche Vorgehensweise Alec auch immer von ihm erwartete, auf seine Integrität würde er sich ja wohl verlassen können.

»Ich habe Michael gesagt, ich würde mich um die Sache kümmern, er solle sich keine Sorgen machen und das Ganze erst einmal für sich behalten.«

»Erst einmal! Meine Güte, Duncan! Wenn das rauskommt, sind wir geliefert!« Barr hob weder die Stimme, noch schlug er mit der Faust auf den Tisch, aber sein Blick hatte sich verfinstert, und zwei sichelförmige Rötungen erschienen auf seinen Wangen.

Duncan sagte nichts. In sieben schlaflosen Nächten hatte er genügend Zeit gehabt, sich über die Auswirkungen von Michaels Entdeckung klar zu werden. Es war interessant, genau diese Auswirkungen wie Schatten über Alec Barrs hochrotes Gesicht huschen zu sehen.

»Hast du mit jemandem darüber gesprochen? Mit Liz?«

Duncan schüttelte den Kopf.

»Weder mit Liz noch mit sonst jemandem.«

»Und warum bist du nicht gleich zu mir gekommen, mein Gott!« Alec schien aufrichtig bestürzt. »Warum hast du eine ganze Woche gewartet?«

Duncan verkniff sich ein Lächeln. Alec Barr mochte vielleicht der geschäftsführende Partner von Forbes Macgregor sein und den größten Anteil an der Firma nördlich der Grenze besitzen, er allerdings war nach wie vor derjenige, der einen Großteil seines Lebens in die aktive Steuerberatung investiert hatte.

»Ich wollte erst alles in Ruhe durchdenken«, antwortete er schließlich.

»Und zu welcher Erkenntnis bist du gekommen?«, knurrte Barr.

»Meiner Meinung nach gibt es nur eine Möglichkeit«, entgegnete Duncan seufzend. »Wir müssen herausfinden, wer hinter dieser ... Unstimmigkeit steckt ... und dann so offen wie möglich damit umgehen. So retten wir wenigstens teilweise unseren Ruf.«

Alec Barr kniff die Augen zusammen, sagte jedoch nichts, sondern nickte seinem Gegenüber nur zu. Duncan entfuhr wieder ein Seufzer, diesmal vor Erleichterung. Alles würde gut laufen. Zumindest in diesem Punkt schien Alec mit ihm einer Meinung zu sein.

»Irgendeine Idee, wer ...?«, fragte Barr nach einer längeren Pause.

Duncan schüttelte den Kopf.

»Darüber habe ich mir leider bisher keine Gedanken gemacht. Aber es muss einer von uns sein. Niemand außer uns hat die Macht, so etwas zu genehmigen.«

»Also, ich war es nicht!«, knurrte Barr wieder.

»Glaubst du, ich wäre jetzt hier, wenn ich das vermuten würde, Alec?«, fragte Duncan leise. Für einen Moment starrten sie einander an, und Duncan Forbes überkam wieder ein ungutes Gefühl. Sein Partner war recht schnell zu seiner eigenen Verteidigung übergegangen. Zu schnell?

»Nein. Natürlich nicht. Pass auf, Duncan, du hast bestimmt eine Höllenwoche hinter dir, wenn du das alles so lange für dich behalten hast, aber versprich mir eins: Mach einfach so weiter wie bisher, als wäre überhaupt nichts passiert. Versuch nicht, irgendetwas auf eigene Faust zu ermitteln.«

»Was hast du vor?«

»Ich werde mich um die Sache kümmern. Vielleicht ist noch nicht alles zu spät. Aber«, fügte er grimmig hinzu, als er den Zweifel in Duncans Gesicht sah, »gib mir ein paar Wochen, um die interne Untersuchung einzuleiten, mal sehen, eventuell unter dem Vorwand einer Routinekontrolle. Ich werde mir was überlegen. Dann gebe ich dir Bescheid. In Ordnung?«

»Ich verstehe nicht ganz, was du da noch retten willst. Wenn das erst einmal bekannt wird, steht uns ein zweites Enron-Desaster bevor. Allein in Großbritannien gibt es rund dreihundert Geschäftspartner. Wir hängen alle mit drin, Alec«, fügte Duncan vorsichtig hinzu.

»Ich weiß«, erwiderte Barr gereizt. »Und aus diesem Grund werde ich nicht kampflos untergehen. Halt einfach den Mund, Duncan. Dieses Gespräch hat nie stattgefunden. Klar? In ein paar Monaten wirst du mir dankbar sein ... wenn meine Strategie erfolgreich war.«

Barr sah Duncan erneut scharf an.

»Und du bist dir absolut sicher, dass der junge Michael nicht geplaudert hat?«

»Ich vertraue ihm«, erwiderte Duncan knapp. Aber noch während er das sagte, fragte er sich, wie oft er seinen Partnern in all den Jahren einfach blind vertraut hatte. Und jetzt hatte einer von ihnen dieses Vertrauen auf die schlimmstmögliche Weise missbraucht.

Alec Barr starrte in die Ferne, wobei er die wunderbare Aussicht auf den Fluss, die sich ihm von seinem Bürofenster aus bot, überhaupt nicht wahrnahm. Seine Fingerspitzen gruben sich tief in das Fleisch seiner Lippen. Der Kunde, der unten noch immer auf ihn wartete, war vergessen. Seine Gedanken kreisten ausschließlich um Michael Turner. Was würde er bloß mit ihm machen? Aufgrund seiner letzten Beurteilung war Barr auf den jungen Wirtschaftsprüfer als potenziellen Partner von Forbes Macgregor aufmerksam geworden. Wessen Vorschlag war das noch gewesen? Plötzlich erinnerte er sich wieder. Duncan selbst war es gewesen. Er hatte damals gedacht, dass es typisch für Forbes gewesen war, ausgerechnet so viel Lob über einen jungen Mann auszuschütten, der in Zukunft leicht eine ernsthafte Konkurrenz für seinen eigenen Sohn, Philip, darstellen könnte. Barrs Blick verfinsterte sich. Es würde keine Zukunft für diese Firma geben, sagte er sich. Der Verlust war verdammt noch mal zu groß.

Aber zuerst musste er mit Michael Turner fertig werden.

Der junge Mann würde nicht als Whistleblower in die Annalen von Forbes Macgregors Firmengeschichte eingehen, als Zuträger, der den Niedergang des Unternehmens herbeigeführt hatte. Nicht, wenn er es verhindern konnte.

4. Kapitel

Der Barkeeper lächelte in sich hinein, als er sich abwandte. Ein kleiner, harmloser Flirt war, was den Reiz seines Jobs ausmachte, dachte er, und die weiblichen Gäste fanden ganz offensichtlich Gefallen an seinem australischen Charme. Das sei nur der Akzent, hatte Eileen ihm gesagt, als er sich einmal damit gebrüstet hatte. Also nicht sein Aussehen und was von seiner Surferbräune noch übrig war? Er hatte gelacht, als sie ihn neckisch in die Seite gestoßen hatte. Die Frauen hierzulande machten ihren Männern keine Komplimente, hatte er herausgefunden. Sie beschimpften sie eher, als ihnen zu schmeicheln. Die Frau dort am Tisch aber hatte ihm ein vielsagendes Lächeln geschenkt, und er hatte es mit seinem ganzen Charme erwidert. Sie war etwas älter als die übliche Klientel des City Cafés. Ihre Kleidung sah eher teuer aus: schwarzer Anzug, weißes Hemd, die Uniform einer Büroangestellten, nur dass ihre aus feiner Wolle und Seide war. Er warf einen kurzen Blick über die Schulter, neugierig, ob sie ihn immer noch ansah, doch ihre Augen ruhten auf ihrem Weinglas, gedankenverloren und mit leicht besorgter Miene. Sie war eine attraktive, elegante Frau, das dunkle Haar war meisterhaft geschnitten, ihr Make-up dezent, bis auf die aufreizenden roten Lippen, die sich zu einem Lächeln geformt hatten.

»Hier, Michael!«

Der Barkeeper sah, wie ein junger Mann auf seinen Gast zusteuerte. Den wiederum kannte er. Er war einer der Stammkunden, die nach Feierabend ins Café kamen, einer aus der jüngeren Fraktion, die das edle Weinlokal mit seinem Blick auf den Pacific Quay regelmäßig besuchte. Vielleicht ihr Sohn? Er wartete einen Augenblick, um ihre Körpersprache zu deuten, den Händedruck, die respektvolle Art seiner Bewegungen, als er sich auf den Stuhl neben ihr setzte, den sie ihm anbot. Also doch nicht ihr Sohn. Ein Liebhaber? Nein, nicht nach der Nervosität in seinem Gesicht zu urteilen. Vielleicht ein Kollege. Der Barkeeper fing ihren Blick auf und war in drei großen Schritten bei ihr.

»Was kann ich Ihnen bringen, Michael? Einen Gin Tonic?«

»Oh.« Der junge Mann schien sich plötzlich unwohl zu fühlen. »Für mich nur eine Cola, danke.« Der Barkeeper lächelte ironisch und erhaschte noch ein letztes Mal den Blick der Frau, bevor er sich abwandte, um die Bestellung auszuführen. Keinen Drink also? Ja, richtig, er war einer von denen, die nach Feierabend ein Bierchen tranken und dann wieder gingen, entsann er sich jetzt. Mittags kam er sonst eigentlich nie.

Der Barkeeper stellte die Cola vorsichtig neben ihren Weißwein (einen Undurraga Sauvignon Blanc, den er ihr persönlich empfohlen hatte) und lächelte seinen beiden Gästen höflich zu.

Das Ganze dauerte nicht länger als ein paar Minuten; es war eine winzige Episode an einem arbeitsreichen Tag, die er wahrscheinlich schon wieder vergessen hatte, bevor es Nachmittag war. Nie im Leben wäre er auf den Gedanken gekommen, dass man ihn zwei Monate später mehrfach zu dem Treffen ebenjener beiden Gäste befragen würde. Und auch nicht, dass es so weitreichende Konsequenzen haben würde.

5. Kapitel

Der Ball prallte mit einem Knall an der Wand ab und kam in einem Winkel zurück, der für den Gegner gut erreichbar war. Der andere kippte den Squashschläger, holte zum Rückschlag aus und verwandelte den Spielball.

»Gewonnen.« Graham West lächelte, bemühte sich aber, das Hochgefühl, das er über seinen Sieg empfand, zu verbergen. Drei Wochen in Folge hatte Frank ihn nicht einmal annähernd schlagen können.

Ihre Blicke trafen sich kurz, und West klopfte seinem Gegner mit dem Schläger leicht auf den verschwitzten Rücken.

»Nächste Woche um die gleiche Zeit?«

»Warum nicht? Obwohl ich ein Masochist sein muss ...«, beteuerte sein Partner.

Unter der Dusche genoss West den heißen Strahl, der sich anfühlte wie Tausende kleiner Nadelstiche und seinen Körper neu belebte. Nach ein paar Minuten war seine Haut angenehm taub, und er ließ Kopf und Schultern unter dem zischenden Dampf der Dusche nach vorne sacken. Das Leben war gar nicht so schlecht. Nächstes Jahr um dieselbe Zeit würde er vielleicht schon in einem Fitnessstudio in London trainieren und in einem der neuen Gebäude an der Themse wohnen. Und vielleicht hätte er ganz in der Nähe sogar sein eigenes Boot liegen? Sein Penthouse auf der Südseite des Clyde und das Boot draußen in Inverkip würde er trotzdem behalten. Ein festes Standbein in beiden Städten, sann er nach. Wenn es ihm im Süden zu viel wurde, konnte er immer noch hierher zurückkehren und eine kleine Pause einlegen.

Etwas an Glasgow lasse einen nie wieder los, hatte Jennifer ihm erklärt, als er die hübsche Rothaarige gefragt hatte, warum sie ihre Geburtsstadt eigentlich nie verlassen hatte. Er hatte nur mit den Schultern gezuckt und ihr nicht widersprochen, doch er war froh gewesen, dass es nicht auf ihn zutraf. Glasgow mochte ihn vielleicht binden, aber die Gründe dafür waren geschäftlicher und nicht persönlicher Natur, und er musste grinsen, als ihm die berühmte Floskel des Paten einfiel. Er konnte überall zu Hause sein. Und auf beiden Seiten der Grenze eine Wohnung zu haben wäre möglicherweise keine schlechte Idee.

Graham West stellte das Wasser ab und rubbelte seine dunklen Haare trocken, dass sie ihm wie Stachel unordentlich vom Kopf abstanden, dann stieg er aus der Dusche und betrachtete sich im Spiegel. Sein Spiegelbild grinste zurück: ein schlanker, gebräunter Körper, der Inbegriff einer potenten Männlichkeit. Er warf sich das Handtuch über die Schultern und ging in Richtung Sauna. Es gab überhaupt keinen Grund, auf der Stelle zur Arbeit zu fahren; eine nette Saunaeinlage, um sich zu trocknen und ein wenig zu entspannen, war genau das Richtige. Danach würde er weiter über alles nachdenken. Das war das Schöne am Singledasein, hatte er sich schon manches Mal gesagt. Es gab nichts, das ihn zwingen konnte, eine bestimmte Routine einzuhalten, niemanden, der ihn beim ersten Weckerklingeln aus dem Bett warf und erwartete, dass er mit Einsetzen der Rushhour wieder zu Hause war. Nein, das war etwas für Leute wie Malcolm oder den alten Duncan. Sie konnten so ein gleichförmiges, biederes Leben führen.

Als sich West auf der heißen Holzbank niedergelassen hatte, schloss er die Augen und dachte über die Zukunft nach. Er hatte seinen Hut bereits in den Ring geworfen, es konnte nicht mehr lange dauern, bis sie den nächsten stellvertretenden Chef von Forbes Macgregor UK bestimmten. Peter Hinshelswood würde im Juni in den Ruhestand treten, und Gerüchten zufolge wollte man die Namen noch vor Ostern bekanntgeben. Alec hatte ihm die Stelle so gut wie versprochen. Er konnte es kaum erwarten, nach London zu ziehen. Das Geld, das er angespart hatte, würde die Kosten für eine etwas teurere Wohnung ohne weiteres decken. Er grinste. Der Job gehörte ihm, so viel war sicher. Keine andere Kanzlei war so erfolgreich, und keiner seiner aufstrebenden Partner hatte das Charisma, das Graham West auf seinen Weg nach oben gebracht hatte. Er würde sich neuen Herausforderungen stellen müssen, aber selbst wenn er darüber nachdachte, worin diese bestanden, spürte er ein Prickeln in der Magengegend. Nichts erregte sein Interesse so sehr wie ein komplizierter Fall. Ein komplizierter Fall war so gut wie Sex, hatte er sich schon mehr als einmal gesagt. Der Nervenkitzel des Jagens, das Risiko, die Beute zu verlieren, und der Triumph, wenn alles nach Plan lief: Es war wie die Eroberung einer Frau!

Graham West musste lächeln. Er dachte dabei an eine ganz bestimmte Frau, die von einer langen, innigen Verabschiedung profitieren würde.

Catherine Devoy erwiderte Wests Blick nicht, als er aus Alecs Zimmer trat. Ihre Augen waren fest auf ein Dokument gerichtet, das sie scheinbar eingehend studierte. Er ging rasch durch den Korridor, wobei er mit einem Ärmel die kalte Wand streifte. Dann erst hob Catherine den Blick und konnte gerade noch sehen, wie er in seinem Büro verschwand.

West schloss die Tür und lehnte sich dagegen. Er spürte den Puls in seinen Schläfen hämmern. Eine Weile stand er einfach nur da, als wollte er diesen Raum verteidigen, seinen Raum, der für ihn so plötzlich ein Zufluchtsort vor der Außenwelt geworden war. Es war ein großes Eckzimmer mit Blick auf den Fluss und die Hängebrücke. Die hohen Wände des Büros waren in einer blassen Lachsfarbe gestrichen, gegen die sich der prunkvolle Stuck der Decke grellweiß absetzte. Die Kristalltropfen eines Kronleuchters warfen ihre Lichtfragmente auf die dunklen Eichenholzmöbel und den blutroten Teppich. West liebte sein Büro, und er hielt sich gern darin auf. Gelegentlich strich er mit den Fingern über den samtenen Vorhangstoff neben seinem Schreibtisch, oder er sog einfach den Duft des polierten alten Holzes ein.

Die Büros der Partner waren alle ähnlich eingerichtet, doch jeder von ihnen hatte seinem Raum einen individuellen Touch gegeben. West hatte bei diversen Ausstellungen des Glasgower Kunstvereins mehrere Gemälde erstanden, und zwei davon, einen stehenden und einen sitzenden Akt, hatte er rechts neben seinem Schreibtisch aufgehängt. An manchen Tagen, wenn frühmorgens aus dem Osten der Stadt ein rosiger Schimmer hereinfiel, schien es, als erwachten die Fleischtöne zum Leben.

Momentan jedoch war der Mann blind für den reizvollen Charme seiner Umgebung. Ein Gefühl der Ohnmacht übermannte ihn, und er wankte zu dem Stuhl hinter seinem Schreibtisch. Was er soeben hinter verschlossenen Türen erfahren hatte, bedeutete das Ende all seiner Pläne. War das alles wirklich wahr? Sollte ausgerechnet ihm so etwas passieren? Verzweifelt ließ West den Kopf in seine Hände sinken und wünschte sich das Unmögliche.

»Er wird tun, was ich ihm sage«, knurrte Alec Barr. »Und das Gleiche gilt für dich!«

Catherine saß reglos da, die Hände fest in ihrem Schoß gefaltet, und atmete einmal tief durch. War heute der Tag gekommen, an dem sie das Risiko eingehen und ihm endlich sagen würde, was sie wirklich dachte? Wäre sie in der Lage, die Bande zu zerreißen, die sie in diesem Job und in dieser fruchtlosen Beziehung hielten? Sie könnte diesem Mann auf der anderen Seite des Schreibtisches eine ganze Menge erzählen, aber das wären nur verschwendete Worte. Alec hatte über ihrer aller Schicksal bereits entschieden, und sie musste sich der Entscheidung fügen. So wie sie es immer tat.

Einmal mehr überkam sie das vertraute Gefühl der Selbstverachtung, und sie umklammerte ihre Hände so fest, dass die Fingernägel kleine Sichelmonde im Fleisch hinterließen, als es ihr schließlich gelang, sich zu entspannen. Viermal einatmen, achtmal ausatmen. Wie sonderbar, dass sie diese vorgeburtliche Übung nie vergessen hatte, während der ganze langwierige Prozess, das arme Geschöpf auf die Welt zu bringen, längst aus ihrem Gedächtnis gestrichen war.

»Uns bleibt nichts anderes übrig, Catherine. Mir gefällt das ebenso wenig wie dir, aber du wirst sehen, am Ende wird alles gut werden.« Alec nahm seine halbmondförmige Brille ab und rieb sich die Nase. Er starrte Catherine über den Schreibtisch hinweg an, gewillt, nur dieses eine Mal noch ihr Vertrauen zu gewinnen.

Ihr Mut schwand. Alec Barr vor all den Jahren vertraut zu haben war ihr Ruin gewesen.

Catherine beobachtete, wie seine Hand langsam über den Tisch wanderte, und sie sah, wie sich ihre verräterischen Finger bereitwillig streckten und sich von seinem Griff einfangen ließen. Jegliche Gedanken an eine mögliche Rebellion starben in diesem Augenblick – die Unerbittlichkeit seines Griffs und die Tiefe seines Blicks zwangen sie zur Unterwerfung.

»Nächste Woche um die gleiche Zeit, Mr. Adams?« Die Frau hinter dem Empfangstisch lächelte und hielt Malcolms Blick stand. Sie wusste Bescheid, dachte er plötzlich. Vielleicht wussten sie es alle. Vielleicht versammelte der Arzt seine Leute um sich und gab ihnen Anweisungen, wie sie mit ihren todkranken Patienten umgehen sollten. Gut möglich. Malcolm hatte bislang noch mit keinem von diesen sanften, hypervorsichtigen Typen zu tun gehabt: Therapeuten, Beratern und so weiter. Er hatte auch keinen Grund gehabt, geschweige denn Geduld für jene, die sich für einen solchen Weg entschieden hatten. Aber jetzt, da ihn die Augen dieser Frau mit so aufrichtiger Sympathie und stillschweigendem Verständnis anblickten und er seinen nächsten Termin mit einem Kopfnicken bestätigte, fragte er sich, ob er womöglich nur vor anderen Möglichkeiten davongelaufen war.

Sein Leben bestand im Grunde nur aus Fächern, in die er lästige Dinge als »unerledigt« ablegte. Doch wenn er ehrlich zu sich war, trugen sie eher die Aufschrift »keine Absicht, die Sache zu verfolgen«. Malcolm biss sich auf die Lippen; er fühlte sich unbehaglich angesichts dieser Selbstoffenbarung, aber der Gedanke hatte sich in seinem Kopf festgesetzt und wollte ihn nicht wieder loslassen. Wenn er die Zeitung las, war es das Gleiche. Eine abgedroschene Meldung über die letzte Terrorwelle genügte ihm, um sich wieder dem Wesentlichen zu widmen: dem Wirtschaftsteil. Es war alles eine Frage des Standpunkts, dachte er. Wenn man ein Familienmitglied beim Militär hatte, würde man jedes einzelne Wort mit wachsender Erregung in sich aufsaugen, um alles über den Nahostkonflikt zu erfahren, insbesondere, ob die beteiligte Person in irgendeiner Weise gefährdet war. Während seiner Studienzeit hatte er sich angewöhnt, bissige Diskussionen zu vermeiden. Debattierclubs waren Malcolm ein Dorn im Auge gewesen. Er war lieber ins Kino gegangen, wann immer die Vorlesungen in Rechnungswesen es zuließen. Dort konnte er sich in aller Ruhe für ein, zwei Stunden fremden Weltanschauungen hingeben, bevor er wieder in sein eigenes, so viel erfreulicheres Dasein zurückkehrte.

Malcolm Adams wurde sich bewusst, dass er den ganzen Weg an der Charing Cross Station vorbei bis hinauf zur Sauchiehall Street zu Fuß gelaufen war, ohne es zu merken. Er hatte eigentlich ein Taxi über den Fluss ins Zentrum nehmen wollen, doch jetzt blieb er stehen und überlegte, ob er nicht auch den Rest zu Fuß bewältigen konnte. Aber schon das bloße Ermessen seiner Kräfte schien jene schwinden zu lassen, und Malcolm spürte den pochenden Schmerz in seinem Kopf, als hämmerte tatsächlich etwas von innen gegen seine Schädeldecke. Er schwankte leicht, dann atmete er tief durch. Es wäre nicht ratsam, hier mitten auf der Straße zusammenzubrechen. Gerade in diesem Augenblick bog ein schwarzes Taxi um die Ecke Elmbank Street, und er hob die Hand, als er das Taxischild wie ein Leuchtfeuer vor sich aufleuchten sah.

»Carlton Place, bitte«, teilte er dem Taxifahrer mit und ließ sich in die schwarzen Ledersitze sinken. Von seinen Mitarbeitern wusste niemand, dass Mr. Adams einmal pro Woche einen Spezialisten aufsuchte. Wenn man es schließlich in die Ränge der Teilhaber geschafft hatte, konnten solche Dinge sogar vor den scharfäugigsten Sekretärinnen geheim gehalten werden. Gelegentliche oder auch regelmäßige Termine waren jedem selbst überlassen, und Frühstücksverabredungen waren in der Geschäftswelt heute ziemlich populär. Wenn Shirley annahm, Malcolm gehe derartigen Vergnügungen nach, war das ihre

Sache, und er sah keine Notwendigkeit, seine Sekretärin in dieser Angelegenheit weiter aufzuklären. In seinem Terminkalender war lediglich vermerkt, dass Mr. Adams zu bestimmten Zeiten nicht verfügbar war. Er wusste, dass andere dieses Privileg missbrauchten, Graham West zum Beispiel. Wie der Kollege es schaffte, mit seinen Fitnessstudiobesuchen und langen Segelwochenenden davonzukommen, war ihm ein Rätsel.

Das Taxi bog in die Blythswood Street ein, fuhr an den hübschen kleinen Galerien vorbei und weiter über den Hügel zum Fluss. Malcolm blickte gleichgültig aus dem Fenster und sah den Leuten zu, wie sie, den Ampelzeichen folgend, über die Straße strömten. Jeder Einzelne von ihnen war auf seiner eigenen Reise, kein Zweifel, doch in diesem Augenblick wirkten sie wie wuselnde Ameisen, die einem gemeinsamen inneren Willen folgten. Das Gefühl, klein und unbedeutend zu sein, ließ ihn noch tiefer in eine Ecke des Taxis sinken. Er würde aus diesem Fahrzeug steigen, nur ein weiterer Fahrgast an diesem Tag, und bereits wieder vergessen sein, wenn der Fahrer die Straßen nach neuer Kundschaft absuchte. Würde in einem Jahr, wenn er schon lange tot und unter der Erde war, alles noch genauso sein wie jetzt? Irgendein anderer hätte seinen Platz bei Forbes Macgregor eingenommen, und wohlgesinnte Freunde von Lesley würden sie vielleicht darin bestärken, ihr Dasein als Witwe zu beenden und auf den Heiratsmarkt zurückzukehren. Die Gedanken gingen Malcolm durch den Kopf, als würde er über das Schicksal eines seiner Kunden und nicht über seinen eigenen Platz im System nachsinnen. Die Bedeutungslosigkeit seiner Existenz war ihm zum ersten Mal bewusst geworden, als er die Röntgenaufnahmen gesehen hatte. Jetzt verbrachte er seine Tage damit, Vorkehrungen für Lesley und die Kinder zu treffen, seine größte Errungenschaft und die einzigen, die eine gute Erbschaft verdienten.

»Hier ist es.« Malcolm beugte sich nach vorne, als das Taxi vor dem eleganten georgianischen Gebäude vorfuhr. »Danke. Was bekommen Sie von mir?«

Malcolm stand am Randstein und sog die kühle Luft und den schwachen Geruch des Flusses ein und war plötzlich und völlig grundlos dankbar für die Arbeit, die ihn erwartete.

6. Kapitel

Elizabeth Forbes legte den Hörer auf. Ihre Hand war kalt und zitterte. Nicht einmal ihrer eigenen Stimme konnte sie trauen, dachte sie, als sie das Gespräch noch einmal rekapitulierte. Jennifer Hammond war gesprächig gewesen, hatte über den Montagmorgen gestöhnt, und was für ein Glück Mrs. Forbes doch hatte, nicht mehr dem ständigen Konkurrenzkampf ausgesetzt zu sein! Freundliche, geistlose Sätze ohne Bedeutung, nicht einmal ein Anflug von Missgunst über Liz' beneidenswerte Freiheit, so zu leben, wie es ihr beliebte, den sie bei manchen jüngeren Frauen der Firma gespürt hatte. Bei Jennifer war das anders. Sie genoss ihre Karriere, das war bekannt. Sie seufzte beim Gedanken an den lebhaften Rotschopf, der immer so voller Energie war. Und sie hat ziemlich viele Flausen im Kopf, erinnerte sie eine leise Stimme. Ah, aber harmlose, dachte Liz. Jennifer war ein *lustiger* Mensch. Sie würde niemals auf die Idee kommen, Duncans Frau einen so schrecklichen Brief zu schreiben, oder doch? Sie hatten alle großen Respekt vor ihrem Mann, davon war sie überzeugt, und bislang war sie immer davon ausgegangen, dass dieser Respekt auch ihr galt. Aber irgendjemand musste ihn geschrieben haben

Liz' Augen ruhten auf dem Sekretär im Flur, wo sie den Brief aufbewahrt hatte. Sie hatte ihn in eine kleine Spieldose gelegt und in dem schmalen Spalt hinter der untersten Schublade versteckt. Als sie die Schublade schloss, hatte die Dose einen halben Takt Mozart gedudelt und sie an den Geburtstag erinnert, an dem Duncan sie ihr geschenkt hatte. Es hatte sie eine Extraportion Entschlossenheit gekostet, die hübsche Dose unter den alten Papierstapel zu stopfen, und ein tiefer Schluchzer war ihr in der Kehle stecken geblieben.

Was jetzt? Ihre ursprüngliche Absicht, mit ein paar Frauen aus Duncans Büro zu sprechen, war angesichts der leeren Unterhaltung, die sie mit der Leiterin der Personalabteilung geführt hatte, ins Wanken geraten. Am besten machte sie einfach ganz normal weiter, rief sie sich energisch zur Vernunft, wobei sie die aufsteigende Panik, die sie schon den ganzen Morgen befiel, unterdrückte. Das war eine gute Idee. Schließlich gab es einiges zu tun. Die Pfadfinder hatten sich fürs Wochenende angekündigt, um allerhand Trödel für ihren jährlichen Flohmarkt zu sammeln. Das würde sie ablenken: alte Sachen aussortieren und die Kartons aus dem Speicher in die Garage bringen. Das aufgeregte Geschimpfe einer Amsel im Garten erinnerte sie daran, die Vogelhäuschen aufzufüllen.

Liz richtete sich auf, spannte die Bauchmuskeln an und zog die Schultern zurück und nach unten, wie sie es einmal pro Woche in ihrem Pilates-Kurs tat. Sie atmete tief durch und beschloss, nicht mehr an den verborgenen Inhalt des Sekretärs zu denken, sondern sich auf andere, angenehmere Dinge zu konzentrieren. Doch allen guten Absichten zum Trotz glitten ihre Hände einmal mehr über die polierte Oberfläche des Sekretärs. Einen Moment lang stellte sie sich vor, die Regalbretter und Schubfächer wären aus Glas und man könnte durch sie hindurchsehen bis in die hinterste untere Ecke, wo das Kuvert lag, und sein Inhalt wäre für aller Augen einsehbar.

7. Kapitel

Die Köpfe der Trauernden waren zum Grab hin geneigt und verdeckten ihm die Sicht, aber die klare Stimme des Priesters verriet ihm, dass sich der Sarg in diesem Augenblick langsam in die Erde senkte. Chief Inspector Lorimer hatte sich einen Platz in der Nähe des Weges ausgesucht, etwas weiter hinten, um sich nicht unter die Familie und Freunde zu mischen, jedoch nahe genug, um wie ein echter Trauergast auszusehen. Über dem Anzug trug Lorimer seinen neuen schwarzen Wintermantel, der sich trotz des dicken Stoffes erstaunlich leicht anfühlte. Kaschmir, hatte Maggie ihm selbstzufrieden erklärt, voller Stolz über das gelungene Weihnachtsgeschenk für ihren Mann. Er hatte noch nie ein so edles Kleidungsstück besessen, und fast hätte er sich über den hohen Preis beschwert, den sie dafür bezahlt haben musste, doch ein kurzer Blick in ihre funkelnden Augen hatte ihn davon abgehalten, und er hatte ihr einen Kuss gegeben. Jetzt wünschte er, er könnte ihr erzählen, wie wunderbar sich der Mantel anfühlte, so weich und kuschelig, und wie gut er ihn gegen den eisigen Wind schützte, der über den Friedhof hinwegfegte.

Niemand, der jetzt zu ihm herübersah, hätte ihn für einen Polizisten gehalten. Sein frühes Studium der Kunstgeschichte war ein ungewöhnlicher Start für jemanden, der mittlerweile eine bekannte Figur bei der Kriminalpolizei von Strathclyde war. Nur wer ihn kannte, bemerkte seinen starren, durchdringenden Blick. Es war der Blick eines Mannes, der in verborgene

Tiefen schauen konnte, ob es sich nun um ein Kunstwerk handelte oder um eine menschliche Seele. Die meisten Menschen sahen zweimal hin, wenn sie Detective Chief Inspector William Lorimer über den Weg liefen, vielleicht weil sie glaubten, ihm schon einmal irgendwo begegnet zu sein. Allein wegen seiner Körpergröße hob er sich von der Menge ab, und sein Auftreten zeugte von der Souveränität derjenigen, die an die Anwesenheit von Fernsehkameras gewöhnt waren: vielleicht ein Schauspieler? Oder ein Sportler? Er stand breitbeinig da, die Hände in beinahe militärischer Haltung hinter dem Rücken verschränkt, sein Gesicht aber verriet, dass er es gewohnt war, selbst die Befehle zu erteilen, und seine durchdringenden blauen Augen waren wachsam gegenüber allem, was um ihn herum geschah.

Aufgrund des Ansehens des Toten in der Stadt sowie angesichts der blutigen Grausamkeit seiner Ermordung hatte der Fall es bis auf die Titelseiten der Zeitungen geschafft. Erst wenige Wochen zuvor war Tony Jacobs in der Sonntagsbeilage gewesen, als ihn seine lukrative Buchmacherkette in die Ränge der oberen Zehntausend katapultiert hatte, mit seinem unverkennbaren grauen Haarschopf über dem noch jugendlichen Gesicht, ein Markenzeichen in den exklusiven Kreisen, in denen er verkehrte. Zu seinem Pech war er daher auch eine leichte Beute für den Kerl mit der Schrotflinte gewesen. Sie hatten in mehreren bekannten Schlägerkreisen nach dem Täter gesucht, sogar unter Jacobs' eigenen harten Männern, bis sie die Identität des Mörders schließlich hatten ermitteln können. Ein Auftragsmord mit Geständnis. Lorimer hätte eigentlich zufrieden sein müssen, dass die Sache endlich über die Bühne war, er wusste allerdings, dass die Wellen, die der Fall in Glasgows Unterwelt schlagen würde, noch ziemlich unangenehm werden konnten. Shug McAlister mochte zwar mittlerweile in Barlinnie hinter Gittern sitzen, seine Auftraggeber waren jedoch immer noch auf freiem Fuß, und der Kerl hielt nach wie vor dicht. Wenigstens war Tony Jacobs' Familie jetzt, da die Staatsanwaltschaft die Leiche zur Beisetzung freigegeben hatte, etwas Erleichterung vergönnt.

Ein unerwartetes Blitzlicht ließ ihn herumfahren. Zu seiner Verärgerung musste er feststellen, dass die Presse am Friedhofsgatter eingetroffen war. Wie auf Kommando lösten sich ein paar kräftig gebaute Männer aus der Gruppe, die am Grab stand, und schritten auf die Kameraleute zu. Die Männer hatten sich kaum in Bewegung gesetzt, als die Journalisten hastig ihre Ausrüstung schulterten und sich aus dem Staub machten. Shelley Jacobs hatte auf Privatsphäre bestanden, als Lorimer der Familie eine Polizeieskorte angeboten hatte. Deshalb war er auch alleine gekommen. Wer glaubte, die Medien würden die Wünsche einer jungen Witwe respektieren, hatte sich getäuscht.

Tony Jacobs war es zwar gelungen, jeglichen Konflikt mit dem Gesetz zu vermeiden, aber es war schon immer etwas Zwielichtiges an ihm gewesen. Je tiefer Lorimer in den Fall eingedrungen war, umso interessanter hatte er ihn gefunden, zumal immer mehr Kollegen des Buchmachers eine Sympathie für den Mann ausdrückten, die ganz offensichtlich geheuchelt war. Der Besitzer von Jacobs' Betting Shops war von allen gleichermaßen gefeiert wie gehasst worden. Nur Shelley schien aufrichtig bekümmert gewesen zu sein, als Lorimer nach der Schießerei in Jacobs' Büro in der Clyde Street mit ihr gesprochen hatte. »Mein Tony«, hatte sie immer wieder gesagt, »mein Tony ...«

Lorimer sah, wie sich die Menge in Bewegung setzte, und beeilte sich, den Friedhof zu verlassen, bevor einer der Trauergäste bemerkte, wer mit ihnen am Grab gestanden hatte. Er würde sie von seinem geschützten Platz aus im Wagen beobachten, während sie den Friedhof verließen, um festzustellen, wer gekommen war, um dem Toten die letzte Ehre zu erweisen, und wer aus Gründen, die die jeweilige Person nur selbst kannte, der Trauerfeier ferngeblieben war. Als er sich vom Friedhof abwandte, sah er einen Krähenschwarm über die Felder kreisen, und er hörte das Lärmen eines Traktors hinter der Eibenhecke. Einen Augenblick lang blieb er stehen und sah den Vögeln zu, wie sie in einem schwungvollen Bogen Richtung Meer davonflogen, wobei sich ihre schwarzen Silhouetten scharf gegen den grauen Februarhimmel abzeichneten.

Pflügen, säen, ernten, dachte er. Das Leben geht weiter.

Das Leben in der Abteilung ging weiter, so viel war sicher, als er in die Stadt zurückkehrte. Der Parkplatz der Polizeiwache war voller als sonst, so dass er seinen Lexus rückwärts in eine schmale Parklücke an der Wand bugsieren musste und die Tür beim Aussteigen nur einen Spaltbreit öffnen konnte, um sie nicht zu zerkratzen. Nicht dass ein paar mehr Kratzer etwas ausgemacht hätten ... Das alte Auto hatte schon bessere Tage gesehen. Für einen eher unsentimentalen Mann hing er sehr an seinem alten Lexus. Mitchison hatte ihm schon mehr als einmal die Möglichkeit angedeutet, ihn durch einen neueren, besser geeigneten Wagen zu ersetzen, aber das hatte Lorimers Entschlossenheit, so lange an seinem Auto festzuhalten, bis es reif für den Schrottplatz war, nur verstärkt. Der Superintendent mochte mit Verachtung auf seinen verblichenen Glanz herabblicken – er, William Lorimer, hingegen hatte nicht die Absicht, das alte Mädchen in Zahlung zu geben. Im Hinblick auf das Alter und den Kilometerstand war es ohnehin praktisch wertlos.

Lorimer hängte seinen Kaschmirmantel vorsichtig an den

Garderobenständer neben der Bürotür. Er hatte eigentlich einen Kleiderbügel mitbringen wollen, es aber in der Hektik, mit der er das Haus verlassen hatte, wieder einmal vergessen. Er musste lächeln, als er daran dachte, warum Maggie und er an diesem Morgen, ohne zu frühstücken, aus dem Haus gerannt und in ihre Autos gesprungen waren. Er stieß einen Seufzer der Zufriedenheit aus. Mein Gott, wie gut, dass sie wieder da war!

Seine Tagträumerei wurde vom Klingeln des Telefons unterbrochen, und der DCI war bald in Gespräche vertieft, die ihn für den restlichen Vormittag auf Trab halten würden.

»Richtig. Sehr gut, Robbie. Empathie ist das richtige Wort. Ähnlich wie bei Sympathie, nur dass der Poet sich in einen Vogel hineinversetzt …« Ein schrilles Klingeln kündigte das Ende der Unterrichtsstunde an, und Maggie Lorimer trat zurück, während die Schüler lärmend das Klassenzimmer verließen. Robbie Ross fing ihren Blick auf und strahlte sie an, immer noch erfreut, dass er die Absicht hinter Keats' Gedicht erkannt hatte. Zudem freute er sich über das überschwängliche Lob, das er von seiner Lehrerin bekommen hatte.

Als sich das Klassenzimmer schließlich geleert hatte und das Gelächter auf dem Korridor verstummt war, sammelte Maggie die Blätter auf dem Lehrerpult zusammen und steckte sie behutsam in ihre prall gefüllte Aktentasche. Die Stunde über Keats' »Ode an eine Nachtigall« war hervorragend verlaufen. Die zehnte Klasse war das Sahnehäubchen in einem ohnehin recht angenehmen Stundenplan, und das, obwohl sie gerade ein halbes Jahr in den Staaten gewesen war. Ein anderer Leiter der Englischabteilung hätte ihr bestimmt das Schlimmste von allem zugemutet, um ihr unter die Nase zu reiben, dass andere hart hatten arbeiten müssen, während sie sich in Florida einen schönen Lenz gemacht hatte. Doch Kara Steele war Gott sei Dank nicht so. Diese Frau hatte in der kurzen Zeit, die sie jetzt an der Schule war, einen erheblichen Einfluss auf die Englischabteilung ausgeübt. Vor allem hatte sie die Gabe, sich mit dem Lehrpersonal zu verständigen. Die Zusammenarbeit lief erstaunlich gut, und die Schüler honorierten dies mit guten Noten. Das war durchaus nicht in allen Fächern der Fall, und Maggie wusste, dass sie ihr einiges zu verdanken hatte. Sie habe sie vermisst, hatte Kara ihr gesagt. Es sei zwar interessant gewesen, durch die amerikanische Austauschlehrerin einmal eine etwas andere Sicht auf die Dinge zu bekommen, aber eben nicht das Gleiche, wie Maggie Lorimer hier zu haben. Daher habe sie es auch nicht zu sehr bedauert, als der Austausch aus familiären Gründen früher als geplant beendet worden sei, hatte Kara hinzugefügt.

Maggie musste lächeln, als sie die Tür zu ihrem Schrank ab schloss. Es war keine leichte Entscheidung gewesen, ihre Siebensachen zu packen und Schottland für so viele Monate zu verlassen, doch die Unterbrechung schien ihrer Karriere keinen Abbruch getan zu haben. Tatsächlich liebte sie ihren Beruf mehr denn je, wenn sie auch nach wie vor keine große Freude an der Notenvergabe hatte, die ihr jetzt wieder bevorstand. Sie setzte sich einen Augenblick, um den Frieden und die Stille der Mittagspause zu genießen. Sie schaltete ihr Handy ein und sah, dass sie drei neue Mitteilungen hatte. Das Lächeln schwand von ihrem Gesicht, als sie die erste Nachricht las: »Wird später heute. Warte mit dem Essen nicht auf mich. Ich liebe dich.«

Maggie seufzte. Sie erinnerte sich noch gut an die Zeit, als Nachrichten dieser Art eine Unzufriedenheit in ihr auslösten, die immer größer und größer wurde, bis sie glaubte, explodieren zu müssen. Nie wieder, hatte sie beschlossen. Nie wieder würde sie ihren Gefühlen erlauben, außer Kontrolle zu geraten. Sie hatte ihren Job zu bewältigen, und er seinen. Beide waren wichtig, und beide mussten respektiert werden. Und dennoch gab es Momente, in denen ihre Entschlossenheit ins Wanken geriet, und Maggie hütete sich davor, ihrem Groll neue Nahrung zu geben. So groß war der Berg an Korrekturarbeiten nicht, dass ein kurzer Besuch bei ihrer Mutter für ein oder zwei Stunden außer Frage gestanden hätte. Außerdem gab es immer noch morgen früh, sagte sie sich und grinste schelmisch, als sie ihr knurrender Magen daran erinnerte, was sie ihrem Frühstück an diesem Morgen vorgezogen hatte.

Das Glas kippte um, als hätte es seinen eigenen Willen, und ein Rotweinfleck breitete sich auf der weißen Tischdecke aus.

»Ich mach das«, ertönte eine Stimme an Shelleys Seite, und ehe sie etwas erwidern konnte, hatte sie ein neues, gut gefülltes Glas in der zittrigen Hand und Craigs Arm unter ihrem Ellbogen, der sie zu einem freien Stuhl am Hotelfenster führte.

»Hier. Trink das. Du siehst aus, als könntest du es gebrauchen.« Craigs Stimme war streng, aber aus den sonst so harten Augen sprach eine gewisse Sympathie für die Frau seines Chefs. Shelley Jacobs nickte dankbar und nahm einen kleinen Schluck. Der Wein war gut, nicht zu vergleichen mit dem Kopfwehfusel, den sie auf der Beerdigung ihres Vaters probiert hatte. Meine Güte! Joseph hatte darauf bestanden, die Rechnung zu bezahlen: Er hatte auf eine echte Reilly-Beerdigung bestanden.

Shelley sah auf und versuchte, ihren Bruder in der Menge auszumachen, die nach der Beerdigung noch erschienen war. War er schon gegangen? Aber Joseph hätte sich ja mit Sicherheit von ihr verabschiedet? Wenigstens heute, nur dieses eine Mal, war doch zu erwarten, dass er sich zusammennahm und die tiefe Verachtung verbarg, die er für Tony empfunden hatte. In einem plötzlichen Anflug von Traurigkeit musste Shelley daran denken, dass die zwei Männer, die sie auf der ganzen Welt am meisten liebte, niemals auch nur den Versuch unternommen hatten, ihre gegenseitige Abneigung zu überwinden. Jetzt war es endgültig zu spät.

»Hi.«

Shelley blickte auf, und da stand er, ein Bier in der Hand, den engen Krawattenknoten gelöst. Ein Teil von ihr hatte große Lust, sich über seine schlampige Erscheinung zu entrüsten. Hättest du dich nicht dieses eine Mal zusammenreißen können? Verdammt, das hier ist die Beerdigung meines Ehemanns! Doch etwas in seinem Gesichtsausdruck hielt sie davon ab.

»Es tut mir leid«, sagte Joseph, und dann brachen mit einem Mal all die angestauten Emotionen aus ihr heraus. Eine Sekunde später fand sie sich laut schluchzend an der Schulter ihres Bruders wieder, während er ihr tröstende Worte ins Ohr flüsterte. Er würde sich um sie kümmern. Alles würde gut werden. Er würde nicht zulassen, dass ihr etwas zustieß.

Shelley zog sich zurück und suchte in ihrer Handtasche nach einem weiteren Taschentuch. Joseph hatte ihr sein Beileid ausgesprochen, das war das Einzige, was zählte. Alles andere waren Plattitüden, leere Worte, die sie seit Wochen von den Anwälten zu hören bekam. Nur seine letzten Worte ergaben keinen Sinn. Natürlich würde ihr nichts zustoßen. Was hatte er damit sagen wollen?

8. Kapitel

Der Mann schlug den Kragen hoch, um sich gegen den plötzlichen schneidenden Wind zu schützen, der ihm ins Gesicht blies, als die Fähre durch das kabbelige Wasser des Clyde glitt. Es war ein herrlicher Morgen. Nach dem frühen Frost war die Luft frisch, und der Himmel über den Cowal Hills erstrahlte in einem eisigen Blau. Er sog die vertrauten Gerüche nach Diesel und Seetang ein und spürte das Klopfen der kleinen Motoren unter seinen Füßen. Nach MacIncroy's Point überzusetzen war eine Sache von wenigen Minuten, und er hätte durchaus im warmen Auto bleiben können, doch diese Augenblicke im Freien waren für ihn wie eine tägliche kurze Verschnaufpause. Eddie ließ seine Gedanken treiben und blickte auf die Wellen hinunter, die gegen die Schiffswände klatschten, fasziniert von den sich immer wiederholenden Mustern des aufgewühlten Wassers. Nur widerstrebend wachte er aus seiner Versunkenheit auf, als die Lautsprecherstimme die Fahrer dazu aufforderte, zu ihren Fahrzeugen zurückzukehren.

Die Rampe knirschte unter den Rädern, als Eddie von Bord fuhr und nach links Richtung Gourock abbog. Die Tageszeit war perfekt für das, was er vorhatte. Der Schulverkehr aus Dunoon hatte vor einer Stunde nachgelassen, und die Straßen waren weitgehend frei von Pendelverkehr. Er schaltete das Radio ein und lauschte den Nachrichten, während er sich seinen Weg durch die schmalen, gewundenen Straßen des Stadtzentrums bahnte, um auf die Schnellstraße zu gelangen, die an der Küste entlangführte. Er hatte beschlossen, erst in Port Glasgow auf die kleineren Nebenstraßen auszuweichen. Das Radio spielte jetzt wieder Musik, und der Mann summte unwillkürlich mit. Ein kurzer Blick auf die Uhr sagte ihm, dass er genau richtig in der Zeit lag. Es gab keinen Grund, sich bei diesem Job abzuhetzen. Wäre da nicht der ständige Nervenkitzel, der mit dem Risiko einherging, geschnappt zu werden, hätte er genauso gut in seinem langweiligen 8-Stunden-Job bleiben können. Einen besseren Lieferanten hatte Connie ihn einmal genannt, aber dann hatte er auch ihr bald darauf eine hübsche Portion Hasch besorgt. Lieferungen des Stoffs, den er verkaufte, waren einträglich, das sollte sie sich besser einmal vor Augen führen, anstatt an ihm herumzumäkeln.

Die erste Lieferung erfolgte an einem von Eddies Lieblingsplätzen, hübsch abgelegen auf einer schmalen Landstraße. Gleddoch Country House lag bereits hinter ihm, und er nahm den Fuß vom Gas, als er die düstere Straße erreichte, die zu beiden Seiten von Bäumen gesäumt war. Der Wagen platschte durch Pfützen, Wasser, das von einem regendurchtränkten, angrenzenden Feld auf die Straße gespült worden war, und Eddie schaltete noch einen Gang herunter, um die scharfe Linksbiegung zu nehmen. Hinter der Kurve führte die Straße plötzlich in ein Tal hinunter. Durch die kahlen Buchen hindurch konnte er die finsteren Umrisse eines Hauses erkennen, das sogar an einem wolkenlosen Märztag wie diesem noch düster und schaurig wirkte. Er fuhr auf den Parkplatz auf der gegenüberliegenden Straßenseite und bemerkte sofort den grauen Porsche. Der Käufer war also bereits da. Gierig auf den Stoff, lachte Eddie in sich hinein und war von einem plötzlichen Machtgefühl erfüllt.

Eddie war gerade aus dem Auto gestiegen und grinste dem Porschefahrer zu, als das Geräusch eines weiteren, die Geschwindigkeit drosselnden Fahrzeugs die Männer herumfahren ließ. Als der rote Kombi um die Ecke bog, stürzte sich Eddie wieder in seinen weißen Wagen und bedeutete dem Käufer mit einem Kopfnicken, ihm zu folgen. Er setzte zurück, trat aufs Gas, raste an dem Neuankömmling vorbei und ließ einen verwirrten Rentner und einen bellenden Retriever auf dem Parkplatz zurück. Im Rückspiegel erhaschte er einen kurzen Blick auf den Porsche und nickte zufrieden. Alles war gut gegangen. Er würde eine kleine Haltebucht finden, wo er seine Ware gegen Bares eintauschen konnte. Er lächelte in sich hinein. Das war das wahre Leben! Der verdutzte Blick auf den Gesichtern der Leute, wenn er sich aus dem Staub machen musste, war dieses Risiko, das er mit seinem Job einging, allemal wert. Wie im Film, dachte er.

Normalerweise verschwendete Eddie keinen Gedanken daran, was mit dem Stoff passierte oder wie er verwendet wurde. Das ging ihn nichts an. Ihn interessierte nur der prall gefüllte braune Umschlag, den er am Ende des Tages entgegennehmen würde. Und der Nervenkitzel war noch eine zusätzliche Entlohnung. Aber es gab auch immer wieder Momente, in denen er sich über seine Kundschaft wunderte. Zum Beispiel über diesen gut aussehenden Typen in seinem protzigen Wagen. Kaum vorstellbar, dass so einer Probleme hatte, Frauen abzuschleppen. Warum also der Aufstand, riesige Mengen einer Date-Rape-Droge zu kaufen? Er zuckte gleichgültig die Achseln. Eigentlich konnten ihm die Geschmäcker anderer Leute wirklich egal sein.

Der Porschefahrer schauderte, als er den Schatten der Eisenbahnbrücke verließ. Er hasste diese heimlichen Versteckspielchen. Es war erniedrigend, den Laufburschen spielen zu müssen, und der Fast-Zusammenstoß mit dem roten Kombi hatte ihm zum ersten Mal vor Augen geführt, wie gefährlich dieses Spiel eigentlich war. Bisher war alles absolut anonym abgelaufen, doch während er jetzt langsam durch die Dörfer von Renfrewshire rollte, wurde ihm mit einem Mal klar, dass es zumindest noch eine weitere Person gab, die ihn identifizieren könnte, falls irgendetwas schieflaufen sollte.

Er tastete mit einer Hand nach der Tüte auf dem Beifahrersitz. Und was, wenn er das Fenster öffnen und das Ding einfach über die nächste Hecke werfen würde? Was dann? Er hatte die Folgen einer solchen Aktion bereits mehrmals in Betracht gezogen und wusste, trotz eines beklemmenden Gefühls, dass er seinen Part bis zum Ende durchspielen würde. Auch wenn er sich der Leben bewusst war, die es zerstören würde.

ZWEITER TEIL

April

9. Kapitel

»Jawoll!« Der Champagnerkorken knallte, gefolgt von Gelächter und Gläserklirren, während die Kellner ihre Runden drehten.

»Auf dein Wohl, Michael!« Alec Barr erhob seine Stimme, und wenige Sekunden später waren alle Augen auf ihn gerichtet. »Im Namen der Partner und Mitarbeiter von Forbes Macgregor wünsche ich dir alles Gute für die Zukunft.« Barr hielt das Sektglas hoch. »Auf Michael«, fügte er hinzu, und ein zufriedenes Lächeln spielte um seine Lippen, als die Anwesenden den Toast wiederholten.

Michael Turner, vom Alkohol angeheitert, strahlte seinen Vorgesetzten an.

»Vielen Dank. Danke. Ich werde euch schrecklich vermissen.« Er grinste erneut, hob sein Glas und holte zu einer weiten Geste aus, um all seine Freunde und Kollegen, die sich um ihn versammelt hatten, mit einzuschließen.

»Wer's glaubt, wird selig«, rief jemand. »Du wirst viel zu beschäftigt sein, deine Dollarscheine auszugeben, um an deine alten Freunde zu denken!« Noch einmal erscholl das Gelächter, dann bahnte sich eine große Rothaarige ihren Weg zu Michael, hakte sich bei ihm unter und führte ihn aus der Menge.

»Ah! Was für ein Glück, jung zu sein und noch einmal ganz neu anzufangen.« Duncan Forbes nickte seinem jungen Kollegen wohlwollend zu.

»Noch Champagner, Sir?«, fragte der Kellner, der die Flasche mit der umwickelten Serviette schon über Duncans leeres Glas geneigt hielt.

»Nein, danke. Orangensaft, wenn Sie welchen haben.«

»Nicht einmal heute, Duncan?«, bemerkte Alec Barr mit einschmeichelnder Stimme, in die sich belustigtes Wohlwollen mischte.

»Nicht einmal heute«, antwortete Duncan Forbes.

»Ah, Duncan, kann ich dich mal kurz sprechen?« Catherine Devoy hatte sich unauffällig ihren beiden Mitgesellschaftern genähert, ihre rosa Velourslederstiefel waren auf dem weichen Vorstandsteppich kaum zu hören. Duncan neigte den Kopf und folgte Catherine in eine ruhige Ecke. Alec Barr blickte ihnen aufmerksam nach, als wollte er sich dieses Bild unwiderruflich ins Gedächtnis einprägen.

»Duncan und Catherine«, murmelte er vor sich hin. »Duncan und Catherine.«

Draußen vor dem Hotel bogen sich die Linden in dem stürmischen Wind, die Äste ächzten und knarrten. Sogar die gewaltigen grauen Pfosten der Straßenlaternen klapperten unter der Wucht der Böen, so dass das Licht der weißen Lampenglocken nervös flackerte. Tiefe Schatten fielen über den Eingangsbereich des Hotels und bildeten einen Kontrast zur hell erleuchteten Gästelounge im ersten Stock. Unten schäumte das schwarze, kalte Wasser, nur vereinzelte Lichtreflexe tanzten auf den windgepeitschten Wellen. Die Autos, die zwischen dem Fluss und dem düsteren Glasgebäude auf den Hotelparkplatz zusteuerten, waren gezwungen, im Schneckentempo über die Bodenschwellen zu fahren.

Liz Forbes stellte den Motor ab und fröstelte in ihrem Schaffellmantel. Was zum Teufel machte sie hier? Die Entscheidung hierherzukommen musste sie in einem Anfall von

Wahnsinn getroffen haben. Sie hatte sich eingeredet, zu später Stunde unter dem Vorwand aufzutauchen, Duncan nach Hause zu fahren, sei nichts weiter als die fürsorgliche Geste einer guten Ehefrau, aber jetzt kam es ihr plötzlich völlig idiotisch vor. Sie hatte überhaupt keinen Grund, hier zu sein. Duncan hatte sein eigenes Auto auf dem Parkplatz des Crowne Plaza stehen, und außerdem gab es nach einer Party immer genügend Taxis, die die Gäste sicher nach Hause brachten.

Sie öffnete den Gurt und betrachtete die Autoreihen zu beiden Seiten. In ebendiesem Augenblick lachten und tranken sie und feierten Michaels letzten Abend in der Firma. Sie biss sich auf die Lippen, als sie sich vorstellte, wie Duncan gerade kameradschaftlich mit der weiblichen Belegschaft plauderte. Sie hatten sich alle für diesen Abend in Schale geworfen, so viel war sicher, ein bisschen Glitzerwerk zur Abwechslung, um sich von den allgegenwärtigen Kostümen eine kleine Pause zu gönnen. Liz reckte ihren Hals, um sich im Rückspiegel zu betrachten: eine müde aussehende Frau mit vom Wind zerzaustem, strähnigem Haar, der hastig aufgetragene Lippenstift war in den Mundwinkeln bereits verschmiert. Ihr Mut schwand. Es war nicht schwer nachzuvollziehen, dass Duncan eine jüngere, attraktivere Frau diesem Gesicht vorzog.

Nach dem zweiten Brief war die Sache für Liz klar gewesen. In ernstem Ton hatte er noch einmal an Duncans permanente Untreue erinnert und sogar Zeiten und Orte genannt. Fieberhaft war sie den Schreibtischkalender ihres Mannes durchgegangen, um die Daten mit den Nächten abzugleichen, in denen sie ihren Mann noch spät nachts im Büro vermutet hatte. Sie hatten alle übereingestimmt. War es vielleicht wieder nur ein Versuch gewesen, Unruhe zu stiften? Oder teilte ihr der Verfasser der Briefe tatsächlich etwas mit, was alle in der Firma bereits wussten? Die Gedanken drohten sie zu ersticken. Liz öffnete die Wagentür und sog die frische Luft tief in ihre Lungen. Ein kurzer Spaziergang würde vielleicht helfen, sagte sie sich. Danach würde sie wieder nach Hause fahren, und Duncan würde nie erfahren, dass sie hier gewesen war. Die Scheinwerfer blinkten zweimal auf, als sie die Türen per Fernbedienung verriegelte. Dann holte sie noch einmal tief Luft und ging über den Parkplatz zu dem schmalen, düsteren Fahrradweg, der am Clyde entlangführte.

Als sie den Fluss erreichte, hielt sie inne und starrte in das aufgewühlte pechschwarze Wasser hinab. Manche mochten diesen Ort, die Lichter, die auf der schwarzen Wasseroberfläche tanzten, romantisch finden, Liz aber blickte ängstlich über die Schulter, als fürchtete sie, jemand könnte unerwartet aus der Dunkelheit auftauchen.

Auf dem Rückweg wurden ihre Schritte schneller, und sie blieb nur einmal kurz stehen, um zu den großen, beleuchteten Fenstern aufzublicken, hinter denen die Party stattfand. Eine Gestalt näherte sich dem Fenster. Hatte jemand sie gesehen? Liz trat wieder in den Schatten der Bäume und wäre beinahe gestolpert, so eilig hatte sie es, in die Sicherheit ihres Wagens zurückzukehren. Schließlich saß sie wieder in ihrem Mercedes und steckte mit zittrigen Fingern den Schlüssel ins Zündschloss. Als der lange, schnittige Wagen am Hotel vorbeiglitt, spürte Liz ein Gefühl der Erleichterung. Niemand würde je erfahren, dass sie drauf und dran gewesen war, sich zum Gespött der ganzen versammelten Gesellschaft zu machen.

Der winkelförmige Kopf einer CCTV-Überwachungskamera, die auch schon den kurzen, jedoch sichtbaren Spaziergang am Fluss aufgezeichnet hatte, folgte Liz' Mercedes.

Die letzte Wagentür schlug zu, und der Portier winkte den Partygästen zum Abschied nach, bevor er wieder in die Wärme des Foyers trat und die Glastür leise hinter sich schloss. Endlich konnte auch er Feierabend machen. Die Feier hatte die liebe lange Nacht gedauert, und ununterbrochen waren Leute hinaus- oder hineingegangen. Die Lichter auf dem Mezzanin waren noch an und würden es bleiben, bis das Reinigungspersonal am nächsten Morgen seinen Dienst antrat. Es war eine himmelschreiende Stromverschwendung, aber das ging ihn nichts an. Solange er weiterhin pünktlich seinen Gehaltsscheck bekam, würde er den Mund halten.

Der Portier wandte sich nicht um, er blickte nicht noch einmal in die Nacht hinaus, in den Nebel, der vom Fluss heraufstieg. Niemand sah den verlassenen Weg und wie der Wind die vertrockneten Blätter auffing und hochwirbelte. Keine Menschenseele war zu dieser Stunde auf dem Fluss oder schaute über das kalte Geländer, wo sich in der Tiefe der Unrat sammelte, der mit der Strömung ans Ufer schwappte. Niemand machte die Gestalt aus, die von der Böschung aus in die unruhigen Wasser des Clyde hinaustrieb. Es war, als hätte nichts das Auf und Ab der Wellen gestört, die sich zwischen den Flussufern hin und her bewegten.

Jemand aber hatte die Gestalt hinunterstürzen sehen und das dumpfe Platschen gehört. Und irgendwo in der Stadt gab es zumindest eine schlaflose Seele, die diesen Augenblick wieder und wieder in Gedanken durchging.

10. Kapitel

»Du weißt also, wer es ist«, sagte George Parsonage. Das war keine Frage. DCI Lorimer hätte Dr. Rosie Fergusson und den Staatsanwalt nicht ohne guten Grund an den Tatort begleitet.

»Es gibt Hinweise«, murmelte Lorimer, den Blick unverwandt auf den durchweichten Körper gerichtet, der vor ihnen am Kai lag. Man hatte dort ein Untersuchungszelt aufgebaut, um die Leiche vor den Blicken der Passanten und insbesondere der Presse zu schützen, die die Aufgabe des DCI nur unnötig erschwert hätten.

George nickte. Der Mann, der dort am Flussufer lag, hatte einen Namen und eine Geschichte. Lorimer würde ihm zu gegebener Zeit alles erzählen, wenn er fragte. Aber George wollte es gar nicht immer so genau wissen. Nun, da es für ihn nichts mehr zu tun gab, wanderten seine Gedanken wieder nach Glasgow Green, wo seine kleine Flotte auf ihn wartete und wo man ihn vielleicht bald wieder rufen würde.

Er legte ab und ließ das Boot in die Flussmitte treiben, und als er stromaufwärts ruderte, wurden die Gestalten am Ufer immer kleiner und unbedeutender.

»Bist du sicher, dass er es ist?« Der Staatsanwalt Iain MacKenzie sah den leitenden Ermittlungsbeamten an und wartete gespannt auf eine Antwort. Rosie Fergusson, die vor dem Leichnam kniete, blickte ebenfalls auf.

Lorimer sah die beiden an und nickte.

»Ganz sicher. Die Beschreibung des Anrufers passt genau.« Sein Mund war nur ein schmaler Strich in seinem unrasierten Gesicht. »Es ist Duncan Forbes, kein Zweifel.«

»Sieht aus, als wäre er nicht lange im Wasser gewesen, höchstens acht Stunden«, sagte Rosie.

»Ist er ertrunken?«, erkundigte sich der Staatsanwalt.

Rosie runzelte die Stirn.

»Das scheint die Millionen-Dollar-Frage zu sein. Wir werden wohl die Autopsieergebnisse abwarten müssen. Bislang konnten wir keine äußeren Verletzungen feststellen.«

»Der Anrufer hat uns genau mitgeteilt, wo wir die Leiche finden würden«, grübelte Lorimer vor sich hin. »Er meinte, es gebe da etwas, das wir wissen sollten.«

»Ich frage mich, was das war«, erwiderte der Staatsanwalt.

»Das würden wir auch gerne wissen. Die Verbindung wurde vorzeitig unterbrochen. Zumindest hört es sich auf dem Band so an.«

»Und?« Iain MacKenzie heftete seinen Blick auf Lorimer und wartete auf eine Erklärung.

»Es war eine Frau. Sie sagte, wir würden Duncan Forbes im Clyde in der Nähe des Crowne Plaza Hotels finden. Sie gab uns eine vollständige Beschreibung der Person und der Kleidung, die er trug.«

»Ist das alles? Ich meine, er könnte hineingefallen oder sogar gesprungen sein.«

Lorimer schüttelte den Kopf.

»Das war aber noch nicht alles. Sie hat geweint. Sie sagte, es täte ihr leid. Sie habe es nicht gewollt.« Lorimer blickte den Clyde hinauf in Richtung Bell's Bridge. Hoch über dem Fluss flog ein Schwarm Gänse gen Osten, deren Schreie vom Dröhnen des Morgenverkehrs gedämpft wurden. Er sah ihnen nach, bis sie in der Ferne mit dem fahlen Grau des Himmels verschmolzen.

Jeden Morgen folgten sie ihrem uralten Instinkt und legten die immer gleiche Strecke zwischen der Flussmündung und ihren bevorzugten Futterplätzen zurück. Was, fragte er sich, war die Ursache des frühmorgendlichen Anrufs gewesen, der dazu geführt hatte, dass sie sich hier vor dem Leichnam von Duncan Forbes versammelt hatten?

»Plötzlich, verdächtig und rätselhaft«, riss ihn MacKenzie aus seinen Gedanken.

Lorimer nickte.

»Es könnte sich natürlich auch um einen tödlichen Unfall handeln. Allerdings wären wir jetzt nicht hier, wenn wir den Anruf nicht ernst genommen hätten. Habe ich recht?«, erwiderte er und nickte zwei Beamten zu, die gerade einen Leichensack auseinanderfalteten.

»Ich auch nicht.« Rosie verzog das Gesicht. »Wer hält uns hier zum Narren, Lorimer?«

»Seine Frau jedenfalls nicht. Als man sie benachrichtigte, war sie völlig außer sich. Sie sagte, ihr Mann sei letzte Nacht nicht nach Hause gekommen. Sie wollte wissen, was los sei. Und, nein, bevor du fragst, sie hat eine ganz andere Stimme als unsere mysteriöse Anruferin.«

»Also gut, dann werde ich jetzt zur Leichenhalle zurückfahren und dafür sorgen, dass die Obduktion dieses Leichnams höchste Priorität erhält.« Rosie lächelte matt, hob ihre Tasche auf und eilte an der Seite Iain MacKenzies davon. Der hochgewachsene Polizist hingegen schien keine Eile zu haben, den Kai zu verlassen.

Lorimer starrte in das wirbelnde Wasser des Clyde. Was hatte der Flusswächter dort herausgefischt? Ein Mordopfer? Oder vielleicht nur eine unglückliche Seele, deren letzter Augenblick zufällig von jener Frau beobachtet worden war, die bei der Polizei angerufen hatte? Das Geräusch des Reißverschlusses, der gerade zugezogen wurde, um die Leiche in der wasserdichten Tasche einzuschließen, riss ihn aus seinen Gedanken. Er blickte auf das dunkle Bündel vor ihm am Boden. Wenige Stunden zuvor hatte der Mann noch geatmet, war am Leben gewesen. Was war ihm bloß widerfahren?

Die Glasgow City Mortuary, die städtische Leichenhalle, wirkte neben den hohen Gebäuden des High Court wie ein kleines Museum. Abgesehen von dem Schild neben dem Eingang deutete nichts auf den makabren Zweck des bescheidenen viktorianischen Gebäudes hin.

Elizabeth Forbes bemerkte kaum die Treppen, die zum Eingang hinaufführten, noch die Hand an ihrem Ellbogen, die sie sanft in das Gebäude geleitete, in dem ihr Mann lag. Als sie durch den Korridor schritt, hatte sie das Gefühl, gefangen zu sein, umzingelt von hohen, grauen Wänden. Dann betraten sie ein Wartezimmer, wo sich ihr mehrere Leute mit gedämpfter Stimme vorstellten.

Jemand nannte ihren Namen. Man versuchte ihr etwas mitzuteilen, doch die Worte drangen nicht zu ihr durch. Wie in einem Traum, den Blick starr geradeaus gerichtet, ließ sie alles mit sich geschehen.

Sie betraten einen kleinen Raum, dessen großes Fenster mit rosa Plisseevorhängen abgedunkelt war. In einer Ecke stand eine Zimmerpalme. Schließlich erregte ein kleiner Druck von Monets Seerosenteich ihre Aufmerksamkeit. Die langen Schilfgräser verdüsterten das Wasser unter der Brücke. Sie müssen zurückgeschnitten werden, dachte Liz und starrte auf das Gemälde, nicht bereit, ihren Blick von dem Gewirr der grünen Pinselstriche abzuwenden. Sie spürte, wie jemand ihren Arm nahm, dann, als die Frau von der Angehörigenbetreuung ihr behutsam auf einen Stuhl half, hörte sie wieder ihren Namen.

In unmittelbarer Nähe vor ihr standen zwei kleine Fernsehapparate nebeneinander auf einem Tisch.

»Lassen Sie sich Zeit. Es ist der rechte Bildschirm«, murmelte die Beamtin. Liz wandte sich ängstlich nach der jungen Frau um, die sie mitfühlend ansah. Sie musste schlucken, dann blickte sie auf den Bildschirm.

Das Schwarz-Weiß-Bild zeigte einen kahlen Raum mit einem fahrbaren Krankenhausbett in der Mitte. Darauf lag unter einem weißen Laken der Körper eines Mannes. Jemand hatte das Tuch an einem Ende zurückgeschlagen, so dass das Gesicht des Mannes sichtbar war. Im ersten Moment war Liz froh, dass das Bettzeug so sauber und ordentlich war, sogar das zurückgeschlagene Laken war im rechten Winkel gefaltet.

Es war Duncan. Und sie blickte durch einen absurden Fernseher auf ihn herab.

Liz lächelte. Alles war gut. Er schlief nur. Sie fühlte, wie ein Seufzer der Erleichterung in ihrer Brust aufstieg, als sie das vertraute Gesicht sah: die geschlossenen Augenlider, die gerade Linie des Mundes – so hatte er im Schlaf immer ausgesehen.

Aber irgendetwas stimmte nicht. Duncan hatte noch nie so auf dem Rücken ausgestreckt dagelegen.

Liz runzelte die Stirn und blickte die junge Frau an, die noch immer ihren Arm hielt.

»Mrs. Forbes? Können Sie bestätigen, dass das ihr Mann ist?«

Etwas schnürte ihr die Kehle zu und machte es ihr unmöglich zu sprechen. Also nickte sie nur und blickte dann wieder auf den Bildschirm. Jemand betrat den Raum und machte sich daran, Duncans Gesicht wieder zuzudecken.

Sogleich befreite sie sich aus dem Griff der Polizistin und wankte auf das Bild ihres Mannes zu. Sie versuchte seinen Namen zu rufen.

Als sie den Apparat mit beiden Händen packte, schien sich die Gestalt unter dem Laken plötzlich aufzulösen, und zurück blieb eine leere weiße Fläche, die den Bildschirm ausfüllte.

Liz wich wimmernd zurück.

Sie sank wieder in die Arme der jungen Frau, ohne den Fernseher nur eine Sekunde aus den Augen zu lassen. Da war er wieder, der Körper ihres Mannes. Duncans Körper.

Bei dem Anblick entwich ihrer Kehle ein Schrei, ein gellendes, markerschütterndes »Nein …!«

11. Kapitel

Dr. Rosie Fergusson drehte ihren Ring unter der zweifachen Handschuhschicht und befühlte den Diamanten durch das weiche Material. Sie hätte ihn abnehmen sollen, aber wie so oft hatte sie nicht daran gedacht. Seit Weihnachten war der Verlobungsring ein Teil von ihr, den sie nur bei chirurgischen Eingriffen ablegte. Wenn sie es nicht vergaß. Sie gestattete sich einen flüchtigen Gedanken an Solomon und malte sich aus, wie sie sich jetzt fühlen würde, wenn er hier vor ihr auf dem Seziertisch liegen würde, doch diese Vorstellung verbannte sie sofort wieder. Die arme Frau, die kurz zuvor hier gewesen war, um ihren Mann zu identifizieren, war untröstlich. Rosie hatte sie kurz gesehen, als sie die Leichenhalle durch den Hintereingang verlassen hatte. Es war keine gute Idee, den Angehörigen zu begegnen, bevor man ihre Liebsten aufschnitt, dachte sie. Die Opfer- und Angehörigenbetreuer der Polizei hatten wie immer ganze Arbeit geleistet. Jetzt war es an Rosie, das Ihre zu tun.

Als sie die äußere Schicht ihrer Handschuhe abstreifte und in den Treteimer warf, entfuhr ihr ein Seufzer.

»Bisher deutet alles darauf hin, dass Duncan Forbes ertrunken ist«, erklärte sie ihrem Kollegen Dan, der die Funktion des Protokollanten übernommen hatte, während sie die Obduktion vornahm. Wenn jemand durch Ertrinken gestorben war, wurde routinemäßig eine Obduktion durchgeführt. Bestand der Verdacht, dass es sich um keinen Unfall handelte, mussten sogar zwei Pathologen anwesend sein. Dieses sogenannte Doppeldoktor-System, das in Schottland gesetzlich vorgeschrieben war, hatte den zusätzlichen Vorteil, dass sich die Pathologen austauschen und ihre Schlussfolgerungen gegenseitig überprüfen konnten.

»Er war jedenfalls noch am Leben, als er untergetaucht ist«, pflichtete Dan ihr bei. So viel stand fest: Seine Lungen hatten Flusswasser eingeatmet.

Rosie runzelte die Stirn.

»Er hat keine Verletzungen an den Händen. Das lässt darauf schließen, dass er nicht gegen irgendwelche Felsen anzukämpfen hatte. Und die Blutungen im Innenohr sprechen gegen einen plötzlichen Herzstillstand. Kein Zweifel, der Mann ist ertrunken.«

Die toxikologischen Tests standen noch an, und wenn sie dem Labor ein bisschen Dampf machte, wussten sie vielleicht schon in ein paar Tagen mehr. Womöglich hatte der arme Kerl nur einen über den Durst getrunken und war am Flussufer gestolpert. Sie hatten auch schon Fälle gehabt, bei denen es infolge von Alkoholeinfluss zu kleinen Handgreiflichkeiten gekommen war.

Rosie wusch sich die Arme unter dem Wasserhahn. Schade. Sie hätte Lorimer gerne mehr gesagt, aber so würde er sich wohl noch gedulden müssen.

In den Glaswänden des Crowne Plaza Hotels am Ufer des Clyde spiegelte sich das flimmernde Blau des Himmels und des Flusses. Auf der einen Seite des Hotels befand sich die buckelige Rückseite des Armadillo, einer der populärsten Konzerthallen der Stadt, sowie der neu errichtete Clyde Arc, der über den Fluss zum Pacific Quay führte (die Glasgower nannten die

Brücke liebevoll »Squinty Bridge«). Auf der anderen Seite des Hotels lag die Bell's Bridge, eine Fußgängerbrücke, die den Clyde seit der Glasgower Gartenschau in den Achtzigern überspannte. Auf der Rückseite des funkelnden Hotelklotzes aus gespiegeltem Glas befand sich The Big Red Shed, ursprünglich das rote Gebäude des Schottischen Ausstellungs- und Konferenzzentrums. Alles, was Rang und Namen hatte, von Popstars bis zu den Mitgliedern der königlichen Familie, hatte sich schon im Crowne Plaza einquartiert. Veranstaltungen, die hier stattfanden, wurden bereits Monate oder sogar Jahre im Voraus gebucht, denn der gigantische Ballsaal war ein Dauerbrenner für Zusammenkünfte wie das Burns' Supper oder Silvesterpartys.

Lorimer setzte den Wagen sachte über die Bodenschwellen und bremste einmal fast bis zum Stillstand ab, um einen weißen Lieferwagen vorbeizulassen. Die Schranke zum Hotelparkplatz ging auf, und während er einen freien Platz suchte, ermahnte er sich, an das erforderliche Kleingeld für den Parkautomaten zu denken. Der DCI warf noch einmal einen Blick auf die Namen in seinem Notizbuch. Alle fünf Partner von Forbes Macgregor sowie ein Großteil des Mitarbeiterstabs waren in der Nacht, als Duncan Forbes ertrank, zugegen gewesen. Er würde mit dem verantwortlichen Geschäftsführer sprechen, zuerst aber wollte er sich den Fußweg am Flussufer ansehen.

Lorimer lehnte sich über das weiß gestrichene Ufergeländer. Es reichte ihm gerade einmal bis zur Hüfte und war für jemanden, der zum Sprung bereit war, kein ernst zu nehmendes Hindernis. Er blickte in die Tiefe und erkannte die gelben Enden der Rettungsleiter an der Flussmauer. Auf der schwarzen, öligen Wasseroberfläche trieb jede Menge Unrat, darunter eine Drambuie-Flasche und eine umgekippte blaue

Plastikschüssel. Die Tiefe des düsteren Gewässers unter ihm ließ sich kaum erahnen. Es musste schrecklich sein, dort hineinzufallen, dachte er. Und das Wasser war immer noch eisig kalt. Lorimer machte kehrt und ging in Richtung Millennium Bridge. Von hier aus hatte er einen besseren Blick auf das Hotel und den Fußweg. Das Hotel wurde von zahlreichen Bäumen und Sträuchern nach außen abgeschirmt, da man den Gästen wahrscheinlich ein gewisses Maß an Privatsphäre bieten wollte. Aber hatten sie auch dazu gedient, das Wo und Wie von Duncan Forbes' Tod zu vertuschen?

Er ging weiter und bemerkte die Knospen an den Lindenbäumen. Hier war das Laub weniger dicht. Und die weißen Lampenglocken der Straßenlaternen hätten eigentlich den gesamten Pfad beleuchten müssen. Zumindest fast, dachte er, als er um eine Kurve bog und an ein stilles Fleckchen gelangte, das vor Einblicken geschützt war. Hier war das Buschwerk aus Rhododendren und Berberitzen dichter, und die kahlen Linden wichen einer Gruppe Kiefern. Dahinter verbargen sich mehrere Bänke aus schwarzem Metall, deren Lehnen und Sitzflächen mit weißen Graffiti besprüht waren. Über ihm ragte der berühmte Finnieston Crane in den Himmel, das letzte Relikt der Glasgower Schiffbauvergangenheit. Auf der Seite des gewaltigen Krans prangten noch immer deutlich lesbar die Worte »Clyde Built«. An dieser Stelle wurde der Weg schmaler, und die Mauer ragte unmittelbar aus dem Fluss empor, so dass es auf der anderen Seite des Geländers keinen Vorsprung mehr gab. Lorimer klopfte mit dem Fingernagel gegen die Vorderzähne. Konnte Forbes hier ins Wasser gefallen sein? George Parsonage hatte ihn auf die unberechenbaren Strömungen des Flusses hingewiesen. Durchaus möglich, dass die Leiche mit der Strömung flussaufwärts getrieben war.

Der DCI wandte sich gerade zum Gehen, als ein Radfahrer

im Freilauf die Bell's Bridge herunterrollte und in Richtung Stadtzentrum weiterfuhr, was Lorimer veranlasste, zum anderen Ufer hinüberzublicken, zum Pacific Quay, auf dem sich die Kriminaldienststelle für die Führung der Verbrecherkartei befand – ein quadratischer Klotz aus mattgrünem Glas, dessen Fenster unmittelbar auf den Fußweg hinausgingen. Dann folgten das neue BBC-Gebäude und die Scottish Media Group, die dicht nebeneinanderlagen. Das gesamte Areal war mit Überwachungskameras übersät, wie es sie auch am Crowne Plaza gab: mit unbeweglichen Köpfen, die, stur nach innen gerichtet, nur sich selbst beschützten. Aber es konnte trotzdem nicht schaden, einmal nachzufragen, ob jemandem letzte Nacht etwas aufgefallen war. Vielleicht hatten die Sicherheitsbeamten etwas gesehen? Lorimer seufzte. Alles war verdammt undurchsichtig, die Untersuchung eines tödlichen Unfalls, der sich am Ende womöglich als genau das herausstellen würde. Hätte der Anrufer sie nicht auf den Gedanken gebracht, dass es sich um einen vorsätzlichen Mord handeln könnte, würde er jetzt etwas Sinnvolleres tun, als an einem kalten Aprilmorgen am Clydeufer herumzuschnüffeln.

Als Lorimer die schwarzen Buchstaben entlang des Geländers mit dem Hinweis »Radweg« erblickte, musste er unwillkürlich stutzen. Er hatte angenommen, dass es sich um einen Fußweg handelte.

Ein Schauder durchlief ihn. Eine dunkle Vorahnung? Oder war es nur der kalte Windstoß, der von dem sich kräuselnden Wasser heraufwehte?

Lorimer betrat das Hotel, näherte sich dem Empfang und hielt seinen Dienstausweis hoch.

»Chief Inspector Lorimer. Ich möchte mit Mr. Wotherspoon sprechen«, teilte er der blonden Empfangsdame mit.

Sie schenkte ihm ein strahlendes Lächeln und nahm den Telefonhörer ab. Lorimer konnte hören, wie sie den Geschäftsführer bat, zur Rezeption zu kommen.

»Nehmen Sie doch bitte kurz Platz. Er wird in einer Sekunde hier sein.« Sie lächelte wieder und deutete auf eine Polstersitzgruppe gegenüber der Haupteingangstür. Lorimer nickte und seufzte. Eine Sekunde bedeutete in ihrer Sprache eher zehn Minuten, dachte er und ließ sich in das weiche Leder sinken. Aber er irrte sich. Kaum hatte er seine langen Beine ausgestreckt, da trat schon ein jüngerer Mann in einem Tweedanzug auf ihn zu.

»Andrew Wotherspoon.« Der Geschäftsführer streckte ihm die Hand hin. »Sehr erfreut. Wenn Sie in mein Büro kommen möchten ...«, fügte er hinzu. Lorimer nickte, erhob sich und folgte Wotherspoon durch das Foyer in einen angrenzenden Raum.

»Ein schrecklicher Vorfall«, begann Wotherspoon. »Haben Sie irgendeine Idee, was passiert sein könnte?«

»Die Ermittlungen sind angelaufen«, antwortete Lorimer höflich. »Wir erhoffen uns etwas mehr Klarheit, sobald wir genauere Informationen darüber haben, wo sich Mr. Forbes am Abend seines Todes aufgehalten hat.«

»Selbstverständlich. Was möchten Sie wissen?«

»Erst einmal, wo die Veranstaltung stattgefunden hat.«

»Eigentlich«, sagte Wotherspoon mit einem Kopfnicken, »kann ich es Ihnen auch gleich zeigen, wenn Sie wollen. Die Forbes-Macgregor-Party fand in einem unserer Tagungsräume auf dem Mezzanin statt. Im Staffa, wenn ich mich recht erinnere.« Er blickte auf eine Liste, die auf seinem Schreibtisch lag. »Ja, richtig. Im Staffa. Die Räume sind nach schottischen Inseln benannt«, erklärte er. »Staffa, Barra, Jura und so weiter. Unser Hotel steht unter einem nautischen Motto, wie Sie vielleicht schon bemerkt haben?«, ereiferte sich der Geschäftsführer in der Hoffnung auf eine Reaktion des Chief Inspectors.

Doch Lorimer hatte sich bereits erhoben.

»Würden Sie mir den Raum zeigen?«

Wotherspoon führte ihn wieder zurück ins Foyer und einen schmalen Treppenaufgang hinauf, der in einen senfgelben Korridor mündete. Lorimer musterte gedankenverloren die Inneneinrichtung und fragte sich, ob der Raumgestalter das Meerblau irgendwann sattgehabt hatte.

»Da wären wir«, verkündete Wotherspoon. »Die Räume sind alle identisch, und sie gehen natürlich alle auf den Fluss hinaus.«

Lorimer ging geradewegs auf das Fenster zu. Unter ihm ragte parallel zum Mezzanin der Wintergarten mit seinen hohen Fensterwänden hervor.

Als Wotherspoon den interessierten Blick des Polizisten bemerkte, erklärte er:

»Der Wintergarten ist den Geschäftsleuten und Gästen vorbehalten, die unsere Tagungsräume gemietet haben. Sie können jederzeit auf einen Kaffee herunterkommen, wenn ihnen danach ist.«

»Oder auf eine Zigarette?«

»Eigentlich nicht.« Wotherspoon runzelte die Stirn. »Dafür müssen sie hinausgehen. Aber der Wintergarten besitzt einen Seiteneingang, an dem sich die Raucher meistens aufhalten.« Als sich der Geschäftsführer einen imaginären Fleck von der Hose wischte, musste Lorimer grinsen.

Er hätte wetten können, Wotherspoon wäre über ein absolutes Rauchverbot, auch außerhalb des Hotels, nicht unglücklich gewesen.

»Können Sie mir eine Liste mit allen Personen geben, die gestern Abend hier waren?«

»Natürlich. Es waren nicht mehr als dreißig Leute auf der Forbes-Macgregor-Party ...«

»Nein, nein«, fiel Lorimer ihm ins Wort. »Ich meine, von *allen*. Den Gästen in den jeweiligen Tagungsräumen, den Besuchern des Wintergartens und von allen weiteren Räumen, über die Sie Listen führen.«

»Oh, aber ...«, begann Wotherspoon.

»Jemand könnte Mr. Forbes von hier oben gesehen haben«, ließ Lorimer nicht locker. »Denn von hier aus ist der Fahrradweg zu beiden Seiten des Hotels relativ weit sichtbar, fast bis zur Squinty Bridge. Wenn er da entlanggegangen ist ...?« Lorimer zuckte die Achseln und ließ die Frage unvollendet.

»Oh, ich verstehe. In Ordnung. Ich werde versuchen, Ihnen die gewünschten Listen zu besorgen, Chief Inspector.«

»Insbesondere bitte ich Sie um die Namen aller Personen, deren Zimmer einen direkten Blick auf den Finnieston Crane haben.«

Wotherspoon notierte sich die Anfrage des DCI auf einem dünnen Notizblock mit Hotellogo, dann blickte er wieder mit ernster Miene zu Lorimer.

»Und Ihre Aufnahmen von den Überwachungskameras. Die werden wir natürlich auch sichten müssen.«

»Ah, natürlich.«

»Welche Bereiche decken sie ab? Ich habe nur auf dem Parkplatz und an der Rezeption Kameras gesehen.«

»Überwacht werden alle Eingänge«, erklärte Wotherspoon, »auch die der Lieferanten. Die Bänder werden täglich gewechselt.«

»Wann genau?«

»Um Mitternacht. Vom Sicherheitspersonal. Wir haben sieben 24-Stunden-Bänder, die jeweils in der darauffolgenden Woche wieder verwendet werden.«

»Und wenn ich sehen wollte, was gestern vor einer Woche geschah ...?«

»Das wäre leider nicht möglich.«

»Okay.« Lorimer wandte sich vom Fenster ab. »Ich denke, das ist erst einmal alles, Mr. Wotherspoon. Sobald wir Näheres über die anwesenden Personen wissen, werden wir Ihnen gegebenenfalls weitere Fragen stellen. Vom Nachtpersonal hat niemand den Vorfall letzte Nacht erwähnt?«

Wotherspoon schüttelte den Kopf.

»Wir haben erst davon erfahren, als Ihre Beamten heute Morgen aufgetaucht sind. Ein ziemlicher Schock. Es ist zwar nicht das erste Mal, dass in der Umgebung des Hotels jemand ertrunken ist, allerdings ist es auch kein alltägliches Ereignis.«

»Ist denn kürzlich etwas vorgefallen?«, fragte Lorimer, als sie den Raum verließen und zum anderen Ende des gelben Korridors gingen.

»Nein.« Wotherspoon verzog das Gesicht. »Vor ein paar Jahren ist ein kleiner Junge in den Fluss gefallen. Keiner von unseren Gästen«, fügte er schnell hinzu. »Chief Inspector ...« Wotherspoon stockte. »Darf ich fragen, um was es hier eigentlich genau geht? Es überrascht uns, dass ein Beamter von Ihrem Rang in einem Todesfall durch Ertrinken, einem Unfall, ermittelt.« Der Geschäftsführer sah Lorimer fragend an, aus seinem Gesicht sprach keine unverhohlene Neugier. Immerhin war es sein gutes Recht, sich nach etwas zu erkundigen, das das Unternehmen, für das er arbeitete, unmittelbar betraf.

»Leider kann ich Ihnen dazu im Augenblick keine Auskünfte geben, Sir«, erwiderte Lorimer. »Und ich wäre dankbar, wenn Sie sich gegenüber der Presse jeglicher Spekulationen enthalten würden.« Er sah Wotherspoon an, der ernst nickte. Auf den Geschäftsführer würde er sich verlassen können, aber es war völlig unmöglich, den Rest der Belegschaft am Herumtuscheln zu hindern, zumal wenn die Ermittlungen erst einmal in Gang gekommen waren.

»Ich schlage vor, wir nehmen jetzt die andere Treppe, damit Sie die auch einmal gesehen haben«, sagte Wotherspoon.

Lorimer deutete fragend auf den Lift, an dem sie vorbeikamen.

»Für unsere behinderten Gäste«, entgegnete Wotherspoon knapp. Sie folgten der Biegung am Ende des Korridors und gingen eine mit einem Teppich ausgelegte Treppe wieder nach unten. Auf dem Treppenabsatz auf halber Höhe hielt Lorimer überrascht inne. Von hier aus konnte er das einsame Fleckchen mit seinen leeren schwarzen Bänken ganz deutlich erkennen. War letzte Nacht jemand in dieser Richtung den Fluss entlanggegangen? Duncan Forbes vielleicht? Nun, die Kameraaufnahmen würden sicherlich einigen Aufschluss geben, jedenfalls über diesen Teil der Ereignisse.

Der DCI hörte kaum, was Andrew Wotherspoon über das berühmte Gemälde erzählte, das die eine Wand des Hotels bedeckte. Es zeigte Szenen aus den Glanzzeiten des Clyde, festliche Stapelläufe, Mitglieder der königlichen Familie aus drei Generationen sowie die Männer, die die weltberühmten *Queens* gebaut hatten. Sein Blick wanderte vom Mariner Restaurant im Pseudo-Art-déco-Stil hinüber zur Bar mit ihrer zeltartigen Überdachung, sicherlich die Nachahmung eines Segelwerks. Lorimers inneres Auge versuchte allerdings, hinter diese Dinge zu blicken und eine ganz andere Szene zu verstehen: die eines Mannes, der zum Geländer gegangen war und in den Tiefen des Wassers den Tod gefunden hatte.

12. Kapitel

»Also schön, ein Kinonachmittag.« Detective Sergeant Alistair Wilson lehnte sich zurück, faltete die Hände hinter dem Kopf und zwinkerte seinem Kollegen zu. Detective Constable Cameron saß aufrecht, mit vor der Brust verschränkten Armen auf seinem Stuhl und machte ein verdrießliches Gesicht. Er hielt es für eine ungeheure Zeitverschwendung, so viel Aufhebens um einen Ertrunkenen zu machen, der ganz offensichtlich ins Wasser gefallen war. Und alles nur, weil eine hysterische Frau auf dem Revier angerufen hatte. Sie hatten sich das Band auf Lorimers Drängen hin schon zigmal angehört.

»Oh mein Gott, es tut mir so leid. Duncan Forbes. Er ist tot. Ich meine, er ist ertrunken, aber das habe ich nicht gewollt. Bestimmt nicht.« Es folgte eine Pause und dann ein Geräusch, das wie ein unterdrücktes Schluchzen klang. »Er ist drüben beim Finnieston Crane. In der Nähe des Crowne Plaza. Oh mein Gott ... Und ... da ist etwas, dass Sie unbedingt wissen sollten ...« Dann wurde die Verbindung plötzlich unterbrochen. Als hätte jemand sie am Weitersprechen gehindert, hatte Lorimer bemerkt.

Cameron schnitt eine Grimasse, als das CCTV-Material schwarzweiße Gestalten zeigte, die durch den Seiteneingang des Hotels ein und aus gingen. Es läge auf der Hand, mit diesem Band anzufangen, hatte Wilson erklärt. Als Nächstes war die Kamera dran, die den Korridor des Mezzanins überwachte. Cameron gähnte und versuchte sich zu konzentrieren.

Die ersten Ermittlungen waren zwar langweilig, aber wichtig. Sollten sie irgendetwas Auffälliges entdecken, würden sie beide vor Gericht aussagen müssen.

Vor ihnen auf dem Tisch lagen ein paar Fotos des Toten. Alles wäre so viel einfacher, wenn sie jemanden hätten, der den Typen gekannt hatte. Wilson musste grinsen, als sein jüngerer Kollege vergeblich versuchte, sein wiederholtes Gähnen zu unterdrücken. Ihre Video-Session war noch lange nicht zu Ende.

Lorimer stellte den Motor ab und seufzte.

»Schrecklich, nicht?« Police Constable Annie Irvine schüttelte den Kopf. Die Angehörigen eines Verstorbenen zu besuchen war immer eine schwierige Angelegenheit, es würde nie zur Routine werden. Im Laufe der Jahre hatte sie unzählige Kannen Tee gekocht. Annie Irvine glaubte, dass es ihrer mitfühlenden, verständnisvollen Art zu verdanken sei, dass es meistens sie traf. Doch es lag wohl eher daran, dass alle anderen in der Versenkung zu verschwinden schienen, wann immer Lorimer auf der Suche nach einer weiblichen Begleitperson war.

Lorimer gab wie erwartet keine Antwort. Irvine kannte ihren Vorgesetzten. Er wurde erst gesprächig, wenn es etwas zu sagen gab. Man musste nur ein wenig Geduld mit DCI Lorimer haben, dann wurde man dafür auch meistens entschädigt.

Als sie gemeinsam vor der Haustür von Mansewood standen, sah sich Irvine um. Sie hatten den Wagen am Rand einer weitläufigen Rasenfläche abgestellt, gegenüber dem breiten Zufahrtsweg, der mit dichten Sträuchern bepflanzt war, um das Anwesen vor neugierigen Blicken zu schützen. Die Eigentümer gaben vermutlich ein Vermögen für den Gärtner aus, der alles sauber und ordentlich hielt. Die Gärten, an denen sie in dieser Gegend von Bearsden vorbeigekommen waren, sahen alle sehr gepflegt aus. Irvine zog bewundernd die Augenbrauen hoch. Ihr war es schon anstrengend genug, die Blumen auf ihrer Fensterbank regelmäßig zu gießen.

Auf den schrillen Ton der Türglocke hin hörten sie, wie jemand mit dumpfen Schritten die Treppe herunterkam. Die Tür ging auf, und eine junge Frau erschien, die sie unsicher ansah. Das braune Haar war nach hinten zu einem Pferdeschwanz gebunden, und über ihren schmuddeligen Jeans trug sie ein ausgeleiertes T-Shirt.

»Sind Sie von der Polizei?«, fragte sie in scharfem Ton, ihr Akzent verriet, dass sie aus einem gebildeten Elternhaus stammte. Sie musterte die Uniform der Polizistin.

Lorimer hielt seinen Dienstausweis hoch. »Detective Chief Inspector Lorimer. Police Constable Irvine. Wir möchten zu Mrs. Forbes. Sie erwartet uns.«

»Dann wäre es wohl besser, wenn Sie reinkommen«, sagte das Mädchen und hielt zögerlich die Tür auf. »Mutter geht es nicht besonders gut, und ich lasse eigentlich niemanden zu ihr. Aber ich denke, in diesem Fall muss ich wohl eine Ausnahme machen.« Aus ihrem Gesicht sprach ein Trotz, den Lorimer für eine Maske hielt. Offenbar versuchte sie auf diese Weise, Gefühle zu verstecken, die nicht allzu weit unter der Oberfläche lauerten.

»Danke, Miss ...«

»Mrs.«, antwortete sie schroff. »Mrs. Collins. Jane Collins.« Dem Mädchen entging nicht, dass Lorimer demonstrativ auf die Stelle blickte, an der eigentlich ihr Ehering hätte sein müssen, ein mattes Lächeln erschien auf ihrem Gesicht. »Kann ihn leider immer noch nicht tragen. Der Schwangerschaftsspeck ...« Jane Collins wandte sich um und führte sie in den hinteren Teil des Hauses. Das Wohnzimmer ging auf einen großen, sanft ansteigenden Garten hinaus, an dessen Ende eine Reihe unbelaubter Buchen stand.

Als sie den Raum betraten, stand Elizabeth Forbes nicht auf. Sie saß, in eine flauschige beige Decke gehüllt, in einem cremefarbenen Lehnstuhl, die Beine auf der Fußstütze übereinandergelegt.

Die junge Frau ging neben ihrer Mutter in die Hocke und streichelte ihre Hand.

»Mum, Chief Inspector Lorimer ist hier. Er möchte gerne mit dir sprechen.«

Elizabeth Forbes blickte auf und nickte. Sie sah Lorimer und Irvine mit ausdruckslosen und vom Weinen verquollenen Augen an. Sie öffnete den Mund, als wollte sie etwas sagen, wandte sich dann aber wieder ihrer Tochter zu.

»Nun, wenn es Ihnen heute zu viel ist ...« Lorimer verstummte.

»Nein.« Ihre Stimme war heiser. »Nein. Schon in Ordnung. Bitte setzen Sie sich.« Mit einer schwachen Handbewegung deutete sie auf die Polstersessel gegenüber.

»Möchten Sie Tee?«, fragte Jane Collins und erhob sich. Lorimer nickte. Es war wohl besser, wenn das Mädchen etwas zu tun hatte, während er mit ihrer Mutter sprach.

»Oh!«, rief sie, als aus dem oberen Stockwerk Babygeschrei zu hören war. »Wie es aussieht, werde ich gebraucht.« Als das Mädchen zur Tür hinauslief – der Tee war vergessen –, fing Elizabeth Forbes Lorimers Blick auf.

»Das erste Kind«, vertraute sie ihm mit gedämpfter Stimme an, sie lächelte. »Sie wissen ja, wie das ist, Chief Inspector.«

Höflich erwiderte Lorimer das Lächeln. Er wusste es nicht und würde es auch nie wissen. Wenn Elizabeth Forbes jedoch annahm, dass er etwas von kleinen Kindern verstand, hatte er nichts dagegen. Der großmütterliche Stolz auf den Neuankömmling hatte immerhin etwas Farbe in ihr aschfahles Gesicht gezaubert.

»Wir sind gekommen, um mit Ihnen über Ihren Mann zu sprechen«, begann Lorimer.

Das Lächeln schwand aus ihrem Gesicht, als hätte sich plötzlich eine Wolke vor die Wintersonne geschoben, und Elizabeth Forbes senkte den Blick.

»Je eher es uns gelingt, Mr. Forbes' letzte Stunden nachzuvollziehen, umso besser werden wir verstehen können, was mit ihm geschehen ist«, sagte er mit sanfter Stimme.

Die Frau nickte einsichtig, sah aber weiterhin auf ihre unruhigen Hände, die einen Fingernagel nach dem anderen bearbeiteten. Lorimers Augen folgten ihren nervösen Bewegungen, und er bemerkte die sauber gepflegten, unlackierten Nägel. Diese Hände waren an körperliche Arbeit gewöhnt, dachte er, und die Beobachtung erstaunte ihn.

»Wann haben Sie Ihren Mann zum letzten Mal gesehen?« Die Routinefrage klang in seinen Ohren fürchterlich abgedroschen.

»Gestern. Nein. Welcher Tag ist heute?« Sie wandte sich an Annie Irvine, als könnte nur eine Frau den Überblick über solche Dinge behalten.

»Freitag«, antwortete Annie. Duncan Forbes' Leiche war am Morgen vor dem rätselhaften Telefonanruf ans Clydeufer gespült worden. Sie warteten, bis dies auch in das Bewusstsein seiner Frau gedrungen war.

»Duncan ist am Mittwochmorgen ins Büro gefahren, und am Abend wollte er auf eine Abschiedsparty gehen«, begann sie.

»Im Crowne Plaza?«, half Lorimer ihr auf die Sprünge.

»Ja. Er sagte, er würde eventuell vorher noch einmal nach Hause kommen und sich umziehen, aber das hat er nicht getan.« Sie dachte einen Augenblick nach, ehe sie fortfuhr: »Also habe ich ihn wohl am Mittwochmorgen, bevor er zur Arbeit ging, zum letzten Mal gesehen.« Sie schlug die Decke so energisch zurück, dass sie zu Boden fiel. »Er hat versprochen, vor elf wieder zu Hause zu sein.« Sie blickte Lorimer vorwurfsvoll an. »Er hat es *versprochen.*«

»Ihr Mann hat sich also den ganzen Tag nicht mehr bei Ihnen gemeldet?«

»Nein. Aber ich war auch die meiste Zeit unterwegs.«

»Hat er Ihnen eine Nachricht hinterlassen? Aus dem Büro oder vom Handy aus?«

Elizabeth Forbes schüttelte den Kopf und senkte wieder den Blick. Als sie aufsah, bemerkte Lorimer, dass ihre Wangen feucht glänzten.

»Oh, hätte er es nur getan!«, rief sie. »Dann bliebe mir wenigstens noch seine Stimme auf dem Band. So habe ich nichts mehr, gar nichts!«

Sie vergrub den Kopf in ihren zitternden Händen, und heftige, heisere Schluchzer entwichen ihrer vom vielen Weinen erschöpften Kehle.

Lorimer sah hilflos zu, wie Annie Irvine an der Seite der Trauernden kniete und versuchte, sie zu trösten. Als die Tränen nachließen, nahm Elizabeth Forbes das Taschentuch, das sie ihr reichte, und putzte sich geräuschvoll die Nase.

»Alles in Ordnung?« Lorimer beugte sich auf Augenhöhe zu ihr hinunter. Sie nickte nur, unfähig, etwas zu sagen.

»Es tut mir leid, Mrs. Forbes, aber ich muss Sie das fragen. Könnten Sie uns sagen, ob Ihr Mann sich in letzter Zeit über irgendetwas Sorgen gemacht hat? Gab es etwas, das ihn beunruhigt hat?«

Als er sah, wie sich ihre Gesichtszüge versteinerten, wusste er, dass er einen wunden Punkt getroffen hatte.

»Was hat ihm zu schaffen gemacht, Mrs. Forbes?«, fuhr Lorimer mit weicher, einfühlsamer Stimme fort, darum bemüht, ihr Vertrauen zu gewinnen.

Elisabeth Forbes sah auf ihr Taschentuch hinunter und mied bewusst seinen Blick.

»Wir müssen wissen, in welcher Verfassung Ihr Mann war, verstehen Sie«, sagte Lorimer eindringlich. Sie schüttelte den Kopf, als wollte sie die Bedeutung seiner Worte nicht wahrhaben.

»Das hätte er nicht ...«, begann sie. »Wir waren glücklich ...«

»Was hätte er nicht, Mrs. Forbes?«

Sie blickte wieder auf.

»Duncan hätte sich nicht das Leben genommen«, sagte sie schniefend. »Er hatte so viel, wofür es sich zu leben lohnte. Janey, das Baby ... oh, einfach alles.«

»Aber da war auch etwas, das ihn beschäftigte?«, ließ Lorimer nicht locker.

Elizabeth Forbes nickte.

»Können Sie uns sagen, was?«

»Nein. Das kann ich nicht.« Sie seufzte schwer. »Er hat es mir nie gesagt, aber ich wusste es. Ich wusste, dass etwas nicht stimmte. Er hatte ... nun ja ... viel zu tun. Mehr als sonst. Er kam oft erst sehr spät nach Hause ...«

Lorimer sah, wie sie sich auf die Unterlippe biss. Um nicht wieder in Tränen auszubrechen? Oder um sich daran zu hindern, ihm ihre Vermutungen darüber mitzuteilen, was ihren Mann so beschäftigt haben könnte?

»Das ist alles, was ich weiß, Chief Inspector.« Die Schultern der Frau schienen unter der Last seines Blicks zusammenzusacken.

»Sind Sie sicher? Könnte es nicht doch einen Grund für diesen Unfall geben?«, fragte Lorimer ruhig und ohne das

Wort besonders zu betonen. Es stand ihm nicht zu, Mutmaßungen darüber anzustellen, ob Duncan Forbes von eigener oder fremder Hand gestorben war.

Elizabeth Forbes schüttelte wieder den Kopf. Diesmal schien es, als versuchte sie sich mit einem Gedanken abzufinden, der ihr gerade gekommen war.

»Er ...« Sie wandte sich ab und biss sich auf die Lippe, dann sah sie wieder zu Lorimer. »Er hatte ein Problem ... ein Alkoholproblem, Chief Inspector.« Sie wägte ihre Worte sorgfältig ab. »Aber das ist lange her. Seitdem hat er keinen Tropfen mehr getrunken!«, rief sie. »Das war es nicht. Ich schwöre es Ihnen!«

Lorimer musterte sie aufmerksam. Ihre Stimme zitterte jetzt nicht mehr, ihre Augen hingegen glänzten vor Wut und von unvergossenen Tränen.

»Wir haben einen Notruf von einer Frau erhalten. Von ihr haben wir erfahren, wo sich der Unfall ereignet hat. Sie wissen nicht zufällig, wer diese Frau sein könnte, Mrs. Forbes?«

Lorimer fixierte sie mit seinem Blick, während sie sich in den Lehnstuhl zurücksinken ließ, und ihm war, als könnte er zusehen, wie vor einem Fenster die Rollläden heruntergelassen wurden.

»Nein.«

Die folgende Stille wog schwer, und das Ticken der Uhr auf dem Kaminsims war ungewöhnlich laut.

»Ich muss mich jetzt etwas ausruhen, Chief Inspector«, sagte sie, und ihre Stimme klang auf einmal streng und duldete keinen Widerspruch.

»Sollten wir noch einmal mit Ihnen sprechen müssen, Mrs. Forbes, geben wir Ihnen Bescheid. Wir finden allein hinaus – bleiben Sie ruhig sitzen«, sagte Lorimer und erhob sich.

Als sie durch den Flur gingen, hörten sie aus dem oberen

Stockwerk Gesang. Janey Collins war bei ihrem Kind und hatte den Tod des Vaters für ein paar Minuten vergessen.

»Und? Was denkst du?«, fragte Wilson.

»Das ist er, eindeutig. Nicht ganz nüchtern, wenn du mich fragst.«

Die beiden Männer blickten konzentriert auf den Bildschirm. Ein Mann kam schemenhaft aus dem Seitenausgang des Crowne Plaza getorkelt, schwenkte nach links ab und verschwand aus dem Bild.

»Sehen wir uns die Stelle noch einmal an.« Wilson spulte zurück und drückte dann die Stopptaste. Wieder schwankte die dunkle Gestalt über den Bildschirm. Der Mantel flatterte ihm um die Knie, als wäre er von einem plötzlichen Windstoß erfasst worden. Wilson drückte die Pausetaste. Der Mann erstarrte, und eine wellenlinienartige Figur trat in einer einzigen ewigen Bewegung aus dem Dunkel hinaus in ein Meer aus künstlichem Licht. Der Mann verharrte im Profil und blickte starr geradeaus, als würde er seine Bestimmung kennen. Schließlich erlöste Wilson das Bild aus seiner Gefangenschaft und ließ Duncan Forbes in die Nacht hinaus- und seinem wie immer gearteten Schicksal entgegentreten.

»Tatsächlich! Du hast in beiderlei Hinsicht recht gehabt. Sieht aus, als hätte er einen sitzen. Wahrscheinlich brauchte er dringend ein bisschen frische Luft. Jedenfalls läuft er in Richtung Geländer.« Wilson schüttelte resigniert den Kopf. »Lässt sich volllaufen, rennt zum Flussufer, reihert über das Geländer und fällt dann rein. Armes Schwein«, fügte er hinzu.

»So leicht kann man an der Stelle gar nicht reinfallen«, überlegte Cameron. »Man müsste schon über das Geländer klettern.«

»Du kennst die Stelle?«

»Klar. Ich bin schon zigmal mit dem Fahrrad über die Bell's und die Millennium Bridge gefahren«, erwiderte Cameron.

»Na, dann verlass ich mich auf dich. Aber wir müssen bedenken, dass er ganz schön wacklig auf den Beinen war. Alles deutet darauf hin, dass er einen im Tee hatte, und das wird den Richter auf jeden Fall interessieren. Falls es überhaupt so weit kommt. Ich persönlich glaube ja an einen tödlichen Unfall.«

»Und was ist mit dem Anruf?«

»Ach, eine Frau hat ihn reinfallen sehen und ist hysterisch geworden.«

»Die Leitung ist ziemlich abrupt unterbrochen worden«, grübelte Cameron weiter.

»Jemand war der Meinung, dass sie mit der Sache lieber nichts zu tun haben sollte«, antwortete Wilson. Als ihm bewusst wurde, was er gerade gesagt hatte, blickte er seinen jüngeren Kollegen an, und beide Männer zogen argwöhnisch die Augenbrauen hoch.

Auf der Rückfahrt ins Revier herrschte Schweigen. Lorimer dachte darüber nach, was ihnen Elizabeth Forbes mitgeteilt hatte. Dass ihr verstorbener Ehemann ein trockener Alkoholiker war, der jahrelang keinen Tropfen getrunken hatte. In ihrer Stimme hatte eine Beharrlichkeit gelegen, die ihm zu denken gab. Die Witwe hatte die Tatsache seiner Abstinenz etwas zu heftig beteuert. Als Lorimer auf den Notruf zu sprechen gekommen war, hatte sie sich wieder in ihr Schneckenhaus zurückgezogen. Aber warum? Weil er eine Anruferin erwähnt hatte? Oder glaubte sie wirklich, ihr Mann sei betrunken gewesen und tödlich verunglückt? Jedenfalls hatte sie sich gescheut, der Wahrheit ins Auge zu blicken. Und wer konnte ihr das verübeln? Plötzlich verspürte er Mitleid mit der Frau, die sie in dem großen Haus in Bearsden zurückgelassen hatten.

Was Duncan Forbes auch immer passiert sein sollte, es gab noch mehr Opfer, die litten.

»Okay, belassen wir es erst einmal dabei. Der toxikologische Bericht wird nur das Übliche bringen. Zu viel Alkohol im Blut. Tödlicher Unfall. Schluss. Aus.« Lorimer blickte in die Runde. Die Beamten hatten eine Menge Zeit verbracht, dem mysteriösen Telefonanruf nachzugehen. »Es tut mir wirklich leid, Leute. Der Boss wird zwar ausflippen, aber wenigstens kann er uns keine Nachlässigkeit vorwerfen.« Lorimer musste grinsen. Manche der Anwesenden schüttelten den Kopf, entrüstet über die Zeitverschwendung. Superintendent Mitchison war ein Pedant, wenn es um die Einhaltung der Regeln und Vorschriften ging, und ließ über jede noch so kleine Ermittlung gleich mehrere Berichte schreiben. In den paar Monaten, in denen Lorimer den Superintendenten wegen Krankheit vertreten hatte, hatten sie sich wieder die alten Freiheiten gegönnt, die gewisse EU-Richtlinien einzudämmen drohten, und auch den ewigen Papierkram ein bisschen vernachlässigt.

»Und was ist mit den Videos?«, fragte DC Cameron gereizt. Er hatte immer noch Kopfschmerzen, weil er den ganzen Nachmittag vor dem Videorekorder verbracht hatte, und jetzt kam sein Chef daher und teilte ihm mit, das sei alles unnötig gewesen.

»Wir behalten die Bänder so lange, bis der toxikologische Bericht vorliegt. Dann könnt ihr sie wieder zurückschicken. Tut mir leid, ehrlich«, fügte Lorimer hinzu und zog eine Augenbraue hoch, als er Camerons mürrisches Gesicht sah.

Die Beamten brummten missmutig, als sie den Raum verließen, und Lorimer konnte es ihnen nicht verübeln. Ein Tod blieb so lange verdächtig, bis das Gegenteil bewiesen war, und die Nichtbeachtung von Indizien wog schwerer als die Vergeudung von Arbeitszeit. Die Arbeit eines Polizisten konnte eben auch frustrierend sein. Er schloss die Schreibtischschublade und ließ sich mit einem Seufzer in seinen Stuhl zurücksinken. Morgen würde es andere Verbrechen geben, in denen ermittelt werden musste. Der Fall Duncan Forbes schien erst einmal abgeschlossen zu sein.

13. Kapitel

Die Maschine stieg steil in den Himmel, und das vertraute flaue Gefühl in der Magengrube ließ Michael Turner vergnügt grinsen. Er war unterwegs! Ihm schien, als spiegelte das Dröhnen des Flugzeugs seine Aufregung wider, als stimmte er in das Geheul der Motoren mit ein, als vibrierte sein Körper vor Freude.

Seit ihn die Nachricht von seiner Beförderung erreicht hatte, hatte er keine ruhige Minute gehabt. Er hatte Dinge aussortiert, seine Sachen gepackt und die Wohnung einem Makler anvertraut. Und am letzten Abend hatte er noch ein paar nette Stunden mit Jenny verbracht. Er hatte ihr Dinge versprochen, von denen sie beide wussten, dass er sie nie einhalten würde, doch zwischen Küssen, die nur im Hier und Jetzt Gültigkeit besaßen, hatte er sich trotzdem dazu hinreißen lassen. Am nächsten Morgen war er alleine aufgewacht, und der leere Platz an seiner Seite war eine ernüchternde Erinnerung an alles, was er zurückließ. Niemand hatte ihm in den letzten Tagen die schreckliche Nachricht von Duncan Forbes' Tod überbracht. Sogar der Anrufbeantworter zu Hause war ungewöhnlich schweigsam gewesen. Allerdings hatte Michael viel zu viel um die Ohren gehabt, als dass es ihm aufgefallen wäre.

Als die Anschnallzeichen erloschen waren, stellte er die Rückenlehne zurück und machte es sich in seinem Sitz bequem, um den Flug zu genießen. Er hatte ein Taschenbuch und die *Gazette* in die Tasche am Vordersitz gesteckt, und jetzt überlegte er, welche Lektüre er sich zuerst vornehmen sollte. Er entschied sich für das Taschenbuch. Die *Gazette* mit der Pressemeldung über einen Mann, der im Clyde ertrunken war, steckte weiterhin zusammengefaltet zwischen dem Bordmagazin und einer Flasche Highland Spring Mineralwasser.

Es sollten noch einige Tage vergehen, bis Michael Turner vom Tod seines Mentors erfuhr, und dann würde er nicht mehr in der Lage sein, seine Geheimnisse preiszugeben.

14. Kapitel

»Liz, ich bin's, Catherine.«

Am anderen Ende der Leitung war erst ein schweres Atmen und dann ein Klicken zu hören. Die Verbindung war unterbrochen worden.

Catherine Devoy hielt verblüfft den Hörer von sich, als hätte ihr das Telefon einen unverschämten Streich gespielt. Dann zuckte sie ratlos mit den Schultern, legte den Hörer auf und nahm ihn wieder ab. Sie wollte gerade die Wahlwiederholung drücken, da kam ihr ein Gedanke. Vielleicht hatte sie sich verwählt. Vielleicht war die Person am anderen Ende der Leitung gar nicht Liz gewesen. Um sicherzugehen, wählte Catherine die Nummer erneut und ließ das Telefon lange klingeln. Sie seufzte. Niemand zu Hause. Also hatte sie beim ersten Mal die falsche Nummer gewählt. Nun, sie würde es eben später noch einmal versuchen. Sie durfte sich jedenfalls nicht davor drücken, Duncans Witwe ihre Unterstützung anzubieten. Ausgeschlossen. Alec hatte darauf bestanden.

Liz sank in den Stuhl zurück. Sie zitterte. Was hatte sie getan? Catherine wollte bestimmt nur höflich sein. Warum zum Teufel hatte sie dann der Mut verlassen, mit ihr zu sprechen? Ihr Blick fiel auf das Foto, das neben ihr auf dem Tisch stand. Es war ein Urlaubsschnappschuss mit Duncan und ihr vor dem Cottage. Er hatte die Arme voller Reisig für das Feuer, ihr Haar wehte im Wind, und sie lachten. Ihre Augen füllten sich mit

Tränen. Sie wollten einfach nicht aufhören zu fließen. Er *hatte* sie geliebt. Im Grunde ihres Herzens war sie sich dessen gewiss. Aber warum tat es so schrecklich weh, warum hatte sie solche Zweifel? Und warum hatte sie, als Catherine anrief, einfach den Hörer aufgelegt? War jede Frau in Duncans Leben auf einmal eine potenzielle Geliebte? Liz vergrub den Kopf in den Händen und ließ ihren Tränen freien Lauf. Nicht Catherine, ganz bestimmt nicht Catherine, dröhnte es in ihrem Kopf.

»Miss Devoy.« Eine Stimme an der Tür ließ Catherine aufblicken. Es war Zoe Nicholl, Duncans Sekretärin.

»Wir haben eine Nachricht von Kirkby Russell«, sagte die junge Frau.

»Oh?« Catherine neigte den Kopf zur Seite. Kirkby Russell war Forbes Macgregors US-Partner. Seit den Tagen, als Duncans Vater noch die Kanzlei leitete, hatte man es weit gebracht. Heute war das Unternehmen auf dem ganzen Erdball präsent, und Forbes Macgregor war ein ernst zu nehmender Akteur auf internationalem Parkett.

»Etwas Wichtiges?«

»Ich bin mir nicht sicher«, erwiderte die Sekretärin. »Es geht um Michael. Sie wollen wissen, wann er ankommt.«

Catherine Devoy runzelte die Stirn.

»Bist du sicher?«, fragte sie, merkte aber, wie dämlich die Frage war, und fügte hinzu: »Da muss es wohl ein Missverständnis geben. Man hat Michael bereits vom Flughafen abgeholt …« Sie blickte auf ihre schmale goldene Armbanduhr. »Gestern Nachmittag um drei Uhr Ortszeit.«

»Vielleicht hat es irgendwo eine Verzögerung gegeben. War nicht erst kürzlich die Rede von einem Streik in der Gepäckabfertigung?«

»Ja, aber das hätte Michaels Flug nicht betroffen. Er ist mit

British Airways geflogen. Da muss eine Verwechslung vorliegen«, sagte sie abweisend. »Sieh noch mal die E-Mails mit den Flugnummern und der voraussichtlichen Ankunftszeit durch, die wir letzte Woche verschickt haben.«

»In Ordnung.« Zoe machte auf dem Absatz kehrt und schloss die Tür hinter sich.

Catherine starrte auf die Tür. Etwas mit ihrem Magen stimmte nicht. Das Sodbrennen hatte in der letzten Zeit zugenommen. Ein sicheres Zeichen für Stress. Aber Catherine Devoy war gut darin, alles zu verbergen, was ihre wahren Gefühle, ihre innere Zerrissenheit verraten könnte. Das musste sie auch sein, vor allem seit ein paar Monaten. Trotzdem fand sie diesen kleinen Vorfall beunruhigend. Warum war es Kirkby Russell nicht gelungen, Kontakt mit Michael Turner aufzunehmen? Er war doch angekommen? Und wenn nicht, was zum Teufel konnten sie jetzt, da er nicht mehr in Reichweite war, tun?

15. Kapitel

Nichts war nach Plan verlaufen.

JJ fluchte leise, als er die schweren Einkaufstüten die Betonstufen zum Dachboden hinaufschleppte. Das Herankarren von Lebensmitteln war nicht Teil des Jobs gewesen: ihn abzuknallen ja, aber ihn am Leben zu lassen und jedes Mal sein Gejammer anhören zu müssen, wenn er auftauchte, ganz bestimmt nicht. Wenn er nur einfach die Klappe gehalten hätte, dann wäre es erst gar nicht so weit gekommen. JJ erinnerte sich an die Unterhaltung, nachdem er den Schotten mit der Limousine vom John-F.-Kennedy-Flughafen abgeholt hatte.

»Aus welcher Gegend Schottlands kommen Sie denn?«, hatte er sich erkundigt. Eigentlich eine harmlose Frage. Im Grunde war es nicht viel mehr als das übliche Gespräch über die Yankees, das er normalerweise anzettelte, um seine Opfer weich zu machen, bevor er sie umlegte. Der Typ hatte jedoch nicht mehr aufgehört, sich über die Schönheit der schottischen Landschaft auszulassen, bis JJ das Thema wechselte.

»In welcher Branche arbeiten Sie?«

Daraufhin drehte sich die Unterhaltung nur noch um seinen neuen Job. Das heißt, JJ hatte schweigend zugehört und nur ein paar Mal nachgefragt, wenn er mehr wissen wollte. Was ihn hierher verschlagen hatte. Warum er nicht einfach im schönen Schottland geblieben war.

Dann war es nur so aus ihm herausgesprudelt, er hatte ein umfassendes Geständnis abgelegt, das keinerlei Bedeutung hatte, das man nur irgendeiner Dumpfbacke von Taxifahrer erzählte, den man nie mehr wiedersehen würde. JJ wusste, wie diese Typen funktionierten.

Irgendwann hatte JJ das zusammengefaltete Halstuch aus der Brusttasche seiner blauen Uniformjacke gezogen. Der Schweiß war ihm die Schläfen hinuntergelaufen, und als er sich das Gesicht abtupfte, hatte er einen verstohlenen Blick auf seinen Fahrgast geworfen, der hinter ihm auf der Rückbank der Limousine saß. Er hatte nur zwei Möglichkeiten: ein Risiko einzugehen oder den Befehl wie üblich auszuführen. Beim Gedanken an die Konsequenzen, falls sein Plan scheitern sollte, lief es ihm kalt über den Rücken. Dieser Kerl konnte ihm das Tor zu einem besseren Leben öffnen, so viel stand fest. Und niemand würde ihn verdächtigen. Alles, was sie wollten, war eine Leiche.

An die restliche Fahrt hatte er nur noch vage Erinnerungen. JJ war in Jamaica Bay auf den Highway in Richtung Stadt abgebogen. Er hatte ein Grinsen aufgesetzt, als der Typ beim Anblick der Brooklyn Bridge in Begeisterung ausbrach, und ihm sogar lang und breit dargelegt, in was für eine großartige Stadt er gerade kam. Sein Fahrgast hatte nicht einmal mit der Wimper gezuckt, als sie durch den Holland Tunnel fuhren, der aus dem Straßengewirr von New York wieder hinausführte. Er war viel zu beschäftigt gewesen, nach rechts und links zu blicken, wo alles neu und fremd für ihn war. JJ hatte einfach weiter gegrinst. Für das arme Schwein war es praktisch egal, ob er sich in Downtown Manhattan oder in einem der Ghettos befand, wo er ihn verstecken würde, bis er entschieden hatte, was zu tun war.

JJs Auftrag bestand wie immer darin, den Job schnell und effizient abzuwickeln. Ein sauberer Schuss, gefolgt von einem Ausflug in die Pampa mit Sack und Schaufel, das war die übliche Vorgehensweise. Er würde den Rest seines Honorars abholen, nachdem er die Limousine auf dem Parkplatz des Reinigungsdienstes abgestellt hatte, und damit wäre die Sache für ihn erledigt. Keine Reue, keine Fragen an das durch jahrelange routinemäßige Hinrichtungen abgestumpfte Gewissen. JJ war ein vollendeter Geschäftsmann, wenn es darum ging, seine Opfer zur Strecke zu bringen.

Der Mann knurrte missmutig, als er den obersten Treppenabsatz erreichte und die Einkaufstüten abstellte. Unter ihm mischte sich das Heulen entfernter Sirenen mit den Schreien der Kinder, die auf der Müllhalde an der Ecke spielten. Er kramte in seiner Hosentasche nach dem Schlüssel und steckte ihn in das Vorhängeschloss. Als er die Tür aufstieß, spürte er, wie im Innern des Raumes etwas zum Leben erwachte.

Michael Turner lag auf einem Bett an der Wand, die Hände auf dem Rücken gefesselt, geknebelt mit dem roten gemusterten Halstuch.

»Essenszeit!«, rief JJ, der die Tür mit einem Fuß hinter sich zuschlug und die Tüten zum Tisch in der Mitte des Raumes schleppte. Einen Augenblick lang trafen sich ihre Blicke, und JJ zögerte einen Moment. Dann wandte sich der ältere Mann ab und begann, die Einkäufe aus den Tüten auf den Tisch zu laden.

Michael rümpfte vor Ekel die Nase, als er durch das staubige, stickige Halbdunkel spähte. Es gab keine Klimaanlage, und in der Luft hing der Geruch gerade erst gebratener Hamburger und von ranzigem Fett. Der Chauffeur war wieder gegangen, und Michael, unbeweglich ans Bett gefesselt, war erneut auf sich alleine gestellt. Oben im Dach gab es ein kleines Fenster mit Drahtverglasung. Gelegentlich sah er eine Krähe mit gespreizten Krallen über die glatte Fläche rutschen, ehe sie unter lautem Kreischen wieder davonflog. Von draußen drang nur das monotone Dröhnen des Verkehrs und hier und da das Geheul einer Sirene herein. Doch kein Rettungsdienst kam, der Michael aus seiner Gefangenschaft erlöste.

Zuerst hatte er noch versucht, sich aus seinen Fesseln zu befreien, doch mit der Zeit stellte er eine zunehmende Lethargie fest, eine allgemeine Entkräftung, wie er vermutete, und eine Muskelschwäche aufgrund mangelnder Bewegung. Eine Welle von Selbstmitleid überkam ihn, als er die Hoffnungslosigkeit seiner Lage begriff. In den ersten Tagen hatte er sich gewundert, wie sehr er sich jedes Mal über die seltenen Besuche seines Entführers freute. Irgendwann war ihm klar geworden, dass die Anwesenheit des Mannes schlicht und ergreifend bedeutete, aufrecht sitzen, essen und, was am wichtigsten war, mit jemandem sprechen zu können.

Diesmal hatte ihm der Mann Gesicht und Hände gewaschen und die Abschürfungen mit einer antiseptischen Salbe versorgt, die wie Bepanthen aussah. Er hatte ihm zu essen gegeben und ihn aufmerksam dabei beobachtet, wie er trotz des vom stinkenden roten Halstuch wund gescheuerten Kiefers zu essen versuchte. Michael hatte bereits aufgegeben herauszufinden, warum er gefangen gehalten wurde. Seine Fragen trafen ohnehin nur auf eisiges Schweigen.

Zuerst hatte er protestiert, ihm gedroht und den geballten Zorn der Götter von Kirkby Russell und Forbes Macgregor heraufbeschworen, doch nach einer Weile hatte er es mit der Angst zu tun bekommen und seinen schweigsamen Entführer um Gnade gebeten. Mittlerweile spürte er nur noch unendliche Müdigkeit und Verwirrung, wenn er sich fragte, warum man ihn vom John-F.-Kennedy-Flughafen geradewegs in dieses stinkende Loch gebracht hatte.

Es war bereits einige Tage her, dass er aus der Maschine in das kalte Sonnenlicht hinausgetreten war, den Blick emporgewandt zu dem kleinen Stück Himmel zwischen den hohen Gebäuden. Sein Herz hatte vor Aufregung und Vorfreude einen Sprung gemacht. Ihm fiel wieder ein, wie stolz er gewesen war, in dieser Limousine über die gewaltigen Highways gefahren zu werden, durch die Straßen mit ihren bunten Videoleinwänden und blinkenden Lichtern und Hochhäusern, die zu beiden Seiten über ihm aufragten. Das also sollte bald seine Stadt werden! Binnen zwei Jahren würde man ihn zum Partner machen, hatte ihm Alec Barr versichert. Sogar Catherine Devoy hatte ihn beiseite genommen und ihm ein paar kameradschaftliche Karrieretipps gegeben. All das kam ihm jetzt vor wie ein anderes Leben, die flüchtige Ahnung von einer Zukunft, die plötzlich so unendlich weit weg schien. Michael fröstelte trotz der widerlichen Hitze, die im Raum herrschte.

Heute hatte ihn der Chauffeur gefragt, was er in der Stadt mache, wer ihn geschickt habe, was seine Chefs von ihm wollten. Michael hatte alles so gewissenhaft und wahrheitsgetreu beantwortet, wie er konnte, voll naiver Überzeugung, dass ihn letztlich nur die Wahrheit aus seiner misslichen Lage erlösen würde. Der Mann hatte ihm weitere unheilvolle Fragen gestellt. Was er getan habe, um seine Vorgesetzten zu verstimmen? Und heute schließlich die niederschmetternde Frage: Wer ihn denn umbringen lassen wolle?

16. Kapitel

»Du wirst es nicht glauben«, sagte Rosie.

»Wart's ab«, erwiderte Lorimer.

»Man hat keine Spur von Alkohol im Blut des Toten gefunden.«

Lorimer schwieg und ließ die Worte der Pathologin erst einmal sacken.

»Das heißt ...?«

»Ich habe noch ein paar zusätzliche Tests machen lassen. Einige Werte waren mir komisch vorgekommen, und ich dachte, es könnte sich lohnen, der Sache nachzugehen. Und rate mal, was wir gefunden haben?«

»Na, sag schon!«

»Gamma-Hydroxybuttersäure.«

Lorimer pfiff durch die Zähne. »Und wie viel? Eine tödliche Dosis?«

»Genug, um Duncan Forbes ziemlich schnell ziemlich betrunken wirken zu lassen. Er hatte sicherlich Gleichgewichtsprobleme und wahrscheinlich ein starkes Übelkeitsgefühl.«

Lorimer nickte, während sie sprach. Gamma-Hydroxybuttersäure oder GHB war eine Straßendroge, die in den letzten Jahren allzu oft in Glasgow aufgetaucht war. Es hatte auch einige Fälle von Date-Raping gegeben. Nach einem verdächtigen Todesfall, als eine Frau infolge einer Überdosis gestorben war, wurde sogar die Staatsanwaltschaft eingeschaltet.

»War er dann überhaupt in der Lage, über das Geländer zu springen?«

»Das müssen deine Leute herausfinden«, erwiderte sie knapp, ehe sie hinzufügte: »Es dürfte ihm aber schwergefallen sein, aus eigener Kraft rüberzukommen. Er war ein großer, massiger Kerl, und wahrscheinlich hat es ein bisschen länger gedauert, bis die Wirkung des GHB einsetzte. Nach der Menge zu urteilen, die wir in seinem Blut gefunden haben, hat er gar nicht mehr richtig gesehen, und er war wohl ziemlich wacklig auf den Beinen.«

»Würdest du das vor Gericht aussagen?«

»Wenn ich müsste. Warum?«

Lorimer klopfte mit einem Stift gegen seine Zähne. Er hatte die Sache als einen Unfall infolge von Alkoholmissbrauch abgetan und war fest davon ausgegangen, dass er dem Staatsanwalt genau das mitteilen würde. Jetzt hatte Rosie Fergussons Entdeckung den Fall wieder in ein ganz anderes Licht gerückt.

»Vielleicht wird es doch auf eine Mordermittlung hinauslaufen«, teilte er ihr mit.

»Wir behalten die Videos aus dem Crowne Plaza«, sagte Lorimer, als er an DC Camerons Platz vorbeikam. »Die Sache geht in die zweite Runde.«

Der Mann aus Lewis blickte zu seinem Boss auf und zog fragend die Augenbrauen hoch.

»Todesursache unbekannt. Bislang.« Lorimer legte besonderen Nachdruck auf das letzte Wort. »Hohe Dosis GHB im Blut. Kein Alkohol«, fügte er knapp hinzu. »Das heißt, wir behandeln die Sache nach wie vor als verdächtigen Todesfall.«

»Kein Selbstmord?«, fragte Cameron.

Lorimer schüttelte den Kopf.

»Sieht nicht danach aus. Außer er wollte sich betäuben, bevor er sich in den Fluss gestürzt hat. Nach dem zu urteilen, was wir bis jetzt über ihn in Erfahrung gebracht haben, scheint das allerdings nicht sehr wahrscheinlich. Aber wir werden es bald herausfinden. Uns fehlen noch eine ganze Menge an Informationen über Duncan Forbes.«

»Heißt das, ich soll eine Personenüberprüfung machen?«

Lorimer nickte.

»Finde alles über die Firma Forbes Macgregor heraus, was du kannst. Und stelle fest, ob es irgendwelche Unstimmigkeiten gegeben hat, unsaubere Geschäfte, etwas, das ihn zur Verzweiflung und in den Selbstmord treiben konnte.«

»Aber Sie glauben nicht wirklich, dass es so war?« Cameron blickte Lorimer direkt in die Augen.

»Nein. Ich glaube, dass da jemand seine Hand im Spiel hatte.« Er wog einen kleinen Gegenstand in der Hand. »Und darum werde ich das hier untersuchen lassen«, sagte er mit Blick auf das Tonband, das die Stimme der mysteriösen Anruferin enthielt. »Mal sehen, was unsere Experten sonst noch darauf finden«, fügte er trocken hinzu.

Es war bereits nach zwanzig Uhr, als Lorimer den Wagen abschloss und auf seine Haustür zuschlenderte. Als er den Schlüssel im Schloss drehte, hörte er Musik aus dem Wohnzimmer. Maggie war zu Hause. Er musste lächeln. Seit jenem wunderbaren Tag im Februar, an dem seine Frau aus den Staaten zurückgekehrt war, war es eine regelrechte Freude, nach Hause zu kommen, anders als in den langen Monaten zuvor, als sie in den USA unterrichtet hatte.

»Hallo!«

»Hey, wie geht es meinem Liebsten? Ich hoffe, du hast ordentlich Appetit?«

Lorimer kicherte in sich hinein. Maggie lugte aus der Küche und fuchtelte mit einem hölzernen Kochlöffel in seine Richtung. Ein köstlicher Geruch erfüllte das ganze Haus.

»Und ob. Mein Magen hat seit dem Frühstück nichts mehr bekommen.«

»Du hattest nicht einmal Zeit für Sadie Dunlops berühmte Plunderstückchen in der Kantine?«

»Nein. Zu viel Stress.«

»Hm. Warum kommt mir das bekannt vor? Mitchison lässt euch noch die letzten Reste der Regenwälder verarbeiten«, bemerkte sie ironisch.

»Eigentlich nicht.« Lorimer stand jetzt in der Küche, wo Maggie Gewürze in den Topf rührte, in dem, wie er hoffte, ein Chicken-Curry dampfte. Er schlang die Arme von hinten um ihre Taille und drückte sie an sich. »Ich arbeite an einem potenziellen Mordfall«, murmelte er und küsste sie sanft in den Nacken. Er spürte, wie sie einen Seufzer von sich gab, als sie sich gegen seinen Körper lehnte. Eine vielversprechende Reaktion, was den verbleibenden Abend betraf.

»Ich will nichts davon hören. Oder heb dir wenigstens die blutrünstigen Details für nachher auf, wenn wir fertig sind.« Sie befreite sich aus seinen Armen und legte den Löffel hin. »Zehn Minuten, dann können wir essen, okay? Ich muss nur noch kurz den Reis aufwärmen.«

Lorimer lächelte wieder und ging hinüber ins Wohnzimmer. Dort herrschte das übliche Chaos aus Büchern, Tageszeitungen der letzten Woche sowie zahlreichen Mappen und Ordnern, die neben dem Lieblingssessel seiner Frau auf den Rotstift warteten.

Das Haus hatte sich in Maggies Abwesenheit in ein einziges Durcheinander verwandelt, bis Lorimer schließlich die Dienste einer Putzfrau in Anspruch genommen hatte. Jean kam immer noch zweimal die Woche und erwies sich als wahre Perle. Lorimer sank in den Sessel vor dem Fernseher und streckte die langen Beine aus.

»Wie war dein Tag?«, rief er in die Küche hinüber. »Irgendwelche Horrorgeschichten?«

»Kann man wohl sagen. Heute war der Klassenausflug mit der achten Klasse ins städtische Jugendtheater. Eigentlich ist es recht zivilisiert verlaufen, außer dass Jo-Anne Dury auf der Rückfahrt im Bus schlecht wurde und Raymond Flannigan Andeutungen verbreitete, sie sei vielleicht schwanger. Wie anstrengend! Ich sag's dir, diese Kinder können manchmal richtig ekelhaft zueinander sein.«

»Also keine Engel wie die Kleinen in Florida?«

»Fang nicht wieder damit an. Du weißt, dass ich dieses Austauschprogramm nicht uneingeschränkt befürworte, aber im Großen und Ganzen war es eine positive Erfahrung.« Maggie sprach in einem Ton, den Lorimer ihre Kleinmädchenstimme nannte. Sie hatte mehrere Vorträge über ihre Zeit in den USA halten müssen und versucht, ganz ehrlich zu sein, aber dass sie zugab, schrecklich unter Heimweh gelitten zu haben, lag gewiss nicht im Sinne der Organisatoren des Austauschprogramms. Lorimer lächelte in sich hinein. Maggie hatte ihren Entschluss, ein Schuljahr in den USA zu arbeiten, nach einer Phase der Rastlosigkeit gefasst. Grund dafür waren in nicht geringem Maße seine eigenen unmenschlichen Arbeitszeiten und das Nichtvorhandensein eines normalen gesellschaftlichen Lebens gewesen. Weihnachten hatte er mit ihr in Florida verbracht, und danach war der Abschied noch schmerzlicher gewesen als beim ersten Mal. Aber das hatten sie jetzt Gott sei Dank hinter sich.

»Essen ist fertig. Kommst du?«

Lorimer wischte sich den Mund mit der Serviette ab und seufzte zufrieden.

»Das war herrlich. So gut wie noch nie.«

»Freut mich, dass es dir geschmeckt hat. Hör zu, da ich dich gerade so gut gelaunt sehe: Hast du schon über den Sommerurlaub nachgedacht?«

»Ich habe mich für die ersten zwei Juliwochen eingetragen. Worauf hast du Lust? Wieder Portugal?«

»Ach, weißt du, ich habe Schottland das ganze letzte Jahr so sehr vermisst. Ich kann den Gedanken, schon wieder wegzufliegen, gar nicht ertragen. Vielleicht Skye? Oder Wester Ross?«

»Wohin du willst«, sagte Lorimer. »Aber denk dran, es wird Mückenzeit sein!«

»Ach! Nach all den Monaten unter Moskitos sind unsere winzigen Mücken ein Kinderspiel.« Seine Frau nahm einen gekünstelten Highland-Akzent an, der ihn zum Lachen brachte. Sie war ein Imitationstalent. Er konnte sich gut vorstellen, wie gebannt ihre Schüler zuhörten, wann immer Mrs. Lorimer etwas vorlas.

»Was hältst du davon, wenn ich mich mal im Netz umsehe, was es so alles gibt? Vielleicht ein Cottage irgendwo? Oder zieht Madame ein vornehmes Hotel vor?«

»Ein Cottage. Ich werde dich mit niemandem teilen, William Lorimer, außer vielleicht mit den Mücken ...«

Nachdem Lorimer den Tisch abgeräumt hatte und seine Frau in ihr Arbeitszimmer verschwunden war, ließ er sich mit einem Schmunzeln auf dem Gesicht in einen Sessel sinken. Maggie hatte die seltene Gabe, ihn die Welt mit anderen Augen sehen zu lassen. Sie würden bestimmt einen wunderbaren Urlaub zusammen verbringen. Vielleicht konnte er diesmal die Planung übernehmen und sie überraschen, dachte er bei sich, als ihn ein Anflug von schlechtem Gewissen daran erinnerte, dass es in all den Jahren immer an ihr hängengeblieben war, den Urlaub zu buchen. Plötzlich drängte sich das Bild von Elizabeth Forbes ungebeten in seine Gedanken. Welchen Urlaub hatte sie wohl mit ihrem Mann geplant, der jetzt storniert werden würde?

Das warme Gefühl tiefer Zufriedenheit, das ihn eben noch erfüllt hatte, verflüchtigte sich, als er an ihr leidendes Gesicht dachte. Wie hatte es sich plötzlich verhärtet, als er den weiblichen Anrufer erwähnte. Lorimer runzelte die Stirn. Und wenn tatsächlich jemand GHB in Duncan Forbes' Getränk gemischt hatte? Hatte jemand vorgehabt, ihn zu verführen? Oder waren die Absichten noch viel finsterer? Die heiteren Gedanken an einen Urlaub auf den Hebriden verdüsterten sich, als er dort in der Dunkelheit des Wohnzimmers saß, spärlich erhellt vom Flimmern des Fernsehers. Er versuchte hinter die Ereignisse der letzten Tage zu sehen, seit George Parsonage die Leiche des Mannes an Land gebracht hatte. Wenn er sich nur einen Reim darauf machen könnte.

Maggie saß an ihrem Schreibtisch und starrte ins Leere. Seltsam. Wie ein einziger Tag alles verändern konnte, dachte sie. In der einen Minute ist noch alles in Ordnung, und in der nächsten ist die winzige Blase der Selbstzufriedenheit schon wieder zerplatzt. Die Kinder im Bus hatten das Ganze ins Rollen gebracht. Sie hatte das Geflüster belauscht und die Ohren gespitzt, als sie den Namen »Mrs. Lorimer« vernahm. Sie wünschte, sie hätte es nicht getan. Bestimmt war alles nur albernes Kindergeplapper. Oder gab es doch einen Grund für das Geschwätz?

»Wetten, er hatte 'ne andere, als sie weg war«, hatte eines der Kinder gekichert.

»Ja, genauso wie die Bullen in *The Bill*«, lautete der Kommentar eines Mädchens, gerade so laut, um sicherzugehen, dass es Maggie mitbekommen würde. Sie waren bloß eine Horde frecher pubertierender Mädchen, die es ihr heimzahlen wollten, sagte sie sich. Man sollte ihnen nicht die geringste Bedeutung beimessen. Auf gar keinen Fall.

17. Kapitel

»Die Polizei will uns diese Woche noch einen Besuch abstatten. Reine Routine, nehme ich an, aber ich möchte, dass wir gut vorbereitet sind.« Alec Barr blickte über den Rand seiner Brillengläser hinweg in die Runde, und seine buschigen Augenbrauen, die sich fast in der Mitte trafen, verdunkelten seinen Blick. In seiner Stimme lag eine Schärfe, die keinen Widerspruch duldete. Catherine Devoy kreuzte die Beine und stellte sie kurz darauf wieder gerade hin. Sie versuchte verzweifelt, die Aufmerksamkeit der anderen zu gewinnen, doch solange Barr die Mitarbeiter mit seinem durchdringenden Blick fesselte, war jeder Versuch einer stillschweigenden Verständigung sinnlos. Sie glaubte, Malcolm seufzen zu hören, vielleicht war es aber auch bloß der Verkehrslärm, der hier oben nur gedämpft zu hören war. Als sie den Blick senkte, fiel ihr plötzlich das Schuhwerk ihrer Kollegen auf: Grahams schwarz glänzende italienische Slipper neben Malcolms bodenständigen klassischen Herrenschuhen. Die Schuhwahl sagt etwas über die Person aus, dachte Catherine abwesend. Plötzlich wurde ihr bewusst, dass sie sich überhaupt nicht erinnern konnte, welche Art Schuhe Duncan getragen hatte.

»Wir haben in den letzten zwei Monaten einige Meetings bezüglich unseres Problems abgehalten, die natürlich nicht protokolliert wurden.« Barr lächelte säuerlich und fixierte nacheinander jeden der Partner mit seinem durchdringenden Blick. Catherine spürte, wie Malcolm unruhig auf seinem Stuhl hin und her rutschte. Sie warf dem Mann neben ihr einen flüchtigen Blick zu. Malcolm Adams saß kerzengerade da, die Arme fest vor der Brust verschränkt, als würde sein Körper auseinanderfallen, wenn er ihn losließ. Das aschblonde Haar trug er millimeterkurz, um die sich ausbreitenden Geheimratsecken zu verbergen, die den Blick auf eine pulsierende Ader an seiner Schläfe freigaben. Catherine bemerkte die straff gespannte Haut über seinen hohen Wangenknochen. Er hatte abgenommen, stellte sie erschrocken fest. Warum war ihr das nicht schon früher aufgefallen? Woran mochte es wohl liegen? fragte sie sich. Lag ihm etwas auf dem Herzen, das er nicht mit den anderen teilen konnte?

»Ich möchte, dass wir uns in dieser Sache klar und unmissverständlich äußern.« Barr klopfte mit dem Finger auf den Tischrand und lenkte die Aufmerksamkeit wieder auf sich. »Keiner von euch wird auch nur ein Wort über die ... Schwierigkeiten der Firma verlieren.« Er lächelte frostig, und Catherine erschauderte unwillkürlich.

»Wir sind alle betroffen. Wir werden zusammenhalten müssen. Um unser aller willen«, fügte Barr hinzu und starrte Catherine durchdringend an. Sie bemühte sich, sein Lächeln zu erwidern, scheiterte aber, als sie die Drohung im Gesicht des Geschäftsführers wahrnahm.

Die Zukunft aller Beteiligten schien jetzt zwar gesichert, allerdings hatte sie sich noch nie so schutzlos und beklommen gefühlt.

18. Kapitel

»Und was ist mit der Beerdigung?«, fragte Janey. Es dauerte ein paar Sekunden, bis sie die Stimme ihres Bruders wieder vernahm, gedämpft vom Flughafenlärm am anderen Ende der Leitung.

»Morgen bin ich wieder zu Hause, dann können wir alles besprechen.« Es folgte eine weitere Pause. »Wie geht's Mum?«, fragte Philip schließlich.

»Dreimal darfst du raten«, lautete die schroffe Antwort. »Sie schläft nicht, isst nicht, weint die ganze Zeit. Ich weiß nicht, was ich noch tun soll, ich bin mit meinem Latein am Ende. Wenn die Kleine nicht wäre, würde ich mir ernsthaft Sorgen machen, dass sie sich was antut.«

»Das darfst du nicht sagen.«

»Aber es stimmt. Warte, bis du sie siehst.«

»Und wie geht's dir, Janey?«, erkundigte er sich in einem etwas sanfteren Ton.

»Ganz okay. Colin bringt mir heute noch ein paar Sachen vorbei. Wir werden so lange bei Mum bleiben, wie sie uns braucht.«

»Immerhin hast du ihn und die Kleine, die dich auf andere Gedanken bringen.«

»Du, ich muss Schluss machen. Betsy ist wach geworden, und ich will nicht, dass Mum immer aufstehen und sie holen muss. Sie ist schon erschöpft genug.«

»Alles klar. Wir sehen uns dann übermorgen.« Philip Forbes

legte auf und kehrte in das stickig heiße Flughafengebäude zurück.

Es war alles so unwirklich. Da saß er jetzt, in der brennenden afrikanischen Hitze, und schlug die Zeit tot. Die Safariabenteuer der letzten Wochen waren vergangen und vergessen. Sein Vater war tot. Im Clyde ertrunken. Wie zum Teufel war es dazu bloß gekommen? Vater war der beste Schwimmer, den er kannte. War er gestolpert und mit dem Kopf auf einen Stein geschlagen? Janey hatte sich mit ihren Äußerungen zurückgehalten, und nun, da der erste Schock vorbei war, konnte er nicht anders, als ihre Verschlossenheit zu hinterfragen. Hatte sie ihm etwas verschwiegen? Als kleiner Bruder war er es gewöhnt, abgewimmelt zu werden, und normalerweise machte es ihm auch nichts aus. Diesmal aber war es anders. Diesmal verlangte er danach, alles bis ins kleinste Detail zu erfahren und das Schreckliche, das seinem Vater zugestoßen war, genau zu rekonstruieren. Der junge Mann wischte sich die Schweißperlen von der Stirn. Die Klimaanlage des Flughafens hatte ihre Launen, und auf seinem Hemd zeichneten sich bereits große feuchte Flecken ab.

Vielleicht wusste Catherine mehr, dachte er. Immerhin war sie seine Taufpatin. Beflügelt von der Aussicht, mit der Geschäftspartnerin seines Vaters zu sprechen, sprang er auf und ging zur Telefonzelle zurück. Er warf einen flüchtigen Blick auf die Uhr. Bis zum Abflug war noch reichlich Zeit, und Catherine Devoy war höchstwahrscheinlich gerade im Büro.

Zehn Minuten später ließ sich der junge Mann wieder auf einen der Sitzplätze plumpsen, den Rucksack neben sich. Na schön. Sie war zwar da gewesen, doch das wenige, das ihm seine Patin erzählt hatte, verstärkte in Philip Forbes das Gefühl, machtlos und unendlich weit weg zu sein. Catherines Stimme war sanft gewesen, aber sie hatte alles nur noch schlimmer gemacht. Angeblich deutete einiges darauf hin, dass sein Vater einen über den Durst getrunken hatte und nach einer Party spät nachts in den Fluss gefallen war. Der Junge ballte die Fäuste. Wie konnte er nur? Nach all den Versprechen, die er gegeben hatte, und nach so vielen Jahren der Abstinenz – wie hatte sein Vater das alles nur so plötzlich über den Haufen werfen können? Er spürte, wie ihm Tränen in die Augen schossen, und musste schlucken. Es würde nicht gut aussehen, wenn ihn die Gefühle in der Öffentlichkeit übermannten. Eigentlich sollte er wütend auf seinen Vater sein: ihrer aller Leben zu ruinieren, seine Mutter in ein zitterndes Nervenbündel zu verwandeln und nicht zuletzt ihm, seinem Sohn, die Afrikareise zu verderben. Er sollte es ihm richtig übelnehmen. Er sollte sich das Bild eines wankenden Betrunkenen vor Augen halten, der sich selbst in einen unheilvollen, dunklen Fluss stürzte.

Doch sosehr er sich auch anstrengte, Philip sah vor seinem inneren Auge nichts anderes als das Bild eines lachenden Mannes, der Hand in Hand mit seinem kleinen Jungen und einem selbst gebastelten Drachen im Schlepptau einen Grashügel hinaufrannte.

19. Kapitel

Die Personenüberprüfung des verstorbenen Duncan Forbes erwies sich für DCI Lorimer als interessante Lektüre. Seit jenem frühen Morgen am Flussufer war bereits eine ganze Woche vergangen, und die Leiche des Mannes lag sicher verwahrt in der Leichenhalle. Jetzt mussten sie noch auf die Entscheidung des Crown Office warten. Die Ermittlungen hatten das bekannte Zwischenstadium erreicht, in dem man versuchte, Autopsiebefund und toxikologische Ergebnisse mit dem in Verbindung zu bringen, was man sonst noch wusste.

Duncan Forbes war siebenundfünfzig gewesen, als sein Leben ein vorzeitiges Ende gefunden hatte. Ein großer, kräftiger Mann, der keinerlei ernstzunehmende Gesundheitsprobleme hatte, einmal abgesehen von den Spätfolgen des Alkoholkonsums vor zwanzig Jahren. Sein Hausarzt beschrieb ihn als trockenen Alkoholiker, der, stets voller Überzeugung und ohne ein einziges Mal rückfällig zu werden, am rechten Weg festgehalten hatte. An den Treffen der Anonymen Alkoholiker habe er bis zum Tag seines Todes gewissenhaft teilgenommen, und er sei für andere immer ein Vorbild gewesen. Lorimer kaute an seinem Bleistift. Forbes hatte einen starken Charakter bewiesen, nachdem er sich in seinen Dreißigern einen groben Ausrutscher geleistet hatte. Wie war er damals überhaupt zum Alkohol gekommen?

Lorimer grübelte über den Seiten in seiner Hand. Das Forbes-Familienunternehmen hatte in den Achtzigern, als

Forbes senior noch am Ruder gewesen war, mit einer größeren Wirtschaftsprüfungsgesellschaft fusioniert. Daraufhin war der alte Herr in den Ruhestand getreten und hatte seinem Sohn die weitere Gestaltung der Firma überlassen, die eines Tages eine der sechs Großen werden sollte, wie man diese Unternehmen nannte. Zu der Zeit hatte Duncan Forbes mit den Sauftouren begonnen, die ihn für den Rest seines Lebens zeichneten. Lorimer rechnete kurz nach. Forbes' Kinder mussten damals noch ziemlich klein gewesen sein, der Junge konnte vielleicht gerade laufen. Was für eine harte Prüfung musste es für Elizabeth Forbes gewesen sein, mit einem alkoholkranken Ehemann klarzukommen! Sie hatte trotz alldem immer hinter ihm gestanden. Wenn er sie richtig einschätzte, hatte sie ihren Mann aufrichtig geliebt.

Der Bericht erwähnte noch mehr: Duncan Forbes' Mitgliedschaft im örtlichen Golfclub, sein Engagement für Rotary International und diverse Kontakte zu Wohltätigkeitsorganisationen. Außerdem ging daraus hervor, dass er ein anständiger, verlässlicher Bürger gewesen war, der seine Schwäche überwunden hatte und darangegangen war, etwas aus seinem Leben zu machen. Warum sollte man jemanden wie ihn umbringen wollen?, schoss es Lorimer unwillkürlich durch den Kopf. Bislang gab es keinerlei Beweise für einen Mord, obwohl das GHB im Blut des Opfers nichts Gutes verhieß. Und der sonderbare Anruf? Jemand hatte den Mann gesehen, als er in den Fluss stürzte, jemand, der Duncan Forbes gekannt hatte.

Lorimer versuchte sich jene düstere Nacht vorzustellen: die Lichter der Konferenzräume, die sich auf dem Wasser spiegelten, die dunklen Schatten der Bäume am Flussufer. Forbes war vom Seiteneingang zum Ufergeländer gewankt und hinter dem immergrünen Buschwerk verschwunden. Wer immer ihn in diesem Augenblick gesehen hatte, er musste so nah bei ihm gewesen sein, dass er sein Gesicht erkennen konnte. Warum hatte die Zeugin dann nicht das Sicherheitspersonal des Hotels verständigt? Warum hatte sie bis zum nächsten Morgen gewartet, um völlig hysterisch bei der Polizei anzurufen? Das ergab alles keinen Sinn. Es sei denn, der anonyme Anrufer wollte, dass man den Mann erst fand, wenn es für eine Rettung zu spät war. Und das abrupte Ende des Anrufs? Da hatte, so vermutete Lorimer, ein Dritter seine Hand im Spiel. Jemand hatte den Gefühlsausbruch dieser Frau gerade noch rechtzeitig unterbunden, bevor die Polizei etwas Wichtiges erfahren konnte. Lorimer fröstelte trotz der laufenden Heizung. Wahrscheinlich bildete er sich das alles nur ein. Ein bestimmtes Bild aber ließ ihn nicht mehr los: eine Männerhand, die sich um das Handgelenk einer Frau schloss, sie vom Telefon wegzerrte, die Taste drückte und die Verbindung mit der Polizeidienststelle unterbrach.

Nein. Er sollte eher herausfinden, was den Mann bewegt haben könnte, sich das Leben zu nehmen. Etwas hatte Duncan Forbes bedrückt, und seine Frau wusste davon. Hatte es mit der Firma zu tun? Doch soviel Lorimer aus den Unterlagen ersah, war Forbes Macgregor nicht nur ein äußerst erfolgreiches Unternehmen, es zog auch respektable Kunden an. Kurzum, es handelte sich um eine angesehene Wirtschaftsprüfungsgesellschaft. Lorimer überflog die lange Liste der großen Unternehmen, die alle von Forbes Macgregors Glasgower Kanzlei geprüft worden waren. Unter den allbekannten Namen waren eine Ölgesellschaft und ihre Tochterfirmen, eine große Supermarktkette und ein erfolgreiches Verlagsunternehmen. Auf den ersten Blick sah alles sauber und ordentlich aus, aber vielleicht erforderten die Zahlen und Fakten eine fachkundigere Analyse?

Als Lorimer umblätterte, sprang ihm ein vertrauter Name ins Auge. Forbes Macgregor war zuständig für die Bücher von

Jacobs' Betting Shops? Das war interessant. Er hielt einen Moment inne, zuckte dann aber die Achseln. Jemand musste es schließlich tun, und es war nicht verwunderlich, dass es eine der größeren Wirtschaftsprüfungskanzleien geschafft hatte, den großen Kunden an Land zu ziehen. Außerdem war es nicht das einzige Buchmachergeschäft auf der Liste. The Pony Express, eine Kette neuerer protziger Wettbüros, zählte ebenfalls zu den Kunden. Wahrscheinlich handelte es sich um einen jener seltsamen Zufälle, die ihm in seinem Arbeitsalltag laufend begegneten, und die meisten seiner Kollegen würden der Begebenheit keine größere Bedeutung beimessen. Doch je länger Lorimer auf die Zahlen starrte, desto komischer wurde ihm zumute. Er war auf der Suche nach einem Anhaltspunkt für den Tod von Duncan Forbes. Konnte das einer sein? Die Ermordung des Buchmachers hatte in der Stadt große Erschütterung ausgelöst, und die Ermittlungen in dem Fall liefen noch. Die Polizei hatte bereits eine sichere Vermutung, wer sich hinter dem Auftragsmord verbergen könnte, doch solange Shug McAlister sich weigerte, Namen zu nennen, konnten sie nicht viel tun. Er würde die Angelegenheit an die Abteilung für Wirtschaftskriminalität weiterleiten, wenn das Crown Office es für notwendig halten würde. Und vielleicht hatte auch das Betrugsdezernat etwas anzubieten. Es war nie schlecht, in einem Fall wie diesem die Fühler in alle Richtungen auszustrecken. Es musste nur der Schatten eines Verdachts auf Forbes Macgregor fallen, und Lorimer würde der Staatsanwaltschaft empfehlen, den verdächtigen Todesfall als Mordermittlung zu behandeln.

»Chief Inspector.« Alec Barr erhob sich und streckte Lorimer die Hand entgegen. »Bitte nehmen Sie Platz.« Barr kam hinter seinem Tisch hervor und deutete auf zwei blaue Lehnstühle, die in einem bewusst gewählten Winkel zueinander platziert waren.

Eine Ecke für vertrauliche Gespräche, vermutete Lorimer. Die vergleichsweise funktionale Sitzposition am Schreibtisch gegenüber des geschäftsführenden Partners war den geschäftlichen Angelegenheiten vorbehalten.

»Wir untersuchen die Umstände, die zum Tod Ihres ehemaligen Partners geführt haben, Mr. Barr.« Lorimer schlug gelassen die Beine übereinander.

Alec Barr gab keine Antwort, sondern starrte Lorimer schweigend an, als forderte er ihn auf fortzufahren. Die buschigen Augenbrauen des Mannes waren zusammengezogen, doch darunter erkannte Lorimer ein Paar scharfe, hellwache Augen, die ihn interessiert ansahen.

»Am Morgen nach Duncan Forbes' Tod haben wir einen anonymen Telefonanruf erhalten. Die Stimmanalyse hat erbracht, dass der Anrufer aus der Gegend stammt. Ich würde gerne mit jemandem aus der Personalabteilung sprechen, Sir. Ich möchte, dass sich jemand von ihren Leuten die Aufnahme anhört und überlegt, ob er die Stimme auf dem Band erkennt.«

»Und warum ausgerechnet wir?«, platzte Barr heraus. »Wenn Sie den Anruf an dem Morgen erhalten haben, nachdem Duncan ...?«

»Es war auch der Morgen nach einer Forbes-Macgregor-Party, Sir. Die letzten, die Duncan Forbes lebend gesehen haben, waren vermutlich seine Kollegen.«

Barr schwieg, und Lorimer sah, dass er angestrengt nachdachte.

»Jennifer Hammond ist die Leiterin der Personalabteilung«, sagte Barr plötzlich. »Sie ist von allen Mitarbeitern der Abteilung am längsten in der Firma. Möchten Sie, dass ich sie rufe?«

»Ich bitte darum«, erwiderte Lorimer. Er faltete die Hände um das gebeugte Knie und lehnte sich in den Stuhl zurück.

Je entspannter er wirkte, umso weniger würde er dem geschäftsführenden Partner, dessen Körpersprache ein hohes Maß an Nervosität verriet, auf den Leim gehen. Er beobachtete Alec Barr, wie er die entsprechende Durchwahl wählte und nach Jennifer Hammond verlangte. Barr hatte ihm den Rücken zugewandt, so dass der DCI sein Gesicht nicht sehen konnte, doch er hätte schwören können, dass die Schultermuskulatur unter dem schneeweißen Hemd angespannt war.

Jennifer Hammond war eine große Rothaarige mit langen Beinen und einem Lächeln, das Lorimer animierte, sofort die Beine aus der Verschränkung zu lösen und sich zur Begrüßung zu erheben. Mit einer anmutigen Geste strich sie ihr rostrotes Haar zurück und nahm neben ihm Platz. Ihr dunkelbraunes Kostüm war perfekt geschnitten, der Rock reichte bis knapp über das Knie und gab den Blick auf ihre schlanken Waden frei. Die Schlichtheit ihrer Garderobe lenkte die ganze Aufmerksamkeit auf ihr Gesicht und die grünen Augen, die Lorimer belustigt ansahen. Ihm war sofort klar, dass die junge Frau in ihm keinen Polizisten, sondern eine mögliche Eroberung sah. War das ein Trick, den sie bei allen Kollegen und Kunden einsetzte?, fragte er sich, während Alec Barr sie einander vorstellte. Oder hatte sie sich diesen Auftritt speziell für ihn ausgedacht, um ihn zu entwaffnen? Lorimer wurde bewusst, dass er ihre ausgestreckte Hand einen Sekundenbruchteil zu lange festgehalten hatte. Die Rechnung war also aufgegangen.

Er räusperte sich.

»Miss Hammond«, begann er.

»Sagen Sie einfach Jennifer zu mir.« Sie lächelte. »Alle nennen mich bei meinem Vornamen. Das ist doch viel freundlicher, finden Sie nicht?«

Lorimer überlegte kurz, wie wohl ein Richter auf eine solche Frage reagieren würde.

»Sagen Sie einfach Jennifer zu mir, Herr Richter. Das ist doch viel freundlicher.«

»Jennifer«, begann er, »ich möchte, dass Sie sich die Aufzeichnung eines Anrufs anhören, den die Polizei von Strathclyde am Tag nach Duncan Forbes' Tod erhalten hat. Der Anrufer hat uns mitgeteilt, wo wir die Leiche finden.«

»Wirklich?«, fragte sie erstaunt und zog die sorgfältig gezupften Augenbrauen hoch. Sie warf Alec Barr, der auf dem Rand seines Schreibtischs thronte, einen kurzen Blick zu und wandte sich dann wieder an Lorimer. »Und warum wollen Sie, dass ich mir das anhöre, Chief Inspector?«

»Weil wir hoffen, dass Sie den Anrufer identifizieren können«, antwortete er. »Vorausgesetzt natürlich, dass es einer von Mr. Forbes' Kollegen war.«

»Ah, verstehe. Wie komisch. Warum sollte jemand die Polizei anrufen, ohne seinen Namen zu hinterlassen?«, erwiderte sie, doch das Lächeln verschwand aus ihrem Gesicht, als Lorimers Worte zu ihr durchdrangen. »Haben Sie das Band hier, Chief Inspector, oder möchten Sie, dass ich mitkomme?«

»Es ist in der Pitt Street«, antwortete er. Er verriet nicht, dass sich im Polizeipräsidium bereits ein Stimmanalytiker eingehend mit dem Band beschäftigt hatte.

»Jetzt gleich?«

»Wenn es Ihnen recht ist«, erwiderte er. Je schneller das Ganze über die Bühne ging, umso besser. Und sollte Miss Jennifer Hammond den anonymen Anrufer tatsächlich identifizieren, wären sie, was die Aufklärung von Duncan Forbes' Tod betraf, schon ein ganzes Stück weiter.

Als sie Carlton Place entlanggingen, fühlte sich Lorimer leicht unwohl. Jennifer Hammond hatte sich einen weiten Regenmantel übergeworfen, der im Rhythmus ihrer Schritte nach außen schwang, und ihre langen Beine konnten problemlos mit den seinen Schritt halten. Als sie losgingen, hatte sie ihm ein Lächeln geschenkt, dass ihm unter dem Kragen ganz heiß geworden war. Es kam ihm ein bisschen so vor, als hätte er sie um ein Rendezvous gebeten, nicht um ihre Mitwirkung in einer polizeilichen Ermittlung. Er versuchte, sich auf den Verkehr zu konzentrieren, der von der George V Bridge kam. Sie warteten auf einen günstigen Augenblick, um die Straße zu überqueren. Als sich eine Lücke in der endlosen Autoschlange auftat, nahm er Jennifer Hammond instinktiv am Arm und lief mit ihr auf die andere Straßenseite, wo er seinen Lexus abgestellt hatte. Als sie den Bürgersteig erreichten, ließ er sie los. Sie wartete, bis Lorimer die Beifahrertür öffnete, und schlüpfte mit einer einzigen mühelosen Bewegung hinein.

»Waren Sie in der Nacht, als Duncan Forbes starb, auf der Feier im Crowne Plaza, Miss Hammond?«, begann Lorimer, als sie mit dem Wagen um die Ecke bogen.

»Jennifer«, verbesserte sie ihn. Als er ihrem Einwand keine Beachtung schenkte, fuhr sie fort: »Ja, natürlich war ich da. Es war Michaels letzter Abend vor seiner Abreise nach New York. Wir waren sehr gute Freunde. Die Party hätte ich niemals ausfallen lassen.« Sie lachte.

»Ein gelungener Abend, nehme ich an?«

»Ja, ein toller Abend ...« Plötzlich wurde ihr bewusst, was sie gerade gesagt hatte. »Meine Güte, nein, natürlich nicht. Armer Duncan. Wie konnte ich nur so etwas sagen!« Jennifer Hammond blickte Lorimer mit ihren grünen Augen fragend an. »Sie haben gewollt, dass ich das sage, nicht wahr?«

»Vielleicht wollte ich einfach herausfinden, wie der Abend für Sie alle war, bevor er in eine Tragödie mündete«, antwortete Lorimer ruhig.

Jennifer Hammond nickte. Alle Koketterie war mit einem

Schlag aus ihrem Gesicht verschwunden. Als hätte sie jetzt erst begriffen, dass es sich bei dem Polizisten neben ihr um einen hohen Beamten handelte, der die Ermittlung in einer Angelegenheit leitete, die weit ernster als ein tödlicher Unfall war.

»Die Party war sehr nett«, begann sie. »Wir waren ungefähr dreißig Leute. Alle Partner und Michaels Freunde, hauptsächlich Manager aus der Steuerprüfungsabteilung. Es gab die üblichen Drinks und Knabbereien, ein paar sind gegen Mitternacht gegangen, aber die meisten von uns waren bis zum Ende da.«

»Und Duncan Forbes?«

»So genau weiß ich das nicht mehr. Es war auf jeden Fall schon spät, als er sich verabschiedete. Ich glaube, die Partner sind alle ungefähr zur gleichen Zeit gegangen. Es tut mir wirklich leid, aber wir hatten an dem Abend einiges getrunken. Natürlich hatten wir für jeden ein Taxi bestellt, das sollte ich an dieser Stelle vielleicht erwähnen.« Ein verschmitztes Zwinkern kehrte in ihre Augenwinkel zurück.

Lorimer senkte den Blick.

»Und was war mit dem Taxi, das Duncan Forbes nach Bearsden bringen sollte?«

Jennifer Hammond zuckte die Achseln. »Tut mir leid, aber darüber weiß ich nichts. Da müssen Sie unseren Empfangschef fragen. Er wird Ihnen sicher das Taxiunternehmen nennen können, das wir immer beauftragen.«

Lorimer lauschte der melodischen Frauenstimme. In ihr fand sich nicht geringste Spur von Trauer über den plötzlichen Tod ihres Kollegen, geschweige denn ein Hauch von Erschütterung über den tragischen Vorfall.

Seiner Erfahrung nach hätten die meisten Frauen wenigstens Sätze fallen gelassen wie »Ist es nicht furchtbar?« oder »Wer hätte das für möglich gehalten?«, abgedroschene Phrasen, die dennoch Ausdruck aufrichtiger Bestürzung waren. Nicht so diese Dame, dachte er. Aber warum? Immerhin hatte er die Möglichkeit, es herauszufinden.

»Wie war Ihr Verhältnis zu Duncan Forbes?«

»Was für eine komische Frage!«, antwortete Jennifer Hammond scharf. Verärgerung machte sich auf ihrem Gesicht breit, als hätte Lorimer sie ernsthaft beleidigt.

»Vielleicht. Doch genau das würde ich gerne wissen«, erwiderte er ruhig.

»Ausgezeichnet. Es war angenehm, für ihn zu arbeiten. Alle mochten ihn. Sein Tod wird ein schwerer Verlust für die Firma sein, das kann ich Ihnen versichern.«

Lorimer hörte ihr aufmerksam zu. Die Stimme, die da sprach, gehörte nicht Jennifer Hammond, sondern der Personalchefin von Forbes Macgregor. Man hatte den Eindruck, als studierte sie gerade die neueste Presseerklärung der Firma ein. Ein anderer hätte die Unaufrichtigkeit vermutlich gar nicht bemerkt, doch DCI Lorimers Ohren hörten mehr als die der meisten Menschen und nahmen selbst die subtilsten Gefühlsregungen wahr. Sie hat ihn nicht gemocht, sagte er sich, und ich frage mich, warum?

Vielleicht sollte er das als Allererstes herausfinden.

Als sie das rote Ziegelgebäude, das Polizeipräsidium von Strathclyde, betraten, gab Lorimer Jennifer Hammond in die Obhut des diensthabenden Polizisten. Nachdem sie ihre Sicherheitsplakette bekommen hatte, führte er sie die Treppe hinauf in das Büro, in dem man das Tonbandgerät aufgebaut hatte. Das Büro war ein schalldichter Raum ohne Fenster. Kaum hatten sie es betreten, da spürte er wieder ein unangenehmes Prickeln auf der Kopfhaut. Unruhe ergriff ihn – die altbekannten klaustrophobischen Beklemmungen machten sich wieder bemerkbar. Er holte tief Luft, als würde er gleich unter Wasser tauchen, und atmete langsam aus. Um ihr Gesicht im Blick zu haben, setzte sich Lorimer Jennifer Hammond gegenüber und wartete, bis ihr der Toningenieur alles erklärt hatte. Dann setzten sie die Kopfhörer auf.

Als die Stimme des Anrufers einsetzte, fiel Lorimer auf, wie sich die Pupillen der jungen Frau weiteten. Sie musste schlucken und blinzelte einige Male, als versuchte sie ihre Tränen zu verbergen.

Sie erkennt sie, dachte Lorimer, der einen Anflug von Triumph verspürte. Er musterte sie genau. Sie saß reglos da, wie versteinert, während das Band weiterlief.

»... aber das habe ich nicht gewollt. Bestimmt nicht.« Die kurze Pause gab Jennifer Hammond die Gelegenheit etwas zu sagen, doch außer einem leisen Schniefen und einem flüchtigen Aufwerfen der Lippen ließ sie sich zu keiner Äußerung hinreißen.

»Er ist drüben beim Finnieston Crane. In der Nähe des Crowne Plaza. Oh mein Gott ... Und ... da ist etwas, das Sie unbedingt wissen sollten ...«

Jennifer Hammond rührte sich nicht, als erwartete sie mehr. Erst als das Klicken ertönte, nahm sie den Kopfhörer ab und blickte Lorimer fragend an.

»Das ist alles?«

»Möchten Sie es noch einmal hören?«

Sie zuckte die Achseln.

»Wenn Sie es für nötig halten.«

»Kennen Sie die Stimme?«

Jennifer Hammond schüttelte den Kopf. Sie setzte die Kopfhörer wieder auf und mied bewusst Lorimers forschenden Blick. Sie hörte sich das Band zwei weitere Male an, ohne auch nur die kleinste Reaktion zu zeigen. Dabei schien sie sich voll auf die Stimme auf dem Band zu konzentrieren, so als müsste sie ihren Teil einer geschäftlichen Vereinbarung erfüllen. Als er die Kassette zurückspulte, saß sie nur da und starrte auf den surrenden Apparat. Ohne den Kopf zu wenden, sagte sie:

»Keine Ahnung, wer das ist, tut mir leid. Bestimmt niemand von Forbes Macgregor. Das wüsste ich.« Und indem sie sich wieder dem DCI zuwandte, fügte sie lächelnd hinzu: »Wie dumm, dass die Leitung unterbrochen wurde. Es klang so, als wollte Ihnen die Frau noch mitteilen, wo genau sich die Leiche befindet, meinen Sie nicht?«

Merkwürdig, dachte Lorimer, sie legt die letzten Worte der Nachricht absichtlich falsch aus, um die Bedeutung der Mitteilung herunterzuspielen. Dagegen klang die anonyme Stimme am anderen Ende der Leitung hochgradig hysterisch.

»Sind Sie ganz sicher, Miss Hammond, dass Ihnen die Stimme nicht bekannt vorkommt?«, fragte Lorimer in ernstem Ton.

Sie machte eine ungeduldige Handbewegung.

»Sieht so aus, Chief Inspector, als hätten Sie mit mir nur Ihre Zeit verschwendet.« Jennifer Hammond war bereits aufgestanden und hatte ihren Mantel genommen.

Als er sie mit einem Händedruck verabschiedete und zur Tür begleitete, war er sich dessen nicht so sicher. Auch wenn Jennifer Hammond hartnäckig das Gegenteil behauptete, hätte Lorimer schwören können, dass sie ganz genau wusste, wer diese mysteriöse Anruferin war.

20. Kapitel

»Solly?«

»Hm?«

»Ich glaube, Lorimer ist da auf etwas ziemlich Widerwärtiges gestoßen.«

Rosie saß auf dem Fußboden und trocknete ihr Haar vor dem Feuer. Jetzt blickte sie auf.

»Wieso widerwärtig?«

»Etwas, was nicht unbedingt in einen Fluss gehört. Ich meine, er hat was aus dem Clyde gefischt.«

Doktor Solomon Brightman wandte sich vom Bildschirm seines Laptops ab und blickte seine Verlobte schweigend an. Es vergingen einige Sekunden, bis Rosie schließlich eine Grimasse schnitt und er lächeln musste.

»Was willst du von mir hören?«, fragte er mit weicher Stimme.

»Oh, keine Ahnung. Ich dachte, es interessiert dich vielleicht. Im Blut des Opfers haben wir Spuren einer Vergewaltigungsdroge gefunden, und dann der seltsame Anruf, einige Stunden nachdem der Typ ins Wasser gefallen ist ...« Sie verstummte, als Solly sein hintergründiges Lächeln aufsetzte und den Kopf schüttelte.

»Ist er gesprungen, oder wurde er geschubst? Geht es darum?«, stichelte er.

Rosie setzte sich auf und fuhr mit den Fingern durch ihr noch nasses Haar.

»So ungefähr. Es ist einer von diesen Fällen, bei denen der Tod verdächtig ist, aber gleichzeitig absolut nichts darauf hindeutet, dass der Typ ermordet wurde. Schließlich könnte er das GHB auch selbst genommen haben. Und selbst wenn ihm irgendein Idiot das Zeug ins Glas geschüttet hat, könnte es immer noch ein Unfall gewesen sein.«

»Was sagt das Crown Office dazu?«

»Es handelt sich um einen verdächtigen Todesfall, wahrscheinlich wird eine Mordermittlung eingeleitet«, antwortete sie. »Lorimer wollte das heute klären.«

»Und du sagst, er hat ein ungutes Gefühl, was das Opfer angeht?«, grübelte Solly. »Meinst du, er wird einen Mordfall daraus machen, weil er so eine feine Polizistennase hat?«

»Eigentlich nicht«, antwortete Rosie. »Ich glaube, dass es am Ende auf einen Unfalltod hinauslaufen wird, das scheint mir am wahrscheinlichsten.« Sie ging zu ihm hinüber, und Solly spürte ihren sanften, warmen Atem, als sie seine dunklen Locken mit den Lippen berührte. »Aber ich hätte nichts dagegen, wenn du einen kurzen Blick auf die Akte werfen würdest. Nur interessehalber«, säuselte sie, nahm seinen Arm und schlang ihn sich um die Hüfte. Einen köstlichen Augenblick lang drückte er sie an sich, dann belohnte er ihre Bemühungen mit einem spielerischen Klaps auf den Po.

Solly befreite sich lachend aus ihrem Griff und wandte sich wieder seinem Laptop zu.

»Nein, ich bin im Moment selbst ausreichend beschäftigt, vielen Dank. Ein neuer Ausflug in die Welt der Ermittlungspsychologie kann warten, bis Anhaltspunkte für ein Verbrechen vorliegen.« Er sah sie noch einmal über die Schulter hinweg an. »Dann hätte ich eventuell Interesse.«

Rosie zuckte die Achseln und setzte sich wieder mit dem Rücken zum Feuer. Man hatte schon einige Leichen unter verdächtigen Umständen aus dem Fluss geholt, aber nie war etwas unternommen worden. Das Gesetz sah vor, dass es begründete Verdachtsmomente für eine Straftat geben musste, bevor systematische Ermittlungen eingeleitet werden konnten. Aber Rosie wusste, dass Lorimer ohnehin nur seinem Instinkt folgen würde. Sie war sich sicher, dass er zuerst dem aufgezeichneten Anruf nachgegangen war. Und sie wusste genau, dass er der Familie und den Freunden des Opfers längst einige unangenehme Fragen gestellt hatte. Bloße Routine, hatte er ihnen gewiss gesagt, tatsächlich war er aber über die Standardfragen bezüglich eines Unfalltodes weit hinausgegangen. Manchmal hatten sie schon über Lorimers feinen Riecher gespottet, doch letztlich hatte er stets recht behalten, was die Pathologin aufs Äußerste beunruhigte. Energisch schüttelte sie ihre Haare. Der armen Witwe fiele es sicher leichter, das Ganze als einen Unfall zu betrachten. Sie blickte zu Solly hinüber, dem glänzenden schwarzen Wuschelkopf, der sich über den Computer beugte und den sie so sehr liebte. Wer würde schon wollen, dass die Erinnerung an den Ehemann für immer und ewig mit Mordverdacht verbunden war?

Maggie Lorimer streckte die Arme hoch über ihren Kopf und gähnte.

»Zeit, schlafen zu gehen?«, fragte Lorimer.

»Schön wär's. Lass mich noch die Klausuren der sechsten Klasse zu Ende korrigieren. Wenn die kleinen Quälgeister nur das getan hätten, was ich von ihnen verlangt habe, dann hätte ich jetzt nicht diesen riesigen Stapel Korrekturen vor mir!«, klagte sie. »Manche haben doppelt so viel geschrieben, mehr, als ich haben wollte.«

»Und darüber beschwerst du dich? Ich dachte, der sechsten Klasse müsstest du immer alles aus der Nase ziehen.«

»Das war die Parallelklasse. Die hier sind echte Streber. Und das Schlimme ist, dass ich ständig ganze Passagen finde, die sie eins zu eins aus dem Internet übernommen haben. Ein Albtraum! Wer hat schon die Zeit, alles zu überprüfen? Ich nicht.«

»Du müsstest eigentlich einen Assistenten haben, der das für dich erledigt«, sagte Lorimer.

»Alles klar. Und an dem Tag, an dem das passiert, hängen zwei blaue Monde am Himmel!« Sie stand auf und streckte sich noch einmal. »Lust auf eine Tasse Tee?«

Lorimer nickte und blickte vom Papierstapel auf seinem Schoß auf.

»Mit Vergnügen. Ich kann ihn auch machen, wenn du willst.«

Maggie schüttelte den Kopf.

»Nein, danke. Ich sitze hier schon zu lange rum. Ich muss mich mal ein bisschen bewegen.«

Als Maggie wenige Minuten später mit dem Tablett in den Händen durch den Flur ging und Lorimers Mantel über dem Treppengeländer hängen sah, hielt sie inne. Der Saum war schlammverkrustet. Wo um alles in der Welt war er gewesen? Seufzend stellte sie das Tablett auf dem Garderobentisch ab und nahm den Kaschmirmantel vom Geländer. Der Dreck würde sich leicht abbürsten lassen, dachte sie und besah sich das kostbare Kleidungsstück genauer.

»Mist!«, fluchte Maggie leise. Oberhalb der Schlammkruste entdeckte sie ein paar dunkle Flecken, die zudem übel rochen. Zweifellos ein Fall für die Reinigung. Sie rümpfte die Nase, stopfte den Mantel in den Garderobenschrank und schloss die Tür. Er würde bis zum Wochenende warten müssen, und Seine Hoheit musste ganz einfach die alte Jacke anziehen. Maggie Lorimer nahm das Tablett und verbannte den Mantel aus ihren Gedanken. Warum sollte sie darum jetzt viel Aufhebens machen? Der Abend war so schön und entspannt gewesen. Warum sollte sie ihn jetzt mit einer Lappalie verderben?

Lorimer lächelte. Es tat gut, ein bisschen mit Maggie zusammenzusitzen. Wie lange sie dafür noch Zeit hatten, stand in den Sternen. Iain MacKenzie hatte ihm grünes Licht gegeben, und Duncan Forbes' Tod wurde jetzt als potenzieller Mordfall behandelt. Der Staatsanwalt war der Meinung, der Anruf und der toxikologische Befund würden eine eingehende Untersuchung rechtfertigen. Ein Teil von ihm erlebte noch einmal die alte Rastlosigkeit, den Drang, unterwegs zu sein, Fragen zu stellen und neue Menschen und Orte kennenzulernen. Andererseits widerstrebte es ihm, die angenehme Routine, die sich seit Maggies Rückkehr eingestellt hatte, schon wieder aufzugeben. Ein ungutes Gefühl sagte ihm, dass dieser Fall besonders kniffelig und zeitaufwendig werden könnte.

Morgen, sagte er sich, morgen würde er weiter darüber nachdenken. Dann hätte er das Team zusammengestellt und die Arbeit der Mordkommission könnte beginnen, zuallererst bei der Wirtschaftsprüfungsgesellschaft am Clydeufer.

21. Kapitel

JJ hob die Pistole und richtete sie auf sein Opfer. Er spürte den Stoß in der Schulter, als er die Kugel geradewegs in die Brust des Mannes feuerte. Er hatte einen Schalldämpfer benutzt, nur der Körper machte ein dumpfes Geräusch, als er auf dem Waldboden aufschlug, und ein paar vereinzelte Krähen flatterten kreischend aus den Baumkronen.

Er bückte sich nach dem Koffer, dann ging er ruhig auf die Stelle zu, wo der tote Mann lag. Das Eichenlaub knirschte unter seinen Stiefeln.

Ein beißender Gestank lag in der Luft und mischte sich mit dem erdigen Geruch des feuchten Waldbodens. JJ holte einmal tief Luft. Dann verpasste er dem Mann einen festen Tritt mit seinem Fuß, und der Körper stürzte in ein großes Loch in der Erde. JJ beugte sich über das Grab und sah hinunter.

Das Gesicht des Toten blickte zum Himmel, die erstaunten Augen für immer ihrer Sehkraft beraubt. Damit hatte er gleich ein weiteres Problem gelöst, dachte er. Ab jetzt würden ihn keine Gespenster mehr heimsuchen, zumindest nicht, wenn er es verhindern konnte.

JJ grunzte zufrieden und machte sich daran, das Erdloch wieder zuzuschaufeln. Etwas Herbstlaub noch, und das Grab würde im Waldboden verschwinden. Und sein neuester Bewohner ruhte hier vergessen bis in alle Ewigkeit.

22. Kapitel

»Bist du sicher?«

Jennifer Hammond stand im Büro ihres Vorgesetzten und hielt sich mit einer Hand am Schreibtischrand fest.

»Man hat seine Leiche heute Morgen gefunden.«

»Ich kann es einfach nicht glauben.« Die Frau taumelte zurück und ließ sich in einen leeren Stuhl fallen, da ihre Beine sie nicht länger tragen wollten.

»Wir haben einen Anruf von der Polizei von Strathclyde erhalten. Die New Yorker Polizei hat sie letzte Nacht verständigt.«

»Und sie sind sich sicher, dass es Michael ist?«

»Sieht so aus, als hätten sie Kreditkarten und andere persönliche Dokumente gefunden«, antwortete Barr. »Tut mir leid, Jenny. Das muss ein ziemlicher Schock für dich sein.« Der Geschäftsführer saß ruhig da und blickte die junge Frau an, die ihn ungläubig anstarrte. Als fiele es ihm jetzt erst ein, kam er plötzlich hinter seinem Schreibtisch hervor und legte den Arm um ihre Schultern.

»Lass mich!« Sie schüttelte ihn ab und stand auf. Ihr Gesicht war kreidebleich, sie wankte. »Rühr mich nicht an!« Sie starrte Barr wütend an, dann richtete sie sich auf, als würde sie einen letzten Rest an Würde aufbieten. »Rühr mich nie wieder an!«

Alec Barr strich sich über das Kinn, als er den Rotschopf aus seinem Büro stürmen sah. Es war nur natürlich, dass sie aufgebracht war, sagte er sich. Michael war der Letzte in der Reihe ihrer Büroeroberungen gewesen, obwohl sie ihn, wenn er ehrlich war, wirklich gemocht haben musste. Man weiß nie, was man hat, bis es für immer verloren ist, stellte er trocken fest. Nun, Michael Turner war jedenfalls nicht mehr da, und es gab auch keine Möglichkeit mehr, ihn zurückzuholen. Jenny würde über ihn hinwegkommen müssen. Gib ihr ein wenig Zeit, ermahnte er sich, Zeit, ihr sonst so ausgelassenes Wesen wiederzugewinnen. Vielleicht sollte er ihr eine Auszeit vorschlagen? Ein paar Tage Urlaub im Süden? Die Villa war gerade frei. Und wenn sie sich erst einmal etwas beruhigt hatte, wäre sein Angebot, eine Woche in das sonnige Zypern zu fahren, womöglich genau das Richtige, um seine Personalleiterin wieder zur Vernunft zu bringen. Außerdem wäre es keine schlechte Idee, Jenny außer Haus zu wissen, wenn die Polizei hier herumschnüffelte.

Lorimer hörte zu, als ihm der Superintendent die Wahlmöglichkeiten vor Augen führte.

»Die Stelle wird nicht ewig frei sein, Lorimer, und ich finde, Sie sollten es sich überlegen. Hier zu bleiben ist eine Option, klar, aber wir wissen beide, dass Ihre Chancen auf Beförderung dann begrenzt sind.« Mitchison nickte, während er sprach.

»Was soll ich dazu sagen?«, begann Lorimer.

»Sie könnten zum Beispiel sagen, dass Sie darüber nachdenken werden«, lautete Mitchisons Antwort. »Aber nicht zu lange. Es würde mich freuen, wenn ich Sie für den Posten vorschlagen könnte. Ich glaube, der neue Verantwortungsbereich würde Ihnen gefallen.«

»Danke, Sir.« Lorimer stand auf, verabschiedete sich mit einem kurzen Händedruck von seinem Vorgesetzten und verließ den Raum. Ihm schwirrte der Kopf.

Er machte sich keine Illusionen darüber, warum Mitchison ausgerechnet ihm den Job zuschanzen wollte. Einen DCI zu haben, der einmal auf die Position seines eigenen Bosses aus gewesen war, war sicher nicht leicht zu ertragen. Seit Mitchison befördert worden war, waren sie nie besonders gut miteinander ausgekommen, doch das hatte weniger an den unzufriedenen Mitarbeitern gelegen als vielmehr an der Art und Weise, wie Mitchison seine Abteilung zu führen pflegte. Abgesehen davon, dass der ganze Papierkram sie zu ersticken drohte, ging ihnen die Arroganz des Vorgesetzten auf die Nerven, insbesondere ihm, Lorimer. Jetzt hatte Mitchison endlich einen Ausweg für seinen stellvertretenden Kollegen gefunden. In der erst kürzlich gegründeten Abteilung für ungelöste Fälle hatte sich ein Job aufgetan, der einen erfahrenen Polizisten vom Rang eines DCI erforderte. Und Mitchison hatte ihm relativ klar zu verstehen gegeben, dass er ihn haben konnte, wenn er ihn wollte. Er spürte, wie ihm ein Schauer der Erregung über den Rücken lief: Berüchtigte Fälle, die ungelöst geblieben waren, seit er ein kleiner Junge war, könnten für ihn bald in Reichweite rücken. Das war verlockend ...

Zurück in seinem Büro besah sich Lorimer das Gemälde an der Wand. Van Goghs *Père Tanguy* starrte auf ihn herab – der unterschwellige Drang des Mannes, aufzustehen und wieder an die Arbeit zu gehen, war für ihn das Reizvollste an dem Gemälde. Wenn er hier bliebe, würde ihn der Papierkram auf Dauer in den Wahnsinn treiben. Die neue Einheit würde eine neue Herausforderung sein, aber auch Gelegenheit bieten, häufiger unterwegs zu sein, was Lorimer an seinem Beruf am meisten schätzte. Und dann galt es auch Rücksicht auf Maggie zu nehmen. Sie hatte nur zu deutlich gemacht, wie sehr sie ihm eine erfolgreiche Karriere wünschte, nicht weil es ihr selbst wichtig gewesen wäre, sondern aus einer begeisterten Loyalität heraus, der er nur schwer widerstehen konnte.

Gut, er würde darüber nachdenken. Aber jetzt musste er erst einmal mit der New Yorker Polizei über einen gewissen

Michael Turner sprechen. Die Leiche des Wirtschaftsprüfers war in einem Waldstück im New Yorker Hinterland gefunden worden. Ein Jäger beziehungsweise seine drei Jagdhunde hatten das Grab entdeckt. Lorimer las sich den ausführlichen Bericht, der alle Details genau schilderte, noch einmal durch. Ein Mann weißer Hautfarbe, aus nächster Nähe mit einem einzigen Schuss ins Herz hingerichtet. Die Kreditkarten, die man am Körper des Toten gefunden hatte, wiesen ihn als den britischen Staatsbürger Michael Turner aus. Die Hände des Opfers waren auf dem Rücken zusammengebunden, so dass kein Zweifel bestehen konnte, dass es sich um einen vorsätzlichen Mord handelte. Nachdem Turner Großbritannien verlassen hatte, galt er mehrere Tage lang als vermisst. Seit seiner Ankunft am John-F.-Kennedy-Flughafen war der junge Mann einfach spurlos verschwunden. Fluglisten bestätigten seinen Abflug von London Heathrow und die Passkontrolle, dass er amerikanischen Boden betreten hatte, aber danach – nichts mehr. Die New Yorker Polizei fragte nach den Namen der nächsten Angehörigen, um die Überführung des Toten nach Schottland in die Wege zu leiten. Aus der aktuellen Einwanderungsakte ging allerdings hervor, dass es keine unmittelbare Verwandtschaft gab. Beide Eltern waren vor Jahren bei einem Verkehrsunfall ums Leben gekommen, las Lorimer. Er runzelte die Stirn, als der Fall Konturen annahm. Seine Mutter war amerikanische Staatsbürgerin gewesen, und Michael Turner hätte sich für die doppelte Staatsbürgerschaft entscheiden können. Aber er hatte darauf verzichtet. Vielleicht war er zu jung gewesen, als die Entscheidung anstand. Das war nur eine Mutmaßung, doch jede noch so zarte Verbindung mit den Vereinigten Staaten würde vielleicht einen Hinweis liefern.

Seine Gedanken wanderten nach Florida und zu dem Urlaub, den er vergangene Weihnachten mit Maggie dort verbracht hatte. Lorimer warf einen flüchtigen Blick auf den Kalender an der Wand. Zehn Wochen noch, dann hätte sie das Schuljahr hinter sich. Zehn Wochen noch, und er würde sie beide augenblicklich in ein Cottage auf Mull verfrachten. Er hatte bereits vage Pläne gemacht. Auf der Insel gab es einen abgelegenen Ort namens Fishnish Bay, einige Meilen vom nächsten größeren Dorf entfernt. Der Blick über den Sound of Mull auf die Hügel der Morvern-Halbinsel war spektakulär, wenn man den Angaben Glauben schenken durfte. Drei Wochen Ruhe und Frieden und als Zugabe vielleicht ein Ausflug nach Iona. Die Insel war eine alte Pilgerstätte mit einer Abtei, deren Grabmäler viele hundert Jahre alt waren.

Er seufzte, als er an das andere Grab irgendwo im Wald jenseits des Atlantiks dachte. Michael Turner. Merkwürdig, dass er so bald nach Duncan Forbes' Tod unter derart mysteriösen Umständen sein Ende gefunden hatte. Gab es vielleicht einen Zusammenhang zwischen den beiden Fällen? Lorimer schüttelte bedauernd den Kopf. Keine Chance, sagte er sich. Das erinnerte ihn zu sehr an das Zeug, was sie samstagabends in den Krimis im Fernsehen brachten. Und dennoch, etwas an der Sache war sonderbar und beunruhigend.

»Mr. Barr.« Detective Sergeant Wilson streckte dem Geschäftsführer zur Begrüßung die Hand hin. Der feste Händedruck verriet, dass sich jener in jeder Hinsicht als Herr der aktuellen Lage fühlte.

»Eine schreckliche Tragödie, meine Herren. Wir können Ihnen gar nicht sagen, was für ein Schock das für uns war. Und das alles so kurz nach Duncans Unfall.« Barr schüttelte den Kopf. »Man hört ja immer viel über die Gewalt in den Vereinigten Staaten, aber dass es mal jemanden erwischen könnte, den man kennt, damit rechnet man nicht. Doch das ist wahrscheinlich immer so«, fügte er hinzu. Er blickte abwechselnd von Wilson zu Cameron, als erwartete er ihre Zustimmung.

»Ja. Es passiert immer den anderen, nicht wahr?«, erwiderte Wilson höflich. »Nun, Mr. Barr, was wir von Ihnen brauchen, sind Informationen über Michael Turners Familie. Die New Yorker Polizei ist natürlich bemüht, seine sterblichen Überreste in die Heimat überführen zu lassen.«

Barr zog die Augenbrauen hoch und atmete geräuschvoll aus. »Offen gestanden kann ich Ihnen aus dem Stegreif gar nichts über seine Familie sagen, aber hier sollte sich eigentlich alles finden, was Sie wissen müssen.« Barr wandte sich seinem Computer zu und drehte den Bildschirm so, dass seine Besucher die Personalliste einsehen konnten, die er gerade öffnete. Er klickte auf Michael Turners Name, und auf dem Bildschirm erschien eine leere Seite. Barr runzelte die Stirn. Er scrollte einmal ganz nach unten, dann wieder nach oben, und während er versuchte, die Unterlagen des Toten ausfindig zu machen, entfuhr ihm ein leiser Fluch.

»Tut mir leid, Sergeant. Sieht so aus, als wäre die Datei gelöscht worden. Ein übereifriger Sacharbeiter hat wohl den Ordner aufgeräumt.« Er fluchte wieder. »Dafür werde ich ihm den Hals umdrehen! Streng genommen ist Michael Turner immer noch ein Angestellter von Forbes Macgregor. Oh, warten Sie.« Er klickte vor und zurück und sah in verschiedenen Ordnern nach. »Vielleicht haben sie seine Unterlagen schon auf die Seite von Kirkby Russell übertragen. Das ist unsere US-Niederlassung«, erklärte er. »Michael sollte eigentlich dort anfangen.« Barrs Augen waren auf den Bildschirm gerichtet, Wilson aber tauschte mit dem DC einen vielsagenden Blick aus und fragte sich, ob der Eifer des geschäftsführenden Partners, die persönlichen Daten des Toten ausfindig zu machen, echt war. War Barr mit diesen Dingen überhaupt vertraut? War das nicht eigentlich die Aufgabe einer ihm unterstellten Person, zum Beispiel von Jennifer Hammond, der Leiterin der Personalabteilung? Wozu das ganze Getue?

»Tut mir leid.« Barr drehte den Bildschirm noch etwas weiter in ihre Richtung. »Das ist mir wirklich äußerst unangenehm. Wir haben überhaupt keine Daten von Michael.«

»Fast so, als hätte er aufgehört zu existieren?«, meinte Cameron und musterte Barr nachdenklich. Dieser gab keine Antwort, sondern starrte den Detective Constable nur schweigend an. »Vielleicht haben Sie seine Unterlagen irgendwo abgeheftet? Es muss doch schriftliche Dokumente geben«, bohrte Cameron nach.

Barr schien plötzlich wieder in der Wirklichkeit angekommen zu sein.

»Ja, natürlich. Ich werde Sie gleich ins Archiv bringen. Da kann Ihnen bestimmt jemand weiterhelfen.«

Das Archiv bestand aus endlosen Reihen fahrbarer Aktenschränke. Eine junge Frau, einen Kuli hinter dem Ohr und mit einem Aktenstapel unter dem Arm, stand an einem Schrank und ging verschiedene Schubfächer durch. Als Barr sich ihr näherte, blickte sie nervös auf. Die Augen des Mädchens verschwanden fast vollständig hinter ihrem dunklen Pony.

»Emma, würdest du bitte für unsere Kollegen von der Kriminalpolizei Michael Turners Personalakte heraussuchen? Sei bitte so gut.« Barr warf einen Blick auf die Armbanduhr, dann wandte er sich wieder an Wilson. »Sie entschuldigen mich, Sergeant, ich übergebe Sie hiermit Emmas tüchtigen Händen. Die Pflicht ruft.« Mit einem künstlichen Lächeln auf dem Gesicht und einem flüchtigen Händedruck verabschiedete er sich und ging in die Richtung seines Büros davon. Wilson sah ihm nach. Business as usual, dachte er. Ein Partner war ertrunken und ein weiterer Angestellter unter verdächtigen Umständen ermordet worden. Dennoch ging Alec Barr zur normalen Tagesordnung über, als wäre überhaupt nichts geschehen. War es reine Gefühlskälte, oder plagte ihn tatsächlich ein derart übersteigertes Pflichtbewusstsein?

»Sieht so aus, als hätten Sie uns jetzt an der Backe«, hörte Wilson den großen Mann aus Lewis zu der jungen Frau sagen.

Sie lächelte gequält, als wäre sein Anliegen nur eine weitere Schikane an einem ohnehin schon stressigen Tag. »Mal sehen, was ich für Sie tun kann. Sollte nicht schwer zu finden sein.« Sie steckte die Unterlagen zurück, machte den Aktenschrank zu und führte die beiden Männer zu einem anderen Schrank, dessen Griffe mit rosafarbenen Aktenbändern versehen waren. Wilson und Cameron sahen zu, wie sie die Personalakten von P nach T durchging.

»Da haben wir ihn schon«, sagte sie. »Michael Turner.« Sie zog eine lederfarbene Mappe heraus und wollte sie gerade an Cameron weiterreichen, als ihr die Kinnlade herunterfiel. »Die Akte ist leer«, sagte sie mit hochrotem Kopf. »Mr. Barr wird mich umbringen!«

»Ach, warum das denn? Ist doch nicht Ihre Schuld«, sagte Cameron in beschwichtigendem Ton, während sie auf die leere Aktenmappe starrten.

»Aber er hat mich gebeten, sie für Sie herauszusuchen!« Die Stimme des Mädchens klang jetzt weinerlich.

»Und das soll ein Verbrechen sein, das mit dem Tod geahndet wird?«, scherzte Cameron.

Emma murmelte etwas, das wie ein »Sie kennen Mr. Barr nicht« klang.

»Das war nicht für unsere Ohren bestimmt«, wandte sich Wilson brummelnd an Cameron und zwang sich zu einem neutralen Gesichtsausdruck. »Ich werde die Akte trotzdem mitnehmen, Miss ...?«

»Emma. Emma Rogers«, antwortete das Mädchen und reichte ihm die leere Aktenmappe mit einem nahezu verzweifelten Gesichtsausdruck.

»Irgendeine Idee, wie ich an Michael Turners Unterlagen kommen könnte, Miss Rogers?«, wollte Wilson wissen.

Das Mädchen zuckte die Achseln.

»Über unsere Datenbank. Oder versuchen Sie es in der Personalabteilung. Gut möglich, dass sie irgendwo eine Kopie haben«, antwortete sie. »Ich kann Sie gleich hinbringen, wenn Sie möchten.« Sie führte die beiden Polizisten durch einen großen Raum, der auf den Fluss hinausging, in ein angrenzendes Büro. »Jennifer ... oh. Wo ist sie denn?« Emma Rogers blieb in der Tür stehen, eingerahmt von den beiden Polizisten. »Du lieber Gott, heute Morgen geht hier aber auch alles drunter und drüber«, murmelte das Mädchen und ging kurzerhand ins Büro nebenan.

»Hat jemand Jennifer gesehen?«, fragte sie. Ein grauhaariger Mann fortgeschrittenen Alters blickte von seinem Schreibtisch auf.

»Ist nach Hause gegangen«, antwortete der Mann knapp. »Ihr ging's nicht gut. Warum?«

Emma zögerte, dann drehte sie sich zu Wilson um, als spürte sie seine wachsende Ungeduld.

»Die Herren sind von der Polizei von Strathclyde, Adrian. Sie sind auf der Suche nach Michael Turners Personalakte. Im Archiv ist sie nicht. Und in der Datenbank ist sie anscheinend gelöscht worden. Irgendeine Idee?«

Der Mann stand auf und trat auf Wilson und Cameron zu. »Adrian Millhouse. Ich bin ein Mitarbeiter von Jennifer Hammond. Teilzeit, wenn ich ehrlich bin.« Er grinste und streckte den Beamten die Hand hin. »Ich hätte schon vor Jahren in Pension gehen sollen, als ich die Wirtschaftsprüferei aufgab, aber ich konnte mich von der guten alten Firma einfach nicht trennen«, fügte er hinzu. »Sie suchen die Akten des jungen Michael? Hm. Also, wenn Sie schon im System und im Archiv nachgesehen haben, dann weiß ich auch nicht ... Ach, wir werden einfach mal einen Blick in Jennifers Büro werfen.« Er zwinkerte übertrieben. »Unsere Jennifer hat nämlich eine Schwäche für Michael«, erklärte er.

Die vier marschierten in das Büro der Personalleiterin. Adrian Millhouse ging ohne Umstände auf die Schreibtischschublade zu, zog sie auf, wühlte ein bisschen darin herum und förderte eine Handvoll Blätter zutage. Er grinste.

»Na, bitte. Michaels persönlicher Kram. Persönlicher, nicht personeller, wenn Sie verstehen, was ich meine.« Er zwinkerte noch einmal.

»Bist du sicher, dass das richtig ist, was du tust?« Emma Rogers klang wenig überzeugt.

Wilson biss sich auf die Zunge. Es war wirklich nicht seine Aufgabe, Barrs Angestellten die schlechte Nachricht zu überbringen, aber die Angelegenheit wurde jetzt doch ein wenig absurd.

»Michael Turner ist tot«, sagte er mit gedämpfter Stimme. Er konnte zusehen, wie das Grinsen aus Adrians Gesicht verschwand. Emma verschlug es den Atem. »Die amerikanische Polizei geht von Mord aus. Mr. Barr wird es Ihnen sicherlich im Laufe des Tages mitteilen, und vermutlich werden Sie es auch bald in der Zeitung lesen können.« Er schnitt eine Grimasse und spürte, wie Cameron neben ihm zustimmend nickte. »Aber bis dahin wäre ich Ihnen dankbar, wenn Sie die Angelegenheit für sich behalten könnten.«

Adrian Millhouse stützte sich auf den Schreibtisch.

»Darum war die Ärmste so mitgenommen. Kein Wunder, dass sie nach Hause gegangen ist.«

Wilson wandte sich an Emma.

»Vielen Dank für Ihre Hilfe, Miss Rogers. Wäre es vielleicht möglich, dass Sie uns eine Tasse Kaffee bringen? Ich glaube, wir werden uns noch kurz mit Mr. Millhouse unterhalten«, sagte er betont freundlich. Auf diese Weise war das Mädchen beschäftigt, und Mr. Millhouse hatte Gelegenheit, ihnen etwas mehr über die Beziehung zwischen Jennifer Hammond und dem verstorbenen Michael Turner zu erzählen.

Ein bohrender Kopfschmerz machte sich plötzlich unangenehm bemerkbar, als er die Unterlagen noch einmal durchging. Michael Turner hatte seine Wohnung in Merchant City einem Makler übergeben. Sie würde einen hübschen Preis erzielen, dachte Lorimer und sah sich die Beschreibung der Wohnung und die Liste mit den Sonderausstattungsmerkmalen an. Doch wem gehörte die Immobilie des Toten jetzt? Das war die Frage, die ihn am meisten beschäftigte. Die Unterlagen der Kraftfahrzeugzulassungsstelle sowie Turners Krankenakte hatten einige brauchbare Informationen geliefert, aber es gab immer noch keine Hinweise auf die nächsten Verwandten. Er war ein Einzelkind, ebenso wie sein Vater, so dass auf dieser Seite des großen Teichs keine Onkel, Tanten, Cousins oder Cousinen zu erwarten waren. Die Sache war reichlich kompliziert und verdächtig noch dazu. Hatte er überhaupt noch ältere Verwandte? Lorimer warf die Unterlagen auf den Tisch. Es war an der Zeit, dass seine Mitarbeiter diese Dinge herausfanden, dachte er. In diesem Augenblick klingelte das Telefon.

»Chief Inspector? Adrian Millhouse am Apparat. Ihr Detective Sergeant hat mich um einen Anruf gebeten, wenn mir noch etwas zu Michael einfiele, das Ihnen bei den Ermittlungen weiterhelfen könnte.«

»Ja?«

»Ich weiß nicht, ob es wichtig ist, aber Michael und ich hatten denselben Zahnarzt. Ich dachte nur ... wegen der Krankenakte und so ...« Die Stimme am anderen Ende der Leitung verstummte.

»Auf jeden Fall! Gut, dass Sie anrufen, Mr. Millhouse. Könnten Sie mir den Namen und die Telefonnummer des Zahnarztes geben?«

»Der Zahnarzt heißt Ian Lynch.« Millhouse rasselte die Nummer des Arztes herunter. »Michael fragte mich, ob ich ihm einen guten Zahnarzt empfehlen könne, als seiner in den Ruhestand ging. Das dürfte jetzt so vier Jahre her sein«, quasselte Millhouse weiter.

»Gut, danke.« Lorimer machte eine kurze Pause, dann fragte er: »Mr. Millhouse? Wäre es Ihnen unter Umständen möglich, ins Präsidium zu kommen und das Band anzuhören, das auch Miss Hammond schon angehört hat?«

»Ah.« Die Veränderung in der Stimme des älteren Mannes verriet ihm, dass er einen wunden Punkt getroffen hatte. »Ich fürchte, nein. Das Gehör ist nicht zuverlässig genug, wissen Sie. Auch mit diesem digitalen Hörgerät nicht. Alles ist immer irgendwie verzerrt.«

»Trotzdem danke, Sir. Vielen Dank.« Lorimer legte den Hörer auf. Dieser ältere Herr würde als Zeuge vor Gericht wegfallen, das stand schon mal fest. Die Zahnarztakten hingegen konnten der New Yorker Polizei bei der Identifizierung des Leichnams helfen, obwohl da anscheinend keine Zweifel mehr bestanden. Als Nächstes würde er mit Jennifer Hammond sprechen müssen. Vielleicht wäre Michael Turners Exfreundin in der Lage, etwas Licht in die rätselhafte Angelegenheit zu bringen und zu erklären, warum die Personalakte des Verstorbenen plötzlich verschwunden war.

23. Kapitel

Es dämmerte bereits, als Lorimer durch die Stadt nach Hause fuhr. Der April war ein Monat sonderbarer Gegensätze. Mal war es so kalt, dass sogar Schnee fiel, und kurz darauf gab es wieder einen jener wunderbaren Frühlingssonnenuntergänge, die untrügliche Vorboten des nahenden Sommers waren. Welche Verse zitierte Maggie so gerne?

»April ist der grausamste Monat, er treibt
Flieder aus toter Erde.«

Eliots berühmte Worte, die auf die Toten vor hundert Jahren anspielten. Im ländlichen Teil von New York war der April jedenfalls nicht kalt genug gewesen, um Michael Turners Grab zufrieren zu lassen. Dass man die Stelle, an der der junge Mann begraben lag, so kurz nach seinem Tod gefunden hatte, war erstaunlich. Ja, es musste sogar ein außergewöhnlicher Zufall gewesen sein, dass die Jagdhunde die Leiche fast unmittelbar nachdem sie verscharrt worden war, aufgespürt hatten.

»Hätte Jahre da unten liegen können«, hatte ihm der zuständige Beamte erklärt und dann düster hinzugefügt: »So geht es den meisten.« Durch eine seltsame Laune des Schicksals aber sollte diese Leiche nicht lange in fremder Erde ruhen.

Lorimer fuhr von der Autobahn ab und folgte der Zubringerstraße, die ihn in die grüneren Vororte bringen würde, in die Oase der Ruhe und des Friedens, die er sein Zuhause nannte. Der Himmel verdunkelte sich, und durch die Fetzen der grauen

Regenwolken drangen zum letzten Mal ein paar leuchtende Sonnenstrahlen, ehe die Sonne endgültig am Horizont versank. Auf dem letzten Abschnitt fuhr er gerade nach Westen in Richtung Kilpatrick Hills. Eine Nebelglocke verschleierte die Umrisse der Hügel, doch er konnte die blaugrünen Hänge und die dunklen Flecken verbrannter Winterheide erkennen. In den Anblick versunken vergaß Lorimer für ein paar Minuten seinen Job, die Besprechung mit Mitchison, alles. Weiter westlich wurden die Hügel höher und rauer und bargen tiefe Seen und Wasserfälle. Die Bewohner Glasgows konnten sich glücklich schätzen, dachte er oft. Schon nach wenigen Meilen hatte man die Straßen hinter sich, und vor einem lag ausgebreitet das weite Land. Lorimer fuhr am Außenstreifen entlang, zu beiden Straßenseiten Felder, so weit das Auge reichte. Hauchzartes Grün zierte hier und da die Hecken. Bald würde das Leben wieder mit ganzer Kraft hervorbrechen, die Vögel würden mit ihrem Gesang den Beginn der Paarungszeit ankündigen und die Herzen der Menschen höher schlagen lassen.

Dieses Bild brachte Lorimers Gedanken wieder zurück zu Jennifer Hammond. Eine enge Freundin von Michael Turner. Laut Adrian Millhouse hatte sie eine Schwäche für ihn gehabt. Wilson hatte den Wert dieser Neuigkeit sofort begriffen. Ihrem Kollegen zufolge hatte sie die Nachricht von Michaels Ermordung ganz schön mitgenommen. Nun, morgen würde er sich der Sache annehmen und mit ihr sprechen. Er würde versuchen herauszufinden, wie nah sie dem Toten tatsächlich gestanden hatte. Und, dachte er, welchen Namen sie ihm verschwiegen hatte, als sie das Band abgehört hatte, jene hysterische Frauenstimme, die möglicherweise Augenzeugin eines Mordes geworden war.

Der nächste Morgen war grau und friedlich. Ein feiner Nieselregen lag wie Nebel auf den Hügeln, als Lorimer über die Autobahn zurück in die Stadt fuhr. Um diese Zeit waren die Straßen noch leer, kein Stau würde ihn aufhalten, anders als die Pendler, die sich jeden Tag zu Tausenden mühten, um neun Uhr im Büro zu sein. Seit Maggies Rückkehr versuchte Lorimer, sich seine Arbeitszeit vernünftiger einzuteilen. Wenigstens darüber hatte er sich mit Mitchison einigen können, stellte er nüchtern fest, obwohl der Arbeitstag eines Polizisten trotz EU-Vorschriften über Arbeitszeitregelungen normalerweise mehr als acht Stunden betrug. Der Druck, die laufenden Ermittlungen stetig voranzutreiben, ließ praktisch nie nach, und es gab nie genug Einsatzkräfte, die einen reibungslosen Ablauf garantierten. Das Ansehen der Polizei war längst nicht mehr das, was es einmal gewesen war, erst recht nicht mehr nach den Soham-Morden unten im Süden. Das Innenministerium hatte ihnen das Leben nach diesem Skandal nicht leichter gemacht. Jetzt musste alles auf Punkt und Komma genau festgehalten werden, und der Superintendent schien seine wahre Freude daran zu haben. Er konnte zwar nachvollziehen, worauf es ihm ankam, doch wurde er oft das Gefühl nicht los, dass der ganze Schreibtischkram seiner eigentlichen Aufgabe im Wege stand: Straftäter festzunehmen und sie vor Gericht zu bringen. Ob die Abteilung für ungelöste Fälle besser war? Das würde er wohl erst herausfinden müssen.

Lorimer schaltete einen Gang herunter und nahm die Ausfahrt südlich des Flusses, die ihn auf geradem Weg zum Wohnkomplex neben der Kingston Bridge brachte. Jennifer Hammonds Wohnung befand sich in einem Neubaugebiet, das auf dem ehemaligen Gelände der Glasgower Gartenschau hochgezogen worden war. DCI Lorimer fuhr unter der Kingston Bridge hindurch und war froh, dass er dem morgendlichen Verkehrschaos auf der dreispurigen Clydebrücke heute entkommen war. Er bremste ab und fuhr außen um den Wohnkomplex herum. In den gepflegten Anlagen der Riverview Gardens blühten die Osterglocken, und die immergrünen Sträucher waren sorgfältig gestutzt. In Anbetracht des nahen Stadtzentrums war dieser Flecken eine wahre Oase der Ruhe.

Jennifer Hammond wohnte am äußeren Ende eines Blocks in unmittelbarer Nähe zum Fluss. Lorimer verriegelte den Wagen, schlug den Kragen seiner Jacke hoch und rannte durch den immer stärker werdenden Regen zur Haustür.

»Ja, bitte?« Die Stimme aus der Sicherheitsanlage klang scharf.

»DCI Lorimer. Miss Hammond, kann ich raufkommen?«

Es folgte eine kurze Pause, dann ertönte das Summen des Türöffners, und Lorimer betrat eine große, rechteckige Eingangshalle. Große Töpfe mit Grünpflanzen zierten die sonnigen Ecken des Raumes. Die Halle war mit einem Teppich ausgelegt und extrem sauber, der kleine Aufzug frei von den üblichen Schmierereien, wie Lorimer erstaunt feststellte, als er in den fünften Stock fuhr. Die Leiterin der Personalabteilung leistete sich ohne jeden Zweifel einen komfortablen, stilvollen Lebenswandel. Allein die laufenden Betriebskosten mussten ein halbes Vermögen betragen. Dass sich die Bewohner bei der Reinigung des Treppenhauses abwechselten, kam für die Eigentümer von Neubauwohnungen natürlich nicht mehr in Frage.

Lorimer hatte kaum den Finger auf den Klingelknopf gelegt, als Jennifer Hammond die Tür aufriss. Ihre grünen Augen wirkten kalt und abwesend. Nichts erinnerte mehr an die Koketterie, mit der sie Lorimer bei ihrer ersten Begegnung angesehen hatte. Michael Turners Tod hatte sie tief getroffen, das war deutlich zu erkennen.

»Sie kommen wohl besser rein«, sagte sie schließlich und hielt ihm die Tür auf. Lorimer betrat den langen, schmalen Flur und wäre beinahe über einen Koffer gestolpert, der an der Wand lehnte. Er war prall gefüllt und mit einem Sicherheitsgurt verschlossen.

»Sie verreisen?«, fragte er und musterte das Gepäck neugierig. Dann blickte er zu Jennifer.

»Ja«, antwortete sie knapp. Obwohl es noch früh am Morgen war, trug sie einen dunkelgrünen Hosenanzug und hochhackige Schuhe, als wollte sie jeden Augenblick die Wohnung verlassen. Nur wohin? Zur Arbeit jedenfalls nicht, dachte er und blickte noch einmal auf den Koffer. Auf den Gepäckanhänger hatte sie ihren Namen und eine Adresse in Zypern gekritzelt. Jennifer Hammond machte auf dem Absatz kehrt und führte Lorimer durch den Flur in ein helles, luftiges Wohnzimmer mit Panoramafenstern, die auf den Fluss hinausgingen. Lorimer hielt die Luft an. Die Bezeichnung Riverview Gardens war absolut zutreffend. Die Aussicht auf den Fluss war fantastisch. Richtung Westen erkannte er zahlreiche Wahrzeichen der Stadt, so die Turmspitze der Universität Glasgow und die Zwillingstürme der Kelvingrove Art Gallery. Auf der Kingston Bridge sah man, wie die Autos und Lastwagen von Norden nach Süden jagten. Und war der Vogel, der dort unten knapp über der Wasseroberfläche segelte, tatsächlich ein Kormoran? Lorimer riss sich widerstrebend vom Fenster los. Das Wohnzimmer war mit hellen Holzmöbeln, offenen Regalen und einem großen Glastisch in der Mitte des Raumes komfortabel eingerichtet. Die Drucke von Jack Vettriano hatte sie wohl eher passend zur übrigen Dekoration als wegen ihres künstlerischen Werts aufgehängt, vermutete Lorimer.

»Bitte setzen Sie sich, Chief Inspector.« Jennifer selbst nahm auf dem äußersten Rand eines mit einem goldenen Stoff bezogenen Lehnstuhls Platz, der einem dazugehörigen Zweisitzer gegenüberstand. Lorimer blieb also nichts anderes übrig, als sich mit seiner schlaksigen Gestalt in die tiefen Polster sinken zu lassen. Kurz trafen sich ihre Blicke, und er glaubte, in ihrem Gesicht eine Spur von Trotz zu erkennen, während sie darauf wartete, dass er zu sprechen begann.

»Als Erstes möchte ich Ihnen sagen, Miss Hammond, wie leid es mir tut, was Ihrem Kollegen widerfahren ist«, sagte Lorimer. Er wartete, doch diesmal gab es kein keckes Lächeln und kein »Nennen Sie mich einfach Jennifer«.

»Anscheinend hat Michael Turner keine Verwandten hier in Schottland. Deshalb sind wir darum bemüht, herauszufinden, wer von seinen guten Freunden bereit sein könnte, uns bei den ... Vorbereitungen zu helfen.« Jennifer erstarrte bei dem Euphemismus, sagte aber nichts. »Michael und Sie, Sie waren doch gute Freunde?« Lorimer neigte den Kopf zur Seite und wartete. Jetzt würde sie doch bestimmt antworten? Jennifer ließ überwältigt die Schultern fallen.

»Wir waren zusammen, bevor er nach Amerika gegangen ist«, sagte sie ausdruckslos.

»Waren Sie traurig, als Sie von seiner Versetzung erfahren haben?«

Jennifer Hammond verzog das Gesicht.

»Wir waren nicht so ein Paar, wie Sie denken. Es war nichts Festes. Erst recht nicht, als sich für Michael die Möglichkeit auftat, zu Kirkby Russell zu wechseln.«

»Sie haben nie darüber nachgedacht mitzugehen? Oder eine Reise in die USA geplant?«, fragte Lorimer eindringlich.

Die Frau schüttelte den Kopf, und ihr langes rotes Haar fiel ihr wie ein Vorhang ins Gesicht.

»Und jetzt verreisen Sie?«

»Ja. Die Firma hat ein Ferienhaus auf Zypern. Ich wollte mir eigentlich ein paar Tage frei nehmen.« Lorimer bemerkte ein Zögern in ihrer Stimme.

»Und jetzt?«

»Ich weiß nicht.« Sie blickte zu ihm auf. »Was genau kann ich denn für Sie tun?«

»Erzählen Sie mir alles, was Sie über Michael Turner wissen. Seine Herkunft. Seine Familie. Alles, was uns bei der Suche nach lebenden Verwandten weiterhelfen könnte.«

»Oh, das ist einfach. Er hatte niemanden, außer er hat uns verschwiegen, dass er noch irgendwo eine Frau hat.« Sie verzog die Mundwinkel zu einem Lächeln. »Entschuldigung, das war nicht lustig. Michael war weder verheiratet, noch hatte er Geschwister. Seine Eltern kamen bei einem Autounfall ums Leben, als er noch an der Uni war. Keine Onkel und Tanten. So hat er es mir erzählt«, fügte sie bestimmt hinzu, und Lorimer ermunterte sie mit einem Kopfnicken fortzufahren. »Er hatte viele Freunde, manche noch aus der Unizeit, andere aus dem Büro.« Sie hielt inne und blickte Lorimer herausfordernd an. »Er war ein netter Mensch, Chief Inspector.« Jennifer Hammonds Stimme wurde weich. »Das hat er nicht verdient.«

»Kennen Sie vielleicht jemanden, der uns bei der Lösung der Nachlassfrage helfen könnte?«

Sie runzelte die Stirn und dachte angestrengt nach.

»Würden Sie das mir überlassen? Ich müsste ein paar Leute anrufen, und es ist für sie sicher nicht ganz leicht, wenn sie erfahren, wie er ... gestorben ist.« Lorimer sah, wie sie die Tränen hinunterschluckte.

»Und Zypern?«

Sie lächelte bescheiden.

»Mir ist die Lust auf Urlaub vergangen. Aber ich werde mir trotzdem ein paar Tage freinehmen. Mal sehen, ob ich ein paar von Michaels Freunden ausfindig machen kann.«

»Das wäre sehr nett von Ihnen, Miss Hammond«, erwiderte Lorimer und bemerkte ihren plötzlichen Stimmungsumschwung.

»Jennifer«, ermahnte sie ihn. Er nickte und stand auf, dankbar für ihre Hilfsbereitschaft. Er war bereits an der Wohnungstür, als er sich noch einmal zu ihr umdrehte. »Jennifer«, begann er. »Die Stimme auf dem Band – sind Sie sicher, dass Sie sie nicht erkannt haben?«

Sie hielt seinem Blick stand, ohne zu blinzeln.

»Ganz sicher, Chief Inspector Lorimer.«

Lorimer zögerte, dann kramte er aus seiner Innentasche eine Visitenkarte und einen Stift hervor. Er kritzelte eine Nummer auf die Rückseite der Karte und reichte sie ihr.

»Hier. Ich habe Ihnen meine Handynummer dazugeschrieben. Sollte Ihnen irgendetwas einfallen, rufen Sie mich bitte an.«

Jennifer Hammond nahm die Karte und betrachtete sie von beiden Seiten, wobei sie fragend eine Augenbraue hochzog. Dann blickte sie wieder zu Lorimer.

»Danke«, sagte sie, »obwohl ich nicht glaube, dass ich davon Gebrauch machen werde.«

Sie atmete tief aus, als sie die Tür schloss und sich von innen dagegenlehnte. Sie drehte die Visitenkarte wieder und wieder zwischen ihren Fingern, erstaunt über den hochgewachsenen Polizisten, der in diesem Augenblick zu seinem Wagen zurückkehrte. Etwas an ihm hatte ihr Interesse geweckt. Sie lächelte und ging zum Garderobentisch, auf dem ihr Handy lag. Es konnte nicht schaden, mal seine Nummer einzuspeichern, dachte sie. DCI Lorimer war ein gut aussehender Typ, ja, wirklich. Vielleicht könnte sie ihn irgendwann mal anrufen, schlug ihr eine innere Stimme vor. Sie hatte an seiner Hand keinen Ehering gesehen, aber wenn sie ehrlich war, dann hatte sie darin bisher auch nie einen Hinderungsgrund gesehen. Ihre grünen Augen hatten angesichts der vielen neuen Möglichkeiten zu glänzen begonnen. Sie legte das Telefon wieder auf den Tisch zurück, Lorimers Nummer für weitere Verwendung sicher verwahrt.

24. Kapitel

JJ pfiff zu »Little Old Heartbreaker Me«, als er mit dem großen Lieferwagen über die Autobahn bretterte. Er hatte den Chevy gleich bar bezahlt, nachdem er sein Bankkonto leer geräumt und der Putzfrau mitgeteilt hatte, er breche nach Europa auf, Urlaub machen. Einen Dreck scherte sie sich, das faule Miststück. Ihr langes Gesicht würde das Geld vermissen, nicht den guten alten JJ, wie sie beteuert hatte. Als sie weg war, hatte JJ sofort begonnen, sein Verschwinden in die Tat umzusetzen. Mit dem letzten Schuss im Wald hatte er alle Verbindungen mit New York gekappt. Und die zu seinen Auftraggebern. JJ lachte in sich hinein, als er daran dachte, wie der Körper auf dem Waldboden aufgeschlagen war. Ein allerletztes Mal hatte er einen Mann kaltblütig erschossen, professioneller konnte eine Hinrichtung nicht sein. Es gab eine Menge Leute, die sich für diesen Job persönlich bei ihm bedanken würden, aber sie würden nicht mehr die Gelegenheit haben, ihm die Hand zu schütteln. Nicht, wenn er es verhindern konnte.

Es war ein gutes Gefühl, aus der Stadt rauszukommen und einmal mehr Richtung Westen zu fahren. Sein ganzes Hab und Gut befand sich hinter ihm auf der Pritsche. Er fühlte sich wie einer der ersten Siedler in seinem Planwagen. Bei dieser Vorstellung musste JJ grinsen. Sollten sie von Wilden aufgehalten werden, so wäre er jedenfalls gewappnet; sein komplettes Arsenal war sicher im Wagen verstaut, einiges davon sogar griffbereit. Er kaute auf seinem Kaugummi herum und genoss den frischen Pfefferminzgeschmack, dann wandte er sich zu dem Mann um, der neben ihm auf dem Beifahrersitz saß. Er grinste zu ihm hinüber.

»Alles klar, Cowboy?«, scherzte er in einem Tonfall, der den Helden eines Vorabendwestern parodierte.

Der Mann neben ihm nickte nur schweigend, wandte sich ab und blickte gedankenverloren aus dem Fenster auf die vorbeiziehende Landschaft. Es würde eine lange Fahrt werden, und JJ konnte sich vom Countrysender unterhalten lassen, wenn er wollte. Der Mann hatte andere Sorgen, Sorgen, die ihn noch eine ganze Weile beschäftigen würden.

25. Kapitel

»Wir müssen miteinander reden«, flüsterte Jennifer in die Sprechmuschel, als wäre jemand in der Wohnung, der die Unterhaltung mithören könnte. »So bald wie möglich.« Sie verstummte und lauschte der Stimme am anderen Ende der Leitung. »Warum hier?«, antwortete sie missmutig. »Aber ... also gut, meinetwegen. Heute Abend?«

Als das Gespräch beendet war, legte sie den Hörer neben das Bett und ließ sich mit einem Seufzer in die frisch aufgeschüttelten Kopfkissen sinken. Wenn sie es sich jetzt so recht überlegte, hätte sie lieber im Flieger nach Zypern gesessen und sich auf eine Woche Sonne und Cocktails am Strand gefreut, aber das war einfach nicht drin. Sie war Michael Turner ein paar Dinge schuldig.

Die junge Frau setzte sich langsam auf, zog ihr grünes Jackett aus und warf es auf den Stuhl neben ihrem Bett. Sie war es nicht gewohnt, einen ganzen Tag für sich alleine zu haben, und konnte sich kaum entscheiden, was sie mit der vielen freien Zeit anfangen sollte. Die Unterhaltung mit dem DCI hatte höchstens eine halbe Stunde gedauert, das Telefonat nur ein paar Minuten. Vor ihr lag also noch ein ganzer Tag, an dem sie tun und lassen konnte, was sie wollte. Sie rollte sich faul auf die Seite, griff zur Fernbedienung und drückte darauf herum, während sie konzentriert auf den Bildschirm starrte. Sie würde sich mit Frühstücksfernsehen die Zeit vertreiben, bis sie herausgefunden hatte, was sie am liebsten machen wollte. Es war sinnlos, Michaels Freunde vor sechs Uhr erreichen zu wollen, dafür war abends noch genug Zeit, wenn die meisten Leute zu Hause waren.

Jennifer Hammond lächelte in sich hinein. Morgen um die gleiche Zeit hätte sie alles geregelt. Dann konnte sie den nächsten Flug nach Zypern nehmen und so lange bleiben, wie es ihr gefiel.

Malcolm Adams ließ den Hörer sinken. Seine Hand zitterte. Er hatte seit gestern nichts gegessen, und ihm war schlecht vor Hunger. Doch es war nicht nur der Hunger. Der dumpfe Schmerz im Bauchraum erinnerte ihn unablässig an den heimtückischen Schatten, den er auf der Röntgenaufnahme gesehen hatte. Sechs Monate hatte ihm der Spezialist noch gegeben. Sechs Monate, in denen er immer schwächer werden würde, bis sich der Krebs schließlich im ganzen Unterleib ausgebreitet hatte. In diesem fortgeschrittenen Stadium war der Krebs völlig inoperabel.

»Machen Sie ausgiebig Urlaub, solange Sie es noch genießen können«, hatte ihm der Onkologe geraten. »Und gehen Sie am besten nicht mehr ins Büro. Die anderen werden Verständnis dafür haben.«

Malcolm graute davor, mit anderen über seine Krankheit zu sprechen, auch und vor allem mit seinen Kollegen. Sie hatten schon genug Probleme. Wenn er noch ein bisschen durchhielt und seine Sachen in Ordnung brachte, so wie er es sich vorgenommen hatte, dann brauchten sich wenigstens Lesley und die Kinder keine Sorgen zu machen. Seine Frau hatte sich so viel Mühe gegeben, ihm leckere kleine Mahlzeiten bereitet, um seinen Appetit anzuregen, ihn gedrängt, doch noch einmal zum Hausarzt zu gehen. Aber Malcolm hatte ihre Fürsorglichkeit abgelehnt und gesagt, das Geschwür spreche einfach nicht schnell genug auf das Medikament an, das Dr. Downie ihm verschrieben habe. Lesley hatte ihn fragend angesehen, ihm aber geglaubt. Sie vertraute ihm blind, dachte er. Ihre Unschuld stand in so krassem Gegensatz zu seiner schäbigen Geheimnistuerei.

Er lehnte sich vor und ließ den Kopf unter Stöhnen in die Hände sinken, dann setzte er sich schlagartig wieder auf. Ein stechender Schmerz, der vom Magen ausging, durchzuckte seinen Körper. Mittlerweile war es ihm kaum mehr möglich, es sich bequem zu machen. In der Mittagspause ging er jetzt oft am Flussufer spazieren. Es war für ihn eine besondere Art der Erholung, ein Urlaub vom Rest des Tages, wenn er den Verkehr auf den Clydebrücken beobachtete oder seine belegten Brote an die vielen Wasservögel verfütterte, die den Fluss bevölkerten. Die kurze Ablenkung hatte für Malcolm etwas ungemein Beruhigendes. Manchmal hüpften die Enten ans Ufer, um die Brotkrumen aufzusammeln. Für sie war er nichts anderes als eine Futterquelle, kein Mann, der unter der Folter eines Todesurteils litt. Ihre Selbstbezogenheit gab Malcolm die Möglichkeit, sich selbst aus einem anderen Blickwinkel zu sehen. Der Krebs interessierte sie nicht im Geringsten, und die Gleichgültigkeit schien auf ihn abzufärben. Es gab Tage, da hätte er am liebsten den ganzen Nachmittag am Flussufer gestanden und ins Wasser hinuntergeblickt, aber am Ende war er doch wieder pünktlich am Schreibtisch erschienen, vor lauter Angst, die unwillkommene Aufmerksamkeit der anderen auf sich zu lenken.

Häufige Pausen und langsame Spaziergänge halfen, den permanenten Schmerz zu lindern, und nachts taten die Beruhigungsmittel ihr Werk. Lesley schien zu spüren, dass es ihm schlechter ging, und brachte ihm jetzt immer eine Wärmflasche. Ahnte sie etwas? Oder verschloss sie sich der Realität, wie es bei Angehörigen von Krebspatienten oft der Fall war? Dass er seine Krankheit geheim hielt, hatte nicht so sehr mit Tapferkeit zu tun, gestand er sich. Vielmehr hatte er schreckliche Angst vor den Konsequenzen, die ihm drohten, wenn er die Karten offen auf den Tisch legte.

Ein Pfeifen am Fenster riss Malcolm aus seinen Gedanken. Er blickte hinaus. Eine ganze Weile folgte er dem Fensterputzer, wie er die hohen Scheiben mit einem Lappen einschäumte und sie anschließend mit einem Abzieher trocken wischte. Die Jeans des Mannes war am Knie abgewetzt, und auch die karierte Thermoweste hatte schon bessere Tage gesehen, dennoch stand er da in der Gondel und pfiff, als hätte er nicht die geringsten Sorgen. Malcolm spürte, wie der Neid in ihm aufstieg. Der Typ nahm wahrscheinlich jede Woche eine lausige Lohntüte mit nach Hause und gab das Geld für Alkohol, Zigaretten und ab und zu eine Billigreise nach Spanien aus. Er hatte vermutlich noch nie einen der Weine probiert, die Malcolm über die Jahre gesammelt hatte, oder Urlaub in exotischen Ländern gemacht. Seine Kinder gingen auf keine Privatschule. Seine Frau war nicht in der Lage, sich mit der neusten Designermode einzukleiden. Doch wie er so dasaß und dem Pfeifen des Mannes lauschte, wusste er plötzlich, dass er alles dafür geben würde, sein Leben gegen das des Fensterputzers einzutauschen.

»Malcolm? Störe ich?« Catherine Devoy stand in der Tür und blickte besorgt zu ihm herüber.

Er schüttelte den Kopf und sie trat ein. Sie schloss leise die Tür, setzte sich und strich ihren Rock glatt, ehe sie adrett die Beine übereinanderschlug.

»Malcolm«, begann Catherine und blickte den Mann hinter dem Schreibtisch eindringlich an. »Ich glaube, es ist an der Zeit, dass wir uns mal unterhalten, meinst du nicht?«

»Ich glaube ihr nicht«, erklärte Lorimer seinem Detective Sergeant. »Ich bin sicher, sie weiß, wessen Stimme auf dem Band zu hören ist.«

Alistair Wilson zog die Augenbrauen hoch, sagte aber nichts. Die Erfahrung hatte gezeigt, dass Lorimer mit seinem Instinkt meistens genau richtig lag. Es war, als besäße der Mann eine unsichtbare Antenne, mit der er Signale auffing, die anderen Sterblichen schlichtweg entgingen. Vielleicht hatte er sich während seines Kunststudiums diese besondere Wahrnehmung erworben, die es ihm nun ermöglichte, mehr zu sehen, als sich dem bloßen Auge darbot?

»Ich würde sogar noch weiter gehen und behaupten«, fuhr der DCI fort, »dass sie einem Mitarbeiter von Forbes Macgregor den Rücken deckt.«

»Und wenn wir von der gesamten Belegschaft Stimmproben nehmen?«, schlug Wilson vor.

Lorimer verzog das Gesicht zu einer Grimasse.

»Unser Stimmenexperte meint, durch die Hysterie sei die Stimme erheblich verfälscht. Du weißt schon. Wenn wir jemanden vernehmen, der unter Stress steht, schlägt die Stimme nach oben aus. Tja, unser Experte sagt, das Gleiche sei hier auch passiert. Die Anruferin war offenbar aufrichtig erschüttert, wahrscheinlich stand sie sogar unter Schock, als sie die Nachricht hinterließ.«

»Soll das heißen, dass ihre Stimme verzerrt ist?«

»In gewissem Grade, ja. Allerdings nicht so, dass Miss Hammond sie nicht erkannt hätte.«

»Vielleicht hat sie dieselbe Stimme sogar schon gehört, wenn sie hysterisch war?«

»Schon möglich. Eins steht jedenfalls fest: Wenn wir sie nicht unter Druck setzen, wird sie uns auch nichts sagen.«

Alistair Wilson zuckte die Achseln.

»Und was jetzt?«

»Jetzt werden wir uns bei Forbes Macgregor ein bisschen genauer umsehen.«

Jennifer Hammond summte die Melodie der Fernsehwerbung mit, als es an der Tür klingelte. Ihr Gast war zu früh, aber das machte nichts. Sie war schon seit Stunden fertig. Der Wein stand im Kühlschrank, und die kalorienreduzierten Knabbereien lagen in einer Porzellanschale auf dem Glastisch im Wohnzimmer.

Als sie durch den Flur zur Tür ging, bemerkte sie einen neuen Schwung in ihrem Gang. Mit einer gekonnten Handbewegung strich sie sich das rote Haar aus dem Gesicht. Eine gründliche Shoppingtherapie hatte ihre Laune nach dem morgendlichen Besuch des Polizisten wieder gehoben, und mit ihrem wohldurchdachten Plan würde sie diese Angelegenheit jetzt ein für allemal beilegen.

»Hi, komm rein. Gib mir deinen Mantel.« Sie lächelte ihrem Gast zu, bevor sie den nassen Regenmantel in ihr Schlafzimmer brachte. »Fühl dich wie zu Hause«, rief sie. »Im Kühlschrank steht ein Chablis. Bedien dich – die Gläser habe ich schon rausgestellt.«

Jennifer warf einen Blick in den Spiegel der Schranktür. Ihre Augen leuchteten vor Aufregung und freudiger Erwartung. Eigentlich konnte nichts mehr schiefgehen. Sie hatte alles perfekt durchdacht. Sie lächelte ihrem Spiegelbild noch einmal triumphierend zu, dann machte sie das Licht aus und schlenderte hinüber ins Wohnzimmer. Ihr Gast hatte die Flasche bereits geöffnet und zwei langstielige Gläser gefüllt, stellte Jennifer zufrieden fest.

»Zum Wohl.« Sie hob das Glas und nahm einen herzhaften Schluck. »Auf eine glückliche Zukunft«, fügte sie hinzu und kicherte innerlich über die Ironie ihrer Worte. Wenn alles nach Plan verlief, würde es für Jennifer Hammond sehr wohl eine glückliche Zukunft geben – sie war sich allerdings nicht so sicher, ob das auch für die Person galt, die ihr jetzt gegenübersaß und sie nachdenklich ansah.

Die Übelkeit setzte ein, als sie versuchte aufzustehen. Okay, sie hatte es geschafft, den größten Teil von zwei Flaschen Wein zu süffeln. Ihr Gast war etwas zurückhaltender gewesen, da er noch fahren musste, aber eigentlich war sie durchaus ein paar Gläser gewöhnt. Dass sie sich so elend fühlte, war nicht normal. Vielleicht hatte sie sich einen Virus eingefangen, dachte sie, als sie versuchte, sich abzustützen. Sie sank wieder in das Sofa, wobei sie mit der Hand gegen die Tischkante schlug.

Und was, wenn …? Der Gedanke ließ sie nach ihrem Handy greifen. Die Buchstaben verschwammen vor ihren Augen, als sie die Namen in ihrem Adressbuch durchging. Sie blinzelte heftig, um klarer sehen zu können. Als sie die Nummer gefunden hatte, drückte sie die grüne Taste. Sie vernahm noch das Freizeichen am anderen Ende der Leitung. Dann überkam sie eine neue Welle der Übelkeit, und das Telefon fiel ihr aus der Hand.

Der Vettriano-Druck an der Wand schien sich zu bewegen, als hätte ihn ein Windstoß erfasst, und als Jennifer in Richtung Badezimmer wankte, schienen seine dunklen Schatten aus dem Rahmen zu sickern.

Licht schmetterte gegen ihre Augäpfel, als sie den Schalter betätigte, und sie schaffte es gerade noch rechtzeitig zum Waschbecken, als sich ihr Magen entleerte. Sie schwankte, drehte den Kaltwasserhahn auf, um das Erbrochene hinunterzuspülen, das den Abfluss verstopfte. Doch in diesem

Augenblick übermannte sie eine andere, unbekannte Empfindung, und sie spürte, wie ihre Beine nachgaben.

Keine plötzliche Eingebung verriet der jungen Frau, dass sie sterben würde. Ihre Sinne schwanden still und heimlich dahin, als sie die Augen für immer schloss.

26. Kapitel

Davie McLaren war außer sich. Warum hatte die Hausverwaltung nicht sofort jemanden vorbeigeschickt? Die monatlichen Gebühren waren weiß Gott hoch genug. Stattdessen wartete er jetzt schon über eine Stunde, der Badezimmerteppich unter seinen Füßen wurde nasser und nasser, und die Decke drohte jeden Moment einzustürzen. Das Klopfen und Hämmern gegen die Wohnungstür im Stockwerk über ihm war ohne jede Reaktion geblieben. Die blöde Kuh war offenbar ausgegangen und hatte den Wasserhahn laufen lassen.

Der Fußballer schlug mit der Faust gegen den Tisch, auf dem das Telefon stand, worauf der Apparat scheppernd einen Satz machte. Verflucht! Er hätte sich gerne ein ausgiebiges Bad gegönnt, um den Muskelkater vom heutigen Training zu vertreiben. Allerdings konnte er das Badezimmer nicht einmal betreten, da er befürchtete, dass gleich die ganze Decke herunterkam. Wenigstens konnte er Klo und Dusche neben dem Schlafzimmer benutzen, wenn er wollte. Doch Davie McLaren wollte lieber baden, und der junge Mittelfeldspieler hatte sich daran gewöhnt, alles, was er wollte, mit einem Fingerschnippen zu bekommen. Er würde diesem eingebildeten Rotschopf gründlich die Meinung sagen, wenn sie nach Hause kam.

»Was ist denn los?« Davie öffnete die Tür etwas weiter und ließ die Frau eintreten, die er aus dem Büro der Hausverwaltung kannte. Sie war kreidebleich und zitterte am ganzen Körper.

»Kann ich Ihr Telefon benutzen?«, fragte sie und ging, ohne Davies Antwort abzuwarten, zum Telefon auf dem Garderobentisch. »Mein Handy hat gerade den Geist aufgegeben«, fügte sie hinzu und wählte hastig drei Nummern.

Davie wollte gerade etwas sagen, als ihn die Frau mit einem durchdringenden Blick und einer Handbewegung davon abhielt und in den Hörer sprach.

»Polizei, schnell, und einen Krankenwagen, bitte. Riverside Gardens Hausnummer 80. Ja.« Sie hielt inne und fing Davies Blick auf, dann wandte sie sich wieder an das Notrufpersonal. »Linda Roberts von Treeby-Willis. Ich wurde von einem Mieter gerufen, weil aus der Wohnung im oberen Stockwerk Wasser kam. Ich ... ich habe die Leiche einer Frau im Badezimmer gefunden.« Es folgte eine weitere Pause, in der Davie wie versteinert dastand. »Ja, ich bin mir sicher, sie ist tot.«

Lorimer stand in Jennifer Hammonds Badezimmer und sah zu, wie der Fotograf ein Foto nach dem anderen machte. Der Körper der Frau lag zusammengesunken zwischen Badewanne und Waschbecken. Das rote Haar bedeckte ihr Gesicht. Jemand hatte den Wasserhahn zugedreht und angefangen, das Erbrochene in Plastiktüten zu füllen. Von dem winzigen Raum ging ein süßlicher, fauliger Geruch aus. Der Gestank nach Erbrochenem war ansteckend. Man bekam unweigerlich Lust, dem in alle Richtungen verspritzten Mageninhalt des Opfers seinen eigenen hinzuzufügen. Die Jungs von der Spurensicherung taten so, als seien sie immun dagegen. Sie sammelten Beweisproben und rekonstruierten die letzten Körperbewegungen der Frau, ohne mit der Wimper zu zucken.

Lorimer zog sich ins Wohnzimmer zurück. Erst heute Morgen hatte er hier am Fenster gestanden und die wunderbare Aussicht genossen. Jetzt um Mitternacht leuchteten die Sterne am nächtlichen Himmel, ebenso wie die grellen Scheinwerferlichter der Autos, die auch jetzt noch in Massen über die nachtschwarze Fahrbahn der Kingston Bridge rasten. Die Lichter warfen halbmondförmige Muster auf den Fluss unter ihm.

Er wandte sich vom Fenster ab und betrachtete aufmerksam den Raum. Im Grunde war er noch genau so wie am Morgen. Ein stilvoll eingerichtetes, gemütliches Wohnzimmer mit einem Glastisch in der Mitte, auf dem ein einzelnes Weinglas stand, das man ins Labor geben würde. Er schlenderte in die kleine Küche. Auf der Anrichte standen zwei leere Weinflaschen neben einem Flaschenöffner. Ein paar Schnipsel einer dunkelgrünen Folie, die der Folie an den Flaschenhälsen entsprach, waren beiseite geschoben. Sie hatte also einen draufgemacht? Lorimer versuchte sich die rothaarige Frau vorzustellen, wie sie ihre Trauer über Michael Turners Tod im Alkohol ertränkte. Aber irgendwie passte das Bild nicht zu den Einkaufstüten aus den Designerläden, die er in einem Schrank im Flur gefunden hatte. Die Kassenbons in den Tüten waren der sichere Beweis dafür, dass Jennifer Hammond wenige Stunden vor ihrem Tod auf Shoppingtour gewesen war. Dass sie sich bis zur Bewusstlosigkeit volllaufen lassen würde – diesen Eindruck hatte die junge Frau jedenfalls nicht gemacht. Das war nicht ihr Niveau. Sicher nicht. Drogen vielleicht?, kam es ihm in den Sinn.

Auf dem Weg ins Schlafzimmer musste sich Lorimer an den Beamten in den weißen Anzügen vorbeizwängen. Die Tapeten waren wie im Wohnzimmer in einem dezenten Gold gehalten und hatten ein bernsteinfarbenes Fleur-de-lis-Muster an den Rändern. Damit hörten die Gemeinsamkeiten aber auch schon auf. Jennifer Hammonds Kingsize-Bett war mit glänzendem dunkelrotem Satin bezogen. Unter einem gewölbten Baldachin waren zahlreiche mit Quasten und Spitzen und roten und goldenen orientalischen Stickereien verzierte Kissen angeordnet. Lorimer blickte zur Decke in Erwartung eines ovalen Spiegels, aber es gab keinen. Dennoch hatte der Raum etwas von einem Bordell. In einer Ecke des Raumes stand eine antike Huka, um die kleine Messingschalen kunstvoll gruppiert waren. Lorimer schnupperte, roch jedoch nichts. Die alte Wasserpfeife diente also nur Dekorationszwecken. Ebenso der Seidenschal mit dem Pfauenmuster an der Wand gegenüber dem Fenster, der genau so angebracht war, dass drei Pfauenräder perfekt zur Geltung kamen. Die Fransen zitterten leise über dem Lüftungsschlitz der Fußbodenheizung.

Lorimer ließ seinen Blick weiter durch den Raum schweifen und versuchte, hinter der verschwenderischen Einrichtung die profanen, alltäglicheren Dinge auszumachen, die ihm einen Hinweis auf die Ereignisse geben könnten. Der Nachttisch, ein sonderbares, mit Schnitzereien verziertes Ding auf spindeldürren Beinen, hatte nur eine einzige Schublade. Er trug Handschuhe, als er sie aufzog. Der typische Krimskrams einer Frau: eine angebrochene Packung einer Antibabypille, eine schwarze Haarbürste mit langen roten Haaren zwischen den Borsten, ein Adressbuch in Kalbsledereinband, ein Filofax-Terminplaner und zwei Kugelschreiber mit dem Firmennamen Forbes Macgregor. Außerdem befanden sich in der Schublade noch ein halb leeres Döschen Clinique-Nachtcreme und eine kleine Pillendose aus Holz. Lorimer schraubte den Deckel ab, die weißen Tabletten hätten jedoch alles sein können. Noch ein Job fürs Labor. Auf dem Nachttisch stand ein pseudoantikes Telefon in Blattgold mit Email-Blümchen in Rot und Rosa.

Einen Moment lang hatte Lorimer die Frau vor Augen, wie sie dort in ihrem herrlichen Überfluss lag, ihre blasse Haut eingehüllt in Satinbettwäsche, das Telefon in der Hand, ein kokettes Lächeln auf dem Gesicht, während sie mit ihrem neuesten Verehrer flirtete. Beim Gedanken an ihr feuriges Temperament, das auf eine so entwürdigende Weise ausgelöscht worden war, überkam Lorimer plötzlich ein starkes Verlustgefühl. Er seufzte. Er wäre jetzt nicht hier, hätte er nicht eben den Bericht über den morgendlichen Besuch in der Wohnung geschrieben. Vielleicht war der ganze Papierkram von Superintendent Mitchison am Ende doch zu etwas nütze. Ein unerwarteter Todesfall mitten in einer Morduntersuchung war für den DCI Grund genug, seine Befugnisse voll auszuschöpfen.

Maggie sank dankbar in ihren Sessel. Es war ein langer Tag gewesen, und ein ganzer Abend allein hatte ihn noch länger erscheinen lassen. Ach ja. Manche Dinge änderten sich wahrscheinlich nie, dachte sie wehmütig und fragte sich, was ihren Mann wohl diesmal aufhielt. Die Zweifel begannen wieder an ihr zu nagen. Konnte es sein, dass er sich mit einer anderen Frau traf? Die blonde Kriminalbeamtin, die als verdeckte Ermittlerin gearbeitet hatte, war mit ihrem Mann im gleichen Team. Maggie hatte das Mädchen auf einer Party kennengelernt. Sie war in Begleitung von Mark Mitchison aufgetaucht, erinnerte sie sich. DI Josephine Grant, eine hübsche, intelligente Frau. Maggie versuchte, die Vorstellung von ihrem Mann mit einer anderen Frau aus ihren Gedanken zu verbannen. Das war bloß wieder ihre krankhafte Fantasie, tadelte sie sich. Sie sollte besser an etwas anderes denken.

Vielleicht würde sie kurz bei Mum durchklingeln und hören, wie ihr Tag gewesen war. Sie tastete nach dem Telefon auf dem Boden, zog die Beine an und kuschelte sich in den Sessel. Erst jetzt bemerkte sie das blinkende rote Lämpchen. Verdammt! Schon wieder hatte sich der Anrufbeantworter eingeschaltet. Wie viele entgangene Anrufe waren es wohl diesmal, fragte sie sich. Aber es war nur ein einziger. Bill hatte angerufen, um ihr zu sagen, dass es heute später werden würde. Daran war nichts Ungewöhnliches, sagte sie sich. Warum also konnte sie diese verräterischen Gedanken über eine gewisse blonde DI, die möglicherweise ebenfalls gerade Überstunden machte, nicht abschütteln?

27. Kapitel

Auf der anderen Seite des Atlantiks starrte Officer Biegel auf die Krankenakte, dann sah er wieder auf das soeben aus Glasgow eingetroffene Fax. Er runzelte die Stirn und las die beiden Dokumente erneut durch. Das ergab keinen Sinn. Er schüttelte den Kopf, als versuchte er eine lästige Fliege zu vertreiben, und gab einen Seufzer von sich. Vielleicht war es die Mühe nicht wert, doch seine Neugier und sein Pflichtbewusstsein hielten ihn davon ab, das Fax in den Papierkorb zu werfen. Der New Yorker Polizeibeamte drehte sich in seinem Bürostuhl herum.

»Hey, Curt! Sieh dir das mal an.« Biegel fuchtelte mit den Unterlagen in der Luft herum. »Ich glaube, wir haben ein Problem.« Er wartete, bis der andere zu ihm an den Schreibtisch gekommen war und beide Dokumente eingehend studiert hatte.

»Die haben bestimmt einen Fehler gemacht.«

»Wie finden wir das heraus? Soll ich sie bitten, ihre Berichte noch einmal zu überprüfen?«

»Zum Beispiel.« Curt gähnte und schlenderte wieder zurück an seinen Platz. Es war ein langer Tag gewesen, und wenn der eifrige Biegel um eine so unchristliche Uhrzeit mit der Polizei von Strathclyde korrespondieren wollte, würde er ihn nicht aufhalten. Er aber hatte Frau und Kinder, die zu Hause auf ihn warteten.

Jeff Biegel betrachtete die beiden Dokumente nachdenklich, dann nickte er.

»Ja. Warum eigentlich nicht?« Er warf einen Blick auf die Uhr. In Schottland war es zwar noch reichlich früh am Morgen, aber möglicherweise war trotzdem jemand da, der das für ihn überprüfen konnte. Der Beamte nahm den Hörer ab und wählte die Nummer, die er der Fußzeile der Faxnachricht entnahm. Niemand meldete sich, was nicht allzu erstaunlich war. Er wollte gerade wieder auflegen, als eine Stimme verkündete: »Strathclyde Kriminalpolizei.«

Wenige Minuten später hatte der New Yorker Polizist das Gebäude verlassen und schlängelte sich durch die Menschenmassen auf den Straßen. Die Glasgower Kollegen hatten seine Handynummer. Und es wäre nicht das erste Mal, dass ihn sein Job mitten in der Nacht aus dem Schlaf reißen würde.

Suzanne legte den Hörer auf. Wie seltsam. Warum wollte die Polizei von Strathclyde noch eine Kopie der Akte? Sie hatte doch eben erst alles kopiert und per Eilpost rübergeschickt. Was zum Teufel wollten sie mit einem weiteren Stapel Kopien? Sie würde sich in der Kaffeepause darum kümmern, und vielleicht sollte sie den Anruf Mr. Lynch melden, wenn er aus dem OP kam. Der Polizeibeamte musste es wirklich eilig haben, denn er hatte darauf bestanden, die Unterlagen bereits heute Morgen abzuholen. Merkwürdig, dachte Suzanne, dann jedoch klingelte es an der Tür, und sie schob die Sache erst einmal beiseite, um ihren Halb-zehn-Termin hereinzulassen. Die junge Sprechstundenhilfe würde nie erfahren, dass sich mehrere tausend Kilometer entfernt Officer Jeff Biegel ein paar Stunden Schlaf gönnte, während er darauf wartete, dass sie diesen einen einfachen Auftrag ausführte.

Der Polizeibeamte kratzte sich nachdenklich am Kopf. Es stimmte also. Das zweite Fax hatte das erste bestätigt. Die

Zahnarztakte war nicht vertauscht worden, wie er vermutet hatte. Die Briten hatten keinen Murks gemacht. Er schnitt eine Grimasse. Wenn das, was er da vor sich liegen hatte, stimmte, dann hatten sie sich auf ihrer Seite des großen Teiches ein ganz schönes Schlamassel eingebrockt.

Die Leiche im Wald war nicht Michael Turner. Das hieß, sie hatten es jetzt auch noch mit einem Vermissten zu tun.

»Wer ist sie, Bill?«

Lorimer antwortete nicht sofort, er war in Gedanken nach wie vor bei dem temperamentvollen Rotschopf, dessen Leben so plötzlich ausgelöscht worden war. Er musste an ihre grünen Augen denken und an den verführerischen Blick, den sie ihm bei ihrer ersten Begegnung zugeworfen hatte.

»Ihr Name war Jennifer Hammond. Sie ist tot«, antwortete er.

Da erst begriff sie, warum sein Gesicht so bleich und abgespannt aussah. Es war also nicht nur der Schlafmangel.

»Sie war die Leiterin der Personalabteilung von Forbes Macgregor. Michael Turners Freundin.«

»Von dem, den man in New York umgebracht hat?«

Lorimer nickte. Sein Mund war nur ein dünner, gerader Strich.

»Und sie hat dich auf dem Handy angerufen?«

Lorimer sah zu seiner Frau hinüber und bemerkte ihren fragenden Blick.

»Ich habe ihr meine Karte gegeben. Ich hoffte, sie würde zur Vernunft kommen und uns endlich verraten, wer die anonyme Anruferin war.« Er seufzte schwer. »Wie es aussieht, hat sie unmittelbar vor ihrem Tod versucht, mich zu erreichen.«

»Aber warum?«

Lorimer ließ sich in die Kissen zurückfallen und schüttelte

den Kopf. »Ich nehme an, wer auch immer bei ihr war, hat dafür gesorgt, dass sie es niemals verraten wird. Jetzt werden wir es wohl nie herausfinden«, fügte er bitter hinzu.

Maggie legte die Hand auf seinen Arm und drückte ihn sanft.

»Es tut mir so leid«, flüsterte sie.

»Mir auch«, erwiderte er. Er schlang die Arme um sie und drückte sie fest an sich. »Mir auch.«

»Ich möchte, dass sie es nicht erfahren«, erklärte Lorimer in einem Ton, der Superintendent Mitchison zu einem Stirnrunzeln veranlasste.

»Und warum nicht?«

Lorimer zog seinen Stuhl etwas näher an den Tisch seines Vorgesetzten heran und beugte sich zu ihm vor.

»Wir haben es hier mit zwei verdächtigen Todesfällen und einer Personenverwechslung zu tun. Und alles im Anschluss an Michael Turners Abschiedsparty. Duncan Forbes wird tot aufgefunden, ertrunken zwar, aber mit einer tödlichen Dosis Gamma-Hydroxybuttersäure im Blut, was den Verdacht nahelegt, dass er umgebracht worden ist. Wir erhalten einen hysterischen Telefonanruf, der diese Spur glaubwürdig macht. Dann stirbt Turners Freundin in ihren eigenen vier Wänden mit einer Packung GHB-Tabletten in der Nachttischschublade. Sind das nicht genügend Gründe? Wer weiß, was mit Turner passiert ist, aber er hat seine Kreditkarten bestimmt nicht ohne Grund herausgegeben, oder?«

»Wir wissen noch nicht genau, woran Jennifer Hammond gestorben ist, habe ich recht?«

»Die Laborberichte sollten jeden Augenblick fertig sein, und der toxikologische Test wird uns sagen, ob sie die Droge genommen hat oder nicht«, erwiderte Lorimer. »Eins wissen wir jedoch jetzt schon: Auf der Pillenschachtel waren keine Fingerabdrücke.«

Mitchison zog die Augenbrauen hoch.

»Jemand hat sie abgewischt? Das würde bedeuten, dass eine Selbsteinnahme der Droge ausgeschlossen werden kann.« Er runzelte die Stirn und seufzte. »Gibt es irgendetwas Neues in Sachen Michael Turner?«

Lorimer spürte, wie die Wut in ihm aufstieg. Was zum Teufel erwartete dieser Mann eigentlich von dem Hinundhergefaxe über den Atlantik? Ein plötzliches Wunder? Er entschied sich jedoch, sich nicht aufzuregen, und erwiderte gelassen: »Nein. Vielleicht wissen wir mehr, wenn die New Yorker Polizei das Opfer identifiziert hat. Turner hätte eigentlich schon vor knapp zwei Wochen bei Kirkby Russell anfangen sollen. Es wird einen Grund geben, warum er bis jetzt nicht dort aufgetaucht ist. Bisher wissen wir nur, dass er in die Staaten eingereist ist. Seither fehlt von ihm jede Spur.«

»Bis auf die Kreditkarten.« Mitchison legte nachdenklich die Fingerspitzen aneinander. »Glauben Sie, dass er tot ist?«

»Sehr gut möglich. Es würde mich jedenfalls nicht überraschen, wenn die New Yorker Polizei in ihren Wäldern noch eine Leiche finden würde.«

»Und in der Zwischenzeit?«

»In der Zwischenzeit möchte ich als leitender Ermittlungsbeamter, dass niemand aus der Belegschaft von Forbes Macgregor erfährt, dass Michael Turner noch am Leben sein könnte. Den Medien können wir die Veröffentlichung aus Sicherheitsgründen untersagen. An der Sache ist eindeutig etwas faul. Sie stinkt. Und bis wir Genaueres wissen, sollen diese Glasgower Wirtschaftsprüfer ruhig glauben, er sei tot.« Lorimer warf dem Superintendenten einen durchdringenden Blick zu. »Als Wilson und Cameron der Firma einen Besuch abgestattet haben, war die Personalakte des Mannes spurlos verschwunden. Als hätten sie nur darauf gewartet, dass er beseitigt würde«, wiederholte er unbewusst die Worte seines Detective Constable.

Mitchison machte große Augen und nickte.

»In Ordnung. Aber es liegt in Ihrer Verantwortung, dass es auch auf New Yorker Seite unter Verschluss bleibt. Ich will nicht, dass uns am Ende noch jemand Irreführung vorwirft.« Er nahm einen Papierstapel und klopfte damit energisch auf die Tischplatte, als wollte er seinem DCI auf diese Weise zu verstehen geben, dass die Unterredung beendet war. Doch der blieb ungerührt sitzen.

»Ist noch was, Lorimer?« Mitchison legte den Kopf zur Seite und musterte ihn streng. Einen Moment lang war Lorimer versucht, vom letzten Anruf der Frau auf seinem Mobiltelefon zu berichten, doch dafür würde es sicherlich einen günstigeren Zeitpunkt geben. Im Augenblick ging es ihm nur darum, die Ermittlungen voranzubringen, und möglicherweise kam ihm gerade eine Idee, wie sich das bewerkstelligen ließe.

»Ja.« Er verschränkte die Arme und lehnte sich im Stuhl zurück. »Ich möchte den Sachverstand von Doktor Solomon Brightman in Anspruch nehmen.«

»Hab ich's dir nicht gesagt!«, jauchzte Rosie triumphierend. »Jetzt ist es amtlich, du kannst dich an die Arbeit machen und Lorimers Fall lösen!«

Solly fuhr sich mit der Hand über die Augen. Eine treue Verlobte war eine Sache – ihr unerschütterliches Vertrauen allein bewirkte schließlich noch keine Wunder. Trotzdem war er jetzt, da man ihm offiziell die Aufgabe zugeteilt hatte, neugierig geworden, was es mit den Todesfällen bei Forbes Macgregor auf sich hatte. Die beiden Fälle in Glasgow wiesen gewisse Ähnlichkeiten auf, nicht zuletzt, was die Örtlichkeiten betraf. Als Psychologe legte Solly großen Wert auf Örtlichkeiten. Für ihn lag es nahe, sich die Umgebung anzusehen, in der ein Opfer gefunden wurde, und nach möglichen Mustern zu suchen. Bei Mehrfachmorden hielt sich der Täter oft in einem ganz bestimmten Umkreis auf, insbesondere wenn der Radius nicht allzu groß war. Und hier schien eindeutig der Fluss eine Rolle zu spielen. Selbst die Wirtschaftsprüfungsgesellschaft befand sich am Ufer des Clyde, in den eleganten georgianischen Gebäuden am Carlton Place.

Zwei Todesfälle, ob sie nun miteinander in Verbindung standen oder nicht, würden allerdings nicht ausreichen, um ein geografisches Profil zu erstellen. Jedoch gab es noch andere Faktoren, die man in die Gleichung einbeziehen konnte, zum Beispiel die Quellen, woher die Droge stammte. Glasgows Brücken hatten schon lange einen zweifelhaften Ruf als bevorzugte Treffpunkte für Dealer, Drogenabhängige und natürlich Obdachlose, die gelegentlich unter die letzte Kategorie fielen. Ja, man würde weitere Orte einbeziehen müssen. Bevor er jedoch nach Mustern suchen konnte, musste er erst etwas über die Opfer sowie über frühere Straftaten in Erfahrung bringen, bei denen GHB eine Rolle spielte.

Rosie lächelte liebevoll. Im Raum herrschte Schweigen, doch es war ein arbeitsames Schweigen, das wusste sie aus Erfahrung. Sollys kluger Kopf hatte bereits angefangen zu arbeiten, und sie war sich sicher, dass er, noch ehe es Schlafenszeit war, gänzlich in den Fall eintauchen würde. Die Pathologin schob die Lesebrille zurück auf die Nase und wandte sich wieder dem Vortrag zu, den sie gerade vorbereitete. Sie würde hier und da noch ein paar Kleinigkeiten ändern müssen, aber im Kern war die Darstellung gut durchdacht. Noch immer lächelnd machte sie es sich in ihrem Sessel am Feuer bequem. Nach außen hin mochten sie vielleicht ein ungewöhnliches Paar abgeben: sie, die kleine blonde Pathologin mit ihrer kontaktfreudigen, offenen Art, die in direktem Gegensatz zu Sollys stiller Ernsthaftigkeit stand. Wie sonderbar, dass das Schicksal ausgerechnet sie zusammengeführt hatte. Aber war es wirklich so merkwürdig? Erforschten sie nicht beide die verborgensten Winkel des Todes? Rosie erschauderte leicht. Es war gut, dass ihr Verlobter wieder einmal mit einem Fall beschäftigt war. Wenn es jemanden gab, dem zu diesen zwei GHB-Todesfällen etwas einfallen würde, dann ganz bestimmt Dr. Solomon Brightman.

28. Kapitel

George Parsonage rückte einen Stuhl näher zum Feuer hin. »Tee oder Kaffee, Dr. Brightman?« Sein Gegenüber erwiderte das Lächeln, und die dunklen Augen des Mannes funkelten ihn unter dichten Wimpern an.

»Sehr gern, danke.«

Der Flusswächter schüttelte den Kopf. Dann würde er eben Tee machen. Der Kollege machte einen so zerstreuten Eindruck, dass er vermutlich gar nicht merken würde, was er trank. Er blickte erneut zu dem Mann hinüber. Der Vollbart und das blasse Gesicht verliehen ihm ein leicht fremdländisches Aussehen, aber George war ein kluger Beobachter und erfahren genug, um die Intelligenz in den Augen zu erkennen, die ihn hinter der dicken Hornbrille anstrahlten.

Solly hatte gründlich über die beiden Todesfälle von Duncan Forbes und Jennifer Hammond nachgedacht. Er war gebeten worden, rational zu ergründen, ob zwischen beiden Fällen ein Zusammenhang bestand. Er hatte beschlossen, mit dem Mann anzufangen, den die Glasgower als Flusswächter kannten. Lorimers Bericht war auf seine Art umfassend und ausführlich, hier aber gab es jemanden, für den die Gezeiten und Strömungen des Clyde Alltagssprache waren, und Solly hatte das starke Bedürfnis herauszufinden, ob ihn der Sachverstand des Mannes weiterbringen konnte. Dieser Fluss barg etwas, über das er sich das Hirn zermarterte. Wenn seine Wasser nur sprechen könnten ...

Knapp zwei Stunden später schlenderte Solly durch Glasgow Green. Er war zum ersten Mal in dieser Gegend und betrachtete die ausgedehnten Grünflächen ringsum. Er versuchte, sich vorzustellen, wie es in vergangenen Jahrhunderten hier ausgesehen haben mochte. Frauen aus aller Welt hatten ihre Wäsche zum Trocknen hierher gebracht, hatte George ihm erzählt. An einem windigen Tag musste die Wäsche ausgesehen haben wie unzählige Segel, die wie wild über die Wiesen wehten, dachte er, während sich vor seinem inneren Auge das Bild von einem Ort voller Menschen, voller Betriebsamkeit formte.

Seine Gedanken wanderten zu all den anderen Geschichten, die der Mann von der Glasgow Humane Society rund um den Clyde gesponnen hatte, manche tragisch, andere voller Humor. Und Solly hatte bekommen, was er wollte: ein Bild vom Steigen und Fallen des Flusses, der den Körper eines Mannes in seine kalten Arme genommen hatte. George hatte ihm die Gezeitentabelle kopiert sowie seinen eigenen Bericht über den Tag, als er Duncan Forbes aus dem Fluss geholt hatte. Die Unterlagen hatte er zur späteren Durchsicht in seiner ausgebeulten Aktentasche sicher verstaut. Die Personenüberprüfung des verstorbenen Duncan Forbes ließ vermuten, dass er kein Motiv hatte, die Droge selbst einzunehmen, noch war er ein typischer Selbstmordkandidat. Solly wiederum wollte sich seine eigene Vorstellung davon machen, was passiert sein könnte, nachdem der Mann den Überwachungsradius der Kameras verlassen hatte.

Das Taxi setzte Solly am Crowne Plaza Hotel ab. Der Wind vom Fluss blies ihm ins Gesicht, und der Psychologe wickelte sich fester in seinen Mantel. Trotz der Aprilsonne war es bitterkalt. Wie eisig mochte es wohl in jener schicksalhaften Nacht gewesen sein? Solly stellte sich vor, wie ein Mann unerwartet in das eiskalte Wasser eintauchte. Er hatte sicherlich mit allen Mitteln versucht, sich über Wasser zu halten, und um Hilfe gerufen, oder? Er sei ein guter Schwimmer gewesen, hieß es, aber das bedeutete vermutlich gar nichts angesichts der starken Strömung und der schweren Winterkleidung. Und wenn das GHB seine Sinne betäubt hatte und er gar nicht in der Lage war, sich Gehör zu verschaffen? Obendrein wehte in jener Nacht ein heulender Wind, wie dem peinlich genau geführten Logbuch des Flusswächters zu entnehmen war.

Solly schlenderte den Radweg entlang in Richtung Dickicht. An einer Stelle machte der Weg eine Biegung, so dass der graue Betonstreifen, der auf der nördlichen Flussseite bis ins Stadtzentrum führte, vom Hotel aus nicht mehr zu sehen war. Viele Augen hatten die Gegend bereits nach Hinweisen darüber abgesucht, an welcher Stelle genau Duncan Forbes ins Wasser gefallen war. War er gefallen? Oder war er gestoßen worden? Seine eigenen Worte hallten in ihm wider, diesmal aber ohne jeden Anflug von Humor. Der Weg schlängelte sich am Buschwerk des Crowne Plaza vorbei und brachte ihn auf die Hauptstraße, die aus dem Komplex des Schottischen Ausstellungs- und Konferenzzentrums hinausführte. Eine Weile stand er da und dachte über die verschiedenen Richtungen nach, die man einschlagen konnte, um auf das Gelände zu gelangen und um es wieder zu verlassen. Dann fasste er einen Entschluss und ging mit großen Schritten auf das City Inn zu, ein etwas preiswerteres Hotel, das Sollys Neugier geweckt hatte. Dort, wo er stand, konnte er eine erweiterte Terrasse sehen, die vom Restaurant auf den Fluss hinausragte. Über ihr zeichnete die Squinty Bridge ihren weißen Bogen in den grauen Himmel.

Eine Glasdrehtür gewährte Solly Einlass in das helle, freundliche Foyer des Hotels. Zur einen Seite hantierte ein Mann hinter dem Tresen an einer Kaffeemaschine. Der zischende Dampf bildete eine Art Heiligenschein um seinen Kopf. An den Tischen saßen vereinzelt einige Leute, die Kaffee tranken und sich mit gedämpfter Stimme unterhielten. Das Hotel war nicht weit von den zahlreichen Büros entfernt, die es in dieser Gegend von Finnieston gab. Vermutlich kamen die Leute ins City Café, um hier ihren Nachmittagskaffee zu trinken.

Der Mann hinter dem Tresen blickte auf, als Solly zu ihm hinüberging. Auf seinem Gesicht erschien sofort ein Lächeln, als hätte er einen automatischen Sensor eingebaut, doch der Psychologe erkannte die Langeweile in seinem glasigen Blick.

»Ein Kännchen Tee, bitte. Haben Sie auch Kräutertee?«

»Selbstverständlich. Grünen Tee, Kamille, Ingwer, Erdbeere, Pfefferminz und schwarze Johannisbeere«, antwortete der Mann mit australischem Akzent. Er ratterte die Teesorten in einem Tonfall herunter, als ob Solly Schwierigkeiten haben könnte, sich zu entscheiden, weil sie alle so verführerisch klangen.

»Kamille, bitte. Kann ich ihn mit auf die Terrasse nehmen?«

Der Australier zog die Augenbrauen hoch.

»Bisschen kalt zum Draußensitzen«, sagte er achselzuckend, »aber mir soll's recht sein. Tische und Stühle stehen ja da.«

Solly blickte hinaus auf die Terrasse, die nicht ganz leer war. Zumindest ein Gast hatte, in eine dicke hellblaue Fleecejacke mit Kapuze gemummt, dem Aprilwetter getrotzt.

»Ist die Terrasse das ganze Jahr über geöffnet?«, erkundigte er sich und ließ den Blick über den Fluss schweifen.

Der Barkeeper nahm ein kleines silbernes Kännchen aus dem Regal.

»Ja, ist so etwas wie unser Markenzeichen, wissen Sie. Seit

die *Gazette* den großen Artikel über Restaurants am Wasser gebracht hat, will irgendwie jeder da raus.«

»Auch nachts?«

Der Mann grinste.

»Ganz besonders nachts. Wir haben Deckenheizstrahler und eine Überdachung, um unsere Gäste vor dem Gröbsten zu schützen. Die Leute scheinen es zu mögen, das glitzernde Wasser und so, Sie wissen schon.«

Solly dankte ihm mit einem Kopfnicken und wagte sich, das Tablett in beiden Händen, die Aktentasche unter dem Arm, hinaus auf die helle Holzterrasse, die das Restaurant umgab. Die Gestalt in der Fleecejacke rührte sich nicht, als er hinter ihr stehen blieb und überlegte, an welchen Tisch er sich setzen wollte. Sie hatte sich die Kapuze über den Kopf gezogen. Darunter blickten jedoch lange blonde Haarsträhnen hervor, die im Wind wehten und ihr Gesicht verdeckten. Jetzt erst bemerkte er, dass sie keine Handschuhe trug und etwas in ein Notizbuch kritzelte. Solly nickte vor sich hin. Vielleicht eine Reporterin? Aber warum saß sie hier draußen, wenn sie es drinnen so viel bequemer hätte? Neugierig auf das, was sie da schrieb, trat er ein Stückchen näher an die Frau heran und erhaschte ein Bruchstück von einem Satz, der Teil eines Gedichts hätte sein können, doch im selben Augenblick sah die Frau auf. Sie runzelte die Stirn, als versuchte sie angestrengt, ihn einzuordnen. Hatte sie ihn erkannt? Dann schüttelte sie kurz den Kopf und widmete sich wieder vollkommen ihrer Schreibarbeit.

Um die Frau nicht weiter zu stören, ging Solly zu einem Tisch am anderen Ende der Terrasse. Er stellte das Tablett ab und setzte sich, um sich die Umgebung anzusehen. Von hier aus konnte er den Radweg und das dichte Buschwerk sehen, das den größten Teil des Windes abhielt, der vom Fluss heraufkam. Von jedem Punkt der Terrasse aus hatte man eine hervorragende Sicht auf den Fluss. War Lorimers Team ebenfalls hier heraufgekommen, um Fragen zu stellen? Solly konnte sich nicht erinnern, in dem Stapel von Aufzeichnungen, unter denen sich auch die Berichte des leitenden Ermittlungsbeamten befanden, den Namen des City Inn gelesen zu haben. Wenn in jener Nacht jemand hier ... Solly nippte an seinem Tee. Dann wandte er sich um und warf einen Blick ins Café. Eventuell würden ein paar Worte mit dem gelangweilten Australier ein bisschen Schwung in den Tag bringen.

»Klar, habe alles darüber in der Zeitung gelesen. Armer Kerl. Betrunken, nicht wahr?« Der Barkeeper schüttelte den Kopf, als Solly unverbindlich mit den Achseln zuckte. »Wir hatten an dem Abend Gäste. Es gibt immer den ein oder anderen, der nachts noch schnell ein Zimmer braucht. Sind im Armadillo gewesen, und dann ist es nach Hause manchmal zu weit. Das Crowne Plaza können sie sich nicht leisten, also kommen sie zu uns«, meinte der Mann hinter dem Tresen, während er geistesabwesend Weingläser polierte.

»Hat Sie die Polizei von Strathclyde über den Vorfall befragt?«, erkundigte sich Solly höflich.

»Mich?« Der Australier blickte ihn erstaunt an. »Warum sollten sie mich fragen?«

Solly lächelte nachsichtig.

»Vielleicht, um zu erfahren, ob jemand von Ihren Gästen vorher im Crowne Plaza gewesen war? Zum Beispiel, um sich nach den Zimmerpreisen zu erkundigen?«, nahm Solly den Gedanken des Barkeepers wieder auf.

»Oh, da müssen Sie an der Rezeption fragen. Damit habe ich nichts zu tun. Aber warum interessiert Sie das eigentlich?« Eine Falte erschien zwischen den dunklen Augen des Mannes, und Solly bemerkte, wie sich der Ausdruck in seinem Gesicht verhärtete. Mit einem leisen resignierten Seufzer zog er eine Visitenkarte aus seiner Manteltasche und reichte sie über den Tresen.

Der Australier bewegte unmerklich die Lippen, als er die Karte las.

»Von Zeit zu Zeit helfe ich der Polizei bei den Ermittlungen«, erklärte Solly und zuckte wieder mit den Schultern, als wollte er sagen, dass das eigentlich nicht der Rede wert war.

»Dr. Brightman, nicht wahr? Psychologe.« Der Mann nickte und schürzte dann die Lippen.

Solly lächelte. Die Karte konnte hilfreich sein. Sie zerstreute jede Form von Argwohn und verlieh ihm genügend Autorität, um Fragen zu stellen. Und tatsächlich war nicht zu übersehen, dass der Mann von dem Titel hinter seinem Namen beeindruckt war. Dennoch würde er mit einem Polizeibeamten im Schlepptau wiederkommen müssen, wenn er die Gästeliste des Hotels einsehen und herausfinden wollte, ob einer der Gäste Duncan Forbes in jener Nacht am Flussufer gesehen hatte.

Es war ein langer Tag gewesen. Solly öffnete den Schrank und hängte seinen Mantel sorgfältig auf den Bügel. Sein Magen knurrte seit Stunden und erinnerte ihn daran, dass er nichts zu Mittag gegessen hatte und es längst an der Zeit für ein Abendessen gewesen wäre. Er musste sich auf jeden Fall noch eine Kleinigkeit machen, und sei es nur etwas Suppe mit Brot.

Er genoss den letzten Schluck, stellte seufzend die Tasse ab und säuberte sich Mund und Bart mit einer karierten Serviette. Jetzt fühlte er sich schon besser. Die durchdringende Kälte, die ihm den ganzen Tag über in den Knochen gesteckt hatte, ließ endlich nach. Eine Weile starrte der Psychologe einfach ins Leere. Hätte ihn in diesem Augenblick jemand gesehen, die langen Wimpern, die seine dunklen Augen halb verdeckten, hätte er womöglich geglaubt, Solly sei eingenickt, doch er schlief nicht. Es schien, als blickte er durch die Wände hindurch in den dunklen Nachthimmel, tatsächlich aber versuchte er sich Fußwege vorzustellen, die den Clyde entlangführten, Fußwege, die einem Mörder dienlich waren.

Von Forbes Macgregors Kanzlei zu Jennifer Hammonds Wohnung waren es zu Fuß etwa fünfzehn Minuten, zum Crowne Plaza mit dem Auto (oder Taxi wie in Sollys Fall) sogar noch weniger. Der Psychologe war den ganzen Weg ins Stadtzentrum am Fluss entlanggelaufen und hatte sich die Uferzone in allen Einzelheiten eingeprägt. Seit Solly nach Glasgow gezogen war, hatte die Stadt große Teile der Uferregion sanieren lassen, und jetzt war er fasziniert von den vielen Radfahrern und Spaziergängern, die mit ihren Hunden hierherkamen. Eine Wohnung mit Blick auf den Fluss hatte heute ein gewisses Prestige, und Solly konnte den Reiz verstehen. Entlang der Fußwege waren immer wieder Füchse zu sehen, auch Kormorane waren kein seltener Anblick. Graham West wohnte ebenfalls am Flussufer, im Penthouse des sogenannten Butterfly Buildings. Aus der Luft sahen die beiden Dreiecke wie ein Schmetterling aus, hatte der Flusswächter erzählt. Solly war an mehreren modernen Wohnhäusern vorbeigekommen, bevor er über die Squinty Bridge auf die Südseite des Clyde zu dem Wohnkomplex spaziert war, in dem man Jennifer Hammonds Leiche gefunden hatte.

George Parsonage hatte ihm Geschichten über die Brücken und die Lebensmüden erzählt, die er vor dem Ertrinken gerettet hatte. Sein Job bestand nicht immer nur darin, aufgedunsene Leichen aus den Tiefen des Clyde herauszufischen. Eine Aprilnacht konnte alle möglichen Leute an die Brücken gelockt haben, nicht zuletzt die Obdachlosen, die sich unter der

Kingston Bridge aufs Ohr hauten. Als er an der Toreinfahrt der Riverside Gardens stand, hatte Solly zu dem Brückenbogen aus Beton hinaufgesehen. Der Verkehr donnerte über die viel befahrene Nord-Süd-Verbindung und erzeugte ein stetiges dumpfes Dröhnen über seinem Kopf.

Die Büros am Carlton Place wurden nachts von einem älteren Hausmeister abgeschlossen, die Führungskräfte aber konnten das Gebäude mit einem Sicherheitsausweis zu jeder Tages- und Nachtzeit betreten. Mindestens dreißig Personen, so hatte Solly herausgefunden, hätten sowohl in der Nacht, als Duncan Forbes ertrunken war, als auch an dem Abend, als Jennifer Hammond ermordet wurde, nach Büroschluss ein und aus gehen können. Alle Partner und leitenden Angestellten konnten kommen und gehen, wann sie wollten: Abends lange zu arbeiten war nichts Ungewöhnliches, und Überstunden wurden gut bezahlt. Solly hatte auch das Taxiunternehmen, das die Gäste nach Michael Turners Abschiedsparty nach Hause brachte, in Augenschein genommen. Aus den Unterlagen ging hervor, dass eine bemerkenswerte Zahl an Gästen diesen Service gar nicht in Anspruch genommen hatte. Michael Turner hatte sich zusammen mit Jennifer Hammond nach Hause fahren lassen. Auffällig war, fand Solly, dass keiner der Partner ein Taxi genommen hatte. Möglicherweise hatten sie sich selbst hinters Lenkrad gesetzt, egal, ob nüchtern oder betrunken, dachte er grimmig. Solomon Brightman hatte noch nie den Drang verspürt, ein Auto zu fahren. Der Reiz schneller Autos war ihm unbegreiflich. Allerdings sah er ein, dass es für viele Leute eine Frage des gesellschaftlichen Ansehens war, einen teuren, luxuriösen Wagen zu besitzen. Sogar Lorimers alter Lexus war in gewisser Hinsicht ein Prestigeobjekt, wenngleich er aufgrund seines ungeheuren Kilometerstands finanziell gesehen keinen großen Wert mehr hatte.

Einige der Mitarbeiter, die auf Michael Turners Party gewesen waren, kamen als Augenzeugen von Duncan Forbes' Tod also nicht in Betracht. Sie waren zur Tatzeit bereits auf dem Weg nach Hause gewesen, aber das galt nicht für alle.

Ein letzter Rest Suppe blieb in der Tasse zurück und wurde fest, während Sollys Geist wie fieberhaft arbeitete und einem Schatten auf seinem letzten Weg am Ufer des Clyde folgte.

29. Kapitel

»Sonst noch Wünsche? Ein Polizeibeamter, der dich ins City Inn begleitet, und ein Durchsuchungsbefehl für die Büros von Forbes Macgregor? Na klar.« Lorimers Sarkasmus war nicht zu überhören. »Ich glaube, das geht nicht. Der Durchsuchungsbefehl ist Sache des Staatsanwalts.« Es folgte eine Pause, in der beide Männer schwiegen: Der eine wartete auf eine Antwort, der andere versuchte herauszufinden, was er mit seiner Taktik, mehr zu verlangen, als er eigentlich wollte, erreicht hatte. Wenn Lorimer den simplen Trick des Psychologen durchschaut hatte, so ließ er es sich nicht anmerken. Hatte er vielleicht Mitchison im Nacken sitzen? Solly musste grinsen. Das würde die Entscheidung des leitenden Ermittlungsbeamten sicher nicht beeinflussen, sagte er sich.

»Also, wen willst du ins City Inn mitnehmen?«, wollte Lorimer wissen.

Sollys Grinsen wurde noch breiter. Den DCI wurmte es, dass er diese Spur übersehen hatte. Weiter nichts.

»Ach, irgendwen«, antwortete Solly leichthin.

»Weißt du was«, sagte Lorimer nachdenklich, »warum treffen wir uns nicht in, sagen wir, einer Stunde dort? Du hältst keine Vorlesungen heute?«

»Nein.«

»Gut. Ich muss hier noch ein paar Sachen erledigen, dann komme ich rüber.«

Als Lorimer und Solly das City Café betraten, war der Australier gerade damit beschäftigt, die leeren Flaschen auf den Portionierern zu ersetzen.

»Hi.« Prompt erschien das Lächeln auf dem Gesicht des Barkeepers. »Was darf ich den Herrschaften bringen?«

Das Lächeln erlosch, als Lorimer seinen Dienstausweis auf den Tresen legte und sagte:

»Könnte ich Sie einen Augenblick sprechen?«

Rick Murray saß zwischen den beiden Männern und blickte abwechselnd vom einen zum anderen. Glücklicherweise war das Café um diese Tageszeit leer, doch er würde bald anfangen müssen, die Tische für die Mittagspause zu decken.

»Um was geht es, Jungs?«

Lorimer zog ein Foto aus der Tasche und legte es auf den Tisch. Es war die Kopie einer Seite aus dem *Accountants' Magazine*, auf der einige Mitglieder der Belegschaft von Forbes Macgregor, darunter auch alle Partner der Glasgower Kanzlei, abgebildet waren.

»Könnten Sie mir bitte sagen, ob Ihnen von diesen Leuten schon einmal jemand begegnet ist?«, begann er. »Vor allem würde uns interessieren, ob sich in der Nacht des siebten April dieses Jahres einer von ihnen hier einquartiert hat. Lassen Sie sich ruhig Zeit«, fügte er hinzu, als der Barkeeper den Mund öffnete, um etwas zu erwidern. Ein kurzer Blick in Lorimers stechende Augen, und Rick machte den Mund wieder zu. Es wäre das Einfachste auf der Welt zu behaupten, dass er wie die drei weisen Affen nichts gesehen, gehört oder gesagt hatte. Aber diese blauen Augen hefteten sich auf den Barkeeper und zwangen ihn, den Blick zu senken und auf das Papier zu starren, das vor ihm auf dem Tisch lag. Rick ließ seine Augen über die Gesichter wandern, die ihm zulächelten. Ein Foto zeigte ein paar Leute vor einem Gebäude. Auf einem anderen saß ein Grüppchen an einem großen Tisch. Er studierte sie aufmerksam und fragte sich, wer von ihnen wohl im Clyde ertrunken war. Schließlich blickte er zu Lorimer auf und schüttelte den Kopf.

»Die Männer auf dem Foto sagen mir nichts, tut mir leid.« Er zuckte die Achseln und fügte zögernd hinzu: »Aber ein Gesicht erkenne ich wieder.« Er zeigte auf eine dunkelhaarige Frau in der Fotomitte. »Die da.« Er sah auf und grinste. »Hübsche Frauen vergisst man wohl nicht.«

»Ein Stammgast?«

»Nee. Genau genommen hab ich sie nur ein einziges Mal gesehen, aber ich erinnere mich noch genau.«

»Wann war das?«

»Oh, ist schon ein paar Monate her. So Anfang Februar vielleicht.« Er runzelte die Stirn, als versuchte er sich zu erinnern. »Sie hat sich mit einem jüngeren Typen zum Mittagessen getroffen.« Rick warf Solly einen Blick zu. »Es macht mir Spaß, Paare zu beobachten, wissen Sie. Wie sie miteinander umgehen, ihre Körpersprache ...« Er nickte dem Psychologen zu. Sollys gleichgültiger Gesichtsausdruck zeigte keinerlei Reaktion, also wandte er sich wieder an Lorimer. »Wird sonst ein bisschen langweilig hier.«

»Und was ist mit dem jüngeren Mann? Ist er auch auf dem Foto?«

»Oh, kann ich noch mal sehen?« Der Barkeeper nahm die Kopie und hielt sie ins Licht. »Ja, das ist er. Der da hinten. Kein gutes Foto von ihm, aber ich hab ihn ein paar Mal nach Feierabend hier gesehen.«

Lorimer erstarrte, während der Barkeeper weiterplapperte. »Die Frau war aber sonst nicht dabei. Nur das eine Mal in der Mittagspause. Keine Ahnung, wer der Typ war, und ... wo wir gerade davon sprechen ... in letzter Zeit hab ich ihn überhaupt nicht mehr gesehen.«

»Glauben Sie, er ist ihr Freund?«, erkundigte sich Solly.

Rick grinste.

»Niemals! Er war viel zu höflich zu ihr. Nein, ganz sicher nicht. Ich dachte, sie könnte vielleicht seine Chefin sein. Aber wissen Sie was? Er schien ziemlich aufgeregt, nachdem sie gegangen war. Daran kann ich mich noch erinnern.«

Lorimer widerstand der Versuchung, Solly einen Blick zuzuwerfen. Vielleicht war an der Sache nichts dran, allerdings hätte er nur zu gerne gewusst, warum Catherine Devoy extra hierher auf die andere Flussseite gekommen war, um mit Michael Turner zu Mittag zu essen.

»Wir würden gerne einen Blick auf Ihre Gästelisten werfen.« Lorimer ließ seine Stimme neutral klingen, obwohl ihm das Herz vor Aufregung bis zum Hals schlug. Es lohnte sich also doch, hier nachzuforschen.

Es war bereits spät, als Lorimer nach Hause kam. Das Gästebuch des Hotels hatte nichts ergeben. Von Forbes Macgregor hatte sich in jener Aprilnacht niemand im City Inn einquartiert. Zumindest nicht unter seinem eigenen Namen, argwöhnte sein von Natur aus misstrauischer Verstand.

»Hey, Mags. Bin wieder da!«, rief er auf dem Weg ins helle, warme Wohnzimmer.

»Hey.« Seine Frau lächelte zu ihm herauf. »Schon was gegessen?«

Lorimer zog den Kopf ein und grinste verlegen.

»Curry mit Solly. Sorry.«

Maggie verdrehte die Augen.

»Na, was für ein Glück, dass ich nichts Besonderes gekocht habe.« Doch die Worte blieben ihr im Hals stecken, als Lorimer sie in seine Arme schloss. Maggie spürte die Kälte seiner Jacke, während er mit kreisenden Bewegungen ihren Rücken streichelte, ein sicheres Mittel, um ihren Widerstand ins Wanken zu bringen.

»Ach. Da fällt mir etwas ein.« Sie blickte auf, und das Lächeln verschwand aus ihrem Gesicht. »Ich habe deinen Kaschmirmantel in die Reinigung gebracht. Wie um alles in der Welt ist er nur so dreckig geworden?«

Lorimer riss mit gespielter Unschuld die Augen auf und zuckte die Achseln.

»Na. Jedenfalls hab ich etwas in der Manteltasche gefunden.« Maggie beugte sich vor und nahm die Kassette vom Beistelltisch.

»Ach so.« Lorimer nahm ihr die Kassette ab. »Das ist eine Aufzeichnung der Stimme, die Jennifer Hammond nicht erkannt haben will ...«

»... und du glaubst ihr nicht«, beendete Maggie seinen Gedanken.

»Ach. Das werden wir wohl nicht mehr herausfinden.« Er machte eine kurze Pause und drehte die Kassette zwischen den Fingern hin und her. »Du willst sie nicht zufällig hören?«

»Ist es gruselig?«

»Nicht besonders.«

»Also gut.«

Maggie sah Lorimer zu, wie er die Kassette in den Apparat einlegte, und lehnte sich an seine warme Schulter. Der Apparat summte eine Weile leise, dann setzte plötzlich die hysterische Frauenstimme ein, die Lorimer dazu bewogen hatte, Duncan Forbes' Tod in einem anderen Licht zu sehen.

»Kann ich das noch mal hören?«, bat Maggie, die Augen starr auf den Kassettenrekorder gerichtet.

Lorimer spulte die Kassette zurück und beobachtete seine Frau aufmerksam, während sie sich die Aufnahme erneut anhörte.

Eine winzige Falte erschien über ihrer Braue, als die Nachricht abbrach.

»Sie hat Angst«, sagte sie schließlich und schmiegte sich enger an ihren Mann. »Eine gebildete Frau und der Stimme nach zu urteilen nicht alt ...« Sie erschauderte und verflocht ihre Finger mit den seinen. »Was sie wohl gesehen hat?«

Das Band drehte sich tonlos weiter, und Lorimer spürte, wie angespannt sie war. Maggie hatte die besondere Gabe, sich in andere einzufühlen. Das konnte ein Segen, aber auch ein Fluch sein. Gut möglich, dass sie die Panik der Unbekannten körperlich nachempfinden konnte, dachte er und streichelte ihr Haar, als könnte er damit die Bilder aus ihrem Kopf vertreiben.

»Ich frage mich, wo sie jetzt ist«, murmelte Maggie. »Die arme Frau.«

»Ich hol uns mal einen Drink«, schlug Lorimer vor.

»Ja, ein Whisky wäre wunderbar«, sagte sie und betrachtete die Karaffe auf der Anrichte.

Er küsste flüchtig ihr Haar, als er aufstand, um zwei Gläser zu holen.

»Was hast du jetzt vor?«, wollte sie wissen.

»Wir haben eine zweite Hausbefragung eingeleitet. Diesmal fragen wir die Nachbarn, ob ihnen am Abend der Forbes-Macgregor-Party etwas aufgefallen ist oder ob sie jemanden gesehen haben. Keine Ahnung, ob das etwas ergibt. Die Leute rümpfen oft die Nase, wenn man ihnen einen zweiten Besuch abstattet. Sie denken, die Polizei glaubt ihnen nicht, was sie beim ersten Mal erzählt haben.«

»Und was ist mit Jennifer Hammonds Nachbarn?«

Lorimer runzelte die Stirn.

»Ach, der Typ ein Stockwerk tiefer, der den Wasserschaden gemeldet hat. Er macht uns nur Ärger. Ein echter Widerling! Fühlt sich als Beglücker des schottischen Fußballs.«

»Wer ist er?«

»Davie McLaren«, antwortete er und reichte seiner Frau ein Glas mit Whisky. »Schon von ihm gehört?«

Maggie zog eine Augenbraue hoch.

»War das nicht dieser Wunderknabe, der im Spiel Schottland gegen Norwegen fünf Minuten nach Anpfiff vom Feld musste?«

Lorimer grinste.

»Genau der. Sieht so aus, als hätte er aus der Sache nichts gelernt. Er ist zu sehr von sich überzeugt.« Er nippte nachdenklich an seinem Glas. Davie McLaren hatte wohl unter Schock gestanden und ununterbrochen von seinem Manager geredet, den er unbedingt anrufen wollte. Als bräuchte der junge Fußballer einen Erwachsenen, der ihm in einer Krise die Hand hielt. Was wahrscheinlich auch der Fall war.

»Wir suchen einen Augenzeugen, der gesehen hat, dass jemand in Jennifer Hammonds Wohnung war, und der den Besucher eindeutig identifizieren kann«, sagte Lorimer. »An beiden Abenden«, fügte er nachdenklich hinzu.

»Gibt es in dem Komplex keine Überwachungskameras?«

Lorimer schüttelte den Kopf.

»Nein. Nur einen Parkwächter, der aufpasst, dass niemand unberechtigt auf dem Gelände parkt. Er geht jeden Abend um fünf Uhr nach Hause.«

»Das heißt«, sagte Maggie langsam, »solange ihr niemanden findet, der bezeugen kann, dass jemand Jennifer Hammonds Wohnung betreten hat, kommt ihr eigentlich nicht weiter?«

Lorimer zuckte die Achseln.

»Solly schnüffelt ein bisschen herum. Und wir stellen Nachforschungen innerhalb der Firma an.«

Lorimer trank sein Glas aus und starrte ins Leere. Nun,

da der Fall als ein Doppelmord gehandelt wurde, waren die Ermittlungen endlich angelaufen. Jemand hatte Jennifer Hammond aus dem Weg räumen wollen. War das der Grund, warum sie sich in das firmeneigene Ferienhaus auf Zypern absetzen wollte? Nun, morgen würde er die Partner von Forbes Macgregor treffen. Vielleicht konnte ihm einer von ihnen die Sache erklären. Und dann war da noch Michael Turner, der Angestellte der Firma, der irgendwo in den USA abhandengekommen war und dessen Kreditkarten in der Jackentasche eines Toten gefunden worden waren. Turners Abschiedsparty hatte Düsteres heraufbeschworen, grübelte Lorimer vor sich hin. Doch als hätte ein Bagger den Grund des Flusses aufgewühlt, verschleierte nun Schlick das klare Wasser.

30. Kapitel

»Woher wissen wir, dass Othello Grund hat, eifersüchtig zu sein?« Maggie sah sich unter ihren sechzehnjährigen Schülern um.

Es gab ein paar zaghafte Meldungen, trotzdem ließ sie ihren Blick weiter zu den anderen schweifen und gab ihnen Zeit, sich eine Antwort zu überlegen.

»Was meinst du, James?«, wandte sie sich schließlich an einen schlaksigen Teenager, der in der letzten Bankreihe lümmelte.

»Keine Ahnung. Vielleicht war er einfach so?« James zuckte die Achseln und kaute weiter auf irgendetwas herum. Maggie ignorierte die übertriebenen Mahlbewegungen seines Unterkiefers. Sie hatte schon zu viele Auseinandersetzungen mit diesem Jungen gehabt und würde es nicht zulassen, dass er ihren Shakespeare-Unterricht ruinierte.

»Was denken die anderen? Ja, Lewis?«

»Brabantio hat ihn gewarnt, nicht wahr, Miss?«

»Gut, Lewis. Was hat Desdemonas Vater genau gesagt?«

Hektisches Geraschel erfüllte den Raum, als die Schüler in ihren Studienausgaben blätterten, um die Stelle herauszusuchen.

»Ja? Kirstin?«

»Er sagt: ‚Sei wachsam, Mohr! Hast du Augen zu sehn, Den Vater trog sie, so mag's dir geschehn.‹ Meinen Sie diese Stelle, Miss?«

»Soll das heißen, sie will es ihm geben, Miss?«, rief James und erntete ein verhohlenes Kichern.

Maggie schüttelte den Kopf, jedoch eher aus Verzweiflung über seine absichtliche Fehlinterpretation des Textes als über seine freche Art.

»Ich würde jedem eine reinhauen, der sich an meinem Mädchen vergreift. Sie wissen, was ich meine.«

Maggie seufzte. Die Frage nach dem Wesen von Othellos Eifersucht war geradewegs in die Hosen gegangen, aber möglicherweise konnte sie die Dreistigkeit des Jungen sogar für ihren Unterricht nutzen.

»Du bist von Natur aus also auch ein eifersüchtiger Typ, James?«, fragte sie.

»Ja, Miss«, sagte er und blickte verstohlen zu seinem Banknachbarn hinüber, bevor er hinzufügte: »Geht es Ihnen nicht genauso?«

Maggie war sprachlos. Was zum Teufel wollte er damit sagen? Sie spürte, wie ihr das Blut in die Wangen stieg, während sie den Jungen weiter schweigend anstarrte, außerstande, eine passende Antwort zu geben.

»Hab ich recht, Miss? Als Sie unterwegs waren, haben Sie sich da nicht gefragt, was Mr. Lorimer so macht?«

Die Klasse schien den Atem anzuhalten. Diesmal war James Kerrigan zu weit gegangen. Mrs. Lorimer würde ihm eine Standpauke halten und ihn aus dem Unterricht werfen.

Doch Maggie tat nichts dergleichen. Sie starrte den Jungen immer noch fassungslos an. Hatten sich andere dieselbe Frage gestellt? Das Gemurmel unter den Mädchen machte sie darauf aufmerksam, dass sie etwas sagen musste, wenn sie sich nicht durch ihr bloßes Schweigen selbst verurteilen wollte.

»Meinst du, dass das ein normales Verhalten zwischen Menschen ist, James?«, sagte sie und bemühte sich, ihre Stimme beherrscht klingen zu lassen. Dann wandte sie sich mit einer Frage an die ganze Klasse: »Was meint ihr? Ist es vernünftig, dem eigenen Partner gegenüber misstrauisch zu sein?«

Ein Aufatmen ging durch den Raum, und ein paar Finger schossen nach oben.

»Desdemona ist jünger als er, Miss, und sie hat viele Bewunderer«, meldete sich ein Mädchen zu Wort.

»Und Jago tut alles dafür, dass er so denkt, Miss. Überhaupt ist er nur böse«, lautete eine andere Wortmeldung.

Da klingelte es zur Pause, und Maggie sah ihren Schützlingen zu, wie sie eilig ihre Sachen zusammenpackten und zur Tür hinausdrängelten.

»Langsam!«, rief sie automatisch, als die Jungs auf dem Korridor in Richtung Schulküche losrannten. Die letzte Stunde am Vormittag war eine gute Unterrichtszeit, allerdings hatte Maggie wegen des bevorstehenden Mittagessens kaum Schüler, die nach der Stunde länger blieben, um die Feinheiten in Shakespeares Dramen zu diskutieren.

»Alles klar, Miss?« James warf seiner Lehrerin beim Rausgehen einen lässigen Blick über die Schulter zu und grinste verschmitzt.

Maggie winkte ihn zur Tür hinaus. James war eine Plage, und sie hätte strenger mit ihm sein müssen. Das wusste er genau, dachte sie, als sie sah, wie er einen imaginären Fußball in ein ebenso imaginäres Tor schmetterte. Mein Gott! Das war knapp! Um ein Haar hätte sie sich vollkommen lächerlich gemacht. Beim nächsten Mal würde sie ihn in das Klassenbuch eintragen und nachsitzen lassen. Doch warum nicht heute?, fragte sich Maggie, als sie die Lehrbücher einsammelte, die die Schüler eilig auf eine der vorderen Schulbänke geworfen hatten. Hatte sie Angst, dass er ihr etwas erzählen könnte?

Sie stapelte die Bücher in ihr Regalfach und schloss das Klassenzimmer ab. Auf dem Korridor war es still, das Getrappel der letzten eiligen Schritte war verstummt. Maggie stieß einen tiefen Seufzer aus und machte sich auf den Weg ins Lehrerzimmer. Eine Tasse Kaffee, dachte sie, und eine kurze Verschnaufpause.

Aus dem Lehrerzimmer drangen die vertrauten Geräusche, das Zischen der Kaffeemaschine, Stimmen und Gelächter. Ein paar Gesichter wandten sich um und lächelten ihr zu, als sie vorbeiging. Maggie lächelte zurück und hatte wieder einmal das Gefühl, dass ihr eigentliches Zuhause hier unter diesen Leuten war. Mit ihnen teilte sie den Arbeitsalltag, die Klagen über bestimmte Schüler, die Frustrationen über das System, das ihnen zum Teil recht sinnlos erschien; Dinge, die Bill nie wirklich verstehen würde. Hier erlebte sie die wunderbare Solidarität mit Menschen wie Sandie, die ihr jetzt zuwinkte und sie einlud, sich neben sie zu setzen.

»Anstrengenden Vormittag gehabt?«, erkundigte sich ihre Freundin, als Maggie neben ihr auf den Stuhl plumpste.

»Kann man wohl sagen. Dieser James Kerrigan! Ein unverschämter kleiner Mistkerl!«

»Ach, der! Von James erwarte ich schon lange nicht mehr viel. In Mathematik hinkt er meilenweit hinterher. Ich weiß gar nicht, was wir nächstes Jahr machen sollen, wenn er nicht mehr da ist!«, bemerkte sie sarkastisch.

»Das heißt, er geht ab?«

»Ja. Keine Lust mehr auf Schule, sagt er. Braucht keinen Abschluss für das, was er machen will.«

»Und was bitte soll das sein?«, fragte Maggie mit pessimistischem Unterton. »Am Schultor mit seinem großen Bruder Tam Drogen verkaufen?«

»Würde mich nicht überraschen«, erwiderte Sandie. »Er

hat allerdings erzählt, er würde beim Vater eines Kumpels in der Schreinerei anfangen.«

»Na, solange er sauber bleibt. Diese Kerrigans haben nur Ärger gemacht«, grummelte Maggie und stand auf, um sich eine Tasse Kaffee zu holen.

»Kommt mal her, guckt mal!« Stephanie, die Referendarin in Maggies Englischabteilung, setzte sich ihnen gegenüber und warf mit Schwung einen Stapel Hochzeitsmagazine auf den Tisch.

»Ich brauche euren Rat«, plapperte sie fröhlich und schlug eine Anzeige für Hochzeitspapeterie auf. Einige Kolleginnen beugten sich über die Zeitschrift und studierten die Abbildungen. Maggie lehnte sich zurück und seufzte leise in sich hinein. Mit ihren langen, glänzend schwarzen Haaren und der unglaublich schmalen Taille war Steph manchmal noch wie ein kleines Mädchen. Ihre Stimme überschlug sich regelrecht vor Begeisterung, als sie den anderen ihre Auswahl an Einladungskarten und weiteren Hochzeitsdrucksachen präsentierte. War sie jemals vor ihrer Hochzeit mit Bill so gewesen?, fragte sich Maggie. Erinnerungen stiegen in ihr hoch, wie sie vor der Kirchentür standen. Rosenblüten wirbelten durch die Frühlingsluft, während Bill sie idiotisch angrinste. Der glücklichste Tag in meinem Leben, dachte sie. Doch es gab noch mehr unvergessliche Augenblicke. Als sie zum Beispiel wie aus heiterem Himmel vom Boden hochgerissen und über die Schwelle getragen wurde.

Plötzlich sah sie sich wieder in Glasgows West End. Sie musste damals ungefähr in Stephanies Alter gewesen sein. Ihre Wohnung befand sich im zweiten Stock, und das dunkle Treppenhaus roch nach späten Reisgerichten und vergammeltem Gemüse. Die Haustüre war selbst gezimmert, glatte braune

Resopalplatten waren quer über die Reste der alten Tür genagelt, um das Haus ein bisschen aufzuwerten. Dieser Versuch war kläglich gescheitert, aber er hatte den schönen Nebeneffekt, dass sich ihr kleines Heim von allen anderen unterschied. Vor nicht allzu langer Zeit musste es ein vornehmes Haus gewesen sein, an der Decke des winzigen Flurs waren noch Reste von Stuck zu erkennen. Sie hatten sich ein Zimmer geteilt, eine Gemeinschaftsküche und ein schmales, kaltes Badezimmer mit einer riesigen Badewanne. Es kostete sie jedes Mal Stunden und ihr gesamtes sauer erspartes Kleingeld, das Riesending mit Wasser zu füllen. Maggie musste lächeln. Sie erinnerte sich, wie sie kichernd in die gewaltige Wanne geklettert waren, in der Hoffnung, durch ihrer beider Gewicht würde sich der Wasserpegel so weit anheben, dass sie ein anständiges Bad nehmen konnten. Dann hatten sie miteinander geschlafen, ohne Rücksicht auf die anderen Mieter hinter den dünnen Trennwänden, ohne Rücksicht auf irgendetwas anderes als ihre eigenen leidenschaftlichen Begierden. Wenn er ihren Körper trocken rubbelte, erschauderte sie unter der Berührung, und zwar nicht nur wegen der Kälte, die in dem armseligen alten Badezimmer herrschte. Die Holzdielen waren verschlissen und von unzähligen Füßen blank gewetzt, und die grünen Fliesen mit ihrer schwarzen Musterung gehörten vermutlich noch zur ursprünglichen Ausstattung.

Heute gab es das alles nicht mehr, die Abrissbirne hatte den Häusern auf diesem Abschnitt der Gibson Street den Garaus gemacht. Sie war vorher noch einmal dort gewesen und hatte die leeren schwarzen Fenster mit ihren schmuddeligen Spitzengardinen und den Müll in den Hausdurchgängen zum Hof gesehen. Was hatte sie damals eigentlich gefühlt? Eine heimliche Sehnsucht nach den Jahren, in denen sie in dem kleinen bescheidenen Nest gewohnt hatten? Oder Dankbarkeit, dass ihr Heim heute aus weit mehr als einem einzigen gemieteten Zimmer bestand? Sie wusste es nicht mehr. Stephanie hatte das Thema gewechselt und erzählte nun von ihrer neuen Wohnung und den vielen neuen Ikeamöbeln, die sie kaufen wollte. Aber Maggie hörte kaum hin. Vor ihrem inneren Auge sah sie Bill mit großen Schritten die Gibson Street heraufkommen. Sie erinnerte sich, wie sein dunkles Haar im Licht der Straßenlaterne unter ihrem Fenster glänzte und wie sein bloßer Anblick ihr Herz höher schlagen ließ.

Hatten sie auf ihrem Weg etwas verloren? Die einsamen Nächte, die sie nach wiederholten Fehlgeburten im Krankenhaus verbracht hatte, trugen vielleicht dazu bei, dass sie erwachsener geworden war oder sich von der Frau, die sie einmal gewesen war, nach und nach entfernt hatte. Wäre alles anders gekommen, wenn sie eine Familie gegründet hätten? Oder kamen alle verheirateten Paare irgendwann an diesen Punkt? Würde die junge Stephanie auch in zehn Jahren noch so verzaubert vor lauter Lebensfreude sprühen?

»Was ist los mit dir?«, fragte Sandie und machte Maggie auf den tiefen Seufzer aufmerksam, den sie soeben von sich gegeben hatte.

»Ach, nichts. Ein Jammer, dass wir alle irgendwann erwachsen werden müssen, findest du nicht?«, flüsterte sie mit einem Kopfnicken in Stephanies Richtung.

»Allerdings«, erwiderte ihre Freundin trocken, »aber du hast wenigstens noch einen Mann zu Hause. Das heißt, wenn er da ist.« Sandie grinste und gab Maggie einen sanften Stoß in die Rippen.

Maggie lächelte. Das stimmte. Sandie hatte seit ihrer Scheidung, die nicht gerade friedlich verlaufen war, von Männern so ziemlich die Nase voll. Trotzdem hatte sie Maggie immer unterstützt, wenn sie über die langen Arbeitszeiten ihres Mannes bei der Polizei geklagt hatte. Aber hatte sich ihr Kommentar überhaupt darauf bezogen? Wollte sie ihr womöglich etwas ganz anderes zu verstehen geben?

Einen Augenblick lang saß Maggie Lorimer regungslos da und dachte über die Möglichkeit nach, ihr Ehemann könnte ihr untreu sein. Anderen Paaren passierte das auch. Sandie war das beste Beispiel. Aber Bill und ihr? Sie spürte eine kalte Angst in sich aufsteigen. Und eine leise innere Stimme fragte, wie sie jemals herausfinden sollte, ob er sie betrogen hatte.

31. Kapitel

JJ schob die Tür des Lieferwagens zu und verriegelte den Wagen mit der Fernbedienung. Er ließ die Schultermuskeln spielen und gähnte. Die Vögel auf den Hochspannungsleitungen schaukelten in der spätnachmittäglichen Brise. Über dem Gestrüpp zu beiden Seiten der Straße, wo JJ den Wagen abgestellt hatte, hing eine dünne braune Staubwolke. Er legte die Hand an die Stirn zum Schutz vor der Sonne und spähte über die Prärielandschaft, die sich endlos vor ihnen ausbreitete. In der flirrenden Hitze schienen die roten Hügel in der Ferne zu schweben. Er war lange nicht mehr hier gewesen, um Hasen und Krähen zu schießen, fernab von der Stadt, die sein natürlicher Lebensraum und einstiger Jagdgrund geworden war. Das hatte er jetzt alles hinter sich. Eine Karte musste er noch ausspielen, dann konnte er sich zurückziehen und ein ruhiges, komfortables Leben führen, in Florida vielleicht. Er würde sich ein hübsches kleines Haus am Strand kaufen können, ein bisschen angeln und die Sonnenuntergänge genießen.

Eine Stimme hinter ihm riss ihn aus seinen Träumen.

»Hier sollen wir übernachten?«

JJ wandte sich abrupt um und legte die Stirn in Falten. Er folgte dem Blick des Mannes auf ein einstöckiges Haus am Ende eines überwucherten Weges. Das Haus wurde von mehreren üppig belaubten Eichen beschattet, doch sogar durch die Blätter hindurch machte der Ort einen heruntergekommenen, verwahrlosten Eindruck.

»Klar!«

»Nicht gerade ein Ort, an dem man sich in der Fremde zu Hause fühlt.«

JJ spuckte auf den ausgetrockneten Boden.

»Was hast du erwartet«, knurrte er, »ein Fünfsternehotel oder was?« Dann nahm er die Taschen, die er vor dem Wagen abgestellt hatte, und bedeutete seinem Gefährten, ihm zu folgen.

»Alles da, wirst schon sehen.« Er nickte und ging voran zu dem Haus.

Der andere zögerte. Sie hatten eine sehr lange Fahrt hinter sich, und seine Glieder schmerzten. Was er jetzt brauchte, war ein Bad und eine Mahlzeit. Sollte der ältere Mann heute seinen Willen bekommen. Morgen würde man weitersehen.

Draußen schrien die Eulen, als sich die beiden Männer neben dem leeren Kamin niederließen. JJ hatte Wort gehalten. Er hatte aus den mitgebrachten Lebensmitteln eine Mahlzeit improvisiert und schließlich eine Flasche Jack Daniels aus einem Regal im Wohnzimmer geholt. Über das Haus hatte er kein Wort verloren, doch seine Vertrautheit mit den Küchengeräten verriet, dass er die Räumlichkeiten gut kannte. Die Dunkelheit draußen und das Licht der Tischlampe drinnen gaben den beiden Reisenden das Gefühl, als hätten sich die Wände um sie geschlossen, um sie vor der Welt zu beschützen.

»Dann sollten wir mal anfangen«, begann JJ und deutete auf den Laptop auf dem Tisch zwischen ihnen. »Fahr ihn hoch, Kumpel.« Er grinste.

Michael Turner blinzelte, als der Bildschirm aufleuchtete. Wie viele Tage waren vergangen, seit er in seinem Glasgower Büro am Schreibtisch gesessen und auf diese Ansicht gestarrt hatte? Er versuchte nachzurechnen, aber seine Gedanken versanken in tiefer Gleichgültigkeit. Am Leben zu sein war das Einzige, was jetzt zählte. Er wagte es, dem Mann gegenüber einen kurzen Blick zuzuwerfen. Dass er es auch blieb, stand womöglich auf einem ganz anderen Blatt.

32. Kapitel

»Tony Jacobs«, sagte Lorimer, »der Buchmacher, ja.« Lorimer lauschte der Stimme am anderen Ende der Leitung. »Nein, er steht nicht im Verdacht, etwas Illegales getan zu haben«, sagte er. »Jedenfalls nicht zu diesem Zeitpunkt.« Lorimer hielt wieder inne. Auf den Vorwurf hin, er habe eine schmutzige Fantasie, musste er lachen. »Das ist mein Job«, erwiderte er knapp und legte grinsend auf. Er faltete die Hände und legte die Zeigefinger an die Lippen, während er über die Ermittlungen nachdachte, die jetzt in vollem Gange waren. Forbes Macgregors Wirtschaftsprüfer mochten, was das Jacobs-Unternehmen betraf, so unschuldig sein wie die Engel, aber für diese Annahme wurde er nicht bezahlt. Man würde die Kundenakten in allen Einzelheiten untersuchen müssen und feststellen, ob es Hinweise auf eine Verbindung zwischen dem Mord an dem Buchmacher und dem Tod von Duncan Forbes und Jennifer Hammond gab.

Solly hatte noch keinen Zwischenbericht vorgelegt, aber das war in Ordnung. Seine Methode war langsamer als die der Polizei. Lorimer dachte an Rosie und Solly. In vielerlei Hinsicht ein seltsames Paar, doch ihre jeweilige Arbeit erforderte die gleiche Geduld und Ausdauer. Während der DCI eher dazu neigte, die Dinge sofort anzupacken, suchte der Psychologe einen anderen Blickwinkel. Seine Karten und Statistiken erzeugten in ihm Bilder, an denen er sich orientieren konnte. Die ersten Tage einer Mordermittlung waren entscheidend. Eine Fährte wurde schnell kalt, und zahlreiche Berührungen verwischten bald die Spuren.

Heute würde Lorimer die Partner von Forbes Macgregor treffen. Zuerst hatte er mit dem Gedanken gespielt, sie aufs Revier zu bitten, dann war er jedoch zu dem Schluss gekommen, dass ihr eigenes Territorium einen entscheidenden Vorteil hatte: In vertrauter Umgebung würden sie sich eher entspannen können, falls ihnen das nach den Ereignissen der letzten Tage überhaupt gelang. Lorimer kaute auf seinem Fingernagel. Sollte er sie über die Sache mit Michael Turner aufklären? Oder würde sich sein leiser Verdacht, dass man den Vermissten tot auffinden würde, ohnehin bald bewahrheiten?

Graham West scrollte die Liste der eingegangenen E-Mails nach unten und hielt inne, als ihm ein vertrauter Name ins Auge sprang. Das war unmöglich. Völlig ausgeschlossen. Bestimmt handelte es sich um einen makabren Scherz. Oder hatte er sich einen Virus eingefangen? Nein, die Firma verfügte über sämtliche Firewalls, die die Informationstechnologie zu bieten hatte. Seine Hände zitterten, als er den Mauszeiger nach unten bewegte und die Textzeile anklickte.

Er las die Nachricht dreimal, bevor er sie ausdruckte. Irgendwie musste er das Ding in der Hand halten, ansonsten konnte er nicht glauben, dass es die Zeilen wirklich gab. Und nun? Sollte er die E-Mail löschen? West spürte, wie seine Handflächen feucht wurden. Er kannte sich mit der Computertechnologie nicht gut genug aus, um zu wissen, ob die Nachricht nicht doch wiederhergestellt werden könnte, sobald er sie mit einem Mausklick auf Nimmerwiedersehen ins Nirwana geschickt hatte. Er war sich auch gar nicht sicher, ob er sie löschen wollte. Wenn er sie löschte, wäre es ihm nicht mehr möglich zu antworten, oder? Und die E-Mail verlangte ganz klar nach einer Antwort.

West starrte auf den Bildschirm. Ihm schwirrte der Kopf. War die Nachricht ein übler Streich? Sollte er sie an die anderen weiterleiten? War sein Pass eigentlich noch gültig? Dieser letzte Gedanke hatte sich heimlich eingeschlichen, und Graham West wurde bewusst, dass er am ganzen Leib zitterte. Die Forderung, auf die er da starrte, brachte nicht nur seine Karriere in Gefahr, sie schien zudem aus dem Jenseits zu kommen.

Schließlich atmete er tief durch und klickte auf den Antwort-Button. Mit zitternden Händen tippte er die Worte: »Gib mir Zeit.«

»Hast du mal eine Minute, Graham?« Alec Barrs Kopf tauchte so plötzlich in der Tür auf, dass West mit der Hand gegen die Ablage für Posteingänge stieß und einen Stapel Blätter zu Boden beförderte. Um seine Verwirrung zu verbergen, kroch er unter den Tisch und sammelte die verstreuten Seiten wieder zusammen. Dann stand er auf und starrte Barr an.

»Alles in Ordnung?«, fragte der geschäftsführende Partner und musterte ihn prüfend. »Du siehst aus, als hättest du gerade ein Gespenst gesehen.«

West fiel die Kinnlade herunter. Woher …? Hatte er die E-Mail auch bekommen?

»Ich …« Er brachte die Worte nicht über die Lippen, und schließlich ließ er sich wieder in seinen Stuhl fallen, den Stapel Papier mit beiden Händen fest umklammert.

»Was ist los, Graham?« Mit zusammengezogenen Augenbrauen stand Barr jetzt über ihm.

»Nichts. Mir ist nur ein bisschen schwindlig vom Bücken, das ist alles. Nichts gefrühstückt. Liegt wahrscheinlich am niedrigen Blutzucker, hätte heute nicht so früh ins Fitnessstudio gehen sollen ...«, quasselte er. »Wolltest du irgendwas, Alec?«

Barr runzelte die Stirn, als läge ihm etwas auf der Zunge, dann schüttelte er den Kopf.

»Wollte dir nur Bescheid sagen, dass die Polizei heute Nachmittag hier sein wird. Wir treffen uns um halb drei im Konferenzraum. Alles klar?«

Graham West schluckte. Polizei. Die hatte er völlig vergessen, doch als Barr ihn mit seinem Blick durchbohrte, erwiderte er:

»Ja. Alles klar. Danke.«

Barr nickte und wandte sich zum Gehen, plötzlich hielt er inne.

»Bist du sicher, dass alles in Ordnung ist, Graham? Wenn dich etwas beunruhigt, kannst du jederzeit zu mir kommen. Okay?«

»Natürlich. Danke.« West spürte, wie ihm der Schweiß den Rücken hinunterlief, als Barr schließlich den Raum verließ. Was hatte er nur getan? Warum hatte er die Gelegenheit nicht wahrgenommen, um mit Alec über die Nachricht zu sprechen, die jetzt irgendwo in diesem Blätterhaufen steckte?

Als er in seinen Stuhl zurücksank, wusste er, dass die Entscheidung gefallen war. Er würde diese erpresserische Forderung weiterhin im Auge behalten, und diesmal würde er es ganz alleine tun.

»Ha! Wir haben einen an der Angel!« JJ kicherte und rieb sich vor Freude die Hände, eine Geste, die Michael an die Schurken in den Theaterspielen erinnerte, die in seiner Jugend immer zur Weihnachtszeit aufgeführt wurden. Nur dass dieser Mann nicht darin vorgekommen war. Seine Streiche waren real. »Einer von deinen ehemaligen Chefs?«, wollte er wissen.

Die beiden Männer saßen Seite an Seite vor dem Laptop und starrten auf den Bildschirm. Graham Wests Antwort war gerade im Posteingang aufgetaucht: »Gib mir Zeit«. Eine knappe Antwort, die Michael Turner eine ganze Menge verriet. Er hatte Angst, so viel stand fest. Und wahrscheinlich würde er noch mehr Leute mit hinzuziehen müssen. Doch würde er das Geld auftreiben, das JJ verlangte? Ihm schwindelte. JJ hatte ihm den Preis verraten, den man für Michael Turners Hinrichtung bezahlt hatte, und gekichert:

»Wer will dich so dringend loswerden, Junge?«

Ja, wer?, fragte sich Michael. Duncan Forbes hatte ihm versichert, dass alles in Ordnung gehen würde. Und er hatte ihm vertraut. Aber nach den Ereignissen der letzten Tage war alles möglich, sogar die Vorstellung, dass Duncan ihn in die Arme eines Mörders hatte laufen lassen.

Warum also hatte er, Duncan, nicht auf die E-Mail geantwortet? Warum kam die Antwort von Graham West? Michael blickte zu seinem Widersacher hinüber, der eifrig auf der Tastatur herumtippte. Es musste da etwas geben, das JJ ihm verschwieg.

»Wie viel weißt du eigentlich darüber?«, erkundigte sich Michael.

Der Ältere tippte sich nachdenklich an den Nasenflügel.

»Genug«, sagte er und lächelte in sich hinein, als er sich wieder den Informationen auf dem Bildschirm widmete.

Michael seufzte. Er war vor ein paar Tagen – oder waren es Wochen? – aus der Welt verschwunden. Seither hatte er weder eine Tageszeitung in der Hand gehalten noch Radio gehört. JJ hatte den ganzen Weg von New York nach Süden darauf bestanden, sich von Countrymusic beschallen zu lassen. Michael aber quälte ein beinahe unbändiges Verlangen zu erfahren, was auf der anderen Seite des Erdballs vor sich ging. Das

Haus, in dem sie sich befanden, besaß einen Telefonanschluss. Der Laptop steckte in einer Buchse in der Wand, es musste also irgendwo ein Telefon geben, wenn er bisher auch noch keines gesehen hatte, geschweige denn ein Handy. Allerdings war er sich sicher, dass JJ irgendwo einen Apparat hatte. Einen einzigen Anruf – mehr wollte er gar nicht. Einen Anruf, um herauszufinden, ob es vielleicht doch einen Ausweg aus diesem Irrsinn gab.

33. Kapitel

Detective Chief Inspector Lorimer und Dr. Solomon Brightman betraten das Foyer und eilten zum Fahrstuhl, der in diesem Augenblick zuging. Die junge Frau, die ein Bündel lederfarbener Aktenmappen unter dem Arm trug, mied den Blick der beiden Unbekannten, die sich so unerwartet mit ihr auf engstem Raum drängelten. Lorimer drückte den Knopf und spürte eine leichte Erschütterung, als der Aufzug in die Höhe stieg. Das Gebäude war alt, und nicht alle Modernisierungsversuche waren geglückt, dachte er, als sie aus dem Fahrstuhl traten. Solomon wandte sich noch einmal nach der jungen Frau um und begegnete ihrem neugierigen Blick, bevor sie die Augen rasch wieder niederschlug.

Der Empfangsbereich von Forbes Macgregor bestand aus einem großen Vorraum mit zwei Zweisitzern und einem Polstersessel auf der einen Seite und einer Schwingtür aus Glas auf der anderen.

»Chief Inspector Lorimer«, teilte er der Frau hinter dem modernen Empfangstisch mit, auf dem der Name Forbes Macgregor sowie das Firmenlogo, eine Kombination aus den Buchstaben F und M, zu sehen waren. »Und Dr. Brightman«, fügte er hinzu und deutete auf seinen Begleiter. »Mr. Barr erwartet uns«, sagte er, auch wenn das nur zur Hälfte stimmte. Der Gedanke, dass er Solly mitnehmen könnte, war ihm erst später gekommen, und der DCI hatte absichtlich darauf verzichtet, ihn anzukündigen. Er wollte nicht, dass sie sich allzu viele Gedanken über die Anwesenheit eines Psychologen machten. Die Frau lächelte freundlich und kam hinter ihrem Tisch hervor.

»Bitte nehmen Sie Platz. Darf ich Ihnen die Mäntel abnehmen?« Und bevor Lorimer antworten konnte, nahm sie ihm den Mantel vom Arm und hängte ihn an einen Garderobenständer hinter ihrem Tisch. Solomon schüttelte lächelnd den Kopf, wickelte sich aber aus seinem ewig langen, knallbunten Strickschal, so dass er ihm in zwei langen Bahnen von den Schultern herabhing. Die Frau vom Empfang sah ihn stirnrunzelnd an und schürzte dann missbilligend die Lippen.

»Ich werde Mr. Barr jetzt Bescheid geben, dass Sie hier sind«, sagte sie bestimmt und winkte die beiden Besucher in Richtung Sitzecke.

Lorimer spitzte die Ohren, als sie ins Telefon sprach, und stellte fest, dass sie von ihrem Glasgower Akzent in einen formaleren Ton wechselte. Die Frau fing seinen Blick auf und gab ihm zu verstehen, dass man sich gleich um sie kümmern würde. Er erwiderte ihr Lächeln. Ihre Züge kamen ihm bekannt vor, aber er konnte nicht sagen, an wen sie ihn erinnerte. Lorimer beobachtete die Rezeptionistin, wie sie weitere Anrufe entgegennahm. Die Frau war mittleren Alters, sehr dünn, und ihre scharfen Gesichtszüge und der entschlossene Mund machten deutlich, dass sie ihre Aufgabe sehr ernst nahm. Mit ihrem kurzen grauen Haar und dem olivfarbenen Cardigan wirkte sie zwar adrett, aber keineswegs attraktiv. Empfangsdamen verkörperten heutzutage mit seltenen Ausnahmen alle den gleichen Typus: Sie waren perfekt geschminkt, steckten in eleganten Kostümen und hatten lange, geglättete Haare. Es war interessant, dass Forbes Macgregor von dieser Norm abwich. Ein Zeichen von Vertrauen, dachte Lorimer, während sie auf den geschäftsführenden Partner warteten. Vielleicht wollten sie ihrer Klientel auf diese Weise vermitteln, dass sie eine alteingesessene Firma mit traditionellen Werten waren. Über den Versuch, in diesen scheinbar unbedeutenden Umstand etwas hineinzulesen, musste Lorimer grinsen. Vielleicht war es Sollys Einfluss. Vermutlich war die Firma nur unterbesetzt und die Frau war kurzerhand für eine Kollegin eingesprungen.

Als die Pendeltür aufgestoßen wurde, blickte Lorimer auf und sah den geschäftsführenden Partner lächelnd und mit zum Gruß ausgestreckter Hand auf sie zukommen.

»Dr. Brightman von der Universität Glasgow. Er hilft uns bei den Ermittlungen«, erklärte Lorimer. Die beiden Männer schüttelten sich kurz die Hand, dann wandte sich Barr wieder an Lorimer.

»Schön, Sie zu sehen, Chief Inspector ... Herr Doktor«, begann Alec Barr. »Wir hoffen alle sehr, dass diese schreckliche Angelegenheit bald erledigt ist.« Aus Achtung vor der Toten senkte er die Stimme und erinnerte Lorimer an den Moment, als er Jennifer Hammond zum ersten Mal begegnet war. Ihr rotes Haar und das gewinnende Lächeln standen ihm plötzlich wieder in aller Klarheit vor Augen. Während er Barr in den Bürobereich folgte, merkte Lorimer, dass er die Hände zur Faust geballt hielt. Wer hatte es nur gewagt, einer so temperamentvollen Frau das Leben zu nehmen? Er atmete einige Male tief durch. Ihm stand keine leichte Aufgabe bevor, und was er jetzt brauchte, war nicht Erregung, sondern geistige Klarheit, um sein Augenmerk auf jeden der nunmehr vier Glasgower Partner von Forbes Macgregor zu richten.

»Nach Ihnen, meine Herren.« Barr trat zur Seite und dirigierte Lorimer und Solly in einen großen Raum mit Doppelfenstern, die auf den Fluss hinausgingen. An einem überdimensionalen ovalen Tisch saßen drei Personen, die gleichzeitig den Blick hoben, als die beiden Besucher eintraten. Ihre Gesichter verraten ein gewisses Misstrauen, dachte Lorimer, als er die beiden Männer zur rechten und linken Seite musterte. Der eine stand von seinem Stuhl auf, um dem Kriminalbeamten die Hand zu schütteln, der andere saß reglos da und verfolgte das Geschehen mit tief in den Höhlen liegenden Augen.

»Graham West.« Der Mann ließ Lorimers Hand wieder los und bemühte sich um ein Lächeln.

»Catherine Devoy«, sagte Barr und zeigte auf die Frau, die jetzt am Kopfende des Tisches stand, die Hände vor sich gefaltet. Lorimer ging auf sie zu, doch sie neigte zur Begrüßung nur leicht den Kopf. »Und Malcolm Adams«, fuhr Barr fort, die Hand an Lorimers Ellbogen.

Die Gestalt hinter dem Tisch machte keine Anstalten aufzustehen, sondern nickte nur schwach.

»Chief Inspector«, sagte er in einem Ton, der kaum mehr als ein Flüstern war. Lorimer betrachtete das blasse, hagere Gesicht. Wenn er nicht völlig falsch lag, war Malcolm Adams ein sehr kranker Mann. Lorimer fragte sich, ob er eigens für das Meeting ins Büro gekommen war. Allerdings blieb ihm keine Zeit, sich darüber weiter Gedanken zu machen, da Barr in diesem Moment neben Catherine Devoy Platz nahm und dem Chief Inspector bedeutete, die Unterredung vom Kopfende des Tisches aus zu leiten.

Nachdem Solly den anderen kurz vorgestellt worden war, setzte er sich schräg hinter Lorimer in eine Ecke des Raumes, von wo aus er das Geschehen beobachten konnte, ohne eigentlich daran teilzunehmen. Die Frau hatte ihn erst neugierig gemustert, sich dann aber schnell wieder abgewandt, als wäre er für diese Sitzung von keinerlei Bedeutung.

Lorimer setzte sich, nicht sicher, wo er anfangen sollte. Er hatte sich verschiedene einleitende Worte überlegt, doch jetzt, da ihn diese Leute prüfend musterten, wollte er lieber direkt zur Sache kommen.

»Wie Sie wissen, haben wir in Bezug auf den Tod von Miss Hammond und Ihren früheren Partner Mr. Forbes polizeiliche Ermittlungen aufgenommen. Ich bedaure, Ihnen mitteilen zu müssen, dass es sich in beiden Fällen um eine Morduntersuchung handelt.« Er hielt gerade lange genug inne, um die Reaktionen auf den jeweiligen Gesichtern beobachten zu können. Barr selbst verzog keine Miene, die beiden anderen hingegen wirkten erregt. Graham West lehnte sich in seinen Stuhl zurück, die Hände unter dem Tisch verborgen, Lorimer konnte jedoch förmlich spüren, wie sich die Nägel in das weiche Fleisch seiner Finger bohrten. Malcolm Adams stand vor Bestürzung der Mund offen, sein Blick war starr auf Lorimer gerichtet, ehe er seine Kollegen der Reihe nach ansah.

»Sind Sie sicher, Chief Inspector?« Catherine Devoy schüttelte den Kopf, als könnte es sich nur um einen Irrtum handeln. »Wir dachten, Duncans Tod sei ein Unfall gewesen«, sagte sie.

Lorimer bemerkte das absichtliche Stocken in ihrer Stimme. Subtiler hätte die Anspielung nicht sein können. Duncan war betrunken, wollte sie sagen. Duncan war Alkoholiker. Lorimer sah sich die Frau ein bisschen genauer an. Sie war nicht nur Forbes' Kollegin gewesen, sie war auch eine Freundin der Familie, die Taufpatin seines Sohnes. Ihre sorgfältig gezupften Augenbrauen wölbten sich fragend über einem Augenpaar, das ihn durchdringend anstarrte. Catherine Devoy war eine attraktive Frau in ihren Vierzigern, schlank und gut gekleidet, das dunkle Haar modisch geschnitten. Sie war keine Frau, die die Aufmerksamkeit auf sich zog wie eine Jennifer Hammond. Im Gegenteil, sie hielt sich zurück, als gäbe es da noch mehr, das sie allerdings nur zu ihren Bedingungen preisgeben würde. Angesichts ihrer engen Beziehungen zu Forbes' Familie hätte Lorimer eine herzlichere Reaktion von ihrer Seite erwartet. Dass sie nicht die geringste Gefühlsregung zeigte, machte Lorimer stutzig. Wie würde wohl Solly die Frau einschätzen?

»Duncan Forbes war ein guter Mensch«, flüsterte Adams schwach, aber bestimmt.

»Wir waren uns alle sicher, dass es ein Unfall war, Chief Inspector«, fügte Barr schroff hinzu. »Etwas anderes kann ich mir gar nicht vorstellen. Ein tragischer Unfall. Nur das kann es gewesen sein«, beharrte er. Lorimer schwieg für einen Moment. Das wollten sie natürlich alle glauben, sagte er sich. Die Leute brauchen immer eine vernünftige Erklärung. Einen Mord vor ihrer Haustür – so etwas durfte es natürlich nicht geben.

»Es tut mir leid, aber unsere Ermittlungen haben ergeben, dass Mr. Forbes und Miss Hammond ermordet wurden«, erklärte Lorimer ruhig. »Aller Wahrscheinlichkeit nach von ein und demselben Mörder.«

»Nein! Nicht Jennifer!« Graham West stand das Entsetzen ins Gesicht geschrieben. Adams atmete zischend ein und erregte damit die Aufmerksamkeit der anderen. Doch er schüttelte nur den Kopf, als wären die Neuigkeiten zu schockierend, um sie in Worte zu fassen. Barr blickte stirnrunzelnd von einem zum andern. Litt er ebenfalls an der Ungläubigkeit, die so oft die erste Reaktion auf tragische Nachrichten war?

»Was können wir tun?«, fragte Barr plötzlich mit einer Geste der Resignation. Lorimer nickte dem Mann zu. Er hatte sich seiner polizeilichen Autorität rasch gefügt, und jetzt ging er zum nächsten Schritt über. Lorimer war beeindruckt. Kein Wunder, dass Barr in einem Beruf, der auf Wettbewerb beruhte, bis an die Spitze aufgestiegen war, dachte er. Alec Barr mochte über den Tod seiner Kollegen Trauer empfinden, aber er kannte keine Sentimentalität, sondern nur eine eiserne Entschlossenheit, die Dinge in Ordnung zu bringen. Es war eine große Hilfe, dass wenigstens einer von ihnen versuchte, die Sache aus dem Blickwinkel der Polizei zu betrachten.

»Als Erstes möchte ich, dass Sie mir von der Nacht erzählen, in der Duncan Forbes ums Leben kam. Ich weiß, dass das alles nicht leicht für Sie ist, aber ich wäre Ihnen dankbar, wenn Sie uns behilflich sein könnten.«

»Wo sollen wir anfangen?«, fragte Barr und verschränkte die Arme vor der Brust.

Lorimer lächelte trocken.

»Im Polizeipräsidium, Mr. Barr. Wir würden gerne mit jedem von Ihnen separat sprechen.«

»Warum bestellen Sie uns dann hierher?«, beschwerte sich Graham West, brach jedoch ab, als Barr ihm einen missbilligenden Blick zuwarf.

»Um Ihnen allen mitzuteilen, worum es in diesem Fall geht«, erwiderte Lorimer so höflich, wie er konnte. »Es ist schon ziemlich sonderbar, finden Sie nicht, dass drei Mitarbeiter derselben Firma in so kurzer Zeit das gleiche Schicksal ereilt?« Sein Blick wanderte aufmerksam von einem zum andern. Barr starrte ihn weiterhin mit unbeweglicher Miene an, Catherine Devoy hatte sich abgewandt und kramte in ihrer Handtasche. Malcolm Adams indes schüttelte den Kopf, und Graham West saß mit zusammengekniffenem Mund da, als hätte er Angst, auch nur das Geringste zu sagen.

Sie haben Schiss, dachte Lorimer und fragte sich, ob Solly diesen Eindruck teilte.

»Haben wir Grund anzunehmen, dass uns jemand nachstellt, Chief Inspector?«, fragte Barr plötzlich.

Keine schlechte Taktik, dachte Lorimer anerkennend.

»Wir sind doch nicht in Gefahr, oder?«, platzte West heraus.

»Die Ermittlungen befinden sich noch im Anfangsstadium, Sir«, sagte Lorimer eher als Antwort auf Wests Frage denn auf die des geschäftsführenden Partners. »Wir verfügen über verschiedene Mittel, den Personentyp zu bestimmen, der diese Taten begangen hat«, fügte er hinzu und unterdrückte ein Grinsen, als er an das bärtige Individuum denken musste, das in ihrer Mitte saß. »Ich möchte Sie um Ihre uneingeschränkte Kooperation bitten. Wir sind zwar nicht sicher, ob ein Zusammenhang mit der Firma besteht, aber es ist durchaus möglich, dass wir das Gebäude und die Belegschaft genauer unter die Lupe nehmen müssen.« Lorimer machte wieder eine Pause. Catherine Devoy putzte sich geräuschvoll die Nase. War ihre äußere Gelassenheit womöglich nur Fassade? Er suchte nach roten Augenrändern, konnte allerdings keine entdecken.

»Michael Turner ...« Er hielt inne. Die Versuchung, ihnen die Wahrheit über die Leiche im Wald zu verraten, wurde immer größer. »Duncan Forbes starb nach seiner Abschiedsparty. In dieser Sache haben wir bereits sehr genaue Ermittlungen angestellt«, teilte er ihnen mit.

Barr nickte, die Stirn in Falten gelegt.

»Eine schreckliche Geschichte, einfach schrecklich!« Er blickte auf. »Und Sie glauben, sein Tod hat etwas mit diesem Fall zu tun?«

Lorimer neigte leicht den Kopf, sagte aber nichts. Diese vieldeutige Geste ließ ihnen die Freiheit zu glauben, was sie wollten. Eins hingegen war interessant. Alec Barr mochte nach außen hin schroff wirken, doch im Gegensatz zu den anderen fiel es ihm nicht leicht, die verstorbenen Kollegen beim Namen zu nennen.

»Was ist mit der Presse?«, wollte West plötzlich wissen.

»Wir haben veranlasst, dass es vorerst keine Berichterstattung geben wird«, erklärte Lorimer. »Früher oder später wird es aber durchsickern. Bei einem so großen Unternehmen wie Ihrer Firma lässt sich das nicht vermeiden. Wir bemühen uns dennoch, die Informationen so gut wie möglich zurückzuhalten«, fuhr er in sanftem Ton fort. »In der Zwischenzeit lege ich Ihnen nahe, dass Sie allen Mitarbeitern unseres Ermittlerteams jede nur erdenkliche Unterstützung gewähren.«

Lorimer beobachtete die Wirkung seiner letzten Worte. Barr blieb ungerührt sitzen, den Blick fest auf den Polizisten geheftet. Graham West hingegen sah ängstlich in die Runde, wobei die Kollegen seinem Blick auswichen. Malcolm Adams wirkte noch angespannter und abgehärmter, während die Frau sich tief in ihren Stuhl hatte zurücksinken lassen und nun halb von der massigen Statur ihres geschäftsführenden Partners verdeckt wurde.

»Sie gehen schon wieder, Sir?« Die Empfangsdame half Lorimer in seinen Mantel, wobei sie sich strecken musste. Er lächelte und ging ein wenig in die Knie, damit sie ihm den Mantel über die Schultern streifen konnte. »Sehen Sie nur, wie Sie jetzt herumlaufen!«, sagte sie in strengem Ton zu Solly, der damit beschäftigt war, sich seinen Schal um den Hals zu wickeln. Diese winzige Person hatte etwas Unerschrockenes, dachte Lorimer, als sie das Gebäude verließen. Sie war höflich, duldete aber keine Widerrede, nicht einmal von einem höheren Beamten der Polizei von Strathclyde.

»Weißt du, an wen sie mich erinnert?«, sagte er zu Solly. »Man müsste sie in einen weißen Overall stecken, ihr die grauen Haare aus dem Gesicht kämmen, und schon könnte sie für Sadie Dunlop durchgehen.« Er lachte.

»Ah! Ja, ich erinnere mich«, erwiderte Solly mit einem Augenzwinkern. »Die Plage der Polizeikantine.« Er blickte seinen Freund aus dem Augenwinkel an. Lorimer wirkte plötzlich munterer als vorher. Hatte er auch all die Zeichen gesehen? Solly hoffte es. In dem Sitzungsraum hatte es genug Material für ein ganzes Semester Verhaltenspsychologie gegeben. Manche der Partner hatten wenig gesagt, jedoch ihre Körpersprache hatte dem Psychologen mindestens ebenso viel, wenn nicht mehr verraten.

34. Kapitel

Glasgow war an jenem Aprilabend nicht die graue postindustrielle Stadt, für die viele Leute sie hielten, dachte Solly, als er von der Great Western Road in Richtung Park abbog, der bis zu ihm nach Hause führte. Musik kam aus den offenen Türen einer Kirche an der Ecke, wohl ein Choral, dachte er. Plötzlich übertönte lebhafter Vogelgesang die Musik und ließ den Psychologen in das Gebüsch hinaufblicken. Der Vogel saß auf einem Rhododendronzweig, den Kopf emporgereckt, während das Lied seiner Kehle entströmte. Eine Drossel, beschloss Solly, als er die cremefarbene Brust mit den dunkelbraunen Sprenkeln entdeckte. Zwei Schulmädchen kamen vorbei, die so sehr in ihr Gespräch vertieft waren, dass sie die Gratisvorstellung in den Ästen über ihnen gar nicht bemerkten. Beide waren mit einem schwarzen Baumwollrock und einem T-Shirt bekleidet, keine Spur von einer Jacke oder einem Cardigan, mit dem sie ihre nackten Arme hätten bedecken können. Die jungen Leute spüren die Kälte nicht, hatte seine Mutter immer gesagt. Er lächelte, als er sich an ihre Stimme erinnerte. Eine jüdische Mutter, die nie geschimpft, sondern ihren Nachwuchs immer bestärkt hatte. Mutter Brightmans Zuhause war ein Magnet für alle ihre Freunde gewesen. Solly musste wieder lächeln. Seine Mutter wäre auch stehen geblieben, um dem Vogel zu lauschen.

Etwas lag in der Luft, dachte Solly im Weitergehen. Nun, da die Tage länger wurden und es so warm war, dass die Mädchen ihre Winterkleider ablegten, konnte man die kommenden

Freuden förmlich spüren. Das letzte Trimester hatte begonnen, und es würde nur noch wenige Wochen dauern, bis es endlich Sommer war. In London hatte man im Hyde Park vielleicht schon die Liegestühle aufgestellt. April war ein seltsamer Monat. An einem Tag war es warm genug, dass ganze Schwärme von Eintagsfliegen über dem River Kelvin schwebten, dachte Solly, als er ihren närrischen Tanz beobachtete. Und schon am nächsten Tag konnten wieder Schnee oder Hagel die Sicht auf die Berge verdecken, die er so gerne von seiner Wohnung aus hoch über der Stadt betrachtete. Glasgow war ein Ort der Gegensätze, hatte Solly über die Jahre festgestellt, und das gefiel ihm.

Der Psychologe blieb an der Eingangstür des vornehmen Reihenhauses stehen und sah auf den Park hinunter. Frühlingsblumen zierten den Kelvin Way und die gepflegten Beete vor der Kelvingrove Art Gallery. Er atmete tief ein, glücklich, einen Tag wie diesen zu erleben. Hätte jetzt jemand das vom Bart halb verdeckte selige Lächeln gesehen, er hätte gewusst, dass dieser Mann mit sich selbst im Einklang war.

Als er die Wohnung betrat, sang Rosie gerade ein Lied mit, das im Radio lief, und er beobachtete sie eine Weile, bis sie sich umwandte und freudig auf ihn zulief. Solly seufzte vor Glück, als er sie in seine Arme schloss, den blonden Schopf an seine Schulter gekuschelt. War es nicht komisch, dass ihm in seinem ganzen Leben nie eine Frau gefehlt hatte? Und jetzt konnte er sich seine kleine Welt gar nicht mehr ohne Rosie vorstellen.

Draußen war es dunkel. Die gardinenlosen Fenster gaben den Blick auf einen sternlosen Himmel frei, als Solly auf dem Rücken lag und über die Ereignisse des Tages nachdachte. Neben ihm unter der Daunendecke lag Rosies warmer Körper, etwas, auf das er nicht mehr verzichten wollte.

Nach dem Termin mit Lorimer hatte er den Verwalter von Riverside Gardens aufgesucht und ihn gebeten, sich in Jennifer Hammonds Wohnung ein wenig umsehen zu dürfen. Dort hatte er dann gestanden und schweigend die Massen von Autos beobachtet, die über die Brücke jagten, ein endloser Strom von Menschen auf endlosen Reisen.

Die menschenleere Wohnung deprimierte ihn. Was das junge Opfer hinterlassen hatte, wirkte wie ein Hohn auf die Welt, die ihr so viel Vergnügen bereitet hatte.

In der Dunkelheit seines Schlafzimmers erinnerte er sich an die elegante Küche mit all den praktischen Geräten. Den Kühlschrank hatte man noch nicht ausgeräumt. Sein erbärmlicher Inhalt beschränkte sich auf ein einsames Croissant, dessen Krümel sich in den darunterliegenden leeren Fächern verteilt hatten, ein halbes Päckchen Butter, deren Haltbarkeitsdatum überschritten war, und ein paar Fertiggerichte. Solly hatte sich ihren Vorrat an Lebensmitteln aufmerksam angesehen. Lachs in Weißweinsoße und eine Packung Sushi. Was ließ sich dazu schon sagen? Er zuckte die Achseln. Eine Vorliebe für Fischgerichte würde ihm nicht viel über ihren Charakter verraten, außer dass sie vermutlich oft auswärts aß und die exquisiteren Seiten des Lebens genoss. Zwei gleich große Kreise im Seitenfach des Kühlschranks erregten Sollys Aufmerksamkeit. Die geriffelten Muster glichen der Unterseite von Champagnerflaschen. Weiterhin gab es gelbliche Spuren von verschütteter Milch und etwas Grünzeug, das zwischen der Glasplatte und dem schmutzigen Gemüsefach hängen geblieben war. Eine begnadete Hausfrau war Jennifer Hammond nicht gewesen.

Die Durchsuchung ihres Kleiderschranks hatte zahllose Kartons mit hochhackigen Designerschuhen ans Licht gebracht. In dem Durcheinander von Handtaschen und Hutschachteln unter den unzähligen Kleidungsstücken, die sinnlos von der doppelten Kleiderstange hingen, fanden sich noch mehr Schuhe.

Sie hatte eine Leidenschaft für Farben, eine Begeisterung für das Leben, das verriet ihm schon die Dekoration des Schlafzimmers. Offensichtlich war sie aber auch eine Frau gewesen, die in ständiger Eile gelebt und sich nie die Zeit genommen hatte, alte Sachen auszumisten oder aufzuräumen. Rosie hatte die Neigung, hier und da in der Wohnung etwas herumliegen zu lassen, morgens rasch das Haus zu verlassen, ohne sich ums Bettenmachen zu kümmern. Jennifer Hammonds Wohnung hingegen war nur ein vorübergehender Zufluchtsort gewesen, kein Zuhause. Sogar das exotisch eingerichtete Boudoir (anders konnte man es wirklich nicht nennen, dachte Solly) wirkte eher wie ein perfekt durchgestylter Ort für Sex als ein Zimmer, in dem man sich ausruhen und entspannen konnte.

Sie mochte nachlässig mit ihren Sachen umgegangen sein, aber traf das auch für sie selbst zu? Nein, das glaubte Solly nicht. Die verschwenderische Ausstattung ihrer Wohnung ließ auf eine Person schließen, die das Leben genoss und es nicht in einem impulsiven Moment einfach wegwarf. Nein. Jennifer Hammond war ermordet worden, dessen war sich Solly sicher. Doch wie er so dalag und die Wolkenfetzen betrachtete, die über den nächtlichen Himmel dahinjagten, konnte er sich nicht im Geringsten vorstellen, wer diesen temperamentvollen Rotschopf hatte umbringen wollen, geschweige denn, warum.

»So! Irgendeine Rückmeldung über das Meeting gestern?« Lorimer konnte seinen Eifer nicht verbergen, was den Psychologen amüsierte. Dem DCI wäre es am liebsten gewesen, sofort eine Antwort zu bekommen, und sei es, dass man sie irgendwie aus der Luft gezaubert hätte. Aber Solomon Brightman arbeitete anders.

»Noch nicht.« Solly kicherte in sich hinein und stellte sich den niedergeschlagenen Gesichtsausdruck des Polizisten vor. »Ein paar Beobachtungen habe ich jedoch zu jedem der vier Leute aufgeschrieben.« Er hielt inne und dachte über die unterschiedlichen Reaktionen der Partner nach, als Lorimer den vermeintlichen Doppelmord erwähnt hatte. Er hatte sich dazu einige interessante Notizen gemacht, aber es war noch zu früh für verbindliche Schlüsse.

»Es gibt allerdings noch kein Profil, noch nicht«, wiederholte er. »Wann werden sie einzeln befragt?«

»Bald. Ich gebe dir Bescheid. Du wirst doch dabei sein können, oder?«, fragte Lorimer, wobei er einen schärferen Ton anschlug.

»Oh, natürlich. Sag mir nur rechtzeitig Bescheid, damit ich meine Termine verlegen kann«, erwiderte Solly höflich. Er konnte die Enttäuschung in Lorimers Stimme hören, als sie das Gespräch beendeten. Solly nickte lächelnd vor sich hin. Der körperlosen menschlichen Stimme war so viel zu entnehmen. Ich frage mich, dachte er, wie ein Stimmanalytiker die Gespräche mit dem DCI interpretieren würde.

Der Psychologe saß da und starrte ins Leere. Der Computerbildschirm vor ihm zeigte eine Flusskarte des Clyde mit einigen Markierungen an strategisch wichtigen Punkten. Die Kreise markierten die Orte am Fluss, die mit den Morden in Zusammenhang standen, und erst heute Morgen war ein neuer hinzugekommen: Graham Wests Penthousewohnung. Sie lag in der Nähe der Wohnung der Personalleiterin. Zu Fuß dürften es über den Parkplatz von Springfield Quay und am Kino vorbei höchstens zehn Minuten sein.

Laut Polizeibericht hatte Jennifer Hammond die Party gemeinsam mit Michael Turner verlassen und war später noch zu sich nach Hause gegangen. Wo aber hatte sich West um diese Zeit befunden? Es wäre interessant herauszufinden, was die Partygäste auf ihrem jeweiligen Nachhauseweg getrieben hatten, dachte Solly. Und wo Graham West in der Nacht gewesen war, als die Frau ermordet wurde. Er erinnerte sich an das Entsetzen in der Stimme des Mannes: »Nein, nicht Jennifer!« Das hatte manches verraten. West wollte keine Verbindung zwischen dem Tod der Frau und dem seines Partners Duncan Forbes herstellen. Aber bedeutete das auch, dass er nichts über deren Tod wusste?

»Duncan Forbes war ein guter Mensch«, hatte Malcolm Adams mit seiner heiseren Flüsterstimme felsenfest behauptet. So gut, dass er seinen frühen Tod nicht verdient hatte? Oder hatte er eher sagen wollen, dass es einen unter ihnen im Sitzungssaal gab, den man als das absolute Gegenteil von »gut« bezeichnen konnte?

35. Kapitel

Graham West klappte den Laptop auf und drückte den Einschaltknopf.

Was um alles in der Welt ging hier vor? Dieser Polizist hatte auf den Mord an Michael Turner Bezug genommen. Er war tot, natürlich war er das. West kaute nervös auf der Unterlippe, während er zusah, wie sein Computer hochgefahren wurde. Würde er eine neue Nachricht vorfinden? War ein Toter tatsächlich in der Lage, aus dem Jenseits Kontakt mit ihm aufzunehmen? Er schauderte, als ihn der Gedanke überfiel, dann gab er sich einen Ruck. Das war einfach absurd. Michael war nicht mehr da, und irgendjemand trieb seine Spielchen mit ihm. Aber diese Spielchen waren gefährlich, und es wäre verrückt, sie einfach zu ignorieren.

Er hatte mehrere neue E-Mails, allerdings keine von dem mysteriösen Briefschreiber, stellte West erleichtert fest. Ein kurzer Blick auf die Armbanduhr verriet ihm, dass es in New York halb drei Uhr morgens war. Doch warum sollte er annehmen, dass die Nachrichten von jenseits des Atlantiks kamen? Nur weil sich der Typ als Michael ausgab, hieß das noch lange nicht, dass er auch drüben war, oder? Die Antwortadresse war so gut verschlüsselt, dass es für einen Amateur wie ihn unmöglich war, sie zurückzuverfolgen. Aber war es auch zu kompliziert für die IT-Experten der Firma? Graham West stieß einen tiefen Seufzer aus. Jemanden um Hilfe zu bitten wäre viel zu riskant. Er würde nie erzählen können, was in den letzten Monaten in seinem Leben los war, niemandem. Und doch hatte ihm jemand dort draußen zu verstehen gegeben, dass er genug wusste, um ihn teuer dafür bezahlen zu lassen.

Die Tür knarrte einmal kurz. Der Mann blieb wie versteinert stehen und hielt den Atem an. Die Stille war so durchdringend, dass er sie beinahe zu spüren glaubte.

In der Stadt waren ihm aus Verzweiflung über das ständige Heulen der Polizeisirenen und das Geschrei auf der Straße die Tränen gekommen. Einen Augenblick lang musste er an seine eigene Wohnung in Glasgows Merchant City denken. Dort waren die nächtlichen Geräusche freundlicher: lustige Betrunkene, die nach Sperrstunde unter seinem Fenster vorbeiwankten, das Scharren der Tauben auf dem Fenstersims, die Frau in der Wohnung unter ihm, die ihrem kleinen Baby etwas vorsang.

Das Mietshaus, in dem er gewohnt hatte, beherbergte eine bunte Mischung von Leuten, Studenten ebenso wie junge Berufstätige, die wie Michael gerade noch rechtzeitig investiert hatten, bevor die Preise in die Höhe schossen. Und er hatte diese Welt unbedingt verlassen wollen, dachte er. Zu neuen Ufern aufbrechen, nach New York. Mein Gott! Was hätte er jetzt dafür gegeben, die Zeit zurückzudrehen und wieder zu Hause in Glasgow zu sein.

Michael entfuhr ein Schluchzer, der das gesamte Haus zu erfüllen schien. Wieder blieb er wie vom Donner gerührt stehen. JJ aufzuwecken war lebensgefährlich. Im wahrsten Sinne des Wortes. Das Badezimmer befand sich am Ende eines schmalen Flurs. Alles, was er tun musste, war die Wand oberhalb der Fußleiste nach einer zweiten Telefonbuchse abzusuchen. Dann würde er die Klospülung betätigen, und JJ würde annehmen, dass er nur kurz pinkeln gewesen war. Michael blinzelte und spähte durch die Dunkelheit. Kein künstliches Licht drang von draußen in dieses abgelegene Versteck, nur der Mond warf einen blassen Strahl durch das Badezimmerfenster. Er ging in die Hocke und suchte die Wand nach verräterischen Rissen ab, aber er konnte nichts sehen. Warum nicht gleich pissen gehen, dachte er sich, als er merkte, dass er vor lauter Aufregung eine volle Blase hatte.

Das Rinnsal, das in die Schüssel lief, kam ihm plötzlich unverhältnismäßig laut vor, und er fragte sich, ob sein Entführer jetzt mit einer Knarre in der Hand den Flur entlangrannte. Bei dem Gedanken hätte er beinahe laut losgekichert, so absurd erschien er ihm. Doch als er sich die Hose hochzog, verging ihm das Lachen wieder. Das war zwar alles völlig verrückt, aber keineswegs lustig. Was er in Glasgow herausgefunden hatte, hatte in dieser armseligen Hütte mitten im Nirgendwo schwerwiegende Konsequenzen. Duncan Forbes hatte gesagt, alles würde in Ordnung gehen, doch er hatte gelogen. Es war definitiv überhaupt nichts in Ordnung, und jetzt befand er sich irgendwo in den Südstaaten der USA mit einem Auftragskiller, der versuchte, von einem der Partner Geld zu erpressen.

Er zog die Spülung und hörte, wie das Wasser aus dem Spülkasten donnerte.

»Na, Hunger?«

Michael machte einen Satz, als er die Stimme hinter sich hörte. Dann wandte er sich um und blickte in JJs unrasiertes Gesicht, das ihn vom Flur aus angrinste. Die Waffe in seiner Hand blitzte im Mondlicht.

»Ich könnte selber was gebrauchen. Wie wär's?«

Michael zögerte, den Blick auf die Pistole gerichtet.

»Na los! Geh und mach uns ein Sandwich und ein Bier klar«, befahl JJ und sah Michael zu, wie er rückwärts aus dem

Badezimmer ging und durch den dunklen Flur in Richtung der kleinen Küche davonschlich.

Michael tastete sich vorsichtig an der Wand entlang. Auch JJ musste mal, und jetzt war die beste Gelegenheit, einen Telefonanschluss zu lokalisieren. Er knipste das Licht an und spähte zur Anrichte hinüber, wo JJ die Tüten mit Lebensmitteln abgestellt hatte. Unter den Hängeschränken standen ein altmodischer Dualit-Toaster und ein Stapel Geschirr. Michael durchsuchte hektisch jeden Winkel des kleinen Raumes. Ohne Erfolg.

Als aus dem Badezimmer Geräusche kamen, riss er die Tür zum Kühlschrank auf und machte sich daran, alle Zutaten für die nächtliche Mahlzeit auf die Arbeitsplatte zu räumen. Die Brötchen befanden sich im Gemüsefach, und während er sich danach bückte, wurde ihm plötzlich klar, dass er nicht gesehen hatte, wo der Kühlschrank eingesteckt war. Er rutschte auf den Knien um den Kühlschrank herum und reckte den Hals, um die Wand dahinter abzusuchen.

Im ersten Moment war er enttäuscht, doch dann sah er, was er gesucht hatte. Unter einer Schicht aus jahrealtem Staub und Schmutz sowie zentimeterdicken Spinnweben konnte er eine Steckdose ausmachen, in der ein Elektrokabel steckte. Und unmittelbar daneben befand sich eine leere Telefonbuchse.

JJs Schritte im Flur ließen Michael aufspringen. Er warf ein paar Salatblätter in die Spüle und drehte den Kaltwasserhahn auf, um sich zunächst die Staubflusen von den Fingern zu waschen. Er spürte, dass der Mann in der Tür stand, drehte sich aber nicht um, sondern wusch den Salat demonstrativ langsam, indem er jedes Blatt einzeln unter den Wasserstrahl hielt. Erst als sich JJ mit einem Grunzen abwandte und im Flur verschwand, wurde Michael bewusst, dass er die ganze Zeit über den Atem angehalten hatte. Er machte die Sandwichs fertig, holte ein paar Bierdosen aus dem Kühlschrank und ging damit zurück ins Wohnzimmer.

Der ältere Mann hatte die Öllampe neben dem Fenster angezündet. Das Zimmer und alles, was sich darin abspielte, spiegelten sich in den Scheiben. Eine falsche Bewegung seinerseits, und JJ würde auf ihn aufmerksam werden. Am besten stellte er sich einfach dumm, dachte Michael und setzte sich wieder in den Sessel, in dem er einige Stunden zuvor eingeschlafen war. Er hatte etwas gefunden, das ihn der Flucht vor dem Bewaffneten einen Schritt näher gebracht hatte. Und mit ein bisschen Geduld würde er auch den Apparat finden, der an dieser unbenutzten Telefonbuchse normalerweise angeschlossen war.

»Du lässt nach, Kumpel.« Der Mann klopfte Graham West auf die Schulter, als sie den Squashplatz verließen. West brachte ein Grinsen zustande, bevor Frank vergnügt pfeifend in Richtung Umkleideraum davonging. Doch kaum war der andere verschwunden, kehrten die Sorgenfalten in Wests Gesicht zurück.

Er ließ tatsächlich nach. Der andere hatte recht. West musste sich eingestehen, dass er nicht in der Lage war, sich auf irgendetwas zu konzentrieren, erst recht nicht auf seine Arbeit. Die Fristen für die Berichte waren längst abgelaufen, und sie lagen immer noch in seiner Schreibtischschublade. Nachts konnte er trotz der großen Mengen Brandy, die er konsumierte, nicht mehr einschlafen. Der Alkohol sollte eigentlich seine Sinne betäuben, doch er schien ihn eher in einen permanenten Dämmerzustand zu versetzen. Schlechtes Gewissen, hätte seine Großmutter gesagt. Und sie hätte recht gehabt.

West rieb sich vorsichtig die Haare trocken und spürte den Schmerz in seinem Schädel, der ihn seit Tagen peinigte. Ihm war, als hätte ihn seine ungeheure sportliche Leistungsfähigkeit über Nacht verlassen, als steckte er plötzlich in einem völlig fremden Körper. Waren das die ersten Anzeichen von Wahnsinn? Ging mit dem geistigen Zusammenbruch zwangsläufig der Verfall des physischen Selbst einher? Reiß dich zusammen, ermahnte er sich. Das ist bald wieder vorbei. Tu einfach so, als wüsstest du von nichts. Niemand kann dir etwas anhaben. Das sind alles nur Worte.

Allerdings waren diese Worte immer bedrohlicher geworden, und West war sich nicht sicher, ob er es wagen konnte, die Forderungen dieser Person, die sich den Namen eines Toten gegeben hatte, zu ignorieren

»Er hat angebissen!« JJ konnte seine Freude nicht verbergen.

»Was meinst du damit?«

JJ blickte über die Schulter, die Zigarette lässig im Mundwinkel.

»Dein Kumpel in Schottland. Er schickt das Geld rüber.«

»Wie?«

»Online-Banking. Ein Kinderspiel«, frohlockte er. »Mein Konto wird bald einen gewissen ... Höhenflug erleben. Dann hau ich ab und mach mir ein schönes Leben«, plapperte JJ weiter.

Und ich?, wollte Michael Turner fragen, aber die Worte blieben ihm im Hals stecken. Diese Frage bedurfte keiner Antwort. Nun, da er diesem Gangster nichts mehr nützte, warum sollte er ihn am Leben lassen?

36. Kapitel

»Tante Cath?«

»Bist du es, Philip? Bist du wieder da?«

»Ehrlich gesagt schon seit ein paar Tagen. Ich komme nur eben erst dazu, dich anzurufen.«

Catherine Devoy bemerkte den neuen Unterton in der Stimme ihres Patenkindes. Er bemühte sich, erwachsen zu klingen, ein Mann zu sein, doch die gespielte Lässigkeit konnte die Sehnsucht in seiner Stimme nicht verbergen. Philip hatte sie immer angerufen, wenn etwas schieflief: Prüfungsergebnisse, Meinungsverschiedenheiten mit Duncan, beispielsweise über das Jahr Auszeit. Einmal hatte er sie sogar wegen eines Mädchens um Rat gefragt. Catherines Gesichtsausdruck wurde weich bei der Vorstellung, wie der Junge jetzt im Hausflur von Mansewood stand. Sie war von Philip immer sehr angetan gewesen, ganz besonders als Baby. Sie hatte stets gern auf die Kinder aufgepasst, während sich Liz und Duncan bei all diesen Firmenfeiern vergnügten, und die beiden Forbes-Kinder hatten sie immer »Tante« genannt, als gehörte sie tatsächlich zur Familie.

Das war in gewisser Weise auch das Problem gewesen, gestand sich Catherine ein. Teil einer schon fertigen Familie zu sein, ohne jemals eine eigene gegründet zu haben. War das vielleicht sogar der tiefer liegende Grund, warum sie nie unter die Haube gekommen war? Hatte sie ein zu bequemes Leben geführt, mit einem Liebhaber, der nicht zu haben war, und einer Karriere, die sie mit tiefer Befriedigung erfüllte?

»Tante Cath? Bist du noch da?«

»Ja, Entschuldigung, Philip.« Catherine Devoy seufzte. Was jetzt kam, würde alles andere als einfach werden. »Was kann ich für dich tun?«

Am anderen Ende der Leitung herrschte Schweigen, dann: »Für mich *tun?* Ich hab dich nicht angerufen, weil ich dich um irgendetwas bitten wollte.« Die Stimme des Jungen wechselte in eine höhere Stimmlage. Er war hörbar verunsichert. »Ich wollte einfach nur mit dir sprechen. Über Dad«, fügte er schließlich hinzu.

Catherine seufzte wieder.

»Natürlich, mein Liebling, natürlich. Aber das Telefon ist vielleicht nicht der beste Ort für diese Art von Gespräch. Was hältst du davon, wenn wir uns irgendwo treffen? Kannst du in die Stadt kommen, oder möchtest du, dass ich nach der Arbeit zu euch rausfahre?« Sie kreuzte die Finger. Sag, dass du herkommst, flehte sie innerlich. Sag, dass du herkommst.

»Ich kann kommen, kein Problem. Mum und Janey sind den ganzen Tag hier bei dem Baby. Schadet nicht, mal rauszukommen, wenn ich ehrlich bin«, erwiderte er mit gedämpfter Stimme. Catherine lächelte. Philip wollte Mutter und Schwester mit seinen letzten Worten nicht verletzen. Wie sehr er seinem Vater in dieser Hinsicht glich! Ein höflicher, netter junger Mann, der seine Familie glücklich machen und sich ihre Anerkennung verdienen wollte. Genauso war Duncan gewesen, als sie ihn damals kennenlernte.

»Gut. Was hältst du von heute Nachmittag? Wir könnten uns irgendwo in der Stadt treffen.« Sie dachte schnell nach. Es musste etwas Ruhiges, Gemütliches sein, wo ihr der Junge sein Herz ausschütten konnte. »Kennst du das Tchai-Ovna?«

»Das winzige Lokal in der Nähe der Gibson Street? In dem wir diesen alten Dichter gehört haben?«

»Ganz genau. Treffen wir uns, sagen wir, um drei Uhr?«

»Alles klar«, antwortete der Junge mit einer neuen Fröhlichkeit in der Stimme. »Ich freu mich so darauf, dich zu sehen, Tante Cath.« Es folgte wieder eine kurze Pause. »Ich habe dich vermisst.«

Die Frau legte den Hörer auf und sank über ihrem Schreibtisch zusammen. Gott, war sie müde! Es kostete sie sämtliche Energie, morgens aufzustehen, zur Arbeit zu gehen und sich vorzustellen, dass sie Duncan Forbes nie mehr wiedersehen würde. Jetzt musste sie seinem Sohn gegenübertreten. Wie um alles in der Welt sollte sie nur die Antworten auf all die Fragen finden, die er ihr stellen würde, wenn sie doch selbst viel zu ängstlich war, um sich mit ihnen zu konfrontieren?

Der Duft der verschiedenen Teesorten und selbst gebackenen Kuchen gab dem Ort eine warme, heimelige Atmosphäre, dachte Philip, als er mit eingezogenem Kopf durch die niedrige Eingangstür trat. Das Tchai-Ovna war für viele seiner weiblichen Freunde an der Universität Glasgow ein beliebter Treffpunkt gewesen. Philip konnte sich noch lebhaft an die Nächte erinnern, in denen sie dicht gedrängt auf den orientalischen Sofas um die zusammengewürfelten Tische saßen und Stunden über Stunden damit verbrachten, die Welt zu verbessern. Und dann war da noch der eine Abend mit Tante Cath gewesen, als sie Edwin Morgan zugehört hatten, wie er seine Gedichte vortrug. Er hatte damals nicht alles verstanden, was vorgelesen worden war, das Wesentliche jedoch hatte er mitbekommen. Manches hatte ihn verwirrt, und während er jetzt darüber nachdachte, überkam ihn plötzlich wieder das Unbehagen, das er schon damals gespürt hatte.

In der Teestube saßen bereits einige Leute, und Philip wählte einen freien Tisch in der Ecke, von dem aus er seine

Taufpatin sehen konnte, wenn sie hereinkam. Er ließ den Blick durch den Raum schweifen und betrachtete die Plakate, die die nächsten Lesungen und Konzerte ankündigten. Hinter ihm besaß der Raum einen erhöhten Bereich, der mit weichen Kissen dekoriert war. Wahrscheinlich war es eine Bettnische gewesen, bevor man die alte Mietwohnung umgestaltet hatte, um sie für die Kundschaft von heute interessant zu machen. Die winzige Küche war von dem Tisch, an dem Philip saß, nicht einsehbar, aber er konnte das Klappern des Geschirrs und die Stimmen hören, die die Bestellungen von Chai in allen möglichen Varianten entgegennahmen. Wenn Cath kam, würden sie hier zusammensitzen und aus merkwürdigen Tassen und Behältnissen trinken, die die Besitzer über die Jahre angesammelt hatten. Auch diese Kleinigkeiten trugen zum Charme des Lokals bei, gestand er sich ein. Seine Mutter mit ihrer Vorliebe für ein einheitliches Royal-Doulton-Porzellanservice hätte die kunterbunte Sammlung an Trinkgefäßen verabscheut.

»Philip.« Tante Cath saß plötzlich an seinem Tisch und lächelte ihn an. Er wollte eigentlich aufstehen und sie umarmen, aber er hatte seinen schlaksigen Körper hinter den Tisch gezwängt, und sie hielt ihm bereits die Hand hin.

»Danke, dass du gekommen bist«, sagte er unbeholfen und umklammerte fest ihre Finger. »Nett, dass du dir extra frei genommen hast.«

»Oh Philip, du hast mich vor einem schrecklich öden Nachmittag gerettet, glaub mir. Ich sollte dir dankbar sein«, gab sie zurück und merkte, wie ihre Worte ein Grinsen auf sein Gesicht zauberten. »Also, erzähl mir alles über Afrika«, fuhr sie fort. Sie ließ seine Hand los und strich sich eine Locke aus dem Gesicht. »Ich bin sicher, du hast eine Menge erlebt.«

Philip Forbes lächelte wieder.

»Das kann man wohl sagen. Ich habe ein paar unglaubliche Fotos gemacht, die ich noch entwickeln lassen muss. Leider hatte ich meine Digitalkamera nicht dabei ... zu viel Angst, dass sie mir geklaut wird«, fügte er hinzu. »Ich werde dir alles erzählen, wenn ich die Fotos habe und dir die Orte und so weiter zeigen kann ...« Er verstummte und senkte den Blick. »Eigentlich wollte ich mit dir über Dad sprechen«, murmelte er.

Catherine versuchte, die aufsteigende Panik zu unterdrücken. Einatmen, ausatmen, befahl sie sich. Sie zwang sich zu einem Lächeln und griff nach der Speisekarte. »Sollten wir nicht erst etwas bestellen?«, schlug sie vor. »Dann können wir uns in Ruhe unterhalten.«

Philip Forbes nickte und musterte seine Taufpatin, während sie das Angebot an exotischen Tee- und Kuchensorten überflog. Irgendetwas stimmte nicht. Ihr Gesichtsausdruck wirkte angespannt. Tiefe Furchen, wie er sie bei ihr noch nie gesehen hatte, zeichneten sich auf ihrer Stirn ab.

Der Junge presste die Lippen aufeinander. Nichts würde mehr so sein wie früher: Mum war eine gebrochene Frau, Janey lief herum wie ein gefühlskalter Eiszapfen, der zu zerspringen drohte, sobald man ihn zu hart anfasste, und jetzt war plötzlich auch Tante Cath wie verändert.

Aber was hatte er erwartet? Dass der Tod seines Vaters sie unberührt ließ? Immerhin hatten sie sich jeden Tag gesehen. Sie hatte jahrelang mit ihm zusammengearbeitet und war im Grunde auch ein Teil der Familie gewesen. Wie war er nur auf die Idee gekommen, Catherine Devoy sei immun gegen das schreckliche Schicksal, das seinen Dad ereilt hatte? Er sah sie prüfend an und fragte sich: War sein Vater für Cath einmal mehr als nur ein guter Freund und Kollege gewesen? Ihrem Auftreten haftete etwas Düsteres an, dachte er, etwas, das auf eine tiefere Trauer hindeutete.

»Du starrst mich an, Philip«, sagte Catherine ruhig. »Was ist los? Habe ich einen Fleck auf der Nase?«

Philip errötete und ließ beschämt den Kopf hängen, doch in diesem Augenblick kam der Kellner, um die Bestellung aufzunehmen, und rettete ihn aus der peinlichen Lage.

»Darf ich dir Tee einschenken?« Philip nickte und sah Catherine zu, wie sie den Tee in tiefe Tonschalen goss. Als der heiße Dampf aufstieg und ihn frösteln ließ, wurde ihm bewusst, wie kalt es in dem Raum war. Aber hatte er seit seiner Rückkehr nicht immer wieder diese Kälte gespürt?

»Es ist wegen Dad«, begann Philip. »Er war nicht betrunken, oder?«

Die Frau gegenüber schüttelte den Kopf, und es schmerzte ihn, als er eine Träne über ihre Wange rollen sah.

»Cath?«, sagte er, ohne recht zu wissen, was er tun sollte.

»Entschuldige, Philip. Es ist nur so schrecklich, darüber zu sprechen«, schluchzte sie. »Nein. Ich glaube nicht, dass dein Vater jemals wieder zur Flasche gegriffen hat«, fuhr sie fort. »Tatsächlich erinnere ich mich sogar, dass er den ganzen Abend über nur Orangensaft getrunken hat, bevor ...«

»... bevor er gestorben ist?«, beendete Philip den Satz mit leiser Stimme. »Cath, was ist passiert? Weißt du's? Niemand sagt mir etwas«, platzte es aus ihm heraus. »Ich bin kein kleiner Junge mehr, und ich finde, ich habe ein Recht zu wissen, was passiert ist. Nicht?«

Erneut spürte er seine Hand in der ihren.

»Natürlich, mein Liebling, natürlich hast du das«, murmelte sie beschwichtigend. »Im Augenblick geht die Polizei davon aus, dass Duncan von jemandem umgebracht wurde, aber ich glaube nicht, dass sie richtig liegen«, fuhr sie hastig fort. »Ich glaube, dass es ein schrecklicher Umfall gewesen sein muss. Meinst du nicht?«, fügte sie hinzu und blickte ihm direkt in die Augen.

»Ja, eigentlich schon. Ich meine ... wer sollte meinen Dad umbringen wollen?« Philip spürte, dass ihm die Tränen kamen, und zog die Hand zurück, um ein Taschentuch hervorzukramen. Dad hatte ihm als Kind beigebracht, immer eins in der Tasche zu haben, und diese Angewohnheit hatte er beibehalten.

Als sich Philip an das Gesicht seines Vaters erinnerte und an die Geste, wie er sich immer mit den Fingern durchs Haar gefahren war, vergrub er das Gesicht in dem zerknitterten Taschentuch und hielt einen Schluchzer zurück. Einen Moment lang schloss er die Augen, dann drehte er sich zur Seite und putzte sich geräuschvoll die Nase.

»Entschuldigung«, murmelte er und blickte zu seiner Taufpatin hinüber.

Catherine Devoy schüttelte den Kopf, ihre Augen glänzten feucht.

»Nicht nötig«, flüsterte sie. »Wenn wir jetzt nicht weinen dürfen, wann dann?« Sie schenkte dem Jungen ein zaghaftes Lächeln.

Philip nippte an seinem Tee und umschloss dann die Schale mit beiden Händen, während er über die dampfende Oberfläche blies, damit er abkühlte.

»Zu heiß?«

»Ein bisschen. Aber ohne Milch ist er einfach besser.«

Catherine zuckte die Achseln. Sie hatte ihren Tee schon immer gerne mit einem guten Schuss Milch getrunken, auch Earl Grey. Duncan war ein Purist gewesen, wenn es um Tee ging, erinnerte sie sich. Wie der Vater, so der Sohn, dachte sie traurig.

»Tante Cath?«, begann der Junge zögernd.

Catherine wappnete sich innerlich für weitere Fragen und war überrascht, als er etwas ganz anderes wissen wollte: »Was soll ich jetzt tun? Sollte ich nicht in der Kanzlei anfangen?«

Die Frau starrte ihn mit leeren, ausdruckslosen Augen an. Es war nur natürlich, dass Philip Forbes seine Karriere als Wirtschaftsprüfer in Angriff nehmen wollte. Es war seit Jahren Duncans Absicht gewesen, seinen Sohn in der Firma unterzubringen, und niemand hatte etwas dagegen gehabt, erst recht nicht, nachdem der Junge einen so guten Abschluss hingelegt hatte. Im Gegenteil, die Partner waren alle der Meinung gewesen, es sei nur recht und billig, die Familientradition weiterzuführen. Wie konnte sie das vergessen haben?

»Tante Cath?«, drängte der Junge. »Was meinst du?«

Catherine Devoy schluckte. Das würde nicht einfach werden.

»Ich glaube«, sagte sie mit sanfter Stimme, »du solltest dich anderweitig nach einem Job umsehen, Philip.«

»Aber warum? Forbes Macgregor war Dads Firma, und die seines Vaters und seines Großvaters!« Aus Philips Blick sprachen Verwirrung und Wut.

»Die Dinge haben sich geändert, Philip«, begann sie, um dann in bestimmtem Ton fortzufahren: »Hör zu, du hast mir doch immer vertraut, nicht wahr?«

Der Junge nickte.

»Nun, vielleicht solltest du wissen, dass es in der Welt der Wirtschaftsprüfer im Augenblick nicht allzu rosig aussieht und dass Forbes Macgregor die Turbulenzen, die von einigen Branchenbeobachtern prognostiziert werden, möglicherweise nicht überstehen wird.« Sie lehnte sich vor und dämpfte die Stimme. »Das ist streng vertraulich, Philip, verstehst du? Ein Wort darüber in der Finanzpresse, und die Firma wäre am Ende.«

Sie musterte den Jungen, der sich jetzt stirnrunzelnd in den Stuhl zurücksinken ließ. Das war für ihn nicht leicht zu schlucken. Und glaubte er ihr überhaupt? Ein kaum merkliches Kopfschütteln verriet Catherine, dass er über die Neuigkeiten bestürzt war, doch sein Blick war eher flehend als skeptisch.

»Was soll ich denn dann tun?«

Catherine lehnte sich erleichtert zurück. Er nahm sie beim Wort, so wie er es immer tat, Gott sei Dank.

»Geh in die Industrie. Versuche auf eigenen Beinen zu stehen, Philip. Es gibt keinen Grund, in Glasgow zu bleiben. Im Süden, in England, hast du viel mehr Möglichkeiten. Oder geh in ein anderes Land«, sagte sie und versuchte, enthusiastisch zu klingen. »Und ...« Sie atmete tief ein. Sie hasste sich dafür, dass sie diesen Trumpf ausspielte. »... das wäre auch der Wunsch deines Vaters gewesen.«

»Und was ist mit Mum? Wir hatten noch nicht einmal eine Beerdigung.«

»Mach dir um deine Mutter keine Sorgen, Philip. Sieh dir die Stellenanzeigen in den Zeitungen an, lass dich bei einigen der besseren Arbeitsagenturen registrieren. Und ich werde ebenfalls Augen und Ohren offenhalten, okay?«

Der Junge nickte langsam, und mit vorgeschobener Unterlippe erwiderte er:

»In Ordnung. Nehme ich an.«

»Philip?«

Er zuckte die Achseln.

»Kommt alles ein bisschen überraschend, sonst nichts. Ich schätze, ich hätte mich besser auf dem Laufenden halten sollen.«

»Nicht viele Leute sind sich dieser Entwicklung bewusst«, antwortete sie grimmig. »Das kannst du mir glauben.«

»In Ordnung. Und danke.« Sein junges Gesicht blickte zu ihr auf. »Ich wusste, dass ich mich auf dich verlassen kann. Dad hat immer gesagt, du bist der klügste Kopf in der Firma.« Er lächelte.

Catherine Devoy erwiderte das Lächeln ihres Patensohnes, doch in ihrem Innern schrie sie: Oh Gott! Was haben wir dir nur angetan, Philip!

37. Kapitel

Philip setzte sich auf die Fersen und seufzte. Er wusste nicht, wo er noch suchen sollte. Er hatte in seinem Zimmer nachgesehen und unten im Arbeitszimmer, aber sie waren nirgends zu finden. Er hatte die Zeugnisse in eine blaue Mappe getan, daran erinnerte er sich. Er war sich so sicher gewesen, dass er sie in die Schreibtischschublade gelegt hatte. Als er sie aber öffnete, war alles sauber und ordentlich, nur der Ordner war nicht mehr da. Okay, er war monatelang unterwegs gewesen, und Mum war pedantisch, wenn es um Sauberkeit und Ordnung ging, aber sie hatte doch wohl kaum die Abschlusszeugnisse und die Diplomurkunde an einem ganz anderen Ort verstaut?

»Wir werden es rahmen lassen.« Die Worte seines Vaters kamen ihm so plötzlich in den Sinn, dass er gegen die Tränen ankämpfen musste. Es kam ihm vor, als wäre es gestern gewesen, dass sie alle zusammen im Stravaigin an einem Tisch gesessen und auf sein Wohl und seine Zukunft angestoßen hatten. Wie würde diese Zukunft jetzt aussehen? Der bittere Gedanke daran ließ seine Tränen trocknen. Er stand auf und schaute sich in dem Arbeitszimmer seines Vaters um. Mit dem Finger fuhr er über das Bücherregal hinter dem gewaltigen Eichentisch. Eine schmierige graue Masse war der Beweis, dass seit Wochen niemand mehr hier hereingekommen war, um Staub zu wischen, nicht einmal die Putzfrau. Dads alter Tisch sah aus wie immer, die Familienfotos standen so, dass er sie sehen konnte, während er arbeitete. Philip ließ sich in den Stuhl gleiten, geleitet von dem plötzlichen Drang zu sehen, was sein Vater gesehen hatte, und zu fühlen, was er gefühlt haben mochte, wenn er Abend für Abend hier gesessen und gearbeitet hatte.

Kein einziges Mal hatte er seinen Dad über die vielen Stunden klagen hören, die er in die Firma investierte: überhaupt hatte er sich nie vor ihm über die Arbeit beschwert. Forbes Macgregor war ein so großer Teil seines Lebens gewesen, ihrer aller Leben, dass es Philip irgendwie nicht richtig vorkam, wenn er die Familientradition, in dem vornehmen roten Steinbau am Clydeufer zu arbeiten, nicht fortsetzte.

Philip starrte ins Leere und wünschte, sein Vater möge ihm ein Zeichen geben, eine Erklärung, was geschehen war, aber er sah nur immer wieder das Gesicht seiner Taufpatin, die ihn anlächelte.

So, jetzt reicht's, dachte er und stand auf. Er sollte wirklich nicht in Selbstmitleid zerfließen. Das hätte Dad überhaupt nicht gefallen. Er würde diese Mappe jetzt einfach finden müssen, wenn er Caths Rat befolgen und sich einen Job suchen wollte. Vielleicht hatte Mum sie in den Sekretär im Flur gelegt. Er seufzte wieder, als er, gefolgt vom Sonnenlicht, das durch das Fenster des Arbeitszimmers hereinfiel, in den Flur hinausschlenderte.

Der Sekretär war schon immer voll mit Sachen gewesen, die seine Eltern unbedingt aufbewahren wollten. Philip ließ sich mit einem Plumps auf dem Teppich nieder und öffnete die Schublade. Hier war alles viel weniger aufgeräumt, dachte er, als ihm ein mit rosafarbenen Aktenbändern zusammengeschnürtes Bündel in die Hände fiel. Ein mattes Lächeln huschte über sein Gesicht, als er die Schulzeugnisse und die bekloppten Osterkarten wiedererkannte, die Janey und er all die Jahre gebastelt hatten. Kaum zu fassen! Das hatte Mum alles aufgehoben! Philip blätterte das Bündel langsam durch und legte es dann beiseite. Nein, er war definitiv auf der Suche nach einer blauen Mappe. Er zog die Schublade weiter auf und nahm einen Stapel karierter Blätter heraus, die wie Architekturzeichnungen aussahen: der Entwurf für einen Küchenanbau, der nie realisiert worden war. Vielleicht waren seine Zeugnisse unter den ganzen Kram gerutscht? Ja! Er griff nach dem Kuvert mit dem Wappen der Universität Glasgow und zog das Dokument heraus, das verkündete, dass er, Philip Kenneth Forbes, nun ein Magistrum Artium cum honoribus secundae classis war. Einen Augenblick lang betrachtete er das Pergament mit wehmütigem Stolz, dann legte er es weg und setzte die Suche nach den anderen Zeugnissen fort.

Tante Cath hatte ihn daran erinnert, dass er vielleicht mehr als nur seinen Abschluss brauchen würde, wenn er zu Vorstellungsgesprächen eingeladen werden wollte. Manche Firmen fragten auch nach den Schulnoten, hatte sie gesagt. Auf diese Weise erhielten sie einen Überblick über seine anderen Fähigkeiten.

Philip nahm den restlichen Stapel heraus und blätterte ihn durch, doch von seinen Zeugnissen keine Spur. Waren sie vielleicht hinten hinuntergefallen? Er ging auf die Knie und spähte in den Spalt hinter der Schublade. Tatsächlich, da war etwas. Er führte die Hand in den engen Zwischenraum und ertastete einen Gegenstand. Er fühlte sich jedoch nicht an wie Papier, sondern er war hart und viereckig. Dann umschloss er ihn mit den Fingern und zog ihn vorsichtig durch den schmalen Spalt heraus, so dass er sich am Schubladenkasten den Handrücken schrammte.

Es war eine Spieldose. Er drehte sie in den Händen. Sie war aus schwerem grünem Porzellan mit einer goldenen Leier auf dem Deckel. Er kannte die Dose. Hatte sie nicht immer auf Mums Frisierkommode gestanden? Welche Melodie hatte sie noch gespielt? Er hockte sich wieder auf den Boden vor den Sekretär und drehte instinktiv den Schlüssel um. Nichts geschah. Verdutzt drehte er die Dose auf den Kopf und schüttelte sie sachte. Ein schwerfälliges Klimpern war zu hören. Über der Mechanik befand sich eine kleine Schublade. Er öffnete sie vorsichtig.

Na bitte! Kein Wunder, dass sie nicht funktionierte. Ein paar zusammengeknüllte Briefe hatten die Zahnräder blockiert. Philip zog sie heraus und drehte noch einmal den Schlüssel. Die Spieldose dudelte einen Walzer von Mozart. Er lehnte sich zurück und lauschte der Melodie, bis sie irgendwann langsamer wurde und verstummte. Als kleiner Junge hatte er gelegentlich mit dieser Spieldose gespielt. Er erinnerte sich noch, wie schwer es war, den metallenen Schlüssel herumzudrehen, und wie groß die Freude, wenn er an der Hand seiner Mutter durch den Raum tanzte. Jetzt würde sie nicht mehr tanzen, dachte er, und tat die Spieldose in die Schublade zurück. Er würde einen anderen Ort für diese Briefe finden müssen, sagte er sich und glättete gedankenverloren die verknitterten blauen Umschläge. Sie waren beide an Mum adressiert.

Eine plötzliche Neugier ließ ihn innehalten. Warum um alles in der Welt hatte sie die Briefe so gut versteckt? Er zögerte einen Augenblick, als ihm sein Instinkt sagte, dass ihn das alles überhaupt nichts anging. Philip blickte zur Haustür und lauschte. Sie waren alle ausgegangen und würden erst in ein paar Stunden wieder zurück sein. Warum also war er so nervös? Mit einem Achselzucken zog er die Briefe aus ihren Umschlägen und begann zu lesen.

Weniger als eine Minute später lehnte sich Philip Forbes

gegen den Sekretär. Alle Kraft schien aus seinem Körper gewichen zu sein, und ihm war übel. Tausende von Möglichkeiten schwirrten ihm durch den Kopf. Jemand hatte Mum im Visier, jemand, der die obszönsten und schlimmsten Dinge auf sachliche, nüchterne Weise darlegte. Hatte sie mit Dad darüber gesprochen? Er blickte angewidert auf die Briefe in seiner Hand. Nein. Nicht, wenn sie sie versteckt hatte. Warum hatte sie diese grässlichen Lügen nicht einfach in den Müll geworfen?, dachte er zornig. Dann schoss ihm ein anderer Gedanke durch den Kopf, ein Gedanke, der so schrecklich war, dass ihn das Grauen überkam.

Detective Constable Niall Cameron lehnte sich zurück. Sie waren diese Videos tausendmal durchgegangen, bis er das Gefühl hatte, sie in seinen Träumen zu sehen. Das war der Moment gewesen, in dem er innegehalten hatte. Was wenn ihn die immergleichen Bilder abgestumpft hatten? Was wenn er das Nächstliegende übersehen hatte? Bei dem bloßen Gedanken lief es ihm kalt den Rücken herunter. Lorimer würde Hackfleisch aus ihm machen. Das war der Grund, warum er jetzt, Stunden nachdem er eigentlich Feierabend machen und nach Hause hätte gehen können, wieder vor dem Gerät saß und auf den Bildschirm starrte.

Er hatte sich das Band, auf dem Duncan Forbes durch den Seiteneingang des Crown Plaza wankte, wieder und wieder angesehen, vor allem die Stelle, an der das Opfer selbst auftauchte, die letzte Aufnahme des Mannes vor seinem Tod. Cameron hatte beschlossen, das restliche Band noch einmal Stück für Stück durchzugehen, nur um sich zu vergewissern, dass er nichts übersehen hatte, und jetzt hatte er etwas gefunden. Laut Zeitanzeige war genau acht Minuten und dreizehn Sekunden bevor das Opfer auf der Bildfläche erschien, ein Auto am Hoteleingang vorbeigefahren. Cameron konnte die Farbe des Wagens auf dem Schwarz-Weiß-Bild nicht ausmachen, aber es musste ein heller Farbton sein, möglicherweise ein Hellgrau oder Blaumetallic, leicht zu identifizieren als ein Mercedes SLK Roadster, dessen Kennzeichen er jetzt vor sich auf dem Notizblock stehen hatte.

Der DC nahm den Hörer ab. Das würde sich doch ganz schnell herausfinden lassen.

Eine Viertelstunde später starrte DC Cameron auf den Namen, den er auf den Zettel neben das Autokennzeichen geschrieben hatte. Eine Falte erschien oberhalb seiner Augenbraue, die wieder verschwand, als ihm die Bedeutung seiner Entdeckung klar wurde.

»Sir.« Cameron stand in der Tür zu Lorimers Büro. Er sah, wie der leitende Ermittlungsbeamte müde den Kopf hob und zwei hellblaue Augen ihn mit kaum verhohlener Ungeduld ansahen.

»Was machst du denn noch hier, Niall? Ist irgendwas?«

»Sir, ich glaube, Sie sollten sich das mal ansehen.« Cameron reichte ihm den Zettel. »Ich bin die Crowne-Plaza-Videos noch einmal durchgegangen und habe Duncan Forbes' Wagen darauf entdeckt. Am Steuer saß eine Frau, zumindest sieht es auf dem Band so aus, auch wenn man sie nur von hinten sieht.« Er zögerte und wartete auf die Reaktion seines Vorgesetzten.

»Und wer, glaubst du, könnte das gewesen sein?«

Cameron zuckte die Achseln.

»Mrs. Forbes vielleicht? Wie wir wissen, hat man der gesamten Belegschaft einschließlich der Partner Taxis bereitgestellt. Aber fuhr Duncan Forbes denn für gewöhnlich nicht selbst nach Hause? Wie wir wissen, hat er nichts getrunken.«

Lorimer nickte gedankenverloren. Jennifer Hammond hatte angedeutet, dass er sich sowieso ein Taxi genommen hätte. Und Mrs. Forbes war ebenfalls davon ausgegangen, oder? Was also hatte sie auf dem Parkplatz des Crowne Plaza zu suchen, kurz bevor ihr Ehemann die Party verließ?

»Hat sie das Hotel überhaupt betreten?«, fragte er. »Taucht sie auch noch auf anderen Videos auf?«

Camerons Seufzer war so deutlich hörbar, dass Lorimer lächeln musste.

»Hör zu, warum gehen wir die Aufnahmen nicht noch einmal gemeinsam durch? Ich bin hier so gut wie fertig.« Er klappte den Aktenordner zu, der vor ihm auf dem Schreibtisch lag.

»Sind Sie sicher?« Camerons Miene hellte sich schlagartig auf.

»Klar«, erwiderte Lorimer. Maggie war mit einer Gruppe von Kindern im Theater, so dass es niemanden störte, wenn er noch ein paar Stunden dranhängte. »Mal sehen, was wir da noch so finden!«

»Was meinen Sie, Sir?«

Lorimer blickte auf den Bildschirm und runzelte die Stirn. Sie hatten sich die Stelle jetzt mehrere Male angesehen, aber er wollte noch nicht in Worte fassen, was sie beide dachten.

»Sir?«

Lorimer atmete tief aus und schüttelte den Kopf.

»Ich kann mir absolut keinen Grund vorstellen, warum sie das getan haben sollte. Aber wir würden unsere Pflicht nicht tun, wenn wir der Sache nicht nachgehen würden, stimmt's?«

»Ich habe sie noch gar nicht persönlich kennengelernt.«

Der Anflug eines Lächelns huschte über Lorimers Gesicht. »Ich schon. Und ich hätte bei meinem Instinkt schwören können, dass sie eine aufrichtig trauernde Witwe ist. Allerdings können wir es wohl kaum auf so etwas Vages wie Instinkte ankommen lassen, nicht wahr?«

Niall Cameron unterdrückte das Bedürfnis, laut loszulachen. Lorimers Instinkte waren ziemlich legendär. Er schien eine Art moralischen Radar eingebaut zu haben, mit dem er sich den Dingen näherte. Und aus diesem Grund hatte der Mann aus Lewis einen Heidenrespekt vor seinem DCI.

»Nicht selten sind es die Ehegatten, die einen Mord begehen würden«, erlaubte er sich dennoch einen vorsichtigen Kommentar.

»Na klar, und Klischees werden nicht falsch, nur weil sie offensichtlich sind«, konterte Lorimer spöttisch. »Ach, na ja. Wir werden sie eben noch einmal besuchen müssen.« Er seufzte lustlos.

»Auch wenn es nur dazu dient, sie von der Liste zu streichen.« Er zeigte mit dem Daumen auf den Fernsehbildschirm. »Aber nicht mehr heute. Was hältst du davon, wenn wir morgen als Allererstes rausfahren?«

Lorimer lehnte sich in seinem Stuhl zurück, die Hände hinter dem Kopf verschränkt. Nach dem ewigen Sitzen könnte er ein bisschen Bewegung gebrauchen. Vielleicht wäre er doch noch vor Maggie zu Hause und hätte Zeit, eine Runde zu joggen?

»Soll ich das also für heute wegräumen?«

»Ja.« Lorimer erhob sich und nickte dem DC zu. »Bis morgen früh dann.«

Philip Forbes öffnete die Tür. Draußen standen zwei hochgewachsene Männer mit ernster Miene und sahen ihn misstrauisch an. Zumindest kam es ihm so vor. Auch wenn er sich nach einer schlaflosen Nacht auf seine Wahrnehmung nicht mehr hundertprozentig verlassen wollte.

»Detective Chief Inspector Lorimer, Detective Constable Cameron.« Der Ältere der beiden hielt seinen Dienstausweis hoch, dass Philip ihn sehen konnte.

»Kommen Sie rein«, erwiderte Philip zerstreut und trat beiseite, um die Männer hereinzulassen.

»Danke, Mister ...?«

Erst jetzt bemerkte Philip, dass ihn ein Paar scharfe blaue Augen prüfend ansahen. Unter dem Blick des Mannes fühlte er sich plötzlich unbehaglich und schuldig wie ein zehnjähriger Junge, der einen dummen Streich zu verheimlichen suchte.

»Forbes«, antwortete er hastig. »Ich bin Philip Forbes.« Mit verspäteter Höflichkeit streckte er den Polizisten die Hand entgegen.

Der Händedruck des Mannes war warm und stark und irgendwie beruhigend. Oder lag es an dem sanften, mitfühlenden Blick, der so plötzlich die Kälte aus den blauen Augen hatte verschwinden lassen? Der andere Mann nickte ihm nur kurz zu, aber sein Gesicht strahlte eine Freundlichkeit aus, die Philip von einem Polizisten nicht erwartet hätte.

»Wir sind hier, um mit Ihrer Mutter zu sprechen, Philip«, begann DCI Lorimer.

Philip spürte, wie ihm ein Schauder über den Rücken lief. Bevor er allerdings etwas erwidern konnte, vernahm er eine Stimme, die vom Treppenabsatz über ihnen kam.

»Hier bin ich.«

Alle drei wandten sich um und blickten zu der Frau hinauf, die jetzt langsam die Treppe herunterkam. Lorimer sah, wie sie sich am Geländer festhielt, die Augen auf die Stufen geheftet, als könnte sie jeden Moment stolpern. Elizabeth Forbes war nur noch ein Schatten jener Frau, die er erst vor drei Wochen besucht hatte. Das dünne, ungekämmte Haar hing ihr strähnig ins Gesicht, und die Hände, mit denen sie das hölzerne Geländer umklammerte, waren dürr und knochig. In der Stille konnte Lorimer ihren Atem hören, der in heftigen Stößen kam, als litte sie unter der bloßen Anstrengung des Treppensteigens.

»Mum.« Philip tat einen Schritt auf sie zu und hielt ihr den Arm hin, damit sie sich auf ihn stützen konnte.

»Ins Wohnzimmer, Philip.« Sie wies ihnen die Richtung, als sie die letzte Stufe gemeistert hatte.

Die beiden Polizisten folgten Philip Forbes und seiner Mutter in den hell erleuchteten Raum, in dem ein Kaminfeuer brannte. Die Frau sank in denselben Sessel, in dem sie bei Lorimers erstem Besuch gesessen hatte, das war aber auch das Einzige, was ihm bekannt vorkam. Ihre ganze Erscheinung war völlig verändert, und Lorimer wollte nur zu gerne wissen, was um Himmels willen Duncan Forbes' Ehefrau zu einer alten Frau und Witwe gemacht hatte.

»Philip, sei so gut und mach uns einen Tee, Liebling, ja?« Elizabeth Forbes berührte ihren Sohn sanft am Arm. Lorimer bemerkte die unruhigen Augen des Jungen, als er von seiner Mutter zu den Gästen blickte. »Mach dir keine Sorgen. Ich mach das hier schon«, fügte sie hinzu.

Erst als ihr Sohn außer Hörweite war, wandte sie sich an Lorimer.

»Also, Chief Inspector. Worum geht es?«

»Es gibt da ein paar Sachen, die wir gerne mit Ihnen klären würden, Mrs. Forbes«, begann Lorimer. »Wir haben festgestellt, dass Sie in der Nacht, in der Ihr Ehemann ums Leben kam, in der Nähe des Crowne Plaza Hotels gewesen sind«, sagte er mit ruhiger Stimme.

Die Frau gab keine Antwort, aber Lorimer konnte sehen, dass sie sich versteifte, und fuhr fort:

»Die Überwachungskamera des Hotels hat aufgezeichnet, dass Sie den Parkplatz verlassen haben, kurz bevor ihr Mann aus dem Gebäude kam. Vielleicht möchten Sie uns erklären, warum Sie dort gewesen sind? Und warum Sie es bisher versäumt haben, uns davon zu erzählen?« Lorimers Stimme war gedämpft, doch seine ernste Haltung war unmissverständlich.

Mrs. Forbes blickte vom einem zum anderen, einen Ausdruck von Ungläubigkeit im Gesicht. Lorimer sah, wie sie ihre leeren Augen aufriss. Sie blieb eine Weile reglos sitzen, unfähig, die Worte des Polizisten aufzunehmen, den erschrockenen Blick fest auf Lorimer geheftet. Dann schlug sie die Augen nieder und begann zu weinen. Aus den leisen Schluchzern wurden schließlich Schreie der Verzweiflung, als sie das Gesicht in den Händen vergrub.

Lorimer warf Cameron einen Blick zu, der von dieser Vorstellung sichtlich peinlich berührt war. Als Philip Forbes mit einem Ausdruck voller Wut und Sorge hereinstürmte, stand er auf.

»Mum!« Er fuhr herum und starrte die Polizisten an. »Was haben Sie von ihr wissen wollen? Warum lassen Sie sie nicht in Ruhe?«

»Die Briefe ... es war ... wegen der Briefe«, stieß Liz Forbes unter heftigem Schluchzen hervor, das ihre schmale Brust erschütterte.

»Briefe?«, begann Lorimer.

»Mit den Briefen hat das überhaupt nichts zu tun!«, rief Philip.

Es folgte bestürztes Schweigen, als Elizabeth Forbes plötzlich zu weinen aufhörte und ihren Sohn schmerzerfüllt ansah. Lorimer trat einen Schritt vor, die Hand auf dem Arm des Jungen.

»Welche Briefe, Philip?«

Er beobachtete, wie sich der Junge langsam zu seiner Mutter umwandte, und im selben Augenblick hörte er sie aufstöhnen: »Oh, Philip!«

Lorimer sah, wie die Farbe aus dem Gesicht des Jungen wich, als der seinen Fehler begriff.

»Welche Briefe, Philip?«, wiederholte er in einem Ton, der selbst in seinen Ohren scharf klang.

»Die in der Spieldose ...«, stammelte er.

»Briefe, die an mich adressiert waren, Chief Inspector«, fiel ihm seine Mutter ins Wort. »Briefe, die eigentlich niemand sehen sollte.« Sie hielt inne und wandte sich abrupt zu ihrem Sohn um, der unter dem Blick zusammenzuckte. »Anonyme verleumderische Briefe.« Sie lachte bitter auf. »Gott weiß, warum ich sie nicht sofort weggeworfen habe.«

»Und was stand darin?« Lorimer ließ nicht locker.

Liz Forbes schüttelte den Kopf, so dass ihr das strähnige Haar über die Ohren fiel.

»Es ging um Duncan«, begann sie. Ihr Gesicht verzog sich, und sie begann wieder leise zu weinen.

»Mum, oh, Mum, es tut mir so leid. Ich wollte nicht neugierig sein. Ich habe nur meine Zeugnisse gesucht.« Philip Forbes war neben seiner Mutter in die Hocke gegangen und streichelte ihren Arm. Sie tätschelte ihm geistesabwesend die Hand.

»Schon gut, mein Liebling, du hast es ja nicht wissen können. Es war mein eigener dummer Fehler, diese Briefe aufzuheben.«

Lorimer räusperte sich in dem Bemühen, ihre Aufmerksamkeit wiederzugewinnen.

»Es tut mir leid, Chief Inspector«, sagte sie und tastete nach ihrem Taschentuch, um sich die Nase zu putzen. »Phil, würdest du sie bitte holen, sei so gut.«

»Okay«, murmelte der Junge und erhob sich, wobei er den beiden Polizisten einen hasserfüllten Blick zuwarf.

Liz Forbes entfuhr ein Seufzer, als sie ihren Sohn zur Tür hinausgehen sah.

»Oh Gott, was muss er nur denken?« Sie wandte sich wieder an Lorimer. »Er hat seinen Vater sehr verehrt«, erklärte sie. »Das wird ihn so schrecklich verletzen.«

Lorimer beobachtete sie, wie sie in den Lehnsessel zurücksank, ihr Gesicht müde und resigniert, aber seltsamerweise ruhiger, als hätte es sie erleichtert, dieses kleine schmutzige Geheimnis loszuwerden.

Philip kehrte mit den zwei blauen Umschlägen in der Hand zurück und hielt sie seiner Mutter hin, doch Liz Forbes bedeutete ihm, er solle sie gleich dem Inspector geben.

»Danke«, sagte Lorimer, als der Junge ihm die Briefe sichtbar zögerlich reichte. »Vielleicht könnten wir jetzt eine Tasse Tee vertragen?«, fügte er hinzu. Philip nickte und verließ erneut den Raum.

Lorimers Stirn war in tiefe Falten gelegt, als er die beiden Briefe las. Es kam nicht selten vor, dass der Polizei solche Briefe in die Hand fielen. Für gewöhnlich handelte es sich um das Werk eines gehässigen Querulanten, der sich etwas von der Seele reden musste.

»Und das haben Sie geglaubt?« Er blickte der Frau direkt in die Augen, die Briefe zwischen Daumen und Zeigefinger geklemmt, als handelte es sich um ekelerregenden Unrat.

Ihr qualvoller Blick war Antwort genug.

»Aber warum?« Lorimers Ton war jetzt sanfter. »Hatten Sie denn einen Grund, schlecht von Ihrem Ehemann zu denken?«

Liz schlug die Augen nieder und schüttelte den Kopf, dann schniefte sie wieder in ihr Taschentuch. Schließlich blickte sie auf.

»Es war nur so ein Gefühl. Irgendetwas hielt er vor mir geheim, und ich dachte …«

»Sie dachten, er sei untreu gewesen?«

»Nein … Ich weiß nicht. Ich wusste nicht, was ich denken sollte. Duncan und ich, wir waren uns immer sehr nahe gewesen. Er hat nie eine andere Frau angeschaut.«

»Und trotzdem dachten Sie, der Inhalt dieser Briefe könnte wahr sein?«

Sie schüttelte wieder den Kopf, offenkundig verzweifelt. »Ich weiß es nicht. Wirklich, ich kann es Ihnen nicht sagen. Ich wollte unbedingt glauben, dass er mir immer treu war. Und ich möchte ihn auch so in Erinnerung behalten.«

»Sie haben nie daran gedacht, ihn zu fragen?« Der Blick, den ihm die Frau zuwarf, sagte alles. Lorimer unterdrückte einen Seufzer. »Also waren es die Briefe, die Sie in jener Nacht dazu bewegten, zum Crowne Plaza zu fahren?«

»Ja.« Sie stieß einen tiefen Seufzer aus. »Ich wollte mit eigenen Augen sehen, ob da noch jemand anders war, ob ihn jemand begleitete. Ich hatte eigentlich vor, hineinzugehen und so zu tun, als wollte ich ihn abholen. Um herauszufinden, mit wem er dort war.«

»Und?«

»Ich habe den Mut verloren.« Sie erschauderte plötzlich. »Ich habe den Gedanken nicht ausgehalten, dass sich eine andere Frau dort drinnen über mich lustig machen könnte. Also bin ich einfach wieder nach Hause gefahren.«

Lorimer glaubte ihr. Die Geschichte schien ihm absolut plausibel. Und ihre Trauer war so bestürzend aufrichtig gewesen, als er sie das erste Mal besucht hatte, dass ihm der Gedanke, sie könnte für den Tod ihres Mannes verantwortlich sein, nicht in den Kopf wollte. Allerdings änderte das nichts an der Tatsache, dass sie sich in der Umgebung des Hotels aufgehalten hatte.

»Mum.« Philip war mit einem gewaltigen Tablett voller klapperndem Teegeschirr zurückgekehrt. Lorimer hob die Augenbrauen beim Anblick des feinen Porzellans, das der Junge jetzt auf den Tisch stellte, bevor er mit ernster Miene Tee in die Tassen goss. Dieser junge Mann hatte Übung, was die Feinheiten vornehmen Lebens betraf, dachte er. Nach den vielen Monaten im afrikanischen Busch hätte er von dem jungen Absolventen ein paar Teebecher erwartet, nicht das beste Royal Doulton oder was auch immer es war.

»Gibt es noch irgendetwas, das Sie uns erzählen möchten, Mrs. Forbes?«, fragte Lorimer, nachdem sie ein paar zaghafte Schlückchen von ihrem heißen Tee genommen hatte.

Tasse und Untertasse schepperten, als Liz sie wieder abstellte.

»Ich glaube nicht, Chief Inspector. Seit meinem Ausflug zum Crowne Plaza kann ich Tag und Nacht an nichts anderes denken. Wäre ich hineingegangen, hätte ich nicht gekniffen – wäre Duncan dann noch unter uns?«

»Mum!«, protestierte Philip. »Es ist nicht dein Fehler! Du darfst dir nicht die Schuld dafür geben.« Er rüttelte sie leicht am Arm.

»Oh, aber das tu ich, Phil«, erwiderte sie mit bebenden Lippen. »Das tu ich«, wiederholte sie in einem Flüsterton, der wieder Tränen ankündigte.

»Und Sie haben Ihren Ehemann an diesem Abend ganz sicher nicht gesehen?«, fragte Lorimer, um die Aufmerksamkeit der Frau wieder auf das aktuelle Thema zu lenken.

Sie starrte ihn an.

»Nein. Natürlich habe ich ihn nicht gesehen. Was meinen Sie damit?« Ihre Stimme gipfelte in einem ungläubigen Quieken.

Lorimer wagte einen Blick auf Niall Cameron. Der Gesichtsausdruck seines Kollegen sagte alles. Innerlich fluchend fuhr er fort:

»Jemand hat Ihrem Ehemann in dieser Nacht das Leben genommen. Es ist unsere Aufgabe festzustellen, ob jeder, der sich zur Tatzeit in der Umgebung des Hotels aufhielt, für sein Handeln Rechenschaft ablegen kann.« Er hielt inne. »Auch wenn ich Ihre Erklärung, warum Sie dort waren, persönlich gerne akzeptiere, müssen Sie verstehen, dass Sie sich durch Ihr vorheriges Versäumnis, uns davon zu erzählen, in eine kompromittierende Lage gebracht haben.«

Er konnte spüren, wie Cameron neben ihm zustimmend nickte. Es gab bestimmte Vorgehensweisen, die es einzuhalten galt, auch von Lorimer, ob sie ihm nun passten oder nicht.

»Ich wäre Ihnen dankbar, wenn Sie uns eine schriftliche Stellungnahme zukommen lassen könnten«, begann er und musste sich anstrengen, nicht auf den ungläubigen Gesichtsausdruck der Frau zu reagieren. »Außerdem wäre es hilfreich, wenn Sie uns mitteilen könnten, wo Sie sich am Abend des einundzwanzigsten April aufgehalten haben«, fügte er leise hinzu.

Liz Forbes, sprachlos über die Forderung des Chief Inspectors, wandte sich mit einem flehenden Blick an ihren Sohn.

»Sie hat das Haus seit Dads Tod nicht verlassen«, protestierte Philip Forbes. »Sehen Sie nicht, wie mitgenommen sie ist? Mum kann nicht einmal alleine einkaufen gehen, geschweige denn irgendetwas anderes unternehmen«, schloss er kraftlos.

»Mrs. Forbes?«

Liz schüttelte den Kopf.

»Was Phil sagt, ist wahr. Ich habe das Haus nur einmal verlassen. Als man mich zur Leichenhalle brachte.« Ihre Stimme versagte.

»Was ist überhaupt so besonders an diesem Datum?«, wollte der Junge wissen.

Lorimer blickte sie beide mit traurigen Augen an.

»Das war die Nacht, in der Jennifer Hammond ermordet wurde«, antwortete er.

»Das wird langsam absurd!«, erwiderte Philip scharf. »Nur weil Mum Opfer verleumderischer anonymer Briefe geworden ist, glauben Sie, dass sie etwas zu tun hat mit diesen …« Er hielt inne, nicht imstande, den Satz zu Ende zu bringen.

»Morden, Mr. Forbes«, half ihm Lorimer auf die Sprünge. »Wir müssen alle Möglichkeiten berücksichtigen und alle in Betracht kommenden Personen aus dem Kreis der Verdächtigen ausschließen«, fügte er hinzu. »Das leuchtet Ihnen doch sicher ein?«

Philip ließ beschämt den Kopf hängen.

»Ja, ich denke schon.«

»Chief Inspector, Sie glauben nicht wirklich, dass ich so etwas getan habe, nicht wahr?«, wandte sie sich mit brüchiger Stimme an Lorimer.

»Nein, Mrs. Forbes, das glaube ich nicht im Geringsten. Es ist aber meine Aufgabe, diesen Fall aufzuklären, und deshalb muss ich Beweise finden, dass Sie unschuldig sind. Das verstehen Sie doch, oder?«, fragte er mit sanfter Stimme, wobei er sich umdrehte und Philip und seinem Detective Constable einen Blick zuwarf.

Cameron zögerte einen Augenblick, dann wandte er sich ab. Wie auch immer die Entscheidung seines Vorgesetzten ausfiel, er würde sich ihr erst einmal anschließen müssen. Das hielt ihn allerdings nicht davon ab, sich seine eigenen Gedanken zu machen.

»Maggie?«

»Hm?« Unter der Bettdecke vernahm er ein schläfriges Murmeln. Vielleicht sollte er sie jetzt nicht mit seinem Job belasten, aber das Gespräch mit Elizabeth Forbes ging ihm einfach nicht mehr aus dem Kopf.

»Du weißt schon, der Typ, der ertrunken ist?«

Der tiefe Seufzer, der von der anderen Bettseite kam, verriet Lorimer, dass ihm seine Frau widerstrebend zuhörte. »Nun ja, wir haben heute mit seiner Witwe gesprochen.«

Es herrschte Schweigen, er wusste jedoch, dass Maggie ihm folgte. »Sieht so aus, als hätte die arme Frau ihren Mann verdächtigt, untreu zu sein. Gemeine verleumderische Briefe.«

Plötzlich setzte sich Maggie neben ihm auf. Lorimer legte seinen Arm um sie und spürte, dass sie zitterte.

»Kannst du dir diese Qual vorstellen?«, fuhr Lorimer fort. »Nicht zu wissen, ob er fremdgegangen ist? Ich meine, warum hat sie ihn nicht einfach gefragt? Das ist der Punkt, den ich nicht verstehe.«

Maggie gab keine Antwort, aber ihr unterdrücktes Gähnen sagte ihm, dass er mit diesem Problem alleine war. Er nahm den Arm von ihrer Schulter und deckte sie wieder zu, als sie in ihr Kissen zurücksank.

Es war nicht fair, sie derart aus dem Schlaf zu reißen, wies er sich zurecht. Sie hatte wahrscheinlich selbst einen vollen Kopf. Schwierige Kinder, Elternabende, alle möglichen Dinge, die die Fältchen in ihrem hübschen Gesicht allmählich tiefer werden ließen. Lorimer legte sich wieder hin und spürte ihren warmen Körper an seiner Seite. Was für ein Glückspilz er doch war! Sie hätte jetzt auch irgendwo da drüben in Florida sein können.

Maggie verharrte so still, wie sie konnte, und versuchte, gleichmäßig zu atmen. Was für eine Frage! Sie drückte ihr glühendes Gesicht in das kühle Kissen, während sie über die arme Frau nachdachte. Warum sie ihren Mann nicht einfach gefragt hatte? Diese Frage hätte sie sich selbst stellen können. Elizabeth Forbes wollte die Wahrheit gar nicht wissen. Und Maggie Lorimer ebenso wenig.

38. Kapitel

»Milchgeld.« Der Junge blickte Maggie mit leeren Augen an. Sie widerstand dem Impuls, ihm das Wörtchen »bitte« in den Mund zu legen, und wandte sich ab, um ihre Handtasche zu suchen.

»Wie viel?«, fragte sie über die Schulter hinweg.

»5, 30.«

Der Betrag war jede Woche gleich, aber die Jungen, die das Geld eintrieben, wechselten mit schöner Regelmäßigkeit. Nur einmal hatte man sie übers Ohr gehauen. Sie hatte wie ein Idiot in der Tür gewartet, dass man ihr auf einen Zehner herausgeben würde, aber der Junge war nie wieder aufgetaucht. Ihren Fehler hatte sie erst begriffen, als beim nächsten Mal ein anderer auf der Schwelle stand und nach Geld fragte. Sie war sich unglaublich dumm vorgekommen. Als Ehefrau eines Polizisten hätte sie es wirklich besser wissen müssen. Jetzt stellte Maggie jede Woche dieselbe Frage und ignorierte die genervten Gesten der Jungen. Sollten sie doch die Augen verdrehen und denken, dass sie ein bisschen schwer von Begriff war, weil sie sich nicht einmal den Betrag merken konnte.

»Eine Sekunde, ich muss erst Kleingeld suchen«, murmelte Maggie und wühlte in ihrem Portemonnaie. »Kannst du in fünf Minuten noch mal wiederkommen?«, fragte sie ihn und erntete nur ein leises Grunzen, das sein Einverständnis zum Ausdruck bringen sollte.

Maggie kochte innerlich, als sie die Tür schloss. Sie hatte

vorhin keine Zeit gehabt, zur Bank zu gehen, und Bill war noch nicht zu Hause. Sie würde wohl den Kleiderschrank durchsuchen müssen und hoffentlich einige Münzen finden, die Bill lose in den Jackentaschen aufbewahrte. Oben im Schlafzimmer öffnete sie seine Schrankseite und tastete die Jacketts nach Kleingeld ab. Bill hatte die Angewohnheit, Geldscheine in die Brusttaschen zu stecken, also schaute sie auch dort nach.

Kurz darauf fand sie ein paar kleine Münzen und einen verschlissenen Fünfer, der mit einem Stück Papier zusammengefaltet war. Sie zog alles heraus und trappelte die Treppe gerade wieder hinunter, als es an der Tür klingelte.

»Bitte sehr.« Maggie drückte dem Jungen den Schein in die Hand und gab ihm ein paar Münzen als Trinkgeld dazu. Der Junge grunzte noch einmal und verschwand.

Erst als sie sich abwandte und die Tür schloss, fiel ihr auf, dass sie das Stück Papier nach wie vor in der Hand hielt. Sie entfaltete den Zettel, um nachzusehen, ob Bill ihn noch brauchen würde.

»Jo wg. Reise fragen.«

Maggie starrte verständnislos auf die Notiz. Es war Bills krakelige Handschrift, ganz klar. Sie drehte den Zettel um. Sonst stand nichts darauf.

Maggie ließ sich in den Stuhl fallen, als fühlte sie sich plötzlich vollkommen erschöpft. Jo? Ihr fiel nur eine einzige Jo ein, Jo Grant, die attraktive blonde DI, mit der Bill Lorimer in letzter Zeit ständig zu tun hatte. Reise? Maggies Finger zitterten, als sie den Satz erneut las. Was zum Teufel sollte das heißen? Sie waren doch bestimmt nicht zusammen verreist, als sie in Florida war? Eine Welle der Übelkeit überkam sie. Sie fühlte sich plötzlich schwach und zittrig. Nein, bestimmt nicht. Mit Mühe erhob sie sich und ging auf wackligen Beinen wieder nach oben.

Sie starrte auf den offenen Kleiderschrank, in dem Lorimers Jacken von der Stange hingen. In welchem Anzug hatte der Zettel noch gesteckt? Es war erst ein paar Minuten her, dass sie seine Sachen durchwühlt hatte, aber sie konnte sich beim besten Willen nicht mehr erinnern, wo der Schein gesteckt hatte. Sie würde eine schöne Detektivin abgeben, dachte Maggie bitter. Da wurde ihr klar, dass sie genau das sein musste, wenn sie die Wahrheit herausfinden wollte. Das Bild der armen Frau, die ihren Ehemann verloren hatte, kam ihr in den Sinn. Bill hatte von der Qual der Ungewissheit gesprochen. Mein Gott! Welche Ironie des Schicksals!

»Jetzt reiß dich zusammen!«, sagte sie laut zu sich selbst und setzte sich auf die Bettkante. Als sie die Decke mit den Fingern glatt strich, musste sie daran denken, wie er den Arm um sie gelegt hatte. »Er hat nie eine andere Frau gehabt. Er liebt dich! Sei nicht so dämlich!«

Doch sogar als sich Maggie die herrlichen Stunden ins Gedächtnis rief, die sie seit ihrer Rückkehr im Bett verbracht hatten, fragte sie sich, wer ihn wohl in den einsamen Monaten, als sie in Amerika war, getröstet haben könnte.

»Daddy? Können wir dieses Jahr wieder nach Disneyworld fahren?«

Mandy war auf seinen Schoß gekrochen und schmiegte sich an ihn. Dabei zupfte sie an seinem Ärmel, um Malcolms Aufmerksamkeit zu gewinnen. Er schenkte seiner kleinen Tochter ein Lächeln und strich mit der Hand über ihre weichen blonden Locken.

»Wie ein Kind aus den Bildern von Mabel Lucie Atwell«, hatte Duncan bei einem seiner seltenen Besuche im Hause Adams bemerkt. Plötzlich stieg die Erinnerung wieder in ihm hoch: Duncans freudestrahlendes Gesicht, als sich Mandy zu ihm auf den Schoß setzte. Er hatte Hoppe, hoppe, Reiter mit ihr gespielt wie ein richtiger Großvater. Wie stolz er war, als seine Tochter Jane das Baby bekommen hatte! An jenem Nachmittag hatte es im Konferenzraum Kaffee und Kuchen gegeben, erinnerte er sich. Nun würde Duncans Enkelkind in dem Wissen aufwachsen, dass ihr jemand den Großvater genommen hatte.

»Bitte, Daddy, bitte!«, drängelte Maggie mit flehender Stimme. »Ich werde auch ganz brav sein und mein ganzes Taschengeld aufsparen. Versprochen.«

Malcolm drückte den warmen Kinderkörper an seine Brust. Ihr Haar duftete so angenehm und zart – der Geruch kindlicher Unschuld. Ein tiefer Seufzer entfuhr ihm, und er spürte seinen Atem auf ihrem Haar. Mandy kuschelte sich noch enger an ihn, die kleinen Ärmchen um seinen Hals geklammert, ihr ganzes Gewicht auf seinem Schoß. Wie vertrauensvoll Kinder waren! Und wie selbstverständlich ihr Glaube, dass es Daddy schon richten werde. Malcolm verspürte den Drang zu weinen. Sie war sich ihrer kleinen Welt so sicher. Was würde sie tun, wenn er daraus verschwunden war?

»Wir werden sehen, mein Liebling«, flüsterte er in ihr Haar. »Wir werden sehen.«

Malcolm schlich auf Zehenspitzen aus dem Kinderzimmer und schloss die Tür. Jeden Abend zum Einschlafen wollte Mandy *Die Geschichte von Peter Hase* hören. Sie konnte einfach nicht genug davon kriegen, ihrem Daddy zuzuhören, wenn er sie ihr vorlas. Irgendwann hatte sie sich gähnend auf die Seite gedreht und den Daumen in den Mund gesteckt. Lesley mochte diese Angewohnheit überhaupt nicht, aber heute Abend hatte er es nicht übers Herz gebracht, das kleine Mädchen dafür zu tadeln. Es blieb nur noch so wenig Zeit zum Knuddeln und Geschichtenvorlesen. Vielleicht sollte er den Rat seines Therapeuten befolgen und die Arbeit einfach aufgeben. Das Bedürfnis, Zeit mit seiner Familie zu verbringen, wurde jeden Tag stärker und dringlicher.

Jetzt stand er draußen vor dem rosa-weißen Zimmer mit den Mobiles und der Blümchentapete und stellte sich vor, wie sich die kleinen Schultern seiner Tochter gleichmäßig hoben und senkten, während sie allmählich in den Schlaf sank. Ach, könnte er diesen Augenblick nur für immer festhalten: die Stille, die Gewissheit, dass sie ruhig und friedlich schlief – das war sein einziger Wunsch.

Der Augenblick war vorüber, als das Telefon klingelte. Malcolm stützte sich auf das Treppengeländer und machte sich auf den Weg nach unten. Seine Frau war gerade losgefahren, um Gayle von den Wichteln, den Kleinsten unter den Pfadfinderinnen, abzuholen. Wahrscheinlich war es eine von Lesleys Freundinnen.

Malcolm spielte in Gedanken durch, was er zu Janette, Lin oder wem auch immer sagen würde, und nahm den Hörer ab. Ein verblüfftes Stirnrunzeln erschien auf seinem Gesicht, als ihm eine Männerstimme ins Ohr flüsterte.

»Michael?« Er sank zu Boden, unfähig, sich noch länger auf den wackligen Beinen zu halten. »Michael? Bist du es wirklich?«

JJ war weggegangen und hatte die Türen hinter sich abgeschlossen. Er hatte Michael zum Abschied verschmitzt angegrinst, und der Schalk in seinen Augen war nicht zu übersehen gewesen. Es würde nicht lange dauern, hatte er gesagt. Er müsse etwas erledigen. Was auch immer das war, offenbar brauchte er dafür seinen Laptop und Schlafklamotten, wie dem Zurückgelassenen nicht entgangen war.

Michael stand am Fenster und wartete, bis der Lieferwagen

am Horizont verschwunden war. Eine Staubwolke schwebte über der Stelle, wo der Wagen gestanden hatte, und legte sich nun sacht auf die Gräser zu beiden Seiten der Straße. Das Herz schlug ihm bis zum Hals, als er in die Küche stürmte. Er hatte schon seit Stunden den großen begehbaren Wandschrank im Visier, der sich gegenüber der Tür zum Wohnzimmer befand. In der ganzen Zeit, die sie jetzt in dem Haus waren, hatte JJ den Schrank kein einziges Mal geöffnet, ein Versäumnis, das der jüngere Mann bedeutsam gefunden hatte.

Es gab keinen Türgriff, nur ein ausgefranstes Loch, in dem früher einmal ein Schloss gewesen sein musste. Michael führte Mittel- und Zeigefinger durch die Öffnung, krümmte sie und zog. Langsam bewegte sich die Tür in seine Richtung, blieb dann aber ruckartig stecken, als die Unterkante gegen einen dicken Wulst im PVC-Boden schrammte. Entsetzt betrachtete er die Stelle. Vielleicht war Wasser unter den PVC-Belag gekommen und hatte die Oberfläche aufgewellt. Fester an der Tür zu zerren, brachte keinen Erfolg, also spähte er durch den Spalt ins dunkle Innere des Schranks. Mit einer Hand hielt er die Tür auf, mit der anderen tastete er die Fächer ab. In dem Schrank herrschte ein einziges Durcheinander aus Schachteln und Plastiktüten, als hätte jemand auf die Schnelle sämtlichen Schrott hineingestopft und die Tür dann nie wieder aufgemacht. Seine Augen gewöhnten sich allmählich an die Dunkelheit. Jetzt entdeckte er ein altes Tafelgeschirr in Originalverpackung, einen Stapel verschiedener schmaler Schachteln, die er als Puzzlespiele identifizierte, und einen Haufen Kleider, die zu einem Bündel zusammengeschnürt waren. Michael wühlte weiter und ertastete Krüge und Vasen. Er bekam einen Henkel zu fassen und sprang entsetzt zurück, als ein gläserner Gegenstand klirrend zu Boden fiel und Scherben durch die Schranköffnung auf den Küchenboden sprangen. Mit dem

Schuh schob er die Scherben hastig in den Schrank zurück und blickte sich ängstlich um. Er lauschte. Doch von dem Motorengeräusch, das JJs Rückkehr ankündigte, war nichts zu hören.

Er zwängte sich wieder in die Schranköffnung und suchte weiter. Plötzlich schlossen sich seine Finger um eine vertraute Form. Michael, dem vor Erleichterung fast die Tränen kamen, umklammerte den Gegenstand mit festem Griff. Das Telefon befand sich in einer Plastiktüte, und als er versuchte, sie durch die Öffnung zu ziehen, schlug der Apparat klirrend gegen die Schranktür. Der Spalt war gerade groß genug, um das Telefon mit viel Fingerspitzengefühl hindurchzumanövrieren. Dann hatte er es geschafft.

Was jetzt zählte, war Schnelligkeit. Michael machte sich sofort daran, den Kühlschrank ein paar Zentimeter von der Wand wegzurücken, damit er das Kabel in die leere Buchse stecken konnte. Mit zittrigen Händen versuchte er vergeblich, den Plastikstecker in die dafür vorgesehene Öffnung zu drücken. Er konnte nicht sehen, was er tat, sondern vertraute seinem Tastsinn. Offenbar hatte die Buchse über der Öffnung eine Klappe. Michael schob sie vorsichtig mit dem Daumennagel hoch. Er hielt den Atem an. Ein Seufzer der Erleichterung entfuhr ihm, als der Stecker mühelos in die Buchse glitt.

Zitternd nahm er den Hörer ab. Er zögerte. Sollte er die Polizei anrufen? JJ hatte darauf hingewiesen, dass man nach ihm suchte. Im Wald war eine Leiche gefunden worden, die seinen Pass und weitere Ausweisdokumente von ihm bei sich trug. Man würde ihn sofort einsperren, hatte sein Entführer triumphierend verkündet. Es müsste jemand sein, dem er vertrauen konnte, dachte er. Jemand, dessen Name in den Dokumenten, die er Duncan Forbes gezeigt hatte, nicht aufgetaucht war.

Michael wählte hastig eine lange Nummer. Die Ereignisse der letzten Tage hatten sein Gedächtnis nicht getrübt, dachte er mit einer gewissen Genugtuung, als er auf das Freizeichen horchte. Zahlen waren schon immer sein Ding gewesen. Jenny hatte ihn mit seiner Fähigkeit, so viele Nummern aus dem Effeff runterrasseln zu können, immer wieder gerne aufgezogen.

Michaels Herz machte vor Freude einen Sprung, als er die Stimme am anderen Ende der Leitung vernahm.

»Ja, ich bin's. Lange Geschichte, Malcolm, aber ich brauche jetzt dringend deine Hilfe. Ich habe nicht viel Zeit, und vielleicht muss ich ganz schnell wieder auflegen, also hör zu, ja?«

Das Radio spielte seinen Lieblingscountrysong, als JJ die schmale Landstraße entlangfuhr. Ein paar Unterschriften, mehr hatte es nicht gebraucht, um das Konto zu eröffnen. In wenigen Stunden müsste das Geld da sein, und schon morgen könnte er diesen gottverlassenen Ort mit all den Kindheitserinnerungen endgültig hinter sich lassen. Es hatte keinen Sinn, allzu lange dort herumzuhängen, dachte er. Die Albträume, die ihn einst in die Flucht geschlagen hatten, würden nur wieder hochkommen. Er schielte auf die rote Segeltuchtasche, in der sich seine Schrotflinte befand. Wenn man ihn auf diesem einsamen Straßenabschnitt anhalten würde, dürfte ihm diese Waffe auch nichts nützen. Jeder Kleinbauer in der Gegend hatte eine Schrotflinte, als er ein Kind war. Das Lächeln verschwand aus dem Gesicht des Mannes, und sein Mund war nur noch ein schmaler gerader Strich. Fahr nicht diese Straße, warnte ihn eine leise Stimme.

»Alles bestens, JJ. Alles paletti«, brüllte er und verzog das Gesicht zu einem breiten Grinsen. Was sollte auch schon sein? Er wischte sich mit dem Handrücken über die Augen, um ein Bild zu verscheuchen, das sich in sein Gedächtnis eingebrannt hatte: sein Vater in einer Blutlache und seine Mutter, die ihn anschrie, als er die Schrotflinte sinken ließ. Er schüttelte den Kopf, als wollte er sich von der Erinnerung befreien. Richte deinen Blick auf die Gegenwart, tadelte ihn eine innere Stimme. Seufzend versuchte er, sich auf die Straße zu konzentrieren. Bald konnte er all seine Pläne in Angriff nehmen. Und die sahen diesmal keinen Passagier auf dem Beifahrersitz vor.

Michael ließ den Hörer sinken und atmete tief durch. Was auch immer ihm jetzt zustieß, er konnte sich darauf verlassen, dass Malcolm das Richtige tun würde. Tränen stachen ihm in die Augen, als er an die schrecklichen Dinge dachte, die Malcolm ihm erzählt hatte. Duncan Forbes war wie ein Vater für ihn gewesen. Jetzt war er tot, und dieselben Hände, die ihn aus dem Weg geräumt hatten, hatten ohne Zweifel auch den Auftrag für seine eigene Hinrichtung erteilt. Dieser Gedanke ließ den jungen Mann plötzlich aktiv werden.

JJ hatte die Haustür abgeschlossen, und die Zimmerfenster waren samt und sonders mit Innenschlössern versehen. Wenn er aus diesem Haus flüchten wollte, würde er echten Schaden anrichten müssen. Er durchstreifte das Haus und prüfte die Fensterscheiben, stets mit einem Ohr auf die Rückkehr des Fahrzeugs lauschend.

Am Ende war es das Badezimmer, das die Bedingungen für seine Flucht erfüllte. Das Milchglasfenster gab unter dem Druck seiner Finger leicht nach, der alte Fensterkitt war an den Ecken rissig geworden. Welchen Gegenstand könnte er als Wurfgeschoss benutzen, um die Scheibe einzuschlagen? Michaels Blick blieb an dem metallenen Klopapierständer hängen. Er schnappte sich das Gestell und riss die Rollen herunter, dann wog er es in den Händen. Es erschien ihm schwer genug.

Mit einem lauten Schrei rannte Michael auf das Badfenster zu. Der Sockel des Klopapierhalters prallte gegen die Scheibe und ließ sie unter der Wucht erzittern. Er wiederholte die Aktion dreimal und schleuderte sich in einem Ausbruch verzweifelter Wut mit seinem ganzen Gewicht gegen das Fenster. Zu seinem Erstaunen gab die Scheibe unter dem Aufprall nach und schwang aus dem beschädigten Rahmen nach draußen.

»Hab ich dich, du Scheißding!«

Michael griff sich ein Handtuch von der Stange und schlug mit voller Kraft gegen die Glasscheibe, bis sie schließlich mit einem befreienden Klirren auf den knochentrockenen Boden fiel.

Er steckte den Kopf durch die Fensteröffnung und sog die heiße Luft genüsslich in seine Lungen, blieb aber in ständiger Alarmbereitschaft, dass ihm ja kein fernes Motorengeräusch entging. Die Erde war mit Glasscherben übersät, und er würde aufpassen müssen, wenn er hinauskletterte, dachte er. Es gab keine andere Möglichkeit, als sich mit dem Kopf voran durch die schmale Öffnung zu zwängen. Die geballten Fäuste in die Hemdsärmel gewickelt, schob er sich nach draußen. Er blieb mit der Schulter an einer Ecke des Rahmens hängen, doch wenn es ihm gelang, seinen Oberkörper über den Rand ins Freie zu hieven, würde ihn die bloße Schwerkraft nach unten ziehen.

Als er auf die Erde fiel, schlug er instinktiv die Arme vors Gesicht und rollte sich von den Scherben weg auf die Seite.

Ein kurzer Blick nach links und rechts offenbarte ihm eine leere Straße. Hinter dem Haus lagen hohe Grasfelder. Michael blickte nach oben und sah, dass die Telefonleitungen von der Straße weg über die Felder führten. Irgendwo dort musste es also ein Haus mit Telefonanschluss geben. Ohne sich noch einmal umzudrehen, kroch er unter dem Grenzzaun hindurch, der JJs Haus von den Feldern trennte, und rannte los.

»Was ist denn, Liebling?« Lesley ließ sich neben ihm nieder. Malcolm blickte von seiner Frau zu seiner älteren Tochter. Gayle saß mit einer Müslischale auf dem Schoß vor dem Fernseher und sah sich ihren Lieblingszeichentrickfilm an. Nach einem Nachmittag bei den Wichteln war sie immer hungrig.

Es gab so viel zu sagen, aber er konnte sich nicht überwinden. Wenn er erst einmal anfing, wären die Schleusen geöffnet, und er wusste nicht, ob ihn dann noch etwas halten würde.

Er hatte den Anruf für Michael erledigt, und jetzt fragte er sich, was dem jungen Wirtschaftsprüfer wohl gerade widerfuhr. Würde er seinem Kidnapper entkommen können? Die Nachricht von Duncans Tod war offensichtlich ein Schock für ihn gewesen. Malcolm war froh, dass es ihm gelungen war, Jennifer mit keinem Wort zu erwähnen.

»Malcolm?« Lesley sah ihn sorgenvoll an.

»Alles in Ordnung, Schatz, ich fühle mich einfach nicht besonders gut heute Abend.« Er tätschelte ihre Hand.

»Macht dir dein Magen wieder zu schaffen? Du solltest wirklich nochmal zu Dr. Leckie gehen und dich untersuchen lassen. Versprichst du es mir?« Ihr Kopf ruhte an seiner Schulter, und die Wärme ihres Körpers war wie Balsam für seine Seele.

»Ich versprech's dir«, gab er zurück, aber noch ehe die Worte über seine Lippen kamen, hatte er das Gefühl, die Frau, die er so hoffnungslos liebte, zu hintergehen.

39. Kapitel

Das Schlagen der Gartentür im Wind ließ sie hochfahren. Seit Tonys Beerdigung war sie über alle Maßen schreckhaft geworden. Shelley Jacobs hatte auf dem Sofa gelegen und auf den flimmernden Fernsehbildschirm gestarrt, bis das plötzliche knallende Geräusch ihr das Herz bis zum Hals schlagen ließ. Nun bewegte sie sich langsam an der Wand entlang durch den Raum, damit niemand draußen sie sehen konnte. Sie verharrte einige Minuten reglos und horchte auf Hinweise, dass es nur der Wind war, der ums Haus strich, und ihre übersteigerte Fantasie, die sie so dastehen ließ, zitternd im seidenen Nachthemd.

Obwohl das Haus im Dunkeln lag, konnte Shelley die Rasenfläche und den Weg ausmachen, der zum Tor führte. Sie wollte gerade aus der dunklen Ecke neben dem Fenster heraustreten, als der Bewegungsmelder das Hoflicht einschaltete. Die unerwartete Helligkeit verschlug ihr den Atem. Dann sah sie den Schatten eines Mannes.

Shelley sank wimmernd zu Boden. Wenn sie hier in der Dunkelheit lautlos verharrte, würde er sie doch nicht finden, oder? Das Geräusch berstenden Glases zwang sie zum Handeln. Sie schoss durch den Raum, ergriff das Telefon und wählte 999.

Die Polizistin saß der Frau gegenüber, einen Becher Tee in den Händen. Mrs. Jacobs hatte seit ihrer Ankunft nicht zu zittern aufgehört. Das Fenster der Waschküche war eingeschlagen worden, und die Glassplitter auf der Veranda ließen keinen Zweifel, dass es sich um einen Einbruch handelte. Jemand hatte die Scheibe mit der Faust nach innen eingeschlagen, die Scherben lagen über den ganzen Laminatboden verstreut. Das schien aber auch der einzige Schaden zu sein, abgesehen von den zerrütteten Nerven der Frau, die am ganzen Körper schlotternd auf dem Sofa kauerte.

»Er wollte mich holen«, flüsterte Shelley schließlich und schlug die Augen auf. Die uniformierte Beamtin sah sie geduldig an. »Ich weiß es genau.«

»Wer wollte Sie holen, Mrs. Jacobs?«

Shelley senkte wieder den Blick und begann leise zu schluchzen. Der Schatten, der Mann, der in ihr Haus eingedrungen war, war noch irgendwo da draußen. Was tat es schon zur Sache, ob er einen Namen hatte oder nicht? Tony war tot, und sie wäre als Nächstes an der Reihe. Aber warum, das wusste sie nicht zu beantworten.

Sie hatte auch nie ganz begriffen, was Tony zugestoßen war. Laut Zeitungsberichten hatte ihn ein Auftragskiller umgelegt. Die Polizei habe ihn allerdings geschnappt, hieß es. Er befand sich nun hinter Gittern, oder? Man hatte ihr so viele Fragen über seine Feinde, seine Rivalen gestellt. Shelley war verwirrt gewesen und hatte nicht gewusst, was sie antworten sollte. Sowohl die Polizei als auch Tonys Angestellte hatten ihr gegenüber Andeutungen gemacht und auf eine Seite von Tony angespielt, die sie nicht kannte, die sie nicht kennen wollte. Er hatte als Geschäftsmann mit seinem Unternehmen rundum Erfolg gehabt, in der Stadt waren sie ein schillerndes Paar gewesen, und ihre Fotos waren in den renommiertesten Zeitschriften erschienen. Was sollte daran so falsch gewesen sein?

Die Polizei hatte nicht lockergelassen. Was war im Vorfeld seines Todes passiert? War er bedroht worden? Shelley erinnerte sich an aufgebrachte Telefonate und daran, wie wütend Tony danach gewesen war. Irgendjemand hatte ein Geschäft mit ihm machen wollen. Das war alles, was sie wusste. Und es hatte ihn fast rasend gemacht, dass sie ein bisschen Angst vor ihm bekommen hatte. Aber zu ihr war Tony immer nur liebevoll gewesen. Nach der Beerdigung hatte ihr sein Geschäftsführer Craig ein paar Dinge erzählt. Alles Mögliche über das Geschäft. Wie sich ihr Ehemann dagegen gewehrt hatte, dass seine wertvolle Buchmacherkette mit einem größeren Konzern fusionierte. Damals hatte Shelley der Sache noch keine Bedeutung beigemessen, aber später, als man ihr dieselben Angebote machte, hatte sie das Gefühl, dort könnte der Hund begraben liegen. Fortan weigerte sie sich, mit den Vertretern der Firma darüber zu sprechen. Tony hatte es nicht gewollt, also wollte sie es auch nicht.

Ihr Schluchzen endete in einem tiefen Seufzer. Sie war schrecklich müde und zu feige, um zu kämpfen. Es war ohnehin nur eine Frage der Zeit, bis sie dem Druck nachgeben und den Vertrag unterzeichnen würde. Tonys letzter Wille hatte sie zur Mehrheitseigentümerin bestimmt. Wäre sie bereit zu verkaufen?

»Möchten Sie, dass wir jemanden für Sie anrufen, Mrs. Jacobs?« Die Stimme der Polizistin riss sie aus ihren Gedanken.

Shelley schüttelte den Kopf, dann biss sie sich auf die Unterlippe.

»Ja. Meinen Bruder. Könnten Sie Joseph für mich anrufen? Bitte!«

Lorimer runzelte die Stirn. Er las einen Bericht über den Einbruch in Jacobs' Haus, der eine Erklärung von Shelley Jacobs' Bruder Joe Reilly enthielt. Reilly schien mit Tony Jacobs ganz offensichtlich noch eine Rechnung begleichen zu wollen. War das einer der vielen Zufälle, an die er nicht glaubte? Vielleicht wäre es keine schlechte Idee, die Bücher der Buchmacherfirma etwas genauer unter die Lupe zu nehmen. Diesmal würde es keine Ankündigung geben, bevor gewisse Papiere aufgedeckt würden. Jacobs' Betting Shops hatten heute Morgen einen ungebetenen Gast. Ungebeten, aber nicht unerwartet, wenn man Joe Reilly Glauben schenken durfte. Seine kleine Schwester sei ein gefundenes Fressen, hatte er gesagt. Hätte diesen Mistkerl Jacobs niemals heiraten dürfen.

Er würde Solly eine Kopie schicken, um ihn über die Entwicklungen in dem Fall auf dem Laufenden zu halten, falls es denn überhaupt welche waren. Doch eine innere Stimme sagte dem DCI, dass sie eine Verbindung zwischen dem ermordeten Buchmacher und den beiden unaufgeklärten Todesfällen unter den Wirtschaftsprüfern der Buchmacherkette finden würden.

Solly beobachtete das Faxgerät, wie es ein Blatt nach dem anderen ausspuckte. In seinen Augen war der Apparat ein technisches Wunder. Er konnte das Spektakel minutenlang mit andächtigem Staunen verfolgen. Schließlich glitt die letzte Seite in seine Hand. Beim Lesen des Dokuments wich der Zauber des Faxvorgangs einer Konzentration, die so tief war, dass er nichts anderes mehr um sich herum wahrnahm, nicht einmal die Stimmen auf dem Flur seiner Praxis drangen an sein Ohr.

Jacobs' Betting Shops waren dem Psychologen bei seinen Überlegungen über die Tatorte nicht entgangen. Der Fall erforderte in jeder Hinsicht eine sorgfältige Berücksichtigung der geografischen Umgebung des Clyde. Vom Crowne Plaza Hotel am Nordufer bis hinunter zur Brücke, die über den Fluss zum Carlton Place führte, waren Solly nicht nur das City Inn, sondern auch die eindrucksvolle Fassade der Buchmacherzentrale mit ihrem pseudogriechischen Säulenvorbau aufgefallen, dessen Treppe auf einen befestigten Steg hinausführte. Dort lagen auch einige Boote vertäut, protzige Sportboote für reiche Wettkunden. Alternative Fluchtmöglichkeiten? Vielleicht konnte ihm George Parsonage mehr über diese Art Schiffsverkehr erzählen.

Jennifer Hammonds Wohnung lag unmittelbar gegenüber der Wettbürozentrale auf der anderen Flussseite, und allein diese Tatsache machte ihn nachdenklich. In der Nacht, als die junge Frau ermordet worden war, hatte man weder jemanden gesehen noch irgendetwas gehört. Bis das Wasser durch die Decke in das Badezimmer des Fußballers gesickert war. War der Mörder vielleicht mit dem Boot unterwegs gewesen? Verfügte die Wohnsiedlung über eine Anlegestelle? Solly nahm sich vor, das herauszufinden.

Schließlich legte er das Fax beiseite und kehrte zu der Karte zurück, die aufgefaltet auf dem Schreibtisch lag. Solly ließ sich Zeit mit diesen beiden Todesfällen, so als handelte es sich um einen größeren Fall von Serienmorden. Rote Linien verbanden die verschiedenen Orte entlang des Uferstreifens von Westen nach Osten über die George V Bridge und zurück an der Südseite des Flusses entlang. Die Linie schlängelte sich an den Riverside Gardens vorbei zu einem weiteren Wohnblock, wo sie plötzlich endete. Dort wohnte Graham West. Er war derjenige, der sich auf Lorimers Andeutung hin, Duncan Forbes sei ermordet worden, höchst erschrocken gezeigt hatte. Solly hatte seine Reaktion mit Interesse wahrgenommen. Er mochte vielleicht die Fassung verloren haben, doch Tonfall und Gestik des Mannes sprachen nicht von aufrichtiger Erschütterung oder Unglauben, dass sein Kollege vorsätzlich ermordet worden war. West hatte so sehr Sollys Interesse geweckt, dass er ein paar diskrete Nachforschungen über den Mann angestellt hatte. Diese hatten ihn schließlich dazu bewogen, die dünne rote Linie am südlichen Flussufer zu verlängern. Aber sollte die Linie über den Fluss verlaufen? Der Stift schwebte unschlüssig über der Karte.

Das Fax teilte Solly mit, dass man die polizeilichen Ermittlungen auf die Finanzen der Buchmacher und deren Beziehung zu Forbes Macgregor ausgeweitet hatte. Irgendwo in dem ganzen Papierkram, darauf wäre er bereit zu wetten, würde Graham Wests Name auftauchen.

Während Solly über seiner Karte brütete, war Graham West damit beschäftigt, Akten in seine bereits prall gefüllte Aktentasche zu stopfen. Der Schredder befand sich in der Etage über seinem Büro. Er würde das Zeug heute Abend vernichten, wenn die meisten Angestellten nach Hause gegangen waren. Und dann? Wer auch immer ihn erpresst hatte, konnte ihm weiterhin E-Mails an seine Geschäftsadresse schicken. Es blieb ihm also nichts anderes übrig, als seinen Account unauffällig zu löschen. Alec Barr hatte ihn bereits auf dem Kieker. Er war einmal zu oft unter fadenscheinigen Vorwänden in sein Büro gekommen, und West hatte sich nicht eine Sekunde davon täuschen lassen. Seit DCI Lorimer der Kanzlei einen Besuch abgestattet hatte, waren sie alle nervös und leicht reizbar. Catherine verabredete sich seit Neuestem zu ausgiebigen Mittagessen mit ihren Kunden, und Malcolm machte sich gelegentlich einfach aus dem Staub und überließ es seiner Sekretärin, für seine Abwesenheit um Nachsicht zu bitten. Die Schatten, die sie verfolgten, kamen näher und drohten sie einzukreisen: Die Polizei hatte angekündigt, sie alle noch einmal sehen zu wollen, und der Psychologe hatte einen Termin mit ihm vereinbart.

Er für seinen Teil würde nicht einfach abwarten und nichts tun. Tony Jacobs hatte für seinen Eigensinn und seine Dickköpfigkeit, was die Fusion anbelangte, einen hohen Preis bezahlt. Duncan war beinahe zufällig in die ganze bedauernswerte Angelegenheit hineingeraten. Mit verheerenden Folgen. Jennys Tod aber war ihm besonders an die Nieren gegangen. Die Erinnerung an ihren Kopf auf seinem Kissen ließ Graham West innehalten, und seine Entschlossenheit geriet für eine Sekunde ins Wanken. Sollte er der Polizei nicht einfach alles sagen, was er wusste? Hier gab es ohnehin keine Zukunft mehr für ihn. Aber vielleicht konnte er anderswo noch einmal von vorne anfangen? In Kanada vielleicht oder in Australien? Seine Hand wanderte instinktiv in die Innentasche seiner Jacke, in der sein Pass steckte. Nur für den Fall, dass er schnell das Land verlassen musste. Er würde einen Haufen Sachen mit Bedauern zurücklassen müssen, und es könnte schwierig werden, seine Immobilien zu Geld zu machen. Dieser Scheißkerl hatte sein Gesellschafterkonto so gut wie leer geräumt.

Einfach verschwinden – dieses Vorhaben hatte Graham West bisher nie in Erwägung gezogen, und es kam ihm von Tag zu Tag schwieriger vor. Natürlich würde er als einer der Schuldigen dastehen, aber das war dann eben nicht zu ändern. Sein Ruf würde ohnehin bald genauso ruiniert sein wie diese Akten hier, die er durch den Schredder jagen würde. Den Ruf zu verlieren war jedoch nichts, verglichen mit der Gefahr, die über ihm schwebte. Wenn er nicht schnell etwas unternahm, könnte bald seine bloße Existenz auf dem Spiel stehen.

40. Kapitel

Cindy streckte sich, bis ihre Kniesehne schmerzte, dann schob sie ihren Körper langsam wieder in eine aufrechte Sitzposition. Jetzt fühlte sie sich besser. Ein paar Lockerungsübungen würden die Schmerzen, die wie immer vom zu langen Sitzen kamen, verscheuchen. Sie waren seit mehreren Wochen unterwegs, und heute war der letzte Tag der Tour. Dann hätte sie – welche Freude! – einen ganzen Monat lang nichts anderes zu tun, als neue Songs zu schreiben, jeden zweiten Tag ein bisschen zu proben und Freunde zu treffen, wann immer sie wollte.

Das Klingeln des Telefons riss sie aus ihren Gedanken, und sie ging zu dem großen Tisch hinüber, der gegenwärtig als Schminktisch herhalten musste.

»Hey«, rief sie in den Hörer. Cindy nannte nie ihren Namen. Man konnte schließlich nicht wissen, wer sie am Abend zuvor gesehen und das Hotelpersonal bestochen hatte, ihre Nummer herauszurücken.

»Hier ist Josh. Wie geht's dir, meine Süße?«

»Hi!« Cindy wirbelte auf den Zehenspitzen herum, ein breites Lächeln auf dem Gesicht. »Mir geht's super. Und dir?«

»Alles bestens. Hör zu, ich muss mit dir reden. Erinnerst du dich an die Nacht, als wir in Glasgow waren? Wir hatten an dem Abend zwei Gigs.«

»Ja, und?«

»Nach dem zweiten Auftritt im Armadillo ... Erinnerst du dich, wie wir aus deinem Schlafzimmerfenster geguckt haben?«

Cindy kicherte. Die Nacht mit Josh Scott würde sie nicht so schnell vergessen, aber sie war sich nicht sicher, ob sie das ihm gegenüber jetzt schon zugeben wollte.

»Vielleicht«, begann sie mit gespielter Unschuld. »Wieso?«

Am anderen Ende der Leitung herrschte Schweigen, so dass ihr Lächeln augenblicklich wieder erfror. Hatte sie ein kleines bisschen zu begeistert geklungen? Wollte Josh heute bereits alles kaputtmachen?

»Kannst du dich noch an den Typen erinnern, den wir gesehen haben? Der in die Büsche getorkelt ist?«

Cindy überkam eine Welle der Erleichterung. Der Anruf hatte nichts mit ihrer aufkeimenden Beziehung zu tun.

»Klar. Der Typ war so sternhagelvoll, dass er einfach umgekippt ist. Nur gut, dass er jemanden bei sich hatte, der ihm aufhelfen konnte.«

»Cindy.« Joshs Stimme klang jetzt ernst. Sie zog sich instinktiv einen Stuhl heran und setzte sich. »Derselbe Typ ist kurze Zeit später ertrunken. Ich habe gerade einen Anruf vom Crowne Plaza Hotel bekommen. Die Glasgower Polizei sucht Zeugen. Und ... na ja.« Cindy vernahm einen tiefen Seufzer am anderen Ende der Leitung. »Wir sind Zeugen, nicht wahr?«

»Cindy Heron und Joshua Scott«, teilte ihm Andrew Wotherspoon mit. »Die beiden sind die letzten Gäste, die ich erreicht habe. Und Sie haben ja vor allem nach den Zimmern mit Blick auf diese Seite gefragt.« Er wandte sich um und nickte hinunter in Richtung Finnieston.

Lorimer schwang in seinem Stuhl zurück. Ein Anflug von

einem Lächeln spielte um die Mundwinkel des Crowne-Plaza-Managers, als wäre er sich der Reaktion des Polizisten nicht ganz sicher.

»Wir haben etwas länger gebraucht, sie ausfindig zu machen, weil sie sich auf einer Konzerttournee durch Großbritannien befinden. Zurzeit in Bognor Regis«, fügte er hinzu.

»Gut gemacht.« Lorimer nickte. »Falls Sie mal einen neuen Job suchen – die Polizei von Strathclyde wäre interessiert.«

Andrew Wotherspoon errötete angesichts des unerwarteten Kompliments.

»Nun ja, Sie haben mich nach einer Liste aller Gäste gefragt, und die war im Grunde auch nicht schwer zu bekommen, nur bei diesen beiden Leuten hat es ein bisschen länger gedauert. Weil sie eben unterwegs sind.«

»Und Sie haben sie gebeten, sich bei uns zu melden, nehme ich an?«

»So ist es, Chief Inspector. Ich bin sicher, die beiden werden heute im Laufe des Tages anrufen. Ich wollte Sie nur wissen lassen, dass wir soeben alle unsere Gäste ausfindig gemacht haben.«

Lorimer nickte.

»Und sie glauben, etwas beobachtet zu haben?«

»Mr. Scott möchte gerne mit Ihnen sprechen. Er und Cindy Heron glauben, Mr. Forbes gesehen zu haben, nachdem er die Party verlassen hatte.«

Lorimer setzte sich auf. Das war etwas völlig Neues in einem Fall, der in einem Wirrwarr von Verdachtsmomenten steckengeblieben war. Ein echter Zeuge der letzten Handlungen, wenn nicht gar des eigentlichen Mordes, machte unter Umständen viel aus. Zusammen mit der Überprüfung der Buchmacherkette würde er sie auf die richtige Spur bringen.

»Cindy Heron? Ich war auf ihrem Konzert, als sie neulich in Glasgow war«, sagte Cameron. »Im King Tut's.«

»Wann war das?«

Cameron überlegte kurz.

»Zwei Tage bevor wir diesen Fall auf den Tisch bekamen. Muss in der Nacht vor Duncan Forbes' Tod gewesen sein. Ich hatte zur Abwechslung mal frei.« Er grinste seinen Vorgesetzten an, als er dessen Erheiterung wahrnahm.

»Lust, sie zu vernehmen?«, grinste Lorimer zurück. »Sie wird übermorgen hier sein.«

Cameron zuckte mit den Achseln und nickte, um seine innere Aufregung zu überspielen.

»Klar, warum nicht.«

»Es gibt einen Augenzeugen des ersten Mordfalls«, sagte Rosie.

Solly blickte auf.

»Wie es scheint, war ein Popstar im Crowne Plaza einquartiert. Sie und ihr Roadmanager haben jemanden gesehen, vermutlich Duncan Forbes mit einem anderen Mann«, fuhr sie fort.

»Ja«, erwiderte Solly mit einem Nicken. »Das ist gut.« Dann richtete er seine Aufmerksamkeit wieder auf den Blätterstapel auf seinem Schoß.

Rosie Fergusson seufzte. Für Lorimer war das wahrscheinlich der Durchbruch, der Mann neben ihr wirkte allerdings beinahe gleichgültig. Wer ihn nicht kannte, musste denken, dass es ihn überhaupt nicht interessierte, sagte sie sich. Solly konnte sich so sehr in eine Sache vertiefen, dass er Stunden brauchte, um aus dem Projekt, an dem er gerade arbeitete, wieder aufzutauchen. Von einem Profil hatte er bisher wenig gesprochen. Stattdessen schien er sich auf die jeweiligen Regionen am Fluss zu konzentrieren. Rosie hatte ihn stundenlang über dieser selbst gezeichneten, zerknitterten Karte brüten sehen, und mit ihren Fragen hatte sie ihm lediglich ein verschmitztes Lächeln und ein Nicken entlocken können. Sobald er etwas entdeckte, das er ihr erzählen wollte, würde er es schon tun. Bis dahin blieb ihr wohl nichts anderes übrig, als ihre Neugier im Zaum zu halten.

»Verdammt!« Maggie blieb abrupt stehen. Die tiefliegenden Wolken hatten den Regen den ganzen Nachmittag über angekündigt, und jetzt goss es wie aus Kübeln. Von der Haustür zum Auto war es nur ein Katzensprung, aber es würde genügen, um sie bis auf die Haut zu durchnässen. Der Elternabend der neunten Klasse war in der Regel gut besucht und der Parkplatz meistens überfüllt. Immer noch leise fluchend stürzte sie zurück zum Haus, um sich den Regenschirm zu schnappen, der drinnen neben der Tür stand. Der Regen prasselte so laut gegen die Fensterscheiben, dass er das Geräusch des Hausschlüssels übertönte.

Von oben drang eine vertraute Stimme an ihr Ohr. Bill am Telefon, dachte sie und hielt inne, um sich das Haar aus dem Gesicht zu streichen und es in den Mantelkragen zu stecken, bevor sie sich wieder hinaus in den Regen wagte. Da hörte sie einen Satz, der sie erstarren ließ.

»Könnten wir das noch machen, Jo?«

Maggie horchte in die darauf folgende Stille und zuckte zusammen, als die Stimme ihres Ehemanns verkündete: »Du bist ein Schatz!«

Noch bevor sie eine verräterische Pfütze im Flur hinterlassen konnte, stürmte sie wie blind in die Nacht hinaus und riss die Wagentür auf. Ihren zittrigen Fingern zum Trotz steckte sie den Schlüssel ins Zündschloss und ließ den Motor an.

Was zum Teufel ging hier vor? Rief er diese Frau jedes Mal

an, wenn sie das Haus verließ? In ihrem Kopf begann es zu hämmern. Sollte sie ihn zur Rede stellen? Das war der Punkt, über den sie Klarheit gewinnen musste. Während Maggie Lorimer durch die vertrauten Straßen raste, fühlte sich ihr Körper plötzlich leicht und schwerelos an. Was sollte sie tun? Was zum Teufel konnte sie tun? Sie fand keine Antwort, nur eine unendliche Leere in sich.

Ich darf mich nicht verrückt machen, ermahnte sie sich und versuchte, ihre gewohnte Fassung wiederzugewinnen. Sie hatte heute Abend eine Aufgabe zu erledigen, und eine Menge Eltern warteten darauf, dass sie ihnen ihre ungeteilte Aufmerksamkeit schenkte. Alles andere würde ganz einfach warten müssen.

41. Kapitel

Die Morgendämmerung zauberte ein Perlmuttrosa auf die schmale Hügelkette in der Ferne. Graham West streckte sich und atmete tief durch. Nur noch wenige Minuten, dann würde er aufstehen und zur Arbeit gehen.

Seine Arme verkrampften sich, als die Träume, die ihm den Schlaf versüßt hatten, der Wirklichkeit wichen. Heute war sein letzter Tag, dachte er. Er hatte alles, so gut er konnte, vorbereitet. Als er sich aufsetzte, sah er das Chaos von Blättern und Büchern, die über den Boden verstreut waren. Ihm konnte es egal sein, er würde bald nicht mehr hier sein. Er hatte nur das Allernötigste in einen Rucksack gepackt und den Pass in die Außentasche seiner Jacke gesteckt. Der Flug hatte ein Vermögen gekostet, aber mit Kreditkarte konnte er schließlich noch bezahlen. Er wäre schlicht und einfach nicht mehr da, wenn die Rechnung auf seiner Fußmatte landete. Der British-Airways-Flug nach London morgen Früh hatte Anschluss an den Langstreckenflug nach Singapur. Dort würde er in eine andere Maschine nach Sydney umsteigen. Sie würden seine Abwesenheit erst bemerken, wenn er längst am Bondi Beach in der Sonne lag. Allerdings nicht als Graham West. Er hatte beschlossen, alles hinter sich zu lassen, auch seinen Namen.

Eine kleine Falte erschien plötzlich auf seiner Stirn. Der kleine Scheißkerl von Dealer! Wusste er eigentlich seinen Namen? Die Falte verschwand, als es ihm wieder einfiel. Nein.

Ausschließlich das Nummernschild seines Porsches ließ Rückschlüsse auf ihn zu. Das schien alles so weit weg, der Tag, an dem alles angefangen hatte, so lange her. Hätte er damals geahnt, was alles passieren würde, hätte er das Zeug über die nächste Hecke geworfen und der Realität ins Auge geblickt. Oder vielleicht nicht? Die Versuchung war zu groß gewesen, und die Risiken waren ihm minimal vorgekommen. Mach dir nichts vor, West, sagte er sich. Du hast getan, was zu tun war, und jetzt wirst du es wieder so machen.

Er schwang zwei muskulöse Beine über die Bettkante, ließ die Decke zu Boden fallen und ging ins Badezimmer. Zur Feier seines letzten Arbeitstages würde er seinen besten Armani-Anzug tragen. Er lächelte seinem Spiegelbild zu. Das war kein Mann, der mir nichts, dir nichts klein beigeben würde. Nein. Das war ein Mann mit einer Zukunft.

Die Kanzlei sah genauso aus wie immer, dachte er und ließ beschwingt seine Aktentasche vor und zurück baumeln, als er das Gebäude betrat. Mit der Fassade aus Sandstein, die über dem Flussufer hoch aufragte, vermittelte es die gewohnte, vertrauenerweckende Stabilität. Er hatte Lust zu pfeifen, doch als einer der Referendare zu ihm in den Aufzug schlüpfte, beherrschte er sich und grinste albern. Die Typen würden auch noch einmal von vorne anfangen müssen, sie wussten es nur noch nicht. Er behielt das Geheimnis für sich und trat beschwingt aus dem Fahrstuhl.

Im Büro angekommen, machte sich Graham West daran, seine persönlichen Dokumente, beziehungsweise das, was von der Schredderaktion der vergangenen Nacht noch übrig war, mit großer Gewissenhaftigkeit durchzusehen. Es gab nichts mehr, was ihn belasten könnte. Selbst die Geschäftsbücher von Jacobs' Betting Shops waren im Hauptablagesystem unter den

Namen der anderen Partner gelandet. Er lächelte. Malcolm, Catherine und Alec wären der Polizei ein paar Erklärungen schuldig, wenn sie dem Winkelzug überhaupt jemals auf die Schliche kamen. Natürlich, durch sein plötzliches Verschwinden würde er den Verdacht zunächst auf sich lenken, aber das konnte sich ganz schnell ändern, wenn erst einmal diese Dokumente aufgetaucht waren.

»Kaffee im Sitzungssaal. In fünf Minuten.« Catherine steckte ihren Kopf in sein Büro, ohne dass er sie vorher hatte kommen hören.

»In Ordnung«, murmelte er und gab vor, in die Berichte auf seinem Schreibtisch vertieft zu sein. Der Kopf verschwand wieder. Kaffee zu dieser morgendlichen Stunde? Was war los? War die Polizei wieder im Haus? West spürte, wie es ihm den Schweiß in die Handflächen trieb. Vielleicht war er mit seiner Selbstbeglückwünschung ein bisschen zu voreilig gewesen. Die Hybris hatte eine sonderbare Art, ihr hässliches Haupt zu erheben, dachte er grimmig.

Als West den Sitzungssaal betrat, waren nur Catherine und Malcolm anwesend. Letzterer wirkte blass und ängstlich besorgt. Catherine hatte ihm den Rücken zugewandt und schenkte aus der Kanne, die sie von der Warmhalteplatte genommen hatte, Kaffee ein.

»Alec kommt nicht?«, fragte er und hüstelte, um die Nervosität in seiner Stimme zu überspielen.

Catherine wandte sich zu ihm um und lächelte gelassen. »Nein, nur wir drei. Ich wollte die Zeit nutzen, in der Alec außer Haus ist, um mit euch beiden alleine zu sprechen.«

West setzte sich und trommelte mit den Fingern auf die Tischkante. Malcolm sah kurz zu ihm herüber, dann wandte er den Blick schnell wieder ab. West fühlte sich an die Geschworenen in einem Mordprozess erinnert. Sie vermieden auch jeden Blickkontakt mit dem Angeklagten, wenn sie ihn einmal für schuldig erklärt hatten, oder nicht?

»Also, was gibt's?« Er starrte Catherine durchdringend an und zwang sie, ihm in die Augen zu sehen.

»Es geht um Shelley Jacobs«, antwortete sie. »Sie ist zur Polizei gegangen.« Sie hielt inne und ließ ihre Worte wirken. Malcolm brach das Schweigen.

»Und?«, fragte er.

»Und es scheint, als hätte jemand in ihrem Haus herumgeschnüffelt. Außerdem hat sie Drohanrufe erhalten.« Catherine sah abwechselnd von einem zum anderen, als wartete sie auf eine Reaktion. Als keine kam, rümpfte sie die Nase. »Joseph Reilly, ihr großer Bruder, hat begonnen, Tony öffentlich zu kritisieren«, fuhr sie fort. »Und das könnte Ärger für uns bedeuten.«

»Meinst du, für uns oder für Forbes Macgregor?«, wollte Graham West wissen.

»Läuft letzten Endes auf dasselbe hinaus«, murmelte Malcolm.

»So ist es«, bekräftigte Catherine. »Wenn einer von uns untergeht, geht die ganze verdammte Firma unter. Jacobs' Ermordung hätte uns vorsichtiger machen sollen.«

»Aber Alec meinte, alles sei in bester Ordnung!«, wandte West ein. »Niemand wird uns etwas vorwerfen können!« Er breitete die Arme zu einer Geste aus, die seine Unschuld beteuern sollte, doch Catherine Devoy warf ihm nur einen verächtlichen Blick zu.

»Die Polizei verschwendet keine Zeit. Mit drei Morden auf dem Tisch betrachten sie uns wahrscheinlich als potenzielle Mörder.«

Graham West zuckte unweigerlich zusammen.

»Du machst Witze, oder?« Er blickte von Catherine zu

Malcolm und war erleichtert, als er Malcolms skeptischen Blick sah.

»Warum sonst wollen sie uns alle einzeln vernehmen?« Catherine ließ die Frage einen Augenblick im Raum stehen und musterte die beiden Männer. Sie wandte ihren Blick nicht ab, entschlossen, eine Reaktion herauszufordern. West runzelte die Stirn. Stell dich einfach dumm, dachte er. Malcolm hatte den Blick gesenkt und schien völlig versunken auf einen Fleck auf dem Teppich zu starren. West sah zu, wie Catherine vor Malcolm in die Hocke ging und ihn zwang, sie anzusehen.

»Was ist eigentlich mit dir los? Seit Duncans Tod verhältst du dich so komisch wie noch nie.«

Malcolm schluckte.

»Nichts Besonderes. Ein Magengeschwür. Ich müsste mal ins Krankenhaus und mir was geben lassen, das ist alles«, murmelte er und blickte nervös zwischen den Partnern hin und her.

Catherine lächelte.

»Du Armer! Und wir dachten schon, du leidest unter Gewissensbissen.« Sie lachte freudlos. »Auch eine Art, von der Bildfläche zu verschwinden. Sich krank ins Bett zu legen.«

Graham West klopfte Malcolm auf die Schulter, eine Geste männlicher Solidarität, mit der er Catherine ärgern wollte.

»Also, was ich euch beiden sagen wollte, ist lediglich, dass wir sehr, sehr vorsichtig sein müssen«, fuhr sie verärgert fort. »Irgendjemand da draußen ist verzweifelt genug, um über Leichen zu gehen, und Jacobs hat bekanntlich mit einigen ziemlich komischen Leuten zusammengearbeitet.«

»Na, Forbes Macgregor hat ihn trotzdem recht bereitwillig als Kunden angenommen«, platzte West heraus. »Sein Ruf war ihnen doch bekannt!«

Catherine starrte ihn wütend an.

»Du meinst uns, Graham, oder? Vergiss nicht, dass wir alle Gesellschafter sind. Das heißt, wir sind Forbes Macgregor.«

»Und wir haben alle eine Menge zu verlieren«, fügte Malcolm leise hinzu.

Malcolm wartete, bis die anderen den Sitzungssaal verlassen hatten, dann stand er auf. Mit zittrigen Händen stellte er die unangetastete Tasse Kaffee auf das Tablett und hielt sich an einer Stuhllehne fest, als ihn ein neuer Krampf zusammenfahren ließ. Magengeschwür. Sie hatten es ihm anstandslos abgekauft. Wie alle andern auch. Doch Catherines bissige Bemerkung über sein Gewissen war wie ein Schlag ins Gesicht gewesen. Wenn sie wüsste, was in den letzten Tagen in ihm vorgegangen war. Von Michael hatte er seit jenem überraschenden Anruf nichts mehr gehört, und mit jeder Stunde, die verging, drängte sich ihm mehr und mehr die Frage auf, ob der junge Mann seinem Kidnapper wirklich entkommen war. An die Alternative wagte er gar nicht zu denken. Es war schon viel zu viel Blut geflossen, und wofür? Ja, es war geradezu paradox, dass Catherine mit ihrem ersten Verdacht richtig gelegen hatte. Malcolm fiel es schwer, mit dem Wissen zu leben, was passiert war. Wer hatte noch gesagt, dass uns die Wahrheit erlösen würde? Er wusste jetzt, wie die Wahrheit lautete. Und sie hatte aus ihm einen Gefangenen gemacht.

42. Kapitel

Michael kauerte sich in den Graben. Schweiß sammelte sich an seinem Haaransatz und tropfte ihm in die Augen. Sein Nacken, den die Spätnachmittagssonne verbrannt hatte, fühlte sich heiß und trocken an.

JJ war zurück. Durch die hohen Gräser, die den Graben begrenzten, konnte Michael die Haustür sehen, die in den Angeln hin und her schwang. In dieser Minute ging der Mann gerade von einem Zimmer ins nächste und suchte nach ihm. Michael malte sich die Flüche aus, die die übelriechende Luft zerschnitten. In seiner Brust spürte er ein wildes Pochen. Dann schoss ihm ein völlig neuer Gedanke durch den Kopf: Möglicherweise war das alles Teil des Plans. Warum hatte JJ ihn nicht gefesselt? Weil sich das Haus in einer so abgeschiedenen, gottverlassenen Gegend befand, in der ihn ohnehin niemand finden würde? Oder hatte er sogar gewollt, dass sich seine Geisel aus dem Staub machte? Blickte er vielleicht gerade auf dieses Feld hinaus mit dem Gedanken, eine Leiche zurückzulassen, die nur die Geier finden würden?

Der Bewässerungsgraben befand sich auf halber Strecke zwischen den beiden Wohnhäusern, wahrscheinlich eine einfache Methode, die Grenze zwischen den Grundstücken zu markieren. Michael hatte gehofft, es bis zu dem Haus am Horizont zu schaffen, doch das Erscheinen des Lieferwagens hatte den Plan vereitelt. Als JJs stämmige Gestalt auf dem Schotterweg auftauchte, duckte er sich noch etwas tiefer in sein Versteck. Hatte er auf seinem verzweifelten Spurt durch das Feld Spuren hinterlassen? Oder würde das wogende Gras seinen Fluchtweg verdecken?

Michael harrte aus, wagte kaum zu atmen. Alle seine Sinne schienen sich auf sonderbare Weise geschärft zu haben. Sein Blick huschte zu einem schillernden grünen Käfer, der ihm über den Handrücken lief. Das Kitzeln der winzigen Füßchen auf seiner Haut war fast unerträglich. Wenn er ihn jetzt nur verscheuchen könnte! Hoch über ihm flog eine Krähe durch die drückend heiße Luft, und Michael konnte das Schlagen ihrer Flügel hören. Still lag er da, wagte kaum zu atmen. Sich nicht zu bewegen wäre seine Rettung, das wusste er. Sollte JJ ihn entdecken, würde er ihm mit einem einzigen glatten Schuss den Garaus machen. Aber solange er reglos verharrte und die pralle Sonne auf seinen unbedeckten Kopf herunterbrennen ließ, gab es immer noch ein Fünkchen Hoffnung.

Nach einer Weile, die Michael wie eine Ewigkeit vorkam, hörte er, wie ein Motor angelassen wurde. Eine plötzliche Panik ergriff ihn. Was, wenn JJ ihn überlisten wollte? Wenn er ihn dazu bringen wollte, sich zu zeigen? Er konnte sich den Mann sehr gut vorstellen, wie er bei laufendem Motor neben seinem Wagen stand, den Arm um die Schrotflinte geschlungen, und auf seine Beute wartete. Nein. Er würde besser so lange warten, bis er sich ganz sicher war. Das Motorengeräusch nahm jetzt einen anderen Ton an, und er konnte die Reifen die Sandstraße hinunterrollen hören und nach einer Weile das entfernte Heulen, als der Lieferwagen wieder auf die Landstraße einbog.

Michael zitterte am ganzen Körper wie im Fieber. Vielleicht fieberte er wirklich? So schwach, wie er sich fühlte, konnte er sich alles Mögliche eingefangen haben.

Er sah auf seine Hand hinunter. Der Käfer war verschwunden. Er blickte sich flüchtig um, da entdeckte er den schimmernden Rückenpanzer auf einem Grashalm. Es konnten höchstens ein paar Minuten vergangen sein, seit das Insekt über seine Hand gekrabbelt war, aber es kam ihm wie eine Ewigkeit vor. Mit einem durchdringenden Ächzen zog er sich auf den Ellbogen nach oben und blickte über den Grabenrand. Weit und breit war niemand zu sehen. Sogar der Staub, den die Reifen des Lieferwagens aufgewirbelt hatten, schwebte bereits in Richtung Feldrand.

Er spähte zu dem Farmhaus hinüber. Es wirkte unbewohnt. Womöglich war es nur die trostlose Hülle eines Hauses. Doch bei näherer Betrachtung fiel ihm auf, dass das Schindeldach unversehrt war, und er entdeckte Kaminholz, das sauber und ordentlich an der Hauswand aufgestapelt war. Er warf noch einmal einen ängstlichen Blick zurück, dann stemmte er sich mit beiden Armen hoch und lief auf zittrigen Beinen auf das Haus zu.

JJ warf einen Blick auf die Tankanzeige. Die Tankfüllung reichte bis weit hinter die Bezirksgrenze. Die Sache war nicht nach Plan verlaufen. Etwas war passiert, und schuld daran konnte nur dieser Scheißkerl in Schottland sein. Der Bankkassierer hatte ihn verständnislos angestarrt, als er das Geld auf seinem neuen Konto verlangt hatte. Dann hatte sich alles aufgeklärt. Es war überhaupt kein Konto eröffnet worden. Das große Geld, das er von Forbes Macgregor erwartet hatte, war auf mysteriöse Weise im Äther verschwunden. Die sechshunderttausend Dollar, die er von dem Glasgower Partner erpresst hatte, waren der ganze Dank für seine Mühe.

JJ war mit halsbrecherischer Geschwindigkeit und quietschenden Reifen auf dem heißen Asphalt zurückgefahren, nur um festzustellen, dass Michael verschwunden war. Das leere Haus hatte ihn nervös gemacht. Der Schotte konnte überall sein. Wahrscheinlich hatte er sich in die nächste Stadt mitnehmen lassen, und es war nur eine Frage der Zeit, bis der Typ die Bullen verständigte.

JJ fuhr davon, ohne sich noch einmal nach der alten Heimstätte umzudrehen. Die größte Gaunerei, die er je in Angriff genommen hatte, war also in die Hosen gegangen. Aber noch war nicht alles verloren. Wenn er seine Karten richtig spielte, würde er es immer noch weit bringen. Wissen war Macht, und Macht war Geld. Was ihm dieser Typ erzählt hatte, konnte nach wie vor einen reichen Mann aus ihm machen. JJ kniff die Augen zusammen und nickte seinem Spiegelbild in der Windschutzscheibe zu. Das Spiel war noch nicht aus. Und mit seinem Sachverstand als Todesengel würde er so lange auf freiem Fuß bleiben, wie es ihm gefiel.

43. Kapitel

»Lust auf ein Bier?« Alec Barr stand vor ihm, als er zum letzten Mal seine Aktentasche zusammenpackte. West wollte gerade den Kopf schütteln und sich eine Ausrede einfallen lassen, als er den bohrenden Blick auf sich spürte. Ein fadenscheiniger Vorwand könnte Alecs Misstrauen wecken. Wahrscheinlich wäre es das Beste, erst einmal mitzugehen.

»Ist ein großartiger Abend. Was hältst du von einem kleinen Spaziergang zum Pub? Lass deine Schleuder zur Abwechslung mal in der Garage.« Alec lachte laut auf, als hätte er etwas unglaublich Lustiges gesagt. West zuckte mit den Achseln. Ihm sollte es recht sein. Er hatte alles für seine Abreise am nächsten Morgen vorbereitet. Ein schnelles Bier mit Alec wäre vielleicht die beste Strategie, um allen Argwohn zu zerstreuen. Er würde über das Fußballspiel am Wochenende sprechen, das er sich anschauen wollte, über die Chancen seines Teams, in die erste Liga aufzusteigen, alles unverfängliche Bemerkungen, die den Anschein erweckten, dass er sich die nächsten Wochen auf jeden Fall in Glasgow aufhalten würde.

Es war ein angenehmer Aprilabend, und der nahende Frühling kündigte sich in den reinen Farben der Narzissen, Tulpen und Hyazinthen in den sorgfältig bepflanzten Blumenkästen vor den Fenstern des Bürogebäudes an.

»Lass uns hier langgehen«, schlug Alec vor und wandte sich nach rechts in Richtung Hängebrücke. West lächelte zustimmend. Warum nicht. Er ging gerne über die schwankende

Konstruktion und blickte den Fluss hinauf und hinunter. Es war, als würde man auf der Kommandobrücke eines Ozeandampfers stehen.

Auf dem Weg zur Brücke plauderte Alec kameradschaftlich über dies und das. Die Brücke war nahezu menschenleer. Nur ein Mann, der etwas im Arm trug, das wie ein Billardqueue-Koffer aussah, kam ihnen entgegen. West wandte den Blick ab, um dem Fremden nicht in die Augen sehen zu müssen. Dieser Teil der Stadt war befremdlich. Nicht selten wurde er auf der Straße von Drogensüchtigen aufgehalten, die ihn mit müden Augen ansahen und um ein paar Pennys für eine Tasse Tee bettelten. Ein paar Pennys für den nächsten Schuss, das traf es schon eher, spöttelte West leise vor sich hin. Das war auch ein Grund, warum er, wenn er alleine war, lieber den Porsche nahm, um über die Autobrücke in die Stadt zu fahren.

Eine plötzliche Welle der Nostalgie überkam ihn. Er würde sein Auto vermissen, seine Wohnung und, ja, verdammt, er würde die ganze verflixte Stadt vermissen. Er zögerte kurz und blickte zur St. Andrew's Cathedral und dem angrenzenden Glasgebäude hinüber, in dem sich der Feierabendverkehr spiegelte.

»Alles klar?«, erkundigte sich Alec, und West wurde sich bewusst, dass er einfach stehen geblieben war und wie ein Idiot ins Leere starrte.

»Ich glaube, ich hab was vergessen«, improvisierte West. »Geh ruhig schon mal vor. Ich hol dich gleich wieder ein. Okay?«

Einen Augenblick lang glaubte er, Alec würde weiter nachbohren, doch der Ältere zuckte nur mit den Achseln und ging weiter.

»Für mich ein Tennent's!«, rief West ihm nach. Er sah, wie Alec zustimmend die Hand hob, wandte sich dann um und ging in Richtung Büro davon.

Es kostete ihn einige Anstrengung, nicht loszurennen. Er konnte es kaum erwarten, endlich in seinem Porsche zu sitzen. Seine letzte Nacht in Glasgow würde er nicht mit Alec Barr verbringen. Auf keinen Fall! Er wusste Besseres mit seiner Zeit anzustellen.

Alec Barr sah stirnrunzelnd auf die Uhr. West hätte längst hier sein müssen. Sein Kollege war nicht aufgetaucht, und sein Handy war ausgeschaltet. Die Minuten vergingen, in denen der Mann nur dasaß und gedankenverloren an seinem Bier nippte.

Schließlich trank er das Glas in einem Zug aus, hievte sich mit einem Seufzer hoch und ging zur Bar. Ella wartete sicher schon mit dem Abendessen auf ihn, und er sollte sich langsam auf den Weg nach Hause machen. Er würde West eine Nachricht hinterlassen, für den Fall, dass er doch noch aufkreuzte.

»Steve«, rief er und fing den Blick des Barkeepers auf. »Ich hatte mich mit jemandem auf ein Bier verabredet. Graham West. Groß, dunkelhaarig. Kennst du ihn?«

Der Barkeeper schüttelte den Kopf.

»Also, wenn er noch kommt, sag ihm bitte, ich hätte bis jetzt auf ihn gewartet. Ich muss los, kann schließlich nicht ewig hier herumsitzen«, grummelte Barr. »Wir haben jetzt fast halb sieben. Wenn ich noch länger warte, stecke ich nachher stundenlang im Stau. Die Rangers haben heute ein Heimspiel.«

Der Barkeeper sah zu, wie der Gast ein paar kräftige Schultern in seinem Mantel zurechtrückte und den Blick ein letztes Mal durch den Raum schweifen ließ, bevor er sich zum Gehen wandte. Er würde nach seinem Kumpel Ausschau halten. Er selbst würde lieber nicht in Wests Haut stecken wollen, wenn Alec Barr ihm das nächste Mal begegnete, dachte er sich, als er den nassen Fleck wegwischte, den das Bierglas auf dem Tisch hinterlassen hatte. Der Mann, der gerade zur Tür hinausgegangen war, wirkte wie jemand, dem man besser nicht in die Quere kommen sollte.

Joseph Reilly stand in der Brückenmitte und blickte besorgt auf die Uhr. Er hatte den Anruf vor einer Stunde erhalten, und wer immer sich dahinter verbarg, sollte eigentlich schon hier sein.

»Etwas Brauchbares über Tony Jacobs«, hatte ihm die Stimme mitgeteilt. Eine gebildete Stimme mit einer Autorität, wie er sie seit Schultagen nicht mehr gehört hatte und die ihn an den großen Eddie Docherty erinnerte, den Schulleiter des St. Roc's. Es waren keine Namen genannt worden, und Joe hatte auch keine erwartet. Sein verstorbener Schwager hatte in einer zwielichtigen Welt verkehrt, in der schattenhafte Figuren wie aus dem Nichts aufgetaucht und dorthin wieder verschwunden waren. Joe hatte sich Shelley zuliebe damit abgefunden; sie glücklich zu sehen hatte ihm gereicht. Mit Tony selbst war es etwas anderes gewesen. Schon mit ihm in einem Raum zu sein hatte ihm eine Gänsehaut beschert. Joe war kein bisschen traurig darüber, dass ihm jemand eine Kugel durch den Kopf gejagt hatte. Shelley aber war völlig verzweifelt und jetzt zudem noch verängstigt. Würde der Typ irgendwelche handfesten Informationen liefern, mit denen er zur Polizei gehen konnte? Würde seine kleine Schwester vielleicht endlich kapieren, wer ihr Ehemann wirklich gewesen war: ein ausgemachter Gauner? Okay, er war auch nicht gerade ein Heiliger, doch seine Konflikte mit dem Gesetz waren ein Klacks, verglichen mit dem, was Tony Jacobs auf dem Kerbholz hatte.

Ein Geräusch zu seiner Rechten ließ Joe Reilly herumfahren. Ein Mann, der einen Koffer mit Billardqueues schwang, kam auf ihn zu. Der Fremde grinste ihn an und erntete im Gegenzug ein zaghaftes Lächeln.

»Alles klar, Kumpel?« Der Mann streckte den Arm aus, und Joe spürte den kalten Griff in seiner schwitzenden Hand.

»He, was zum ...?« Joes verblüffte Frage erstickte, als ihn der Mann zu sich heranzog und ein Schmerz seine Brust durchzuckte. Er hörte einen qualvollen, schmerzerfüllten Aufschrei. Dann kippte alles zur Seite. Er fiel, fiel in die Tiefe, bis das dunkle Wasser ihn auffing und seine wild fuchtelnden Glieder umschloss.

Auf der Südseite des Flusses ging der Mann mit den Billardqueues beschwingt davon. Es lohnte sich nicht loszurennen und dabei den Anschein zu erwecken, dass er auf der Flucht war. Er blieb sogar einmal stehen, um sich eine Kippe anzuzünden, und warf das Streichholz anschließend in den Fluss. Bei der Vorstellung, wie es zischend ins Wasser fiel, musste er lächeln. Erst brannte es lichterloh, dann erstarb die Flamme schon wieder. Wie dieser arme Teufel. Er schüttelte den Kopf. Vielleicht konnte er seinen Namen morgen in der Zeitung lesen, aber das kümmerte ihn nicht weiter. Am Ende war es doch nur ein Name. Nur ein Job unter vielen. Wenn er es nicht getan hätte, dann hätte ein anderer den Auftrag ausgeführt, sagte er sich mit einem Schulterzucken. Er ging weiter am Fluss entlang, an der Werft vorbei, bis er zum Eingang von Riverside Gardens gelangte. Sie warteten dort auf ihn. Der Mann wandte sich nicht um, als er auf das rote Auto zuschlenderte. Den leichten Teil hatte er hinter sich, dachte er. Jetzt fing der schwierige Teil an.

George Parsonage benötigte weniger als acht Minuten, um zu dem Körper unter der Brücke zu gelangen. Die übliche Traube von Schaulustigen starrte zu ihm herunter, während uniformierte Beamte nach Kräften versuchten, sie zurückzuhalten.

Wie es aussah, hatte die Zeit nicht gereicht, um eine Polizeiabsperrung zu errichten. George kämpfte gegen die starke Strömung an, seine Arme waren eine bloße Verlängerung der rhythmisch schlagenden Ruder. Er ließ den Körper, der nach wie vor ein paar Meter von der Hängebrücke entfernt in der Strommitte trieb, nicht eine Sekunde aus den Augen.

Langsam näherte er sich der leblosen Gestalt. Aus Erfahrung wusste er, dass jetzt höchste Vorsicht geboten war. Eine falsche Bewegung, und der Leichnam könnte von einer Welle erfasst werden und unter der trüben Wasseroberfläche verschwinden. In wenigen Sekunden war es geschafft. Das schnelle Kippen des Kahns und ein kräftiger Ruck brachten die Fracht in die Sicherheit seines Bootes. George Parsonage ließ die Ruder in den Dollen ruhen, während er den Mann auf dem Boden des Bootes untersuchte. Ein Gemisch aus Blut und Wasser floss aus seiner Seite, und auf dem Anzug erkannte er einen dunklen Fleck. George schüttelte kurz den Kopf, dann blickte er hinauf. Irgendetwas war oben passiert, und je schneller er diesen Kerl in den Wagen brachte, der am Kai wartete, desto besser.

Über ihm beobachteten mehrere Augenpaare, wie er zurück ans Ufer ruderte, die dunklen Umrisse eines Leichnams zu seinen Füßen. Als die Beamten mit ihren Fragen begannen, rissen sich die Leute allmählich vom Brückengeländer los. Sie waren eben erst vorbeigekommen. Hatten nicht gesehen, wie es passiert war. Sie wollten nicht in die Sache hineingezogen werden.

DCI Lorimer machte ein grimmiges Gesicht. Durch das Sichtfenster sah er Dr. Rosie Fergusson zu, wie sie den ersten Schnitt setzte. Der nackte Leichnam lag ausgestreckt unter dem grellen Licht der Obduktionslampe, ein Fall für den prüfenden Blick der Pathologin. Er war eigentlich kein Mensch mehr, dachte

Lorimer, nur noch eine Ansammlung von Knochen, Fleisch und Körpersäften. Lorimer versuchte sich darauf zu konzentrieren, was Rosie ihnen über Joseph Reillys Leichnam mitteilte. Er hörte aufmerksam zu, als sie über die Wunde in der Brust des Mannes sprach.

»Würdest du das bitte ausmessen, Dan?«, bat sie ihren Assistenten. »Eine bootsförmige Wunde. Was auch immer das für eine Waffe war, sie muss ein stumpfes und ein spitzes Ende gehabt haben.« Ihre behandschuhten Finger pressten die Wunde zusammen. »Jetzt müssen wir noch feststellen, wie tief sie in den Körper eingedrungen ist«, murmelte sie halb zu sich selbst.

Lorimer beobachtete mit der für ihn typischen Faszination, wie sich die Pathologin nach Kräften bemühte, die Wunde zu deuten, die für Shelley Jacobs' Bruder den Tod bedeutet hatte. Ein kräftiger Hieb mit der Waffe hatte ausgereicht. Und dann der Stoß über das Geländer der Hängebrücke. Warum hatte ihn der Killer nicht einfach an Ort und Stelle sterben lassen? Wollte er sichergehen, dass sein Opfer auf keinen Fall am Leben blieb? Handelte es sich um eine beliebige Gewalttat in einer Stadt, die für ihre Messerstechereien bekannt war? Wie es schien, war dem Opfer nichts abgenommen worden. Das Portemonnaie hatte noch in der Jackentasche gesteckt, als George Parsonage den Leichnam aus dem Wasser gefischt hatte. Aber irgendwie glaubte er nicht daran, dass es sich um einen spontanen, nicht vorsätzlichen Mord handelte. Er hatte das sichere Gefühl, dass Joseph Reilly von einem Auftragskiller beseitigt worden war. Lorimer starrte auf die Leiche. Ihm war, als steckte hinter alldem eine bestimmte Aussage. Alles schien sich in der Umgebung des Flusses abzuspielen: Jacobs' Betting Shops auf der einen und Forbes Macgregors prunkvolle Büros auf der anderen Seite. Und Jennifer Hammond hatte ebenfalls in unmittelbarer Nähe des Flussufers gewohnt, erinnerte er sich.

Lorimer nickte. Er konnte noch kein Muster in dieser ganzen Angelegenheit erkennen, aber er wusste jemanden, dem genau das womöglich gelingen würde.

Solly saß aufrecht da und lauschte aufmerksam den Nachrichten im Radio.

»Am frühen Abend wurde in der Glasgower Innenstadt die Leiche eines Mannes aus dem Clyde geborgen. Der Mann war aktuellen Angaben zufolge tödlich verletzt, als er von der Hängebrücke in den Fluss geworfen wurde. Die Polizei sucht nach Augenzeugen.«

Der Psychologe strich sich nachdenklich den üppigen Bart glatt. Handelte es sich um einen erstaunlichen Zufall, oder bestand ein Zusammenhang zwischen dem Mord an Tony Jacobs' Schwager und den anderen Mordfällen? Nein. Es gab zu viele kleine Stränge, die sich allmählich miteinander verbanden, als dass der Vorfall nicht Teil eines Musters wäre. Und die Wahl des Flusses als zentraler Ort stellte sich einmal mehr als ein interessantes Merkmal heraus. Der Flusswächter hatte ihm alles über die Selbstmorde und versuchten Selbstmorde erzählt. Über die Leute, die ihn dafür verflucht hatten, dass er sie wieder in die Hölle zurückschickte, in der sie geschmort hatten, bevor sie den Sprung von der Brücke gewagt hatten. Doch hatte der Flusswächter in all den Jahrzehnten, die er jetzt auf den Wasserstraßen seine Runden drehte, noch nie eine ähnliche Serie von Mordfällen erlebt.

Morgen würde diese junge Popsängerin in Glasgow sein und Lorimer helfen, mehr Einblick in den Tod von Duncan Forbes zu gewinnen. Der Psychologe würde inzwischen weiter seine Karten studieren und noch mehr rote Linien durch das mäandernde Blau des Clyde ziehen.

Das Autoradio hatte soeben die Schlagzeilen des Tages verkündet, einschließlich des Schicksals von Joseph Reilly. Auch seine Verbindung mit dem ermordeten Buchmacher war erwähnt worden. Diese Journalisten waren nicht doof, sagte sich der Mann, während er geduldig auf den roten Vauxhall wartete. Der Aktenkoffer mit dem Geld lag auf dem Beifahrersitz. Er würde ihn übergeben und nach Hause fahren. Schluss, aus, basta!

Der Mann ließ seine behandschuhten Finger knacken. Er hatte alle Vorsichtsmaßnahmen getroffen. Nie würde jemand auch nur eine Spur von ihm entdecken. Sogar das Auto, in dem er saß, konnte nicht als sein eigenes identifiziert werden.

In wenigen Minuten war alles vorbei. Der Aktenkoffer wurde übergeben, die Autotür zugeschlagen. Dann fuhr er davon. Seine Haut kribbelte unter der Latexmaske, und noch bevor er die Hauptstraße erreichte, riss er sie sich vom Kopf. Sie war nur ein Gegenstand mehr, den er entsorgen musste, bevor er in die Sicherheit seines Zuhauses zurückkehrte. Er drückte den ungewohnten Knopf, um das Fenster herunterzulassen, und schleuderte die grüne Maske weit von sich. Kurz blickte er ihr nach und sah mit Genugtuung, wie sie in dem anderen Müll landete, der das Ufer säumte. Ein Lächeln spielte um seine Mundwinkel.

Sie hatten wohl nicht damit gerechnet, dass ihnen der unglaubliche Hulk das Geld persönlich überreichen würde, und ihre Verblüffung hatte ihm einen Augenblick heimlichen Vergnügens bereitet.

44. Kapitel

DCI Lorimer schloss die Haustür leise hinter sich. Die Dunkelheit im Flur bestätigte seine Vermutung, dass Maggie bereits schlafen gegangen war. Es war einer dieser langen Tage gewesen, an denen ein Ereignis das nächste jagte. Ein Killer war irgendwo da draußen unterwegs, während Joseph Reilly mausetot in der Leichenhalle lag.

Lorimer glaubte nicht an Zufälle. Sie alle wussten, dass ein Profi beauftragt worden war, Tony Jacobs aus dem Weg zu räumen, und er hatte den Verdacht, dass das auch hier der Fall war. Als er auf Zehenspitzen die Treppe hinaufging, musste er an die aufgebrachte Stimmung im Polizeipräsidium denken. Niemand hatte ein Blatt vor den Mund genommen, als es um diesen jüngsten Mord auf offener Straße ging. Für die Polizei von Strathclyde war der Vorfall ein Schlag ins Gesicht. Reilly hätte mit Sicherheit ein paar interessante Informationen über den Hintergrund des Mordes an seinem Schwager beisteuern können. Gut möglich, dass sich diese Morde in die vielen ungelösten Fälle einreihen würden, mit denen sich die neue Einheit in den nächsten Jahren herumschlagen durfte. Er hoffte inständig, dass ihm diese Pleite erspart bleiben würde, solange er der leitende Ermittlungsbeamte in diesem Fall war.

Im Schlafzimmer war es stockfinster, als Lorimer hineinschlich. Doch seine Augen gewöhnten sich allmählich an die Dunkelheit, so dass er Maggies Umrisse unter der Bettdecke ausmachen konnte. Er streifte seine Kleider ab, kroch unter die

Decke und schmiegte seinen nackten Körper an sie. Maggie stöhnte leise, als sie seine kühlen Glieder an ihrer warmen Haut spürte. Er schlang den Arm um ihren Körper und zog sie näher zu sich heran. Als er mit den Fingerspitzen ihre Brüste streichelte, stieß sie einen Seufzer aus und kuschelte sich an ihn. Er war sich allerdings nicht sicher, ob sie schon schlief oder noch halb wach war. Bei ihr zu liegen und ihre Wärme zu spüren musste wohl fürs Erste reichen.

»Und, haben wir Glück?«

»Ja, Gott sei Dank!« DS Wilson seufzte und rieb sich die vom Schlafmangel geröteten Augen. »Wir haben eine Beschreibung des Täters. Und eine gute Zeugenaussage. Hat einen der üblichen Verdächtigen rausgepickt. Rate mal, wen?«

Lorimer schüttelte den Kopf.

»Dougie McAlister, Shugs jüngeren Bruder. Kannst du dir diese Dreistigkeit vorstellen? Und er sitzt wegen dem Mord an dem Buchmacher.«

»Scheint in der Familie zu liegen«, sagte Lorimer resigniert. »Man würde meinen, sie seien ein bisschen ausgebuffter.«

»Tja! Wir haben einen Haftbefehl gegen ihn beantragt und bekommen, aber keiner will was bemerkt haben. Zumindest behaupten sie das.«

»Und wer führt uns derart an der Nase herum?«, wollte Lorimer wissen.

»Seine alte Mutter zum Beispiel. Sie schwört, ihr Junge sei an allem unschuldig. Könne keiner Fliege was zuleide tun und so weiter und so fort.«

»Hat wohl noch nicht mitgekriegt, dass der ältere Bruder den Mord an Jacobs bereits gestanden hat, was?« Lorimers Sarkasmus war nicht zu überhören.

Wilson zuckte die Achseln.

»Sie bestreitet jeglichen Kontakt innerhalb der letzten vierundzwanzig Stunden, aber unsere Jungs glauben ihr nicht.«

»Schön und gut. Leider werden uns aber unsere Meinungen nicht dabei helfen, diesen Burschen zu finden. Bring sie her, wenn du meinst, dass es was nützt.« Lorimer seufzte. Mary McAlister war ebenso durchtrieben wie ihre beiden missratenen Söhne. In ihren jungen Jahren als Puffmutter hatte sie ihre Söhne in der Stadt ihr Unwesen treiben lassen, während sie die Erlöse ihrer dubiosen Geschäfte einstrich. Heute war sie eine knallharte alte Frau. Es wäre bloße Zeitverschwendung, sie zu diesem Zeitpunkt zu vernehmen.

»Andererseits ...« Lorimer zeigte mit dem Finger auf Wilson. »Sieh zu, was du aus Shelley Jacobs herausbekommst. Nach dem Vorfall neulich kam ihr Bruder Joseph bei uns reingestürmt und hat Polizeischutz für seine kleine Schwester verlangt.«

»Sieht ganz so aus, als hätte er das selbst gebrauchen können«, bemerkte Wilson. »Gibt es schon erste Obduktionsergebnisse?«

»Nur die Todesursache. Die Klinge drang unmittelbar in seine Lungen. Er war vermutlich schon tot, als er auf dem Wasser aufprallte. Bislang keine weiteren Ergebnisse aus der Gerichtsmedizin. Ich erwarte auch keine mehr«, fügte er düster hinzu.

Das Klingeln des Telefons war für Alistair Wilson das Stichwort, den Abgang zu machen.

»DCI Lorimer.«

»Ich stehe vor Graham Wests Wohnung.« Sollys Stimme kam klar und deutlich durch die Leitung. »Es scheint hier ein Problem zu geben.«

»Er ist was?« Alec Barr zog sich aus dem Schreibsessel hoch. Aus seinem Gesicht sprach Ungläubigkeit.

»Mr. West hat sich offenbar aus dem Staub gemacht, Sir«, teilte Detective Constable Cameron ihm mit. »Dr. Brightman und DCI Lorimer befinden sich in diesen Minuten in seiner Wohnung. Erlauben Sie uns, Ihnen ein paar Fragen zu stellen, Sir?«

Barr presste die Lippen aufeinander. Sein Einverständnis mit dem Vorgehen der Polizei bekundete er mit einem Kopfnicken. Das reichte. Auf ein Zeichen hin schloss ein uniformierter Beamter die Bürotür, und Cameron bedeutete Barr, wieder Platz zu nehmen.

»Wann haben Sie Mr. West zum letzten Mal gesehen, Sir?«

Alec Barr starrte die beiden Männer, die ihm gegenüber am Tisch saßen, zornig an. Der hochgewachsene Mann aus Lewis beobachtete die Veränderungen im Gesichtsausdruck des Mannes und wünschte, er könnte Gedanken lesen. Irgendetwas war faul, so viel war sicher. Anstatt sich besorgt zu zeigen, schien Barr geradezu außer sich vor Wut.

»Gestern!«, erwiderte er barsch. »Wir haben gemeinsam das Büro verlassen. Da habe ich ihn zum letzten Mal gesehen!« Cameron bemerkte, dass der Mann unablässig die Fäuste ballte und wieder öffnete, während er sie weiter anstarrte. Barr wollte noch etwas hinzufügen, überlegte es sich jedoch anders und machte den Mund wieder zu. Camerons hochgezogene Augenbraue trug nicht eben zu seiner Redseligkeit bei.

»Sind Sie ganz sicher, Sir?«

»Natürlich bin ich mir sicher! Wir haben gemeinsam das Gebäude verlassen. Dann fiel Graham ein, dass er etwas im Büro vergessen hatte, und er kehrte noch einmal um. Daraufhin bin ich nach Hause gegangen.«

Cameron nickte.

»Danke.« Er schrieb etwas in sein Notizbuch, dann blickte er wieder auf. »Er wurde heute Morgen im Büro erwartet?«

»Verdammt, ja. Jemand hat über eine halbe Stunde unten an

der Rezeption gewartet. Wir könnten wegen dieser Sache einen wichtigen Mandanten verlieren!«, platzte es aus Barr heraus.

Also daher weht der Wind, dachte Cameron. Das erklärte, warum der geschäftsführende Partner über Wests Verschwinden fluchte. Er runzelte die Stirn. Dr. Brightman hatte sich am Telefon ziemlich deutlich ausgedrückt. Graham West hatte für halb zehn ein Treffen mit ihm vereinbart.

»Und der Termin, den Sie ansprechen, war ganz sicher heute?«

»Ja! Wests Sekretärin hatte für zehn Uhr einen Kundentermin eingetragen. Um halb elf haben wir dann versucht, ihn zu Hause zu erreichen.«

»Und niemand ist ans Telefon gegangen«, ergänzte Cameron.

Barr nickte.

»Haben Sie irgendeine Vorstellung, wo sich Mr. West aufhalten könnte?«

Wieder traf ihn ein wütender Blick von der anderen Tischseite, doch Niall Cameron war gegen finstere Gesichter immun und wartete geduldig auf eine Antwort. Er beschloss, Lorimers Trick anzuwenden und den Mann so ausdruckslos wie möglich anzustarren.

»Nein, ich habe nicht die geringste Ahnung«, murmelte Barr. »Er müsste eigentlich hier sein. Haben Sie nachgesehen, ob sein Auto noch dasteht?«, fügte er hinzu.

»Um all das kümmern wir uns gerade, Sir. Vielleicht könnte ich noch mit anderen Mitarbeitern der Firma sprechen, angefangen zum Beispiel mit den beiden anderen Partnern?«

Als sich Alec Barr diesmal von seinem Stuhl erhob, bemerkte der Detective Constable winzige Schweißperlen auf seiner Oberlippe. Ob er wollte oder nicht, Alec Barr zeigte sich über das Verschwinden seines Partners wirklich besorgt.

»Wo warst du sonst noch?«, fragte Lorimer den Psychologen.

»Auf der Uferseite des Gebäudes, um zu den Fenstern hinaufzusehen, dann bin ich auf direktem Wege wieder hierher zurückgekehrt«, antwortete Solly langsam und starrte ins Leere, als wiederholte er vor seinem inneren Auge noch einmal jeden Schritt einzeln. »Die Müllsäcke haben ihn verraten«, fügte er hinzu.

»Hm.« Lorimer schnupperte. Vor Wests Wohnungstür standen neben zwei dekorativen Lorbeerbäumen drei große Müllsäcke. West, oder wer auch immer in der Wohnung gewesen war, hatte die schwarzen Säcke genau auf der Schwelle abgestellt. Lorimer hatte mit Handschuhen den Inhalt durchsucht und eine Kollektion kostspieliger Herrenbekleidung gefunden, die man sorglos in die Säcke gestopft hatte. Somit hatte er etwas zu tun gehabt, bevor ihn der Durchsuchungsbefehl erreicht hatte.

Jetzt durchkämmten die beiden Männer und ein Beamter in Uniform Graham Wests Luxus-Penthousewohnung auf der Suche nach Anhaltspunkten, wohin er sich abgesetzt hatte.

Lorimer blickte aus den riesigen Panoramafenstern, die einen gigantischen Blick auf den Clyde und die dahinterliegende Stadt gewährten. Tief unten rasteten Kormorane auf den morschen Duckdalben neben dem alten, glitschigen Anlegesteg. Von seinem Aussichtspunkt hoch über dem Fluss konnte er mühelos den Glasgow Science Tower und die Hügel in der Ferne erkennen, wo der Fluss eine Biegung nach Westen machte. Zu seiner Rechten lagen das City Inn und das Crowne Plaza Hotel, beide beherrscht von der schwarzen Silhouette des Finnieston Crane. Weiter unten am nördlichen Flussufer waren die Wohnungen so gestaltet, dass sie an Frachtkähne erinnerten, wenngleich mit hellblauem Anstrich. Die moosbedeckten Wände zeigten die verschiedensten Grau- und

Grünschattierungen wie Gesteinsschichten, von unzähligen Fluten überspült.

Während er seinen Blick über die Uferflächen wandern ließ, entdeckte er einen Polizeihubschrauber, der in Richtung Stadt flog. Ein weiteres Team bei der Arbeit.

Graham West hatte ganz offensichtlich eine Vorliebe für den minimalistischen Stil der Moderne. Zwei Ledersessel waren sein einziges Zugeständnis an die Bequemlichkeit. An einer Wand stand eine beeindruckende Hi-Fi-Anlage. Ein kurzer Rundgang durch die Wohnung ergab, dass alle Zimmer durch ein gigantisches Soundsystem miteinander verbunden waren. Die CD- und DVD-Sammlung war in alphabetischer Reihenfolge neben der Edelstahlanlage aufgebaut. Das Wohnzimmer war ein langer, rechteckiger Raum, an dessen einer Seite ein Tisch aus Glas und Chrom mit dazu passenden Chromstühlen stand. Eine Riffelglastür führte direkt zum Eingangsbereich. Es bedurfte keiner ausgeprägten Fantasie, um zu erkennen, dass der Mann Wert auf Sauberkeit und Ordnung gelegt hatte. Sogar die Zeitschriften (überwiegend Sportmagazine) waren in einen W-förmigen metallenen Zeitschriftenständer einsortiert.

Auf der rechten Seite des Fensters nahm ein riesiges Gemälde fast die gesamte Wandbreite ein. Lorimer atmete tief aus. Ein Alison Watt! Ein Original, wohlgemerkt, keine Kopie. Entweder hatte der Glückliche zugeschlagen, bevor die Malerin kometenhaft zum Star aufgestiegen war, oder er hatte tatsächlich unglaubliche Summen verdient. Lorimer seufzte neiderfüllt. Wer würde etwas so Wunderschönes zurücklassen wollen?

»Lass uns mal hoch ins Schlafzimmer gehen.« Der DCI machte auf dem Absatz kehrt und ging zu der schmalen Treppe, die ins oberste Stockwerk des Hauses führte. Die

Raumaufteilung war die gleiche wie unten, aber damit hörten die Ähnlichkeiten auch schon auf. Im Vergleich zum makellosen Wohnzimmer herrschte oben das reinste Chaos. Schubladen waren herausgezogen, ihr Inhalt lag auf dem Boden verstreut herum. Die Glasschiebetüren des Kleiderschranks in Wests Schlafzimmer waren zur Seite geschoben, die leeren Kleiderbügel ein weiteres Indiz für seine vorsätzliche Flucht. Das war nicht das Werk einer vermissten Person, sagte sich Lorimer. Das war etwas viel Interessanteres.

»Was meinst du?«, fragte er, als Solly sich zu ihm gesellte. »Hat er sich aus dem Staub gemacht?«

Der Psychologe antwortete nicht. Er blickte sich im Schlafzimmer um und nahm Gott weiß was in sich auf.

»Also?«, ließ Lorimer nicht locker. »Er hat dich erwartet, sagst du?«

Solly nickte, den Blick noch immer nachdenklich auf die diversen Gegenstände gerichtet, die auf dem Boden verstreut lagen.

»Angenommen, er hat das Weite gesucht, was wir noch nicht sicher wissen – warum hat er dann mit dir und mit einem Kunden einen Termin für heute vereinbart, und das fast um die gleiche Uhrzeit?«

»Er wusste, dass er nicht mehr hier sein würde, wenn es das ist, worauf du hinauswillst«, murmelte Solly. »Diese Verabredungen waren nur zur Tarnung gedacht, nehme ich an.« Er hielt inne, während er sich mit einer Hand nachdenklich über den Bart strich. »Ich frage mich, wann genau er abgehauen ist«, fügte er schließlich hinzu. Solly ging hinüber zu dem ungemachten Bett und fuhr mit der Hand über das zerknitterte Laken. »Kalt.« Er nickte vor sich hin. »Aber hat er letzte Nacht hier geschlafen, frage ich mich?«

»Wie es aussieht, hat Barr ihn gestern als Letzter im Büro gesehen«, fuhr Lorimer fort. »Wir werden eine Hausbefragung durchführen müssen«, fügte er hinzu und wandte sich an den uniformierten Beamten, der in der Tür stand. »Und sag dem Hausmeister, er soll so lange den Mund halten. Wir wollen nicht, dass er falsche Schlüsse zieht, oder noch schlimmer, dass er mit der Presse redet.«

»In Ordnung, Sir.« Der Beamte ging zurück ins Wohnzimmer, und ein paar Sekunden später hörten sie, wie die Anweisung weitergegeben wurde.

»West hätte heute eigentlich zur Vernehmung ins Präsidium kommen sollen«, bemerkte Lorimer. »Ich frage mich, ob er es deshalb mit der Angst bekam«, grübelte er. »Und vermutlich war er auch nicht so scharf darauf, sich mit dir zu treffen.«

»Wir können nicht als gegeben annehmen, dass das der Grund für seinen plötzlichen Aufbruch war«, erwiderte Solomon. »Wenn er überhaupt so plötzlich war«, fügte er nachdenklich hinzu.

»Was meinst du damit?«

»Diese Unordnung.« Solly deutete auf das Chaos im Zimmer. »Sieh dir das Wohnzimmer an.« Er ging die Treppe wieder nach unten, den DCI im Schlepptau. »Alles ist an seinem Platz. Nichts liegt herum.« Er fuhr mit einem Finger über das Holzregal. »Siehst du?« Solly hielt den Finger hoch, und Lorimer konnte sehen, dass es nicht die kleinste verräterische Staubschicht gab.

»Du glaubst, er hat die Unordnung vorsätzlich inszeniert? Um uns glauben zu machen, dass er die Wohnung überstürzt verlassen hat?«

»So überstürzt, dass er Zeit hatte, seine Klamotten einzutüten?«, fragte Solly und lächelte verschmitzt. »Meine Vermutung ist, dass er jemanden beauftragt hat, sie noch vor meiner Ankunft wegzubringen. Warum sollte er sie dort für uns liegen lassen?«

»Wer würde denn seine Klamotten wegbringen?« Lorimer runzelte die Stirn.

Der Psychologe zuckte die Achseln und hörte nicht auf zu grinsen.

»Das ist eine Sache, die du erst noch herausfinden musst, aber ich würde mal tippen, dass er vor mir noch jemand anderen erwartet hat. Den Hausmeister vielleicht?«

»Und warum hat er das Zeug überhaupt in Mülltüten verpackt?«, fragte Lorimer. »Es war ja ganz offensichtlich gar kein Müll. Unter den Sachen waren sogar einige Designerteile.«

»Ein soziales Gewissen? Um sie von Oxfam wieder verkaufen zu lassen, zum Beispiel?«, grübelte Solly. »Vielleicht wird uns das ein bisschen mehr über Mr. West verraten«, murmelte er leise vor sich hin.

Eine Stunde später hatte Lorimer genug gesehen. Der Hausmeister, ein nervös wirkender Mann mittleren Alters, saß unten im Erdgeschoss in einer Kabine mit Glasfenster. Als die drei Männer auf ihn zukamen, blickte er kurz auf, rutschte von seinem Stuhl herunter und wischte sich die Hände am Saum seines braunen Kittels ab. Lorimer bemerkte das stark geschwollene Gesicht und die rot geränderten Augen des Mannes.

»Sir, das ist Mr. Johnston.« Police Constable Irvine stellte ihnen den Mann vor, und Lorimer nickte kurz.

»Sie waren nicht hier, als wir hereingekommen sind«, begann Lorimer.

»Nee.« Johnston fasste sich an die Lippen und blickte zugleich entschuldigend und erschrocken drein. »Musste zum Zahnarzt«, erklärte er langsam. Seine Aussprache war einigermaßen undeutlich. »Ganze Nacht wachgelegen ... Zahnschmerzen. Hat gesagt, er nimmt mich gleich als Ersten dran. Ein Abszess«, nuschelte er und zeigte mit schmerzverzerrter Miene auf seine Wange. »Hätte eigentlich längst zu Mr. West hochgehen sollen«, fügte er hinzu.

»Oh? Irgendetwas Bestimmtes?«, erkundigte sich Lorimer, ohne seine Neugier zu zeigen.

»Hat mich gebeten, ein paar Sachen für ihn zum Wohltätigkeitsladen zu bringen«, murmelte Johnston.

Lorimer und Solly warfen sich einen kurzen Blick zu. Letzterer zog die buschigen Augenbrauen hoch, und aus seinen Augen blitzte kindliche Freude. Der Psychologe hatte ins Schwarze getroffen.

»Hat er gesagt, um welche Uhrzeit Sie die Sachen abholen sollen?«, wollte Lorimer wissen.

»Na ja, vor dem Frühstück. Er hat gesagt, ich soll sie ganz früh wegbringen.«

»Was passiert normalerweise mit dem Hausmüll?«

»Größere Mengen müssen in der Garage abgestellt werden, alles andere kommt durch den Müllschlucker nach unten. Ich hol das Zeug jeden Tag ab«, erklärte der Hausmeister.

»Er hätte es also auch einfach selbst wegbringen können?«

Der Mann zuckte die Achseln und murmelte:

»Ja, schon.«

»Wann haben Sie denn zum letzten Mal mit Mr. West gesprochen?«

Der Hausmeister überlegte kurz.

»Gestern. Ja, genau, gestern Abend. Gegen zehn. Er fragte mich, ob ich mich um die Kleidersäcke kümmern könnte. Ich habe ein paar Paracetamoltabletten genommen und mich ins Bett gelegt, aber ich konnte nicht einschlafen wegen dem verdammten Zahn.«

»Ist es denn üblich, dass die Hausbewohner nach Dienstschluss noch bei Ihnen anrufen?«

Johnston zuckte die Achseln.

»Eigentlich nicht. Normalerweise hinterlassen sie mir eine Nachricht, wenn ich außer der Reihe was für sie tun soll.«

»Es war also sonderbar, dass Mr. West Sie um diesen Gefallen bat?«

»Ich schätze schon.« Johnston blickte von einem zum anderen, sichtlich unglücklich über die Situation und nicht ganz sicher, ob er möglicherweise in Schwierigkeiten steckte.

»Und wann haben Sie Mr. West zum letzten Mal gesehen?«, wollte Solly wissen.

Johnston wandte sich jetzt an den Psychologen.

»Nun ja.« Er warf dem DCI einen ängstlichen Blick zu, als wollte er ihn um Erlaubnis bitten fortzufahren. »Es war letzte Nacht. Kurz nach eins. Es war auf einmal ziemlich laut draußen, da hab ich mal aus dem Fenster geschaut.« Johnston machte eine kurze Pause, bevor er fortfuhr. »Jedenfalls hab ich ihn gesehen, wie er in seinem Porsche aus der Garage kam und in Richtung Govan abgebogen ist.«

Lorimer und Solly tauschten vielsagende Blicke. Govan führte aus der Stadt hinaus. Wohin wollte er? Und warum der ganze Aufstand, so zu tun, als hätte er das Haus in Eile verlassen, wo es doch offensichtlich war, dass er alle seine Geschäftsanzüge mit Absicht zurückließ?

»Ich nehme an, Sie haben irgendwo sein Autokennzeichen notiert?«, fragte Lorimer in sanftem Ton.

»Natürlich, Sir«, erwiderte der Mann und kehrte in das winzige Kabuff zurück, das ihm als Büro diente. Er schlug ein blaues Notizbüchlein auf und blätterte darin herum. »Hier ist es. G21 WST.«

Eine Stunde später wusste Lorimer, wohin Graham West unterwegs gewesen war. Sein Auto war auf der M8 gesehen worden, und es hatte nicht allzu viel Scharfsinn erfordert, den Flughafenparkplatz abzusuchen und einen silbernen Wagen zu entdecken, der auf dem zweiten Deck eines mehrstöckigen Parkhauses abgestellt worden war. West hatte einen British-Airways-Flug nach Heathrow genommen, und die Zollbehörde hatte ihn für seinen Anschlussflug nach Singapur schon abgefertigt.

»Was nun?«, fragte Solly, erntete aber nur einen finsteren Blick. Lorimer kochte vor Wut. Ob es wohl möglich war, einen internationalen Haftbefehl auszustellen, um den Mann daran zu hindern, den Flughafen in Singapur zu verlassen? Sie benötigten auf jeden Fall irgendeinen Grund, um ihn festzunehmen. Andernfalls konnte Graham West gehen, wohin er wollte.

»Die bloße Tatsache, dass er das Land verlassen hat, gibt uns noch nicht das Recht anzunehmen, dass er ein Verbrechen begangen hat«, knurrte Lorimer.

»Hat er das denn?«, murmelte Solly.

Lorimer schlug eine Faust in seine Handfläche, dass es klatschte.

»Wenn er unschuldig ist, warum rennt er dann weg, verdammt noch mal? Einer seiner Kunden wurde von einem Auftragskiller erschossen, drei seiner Kollegen haben ebenfalls das Zeitliche gesegnet, und kaum macht Joe Reilly einen Aufstand, landet er als Fischfutter im Fluss.« Lorimer machte den Eindruck, jeden Moment zu explodieren. »Also erzähl mir nicht, Wests plötzliches Verschwinden hat nichts mit alldem zu tun! Der Mann ist so was von schuldig, das steht ja wohl eindeutig fest!«

Solly sagte nichts, sondern starrte nur weiter auf irgendeinen Punkt in einiger Entfernung. Wenn er anderer Meinung war, so ließ er es sich nicht anmerken. Doch sein bloßes Schweigen schien den leitenden Ermittlungsbeamten rasend zu machen.

»Herrgott noch mal, Solly! Du musst doch mittlerweile genug gesehen haben! Der Typ schwimmt im Geld. Schau dir das Auto an, die schicke Penthousewohnung und diesen ... diesen Alison Watt!« Das Gemälde schien dem DCI gerade noch gefehlt zu haben. Solly konnte sehen, dass ihn ein solches Kunstwerk in den Händen eines Mordverdächtigen regelrecht aus der Fassung brachte. Der Lebenswandel des Wirtschaftsprüfers deutete in der Tat auf ein Einkommen hin, das weit über dem lag, was jemand in seiner Position jemals verdienen konnte.

Solomon Brightman hatte lange über Graham West nachgedacht. Es war wirklich zu schade, dass es ihm nicht gelungen war, den Mann an diesem Morgen zu treffen, denn er hätte ihm gerne noch eine Menge Fragen gestellt und seine Reaktionen mit gebotener Sorgfalt und Aufmerksamkeit studiert. Aber dafür war es nun zu spät. Jetzt würde er sich eingehender mit dem Fluss als übergeordnetem Dreh- und Angelpunkt beschäftigen müssen und herausfinden, ob West tatsächlich für diese Verbrechen verantwortlich war.

Dennoch hatte Solly seine Zweifel, wenn es um das Profil eines kaltblütigen mehrfachen Mörders ging. Es passte einfach nicht in das Bild eines Mannes, der sich die Mühe machte, seine alten Klamotten in einen Wohltätigkeitsladen bringen zu lassen.

45. Kapitel

Alec Barr sah zu, wie der Police Constable die Plastiktüten voller Papierschnipsel aus dem Maschinenraum schleppte. Er ging den Weg jetzt schon zum fünften Mal. Barr spürte die Schweißperlen an seinem Haaransatz und nahm ärgerlich ein Taschentuch aus seiner Westentasche, um sich die Stirn abzuwischen, dann zerknüllte er das blassgelbe Seidentuch in seiner Faust. Und wenn sie etwas fanden ...? Als er über die Situation nachdachte, ertappte er sich dabei, dass er sich das vertraute Gesicht von Duncan Forbes herbeiwünschte. Die Gegenwart des Mannes wäre jetzt beruhigend gewesen, dachte er reumütig. Seit Duncans Tod war alles schiefgelaufen, alles.

Er hatte beschlossen, das Tagesgeschäft von Forbes Macgregor ganz normal fortzuführen. Wenn sie einfach weitermachten, als sei nichts geschehen, würde das Vertrauen der Belegschaft in die Firma nicht gestört, und die Polizei könnte sehen, dass sich die Welt der Wirtschaftsprüfer auch während einer Ermittlung weiterdrehte. Wenn die Dinge allerdings außer Kontrolle gerieten, könnte sich das Institut einschalten. Das Institute of Chartered Accountants hatte die Macht, ihre Zulassung zu widerrufen und ihnen damit das Handwerk zu legen, zumindest vorübergehend. Nicht mehr auf dem internationalen Markt zu operieren wäre eine Katastrophe. In der Branche war ein guter Ruf alles. Barr knirschte mit den Zähnen. Er würde alle Karten ausspielen, die ihm zur Verfügung standen, um die Partnerschaft über Wasser zu halten. Die Londoner Kanzlei hatte man bereits verständigt, allerdings hatte man ihnen eine abgeschwächte Version aufgetischt. Der Tod von Angestellten konnte ohnehin nicht vertuscht werden. Aus dem traurigen Unfall eines Partners war nun eine umfassende Morduntersuchung geworden. Dazu kamen zwei weitere ungeklärte Mordfälle. Peter Hinshelwood würde heute noch mit dem Flieger aus London ankommen. Die Ironie des Ganzen entging dem geschäftsführenden Partner nicht. Die letzte Amtshandlung des Londoner Kollegen, bevor er in den Ruhestand ging, könnte eine Presseerklärung sein. Mein Gott! Es könnte so schlimm kommen wie beim Enron-Desaster, als ein anderer multinationaler Wirtschaftsprüfungskonzern zusammengebrochen war.

Barr hatte am Morgen schon die Presse am Hals gehabt. Irgendein Scheißkerl hatte ihnen erzählt, Graham West werde als Mordverdächtiger gehandelt. Was er als Partner dazu zu sagen habe? Barr hatte eine einsilbige Antwort gegeben und aufgelegt. Doch er konnte ihnen nicht für immer ausweichen. Tränen der Wut brannten in seinen Augen. Peter würde die Sache übernehmen, sobald er da war. Könnte er noch etwas tun, um den Schaden zu begrenzen? Sein Blick wanderte zu Catherines Büro. Vielleicht könnte sie ihm noch nützlich sein. Er starrte auf ihre Tür. Einen Versuch war es auf jeden Fall wert, sagte er sich.

Detective Constable Niall Camerons sonst so blasses Gesicht hatte eine gesunde Farbe angenommen, als er aus dem Vernehmungsraum kam. Er wandte sich zu der jungen Frau, die neben ihm ging, und streckte die Hand aus.

»Vielen Dank für alles«, sagte er. »Es war sehr freundlich von Ihnen, Ihren Terminplan zu ändern und extra noch einmal herzukommen.«

Cindy Heron zog erstaunt die Augenbrauen hoch.

»Aber es ist doch jemand gestorben!«, rief sie empört. »Das ist ja wohl wichtiger als ein freier Tag zwischen zwei Auftritten?«

»Ich wünschte, alle Leute würden so denken«, erwiderte Cameron und ließ die Hand der jungen Frau los. Er begleitete sie zum Haupteingang, wo ihr Manager Josh Scott auf sie wartete. Ihn hatten sie auch vernommen. Jetzt mussten sie die Aussagen nur noch miteinander vergleichen und sehen, ob es etwas Eindeutiges gab, das ihnen bei der Ermittlung von Duncan Forbes' Tod weiterhelfen konnte.

Cameron sah, wie sich die Frau und ihr Manager an den Händen nahmen und in Richtung des Wagens gingen, der dort auf sie wartete. Ihr Haar glänzte in der Sonne, als sie sich noch einmal nach ihm umwandte und ihm ein Lächeln zuwarf, das seine Wangen noch röter werden ließ, als sie ohnehin schon waren. Als er in die Dunkelheit des Polizeipräsidiums zurückkehrte, schüttelte er sich kurz. Er hatte gerade Cindy Heron vernommen, *die* Cindy Heron. Sie war vollkommen anders, als er erwartet hatte, eine ganz normale junge Frau eben. Ein bisschen angespannt in Anbetracht der Tatsache, warum sie hier gewesen war, und viel hübscher in Jeans und T-Shirt als in den schicken Bühnenoutfits. Cameron lächelte in sich hinein. Irgendwann, wenn der Zeitpunkt günstig war, würde er die Geschichte einmal zum Besten geben, jetzt aber musste er sich beeilen und diesen Bericht schreiben, bevor er Lorimer im Nacken sitzen hatte.

»Zwei Männer«, grübelte Lorimer, als er DC Camerons Bericht überflog. »Beide Zeugen haben trotz der herrschenden Dunkelheit eine genaue Beschreibung der beiden Männer gegeben. Aha«, fügte er hinzu und las weiter: »Ihr Fenster befand sich über einer der Straßenlaternen auf dem Radweg. Das erklärt die Sache.« Er blickte zu Cameron, der ihm gegenüber am Tisch saß. »Und du hast ihnen die CCTV-Aufnahmen gezeigt?«

»Ja, Sir. Und sie behaupten beide, dass einer der beiden Männer Duncan Forbes war.«

»Und der andere?« Lorimer las weiter. »Hier steht's, groß und dunkelhaarig. Athletisch gebaut ... stand bereits am Geländer, als hätte er auf jemanden gewartet ... stützte Forbes und führte ihn in Richtung der Büsche.«

»Sie haben gedacht, dass es Forbes nicht gutging und sein Begleiter ihm helfen wollte«, fügte Cameron erklärend hinzu.

»Schon kapiert.« Lorimers Gesicht war ausdruckslos, konzentriert, sein Mund nur ein schmaler Strich. Plötzlich blickte er auf. »Dieser andere Mann«, sagte er leise, »könnte das Graham West gewesen sein?«

Cameron löste die Beine aus der Verschränkung und richtete sich auf. Auf diese Frage des Chief Inspectors hatte er gewartet.

»Ja, Sir, das ist möglich. Es gibt keine späteren Aufzeichnungen von ihm. West taucht nur ein einziges Mal auf den Videos auf, nämlich als er das Hotel wenige Minuten vor Duncan Forbes durch die Seitentür der Besucherlounge verlässt.«

»Allein?«

»Ja.«

»Und gibt es eine Aufzeichnung, die belegt, dass er irgendwann wieder ins Hotel zurückgekehrt ist?«

»Nein, Sir.«

Lorimers Mundwinkel zuckten, als unterdrückte er ein Lächeln.

»Alles klar. Danke, Cameron, gute Arbeit. Das wird die Sache in die gewünschte Richtung vorantreiben. Wenn es nicht schon zu spät ist«, murmelte er.

Graham West lehnte sich in den Sitz zurück und entspannte sich zum ersten Mal seit Tagen. Alles verlief nach Plan. Er hatte alles verschwinden lassen, was ihn mit der ganzen bedauernswerten Angelegenheit in Verbindung brachte. Wenn er erst einmal in Sydney gelandet war, würde er mit den Menschenmassen verschmelzen – nur ein Rucksacktourist mehr. Seine Hand wanderte unwillkürlich an die Stelle, wo er den neuen Pass verstaut hatte. Durch den dünnen Baumwollstoff seiner Jackentasche konnte er die Umrisse spüren. Er würde ein neues Leben anfangen, und zwar als Ray Easton. Im Grunde war der Name ein Witz, aber äußerst passend für den Typen, der ihn sich ausgedacht hatte. Er schloss die Augen und dachte an die Brandung in Bondi Beach. Nicht mehr lange und er wäre tatsächlich dort, frei wie ein Vogel.

»Singapur?«, wiederholte Ian MacKenzie, der Staatsanwalt. Eine solche Anfrage war ihm noch nicht untergekommen. Einmal, als ein Tourist in Thailand tot aufgefunden wurde, hatte er über das Touristikunternehmen Kontakt mit einem englischen Gerichtsmediziner aufnehmen müssen, um den Leichnam in die Heimat zu überführen. Solche Aufgaben lagen weit außerhalb seines Zuständigkeitsbereichs.

»Vielleicht sollten wir besser warten, bis er sich auf australischem Boden befindet. Das ist immerhin noch eine Kronkolonie«, bemerkte er mit trockenem Humor.

Lorimer nickte und blickte auf die Uhr an der Wand. Wests Flieger hatte London um sechs Uhr dreißig an diesem Morgen verlassen, und die planmäßige Ankunftszeit in Singapur war gegen einundzwanzig Uhr westeuropäischer Zeit. Wenn man davon ausging, dass die Passagiere knapp zwei Stunden Zeit zum Umsteigen hatten, würde das bedeuten, dass der Anschlussflug nach Sydney morgen Vormittag landen würde, also am späten Abend australischer Zeit.

»Sieh zu, was du tun kannst, Ian. Mitchison war heute Morgen bereits im Innenministerium. Wir warten ab, was passiert«, sagte er und ahmte den Tonfall des Superintendenten nach. Er ahnte das Grinsen auf MacKenzies Gesicht, als er den Hörer auflegte. Der Staatsanwalt war in Ordnung. Er würde alles tun, was in seiner Macht stand, um eine Festnahme am Flughafen von Sydney zu ermöglichen, aber lagen sie noch in der Zeit? Und überhaupt, meldete sich eine leise Stimme, die Solomon Brightmans nicht unähnlich war, war Graham West wirklich der Killer, den sie suchten?

Es war Mittagszeit und Malcolms gutes Recht, das Bürogebäude am Carlton Place zu verlassen, dennoch hatte er das Gefühl, sich von dem Aufruhr davonzustehlen, der sich in seinem Rücken abspielte. Er hatte es in dem ganzen morgendlichen Durcheinander bisher erfolgreich vermieden, mit Alec und Catherine zu sprechen, was durch den Umstand erleichtert worden war, dass sie sich während der letzten Stunde zu einer vertraulichen Besprechung zurückgezogen hatten. Beamte in Uniform hatten das Gebäude durchkämmt und mehrere Dokumente sichergestellt. Er wollte lieber nicht da sein, wenn Peter Hinshelwood aufkreuzte, aber das war wohl keine Option. Er hielt ein vorbeifahrendes Taxi an und stieg ein.

Eigentlich war es eine Unverschämtheit, die kurze Strecke mit dem Taxi zu fahren, und der Taxifahrer hatte ihm den üblichen finsteren Blick zugeworfen, aber der machte Malcolm schon lange nichts mehr aus. Der konstante dumpfe Schmerz in seinem Magen war schlimmer. Wurde dieses Ding in seinem Bauch größer? Die Vorstellung eines fleischigen Karbunkels, das in ihm wucherte und allmählich seinen gesamten Unterleib einnahm, war fast so schlimm wie der Schmerz selbst. Ohne ein bestimmtes Ziel vor Augen ging er die Buchanan Street entlang. Es war eine alte Gewohnheit von ihm, durch die Fußgängerzone zu schlendern und sich nach einem guten Esslokal umzusehen. Ein bitteres Lächeln huschte über sein Gesicht. Er hatte schon seit Wochen nichts mehr zu Mittag gegessen.

Er war schon bis zum Eingang des Nelson Mandela Place gelaufen, als er an der Ampel stehen bleiben musste. Geduldig wartete er mit den anderen Fußgängern, bis es Grün wurde.

»Wir müssen auf das kleine grüne Männchen warten«, hörte er eine Frauenstimme direkt neben sich. Als er sich umwandte, sah er einen kleinen blonden Jungen, der seinen Blick erwartungsvoll nach oben auf die rote Ampel gerichtet hatte. Seine junge Mutter hielt ihn an der Hand und lächelte zu ihm herab. Der Junge erwiderte kurz ihren Blick, dann starrte er wieder auf die Ampel in dem Wunsch, dass sie umschaltete.

Erinnerungen überfluteten ihn. Er erinnerte sich, wie er damals mit seiner eigenen Mutter an der Kreuzung gestanden hatte. »Grünes Ampelzeichen« hatten sie es genannt. Wie er jetzt da so stand, konnte er ihre Stimme hören, ihr Gesicht und sich als kleiner Junge sehen, wie er mit ernster Miene alles aufnahm, was sie ihm über das »kleine grüne Männchen« erzählte.

Als die Ampel umschaltete, überquerte er wie im Nebel die Straße, nicht gewillt, das Bild wieder loszulassen. Stattdessen blieb er vor der Tron Church stehen und sah, wie Mutter und Kind in der Menschenmenge Richtung U-Bahn-Station verschwanden. Er unterdrückte ein Stöhnen, als ihn ein plötzliches Ziehen im Bauch zusammenzucken ließ, und hielt sich am Geländer fest. Wenn er sich nur irgendwo hinsetzen könnte. Ein kurzer Blick zur Kirchentür verriet ihm, dass sie für den mittwöchlichen Mittagsgottesdienst geöffnet war.

»Kommet her zu mir alle, die ihr müde und erschöpft seid, ich will euch erquicken«, stand auf einem Plakat. Ja, er war wirklich müde, und er konnte eine Pause gebrauchen. Malcolm schlüpfte hinein und nahm das Faltblatt entgegen, das eine Frau an die Kirchgänger austeilte. Dann setzte er sich in eine Reihe an der Seite, dankbar für die Polster auf den harten presbyterianischen Kirchenbänken.

Erleichtert schloss er die Augen, als der Gottesdienst begann. Andere neben ihm standen auf, um ein Kirchenlied zu singen, das er nicht kannte. Malcolm blieb sitzen und tat so, als betete er. Dann verebbte das Tosen der Orgel, und indem auch die letzten Töne verhallten, hörte er neben sich das Scharren von Füßen, als die Kirchgänger wieder Platz nahmen.

»Lasset uns beten«, begann der Mann vorne am Altar. Seine Stimme hallte von den Mauern der riesigen Kirche wider. Malcolm öffnete kurz die Augen, um den Pfarrer anzusehen. Seine Augenbrauen hoben sich leicht, als er den einfachen grauen Anzug und die dunkle Krawatte des Mannes sah. Also doch kein Pfarrer? Oder machten sie sich ganz einfach nicht die Mühe, für einen Mittwochsgottesdienst ihre liturgischen Gewänder zu tragen? Malcolm wusste es nicht. Er war nie ein Sonntagsschulkind gewesen und hatte sich zeit seines Lebens noch mit keiner Form von organisierter Religion wirklich befasst. Malcolm prägte sich das Bild des im Gebet geneigten silbergrauen Priesterhauptes ein und schloss wieder die Augen, um den Worten des Mannes zu lauschen.

Schließlich begann er leise mitzusprechen und murmelte

das Vaterunser vor sich hin. Dann lehnte er sich zurück und lauschte der Predigt.

»Heute werde ich über Liebe und Strafe zu euch sprechen. Von der Liebe und Strafe Gottes«, betonte der Geistliche. »Was verkündet Johannes in Kapitel 3, Vers 17 bis 21? ›Gott hat seinen Sohn nicht gesandt in die Welt, dass er die Welt richte, sondern dass die Welt durch ihn selig werde.‹ Und hört, was er ferner verkündet: ›Wer an ihn glaubt, der wird nicht gerichtet; wer aber nicht glaubt, der ist schon gerichtet. Das ist aber das Gericht – dass das Licht in die Welt gekommen ist, und die Menschen liebten die Finsternis mehr als das Licht; denn ihre Werke waren böse.‹«

Malcolm unterdrückte ein Wimmern. Es war nur, weil er Lesley und die Mädchen liebte. Das war alles. Was war so sündhaft daran? Doch ein dunkler Schatten fiel über ihn, als der Prediger fortfuhr.

»Wir alle haben in unserem Leben auf die eine oder andere Weise gesündigt, aber für die Buße ist es nie zu spät. Erinnert Ihr Euch an den Dieb, der neben Jesus am Kreuz hing? Er bereute in allerletzter Sekunde, der Heiland aber versprach ihm das Paradies. Ihr seht also, Gottes Liebe ist groß genug für jeden Sünder. Johannes macht es noch deutlicher: ›Wer Arges tut, der hasst das Licht und kommt nicht an das Licht, auf dass seine Werke nicht gestraft werden. Wer aber‹ – und das sollt Ihr heute von hier mitnehmen – ›die Wahrheit tut, der kommt an das Licht, dass seine Werke offenbar werden; denn sie sind in Gott getan.‹«

Es folgte eine Pause. Malcolm starrte auf das silbergraue Haupt des Mannes und sah, wie sich seine Umrisse in einen Schatten verwandelten, eine optische Täuschung, die durch das Licht erzeugt wurde, das von oben kam. Als er die Augen für das letzte Gebet schloss, sah er das Bild immer noch vor sich.

Er fühlte sich irgendwie leichter, als hätten die Worte alle Qualen vertrieben. Hatte sich der reumütige Dieb genauso gefühlt? Im Grunde war auch er zum Tode verurteilt. Malcolm presste die Hände fest aneinander, als das Gebet begann.

»Vater im Himmel, vergib uns unsere Sünden. Du weißt, wie oft wir dich enttäuschen, durch das, was wir tun, ebenso wie durch das, was wir ungetan lassen.«

Malcolm hörte aufmerksam zu, als der Geistliche weitersprach. Seine Stimme hatte einen sanften, aber gebieterischen Ton, der wie eine Art Verbindungskanal zu einem unsichtbaren Gott war. Er lehrte die lauschende Kirchengemeinde, was richtig und was falsch war, und sprach wiederum in ihrem Namen zum Allmächtigen. War das der eigentliche Sinn des Gebets? Um Verzeihung zu bitten für Dinge, die man getan hatte, und solche, die man ungetan ließ? »Ungetan ließ, ungetan ließ …« Die Worte dröhnten in seinem Kopf wie eine hängen gebliebene Schallplatte, die einfach nicht weiterspielte. Der Priester fuhr mit dem Gebet fort, doch Malcolm hörte nichts mehr. Er vernahm nur immer und immer wieder die gleichen Worte – »Dinge, die man ungetan ließ«. Es stimmte, sagte er sich. Darin lag seine Sünde. Er hatte nichts unternommen. Er hatte wie ein Feigling den Hinterausgang genommen und sich eingeredet, es sei nicht so schlimm. Aber am Ende hatte es auch keinen Unterschied gemacht.

Malcolm bemerkte erst, dass der Gottesdienst zu Ende war, als er zu seiner Linken ein höfliches »Entschuldigung« vernahm. Erschrocken stolperte er aus der Bank und hinaus auf die Straße.

Draußen stach ihm das Tageslicht in die Augen, und er blickte hinauf zu den weißen Wolken und den Sonnenstrahlen dahinter. Er wischte sich mit dem Handrücken über die Augen und spürte, dass sie feucht waren. Wie lange weinte er wohl schon? Er sah noch einmal in den grellen Mittagshimmel hinauf, ohne die verwunderten Blicke der Passanten zu bemerken. Er nahm nichts weiter wahr als ein Gefühl vollkommenen Friedens tief in seinem Innern, und die Erkenntnis, dass es für Vergebung nie zu spät war. Dieser Gedanke sowie die unerwartete freudige Entdeckung, dass der Schmerz in seinem armen Körper nachgelassen hatte, gaben Malcolm Adams wieder Hoffnung und unverhofften Mut.

Plötzlich wusste er genau, was zu tun war.

46. Kapitel

Das Blaulicht des Polizeiwagens warnte die Fahrzeuge, die plötzlich um die Straßenbiegung kommen konnten. Zwei Beamte standen neben dem zerbeulten weißen Auto; der eine hielt Ausschau nach dem Krankenwagen, der jeden Augenblick hier sein musste. Der Kerl war noch am Leben, sein Puls schien stabil, aber die Verletzung an seinem Kopf sah ziemlich böse aus.

»Was meinst du? Wirst du dem Boss erzählen, was genau passiert ist?« Der zweite Beamte, der neben der offenen Wagentür gehockt hatte, stand auf.

»Muss ich wohl. Und überhaupt, warum nicht? Wir erkundigen uns nach der abgelaufenen Steuerplakette, und der Typ versucht abzuhauen. Was hätten wir machen sollen? Ihn laufen lassen?« Der Ältere der beiden zuckte die Achseln. »Keine Sorge, der wird wieder. Ich hab schon Schlimmeres gesehen. Na, wenn schon, lass uns mal einen Blick in die Kiste werfen, bevor die anderen da sind.«

Der andere stand gegen die hintere Wagentür gelehnt und blickte skeptisch drein, sagte aber nichts, als sein Kollege um den Wagen herum zur Beifahrertür ging. Die Tür quietschte metallisch, als sie mit einem Ruck aufgerissen wurde. Der Wagen war seitlich gegen die Felswand geprallt, bevor er in der Straßenmitte zum Stehen gekommen war.

Er streckte die Hand aus und öffnete das Handschuhfach. Vielleicht gab es hier das eine oder andere Dokument, das den

Fahrer identifizierte. Doch als er den Knopf drückte, um den Deckel zu öffnen, und zahlreiche Plastiktüten zu Boden fielen, trat er erstaunt zurück.

»Sieh dir dieses Zeug an! Kein Wunder, dass er Reißaus nehmen wollte!«

»Für wann hast du sie denn herbestellt?«, erkundigte sich Solly.

»West hätte um drei Uhr hier sein sollen. Wir haben also noch ein bisschen Zeit. Adams und die Frau sind für nach vier angesetzt. Barr hatte ich für ein Uhr vorgesehen. Ursprünglich«, sagte Lorimer und verzog dabei säuerlich den Mund.

»Ursprünglich?«

»Er hat abgesagt. Kann erst später am Abend. Offenbar ist sein Boss aus London aufgetaucht. Ich sehe keinen Grund, ihm noch zusätzlichen Ärger zu machen.« Lorimer zuckte die Achseln.

»Wie hat er geklungen?«

Lorimer dachte für einen Augenblick nach. Das Telefongespräch war kurz gewesen. Anfangs hatte er darauf gepocht, dass alle Partner um die vereinbarte Zeit zur Vernehmung erschienen, aber Barr war hartnäckig gewesen. Er besaß eine Autorität, die Lorimer bewunderte. Sie versuchten beide, ihren Job so gut wie möglich zu machen, und sie hatten beide noch andere Mitarbeiter unter sich. Und doch hatte er Barrs Wunsch am Ende nachgegeben. Er hatte selbst genug um die Ohren. Außerdem hatte er sich ohnehin schon damit abgefunden, dass er für den Rest des Tages und vermutlich bis spät in die Nacht hinein auf dem Revier bleiben musste. Maggie würde es verstehen.

»Ich fragte«, wiederholte Solly langsam, »wie Mr. Barr am Telefon geklungen hat?«

Lorimer zuckte die Achseln.

»Normal. Weder mitgenommen noch aufgeregt, wenn du das meinst. Er hat versucht, die Dinge in seiner Firma so gut wie möglich zu organisieren. Es klang so, als hätte der Mann den Laden erstaunlich fest im Griff«, bemerkte Lorimer und blickte Solly an. »Warum fragst du?«

Solly dehnte seine Finger und grinste entwaffnend.

»War nur neugierig. Ich hätte ihn auch nicht als den panischen Typ eingeschätzt.«

Lorimer hätte Solly gerne noch mehr Fragen gestellt, da klingelte das Telefon.

Der Psychologe beobachtete, wie sich die Falten zwischen Lorimers Augen vertieften. Dann hellte sich das Gesicht des Polizisten wieder auf, und er schlug mit der offenen Hand auf einen Papierstapel auf seinem Schreibtisch.

»Volltreffer!«, rief er und stand aus seinem Schreibsessel auf.

»Was ist ...?«

»Komm mit, ich erzähl's dir unterwegs«, antwortete Lorimer und nahm seine Jacke vom Haken hinter der Tür.

Es war nicht das erste Mal, dass zwei Männer Seite an Seite an einem Krankenhausbett saßen und ein Beamter in Uniform an der Tür stand. Der Patient in der durch Vorhänge abgegrenzten Schlafkabine stöhnte, als er die Augen öffnete.

»Schön, schön. Was haben wir denn hier? Ich dachte, du hättest dich nach Argyll and Bute abgesetzt, um die Gegend dort unsicher zu machen, Eddie. Wie kommt's, dass du hier gelandet bist?«

Der Mann auf dem Bett schielte verstohlen zu Lorimer hoch. Sein Kopf war in einen weißen Verband gewickelt, ebenso wie sein Kiefer. Er öffnete den Mund, als wollte er etwas sagen, dann schloss er ihn wieder, und seine geröteten Augen schnellten zu Solomon.

»Wer ist der da?«, fragte er mit heiserer Stimme.

»Schon gut, Eddie. Was hast du mit all dem Zeug vorgehabt? Und noch wichtiger, was soll das hier?« Lorimer wedelte mit einem langen, schmalen Notizbuch vor dem Gesicht des Mannes herum.

»Scheiße!« Der Mann wandte den Kopf zur Seite und stöhnte resigniert.

»G21 WST. Kommt dir die Nummer bekannt vor, Eddie?« Lorimer las die Kfz-Nummer aus dem Notizbuch vor und grinste den Mann im Bett an. »Geht dir ein Licht auf? Käufer in einem Porsche. Den wirst du doch so schnell nicht vergessen haben?«

»Keinen blassen Schimmer«, antwortete Eddie.

»Ach nein? Nun, Eddie, du wirst es vielleicht nicht glauben, aber wir wissen, wer es ist. Du hast dem Besitzer dieses Wagens, dessen Name und persönliche Daten wir hier haben«, – der DCI tätschelte seine Jackentasche – »Dope verkauft. Warum tust du dir nicht selbst einen Gefallen und erzählst uns gleich, was du ihm da verkauft hast.«

Der Mann im Krankenbett fuhr sich nervös mit der Zunge über die Lippen.

»Komm schon, Eddie, es geht hier nicht nur ums Dealen«, sagte Lorimer ruhig, aber mit einem drohenden Unterton in der Stimme. »Wir ermitteln in einem Mordfall.«

Die Augen des Mannes weiteten sich, und er blickte noch einmal zu dem bärtigen Psychologen, der ernst nickte.

Er stieß einen tiefen Seufzer aus.

»Na schön. Dann kann ich es genauso gut erzählen. Der Kunde wollte eine ordentliche Menge Goop.«

Solly warf Lorimer einen fragenden Blick zu.

»Goop. GHB«, erklärte Lorimer. »Gamma-Hydroxybuttersäure, um das Zeug bei seinem vollen Namen zu nennen.« Er lächelte auf den Mann hinunter, der unter dem stechend blauen Blick des DCI sichtlich zusammengeschrumpft war. »Ist es nicht so, Eddie?«

»Ja«, kam es resigniert aus den Tiefen der Krankenhausbettdecke. »Kommt hin.«

»Das erklärt eine ganze Menge«, sagte Lorimer zu seinem Begleiter auf dem Weg zum Krankenhausparkplatz. »West treibt das GHB auf, mischt es Forbes ins Getränk und schubst ihn in den Fluss. Ein paar Tage später verabreicht er Jennifer Hammond das Zeug auf die gleiche Weise, nur dass er ihr eine tödliche Dosis verpasst«, fuhr er grimmig fort.

»Warum?« Solly blieb neben Lorimers Wagen stehen, eine Hand am Türgriff, und sah den leitenden Ermittlungsbeamten verwirrt an. »Ich kann durchaus sehen, wie er es getan hat. Das Paar, das die beiden Männer vom Crowne Plaza Hotel aus gesehen hat, scheint den Verdacht zu bestätigen.«

»Ganz zu schweigen von seiner Flucht auf die andere Seite des Erdballs«, rief ihm Lorimer ins Gedächtnis.

»Ja, schon.« Solly seufzte, als hätte Graham West ihn auf sonderbare Weise im Stich gelassen. »Es ist nur ...«

»Was?«

»Wests Profil. Es passt einfach nicht mit dem eines kaltblütigen mehrfachen Mörders zusammen«, erklärte Solly, während er sich in den Beifahrersitz zwängte.

»Na ja, Profile haben bekanntlich nicht immer recht, Solly«, wies Lorimer den Einwand schroff zurück. »Und es ist unsere absolute Spitzenpriorität, West zu schnappen, bevor wir ihn aus den Augen verlieren.«

Catherine Devoy gab etwas scharlachroten Lippenstift auf den Pinsel und beugte sich zum Toilettenspiegel vor. Ihr Spiegelbild starrte ihr entgegen, spannte die Lippen und verharrte in der Grimasse, während sie zuerst die Umrisse auftrug und die Form anschließend ausfüllte, ein blutroter Bogen, der scharf mit ihrem blassen Teint kontrastierte.

Mit einem Seufzer, in dem sich ein kurzer, kaum hörbarer Schluchzer verbarg, wich sie vom Spiegel zurück, ließ den Pinsel mit einem leisen Scheppern auf die Ablage fallen und hielt sich am Rand des Toilettentisches fest. Sie konnte das nicht tun, ganz ehrlich, sie konnte nicht. So sehr Alec sie auch beschwatzt und ihr das Blaue vom Himmel versprochen hatte, sie spürte schon jetzt entsetzliche Qualen in sich aufsteigen, wenn sie nur daran dachte, der Polizei gegenüberzutreten. Sie waren darin geschult, bestimmte Dinge zu erkennen, das hatte sie im Fernsehen gesehen. Wie sie im Vernehmungsraum guter Bulle, böser Bulle mit den Leuten gespielt hatten. Was, wenn man sie überlistete, Dinge zu sagen, die sie nicht sagen wollte? Und was würde sie antworten, wenn man sie nach Duncan fragte?

Die Frau im Spiegel richtete sich auf und rückte zur Beruhigung noch einmal ihr Haar zurecht. Über die Jahre war sie einer ganzen Menge schwieriger Kunden begegnet, hatte sie es mit Fällen zu tun, in denen erwachsene Männer und Frauen sie beschimpft hatten, nur weil sie ihren Kunden die Rechtslage erläutert und darauf hingewiesen hatte, dass sie ihren Gläubigern Schadensersatz leisten mussten. All die Jahre zuvor war sie immer stolz darauf gewesen, zu den Guten zu gehören. Also was war schiefgelaufen? Das Gesicht, das ihr aus dem Spiegel entgegenstarrte, war älter und härter geworden, Falten gruben sich in ihr Gesicht, die von schlaflosen Nächten und weniger vom Lachen kamen. Was hatte sie jetzt schon zu lachen? Es würde nicht mehr lange dauern und ihre vertraute Welt würde endgültig zerbrechen, außer ...? Außer sie erzählte die Geschichte, die sie so gewissenhaft einstudiert hatte. Aber wäre sie allen Ernstes dazu in der Lage? Die Frau im Spiegel hob das Kinn, als wollte sie sich der Herausforderung stellen. Ja, sie würde es schaffen. Sie hatte es nicht bis hierher geschafft, um sich von ein paar Polizisten alles zerstören zu lassen.

»Miss Devoy ist im Vernehmungsraum, Sir«, teilte Police Constable Irvine dem leitenden Ermittlungsbeamten mit.

Lorimer blickte auf.

»Noch immer keine Spur von Mr. Adams?«

»Nein, Sir. Soll ich es vielleicht mal im Büro versuchen?«

Lorimer erinnerte sich an den Besuch aus London und nickte flüchtig. Wahrscheinlich war Adams noch irgendwo mit seinen Chefs zugange. Es war trotzdem ziemlich ärgerlich. Immerhin hatte er ihn aufgefordert, gleichzeitig mit Catherine Devoy hier zu sein.

»Oh, und sag ihm, ich will ihn so schnell wie möglich hier sehen, okay?«, fügte er hinzu und erhob sich mit einem Seufzer. Er hatte die ganze letzte Stunde, als sich Mitchison ausführlich über die Verfahrensweisen des Außenministeriums verbreitet hatte, das Gefühl gehabt, an diesem Stuhl festgeklebt zu sein. Wenn er nur nicht ständig das Wesentliche aus den Augen verlieren und sich an irgendwelchen Regeln und Vorschriften aufhängen würde, könnten sie vielleicht etwas erreichen. Graham West befand sich im Anflug auf Singapur, und sie waren im Bezug auf die Frage, wie sie ihn an seinem Zielort abfangen konnten, noch kein bisschen weitergekommen. Weder in den Büros von Forbes Macgregor noch in Jacobs' Wettbürozentrale hatten sie bisher Nennenswertes gefunden: nur einen gigantischen Haufen Papierschnipsel, vernichtete Akten, über die nicht wenige gestaunt hatten. Dieser Typ aus der Personalabteilung, Adrian Millhouse, hatte zugegeben, dass sich im Maschinenraum geschreddertes Material eines ganzen Jahres befand, und, nein, die zum Bersten vollen Plastiksäcke hätten Anfang der Woche noch nicht dort gestanden. DC Cameron hatte noch einige andere Mitarbeiter befragt, die den Sachverhalt ohne Ausnahme bestätigten.

Als er den Korridor entlangging, malte er sich aus, was Miss Catherine Devoy wohl sagen würde, wenn er sie nach ihrer Meinung über Wests unerwartetes Verschwinden fragte.

Beim Gedanken an seinen ersten Besuch in den Büroräumen am Clydeufer, erinnerte sich Lorimer wieder an Jennifer Hammond. Er blieb vor der Tür des Vernehmungsraums stehen und dachte an das kokette Lächeln der langbeinigen Rothaarigen und daran, wie sie sich beim Überqueren der Straße bei ihm eingehakt hatte. Dass dieses sprühende Leben so einfach ausgelöscht worden war! Er atmete einmal tief durch, dann öffnete er die Tür und trat ein.

Drei Augenpaare waren auf ihn gerichtet, aber Lorimer ignorierte den Psychologen und den diensthabenden Polizeibeamten und wandte sich lächelnd und mit ausgestreckter Hand der schmalen Person zu, die auf dem Rand ihres Stuhls saß.

»Miss Devoy, vielen Dank, dass Sie heute hier sind«, sagte er und nahm ihr gegenüber Platz.

Catherine blickte überrascht zu dem hochgewachsenen Polizisten auf. Sein Verhalten barg nichts anderes als entgegenkommende Höflichkeit. Er hätte ebenso gut einer von ihren Kollegen sein können, der hereinkam, um den Wortlaut einer Rechtsurkunde zu diskutieren. Sie lehnte sich zurück und faltete die Hände in ihrem Schoß. Alles würde gut gehen, dessen war sie sich jetzt sicher.

»Sie sind eine Teilhaberin von Forbes Macgregor?«, begann Lorimer.

Catherine neigte den Kopf.

»Ich bin einer der Partner«, korrigierte sie ihn.

»Ah«, erwiderte er und schenkte ihr ein Lächeln. »Ich bitte um Verzeihung.« Und als sie sich gerade wieder entspannte, fügte er hinzu: »Eine Gesellschafterin, nehme ich an, nicht angestellt?«

Catherine runzelte die Stirn.

»Selbstverständlich!«, blaffte sie. »Aber was spielt das für eine Rolle?«

Lorimer neigte seinerseits leicht den Kopf.

»Vielleicht keine, aber Sie könnten eine Menge verlieren, sollte die Firma zusammenbrechen, nicht wahr?«

Catherine fühlte sich, als hätte ihr jemand den Stecker herausgezogen, als entwichen ihrem Körper die letzten Energiereserven. Sie musste sich zusammenreißen. Sie musste. Sie zwang sich zu einer gewissen Leichtigkeit in der Stimme, als sie sich antworten hörte:

»Oh, ich glaube nicht, dass das jemals passieren wird, Chief Inspector. Wir sind ein hoch angesehenes Unternehmen, wissen Sie, mit Niederlassungen rund um den Globus.«

»Tatsächlich?«, fragte Lorimer. »Auch in Australien und Singapur?«

Catherine runzelte die Stirn. Worauf wollte er hinaus? »Aber ja, da Sie fragen. In der Tat.« Sie stellte ihre Handtasche auf den Tisch, öffnete sie und kramte nach ihrem Taschenkalender. »Sehen Sie selbst.«

Sie hielt ihm das Büchlein hin, doch Lorimer warf nur einen kurzen Blick auf das Firmenlogo von Forbes Macgregor und machte keine Anstalten, den Kalender entgegenzunehmen.

»Sehen Sie«, ließ sie nicht locker und blätterte durch die Seiten bis zum internationalen Adressverzeichnis der Firma, »uns gibt es überall.«

Lorimer nahm das Büchlein, warf einen flüchtigen Blick hinein und gab es ihr wortlos zurück.

»Haben Sie eine Ahnung, wohin Ihr Partner Graham West verschwunden sein könnte, Miss Devoy?«

»Nicht die geringste, Chief Inspector.« Sie blickte ihn geradeheraus an.

»Es würde Sie also überraschen zu hören, dass er das Land verlassen hat?«

»Was?« Catherine Devoy setzte sich abrupt auf.

Entweder war sie aufrichtig erstaunt, oder sie war eine verdammt gute Schauspielerin, dachte Lorimer und fragte sich insgeheim, was Solly wohl dazu sagen würde.

»Ja. Wir haben uns gefragt, ob er vielleicht mit Ihnen oder jemand anderem über seine Pläne gesprochen hat.«

Die Frau schüttelte bedächtig den Kopf.

»Nein, hat er nicht.«

»Sie haben also erst von seinem Verschwinden erfahren, als er heute Morgen nicht im Büro erschienen ist?« Lorimer hielt inne. Heute morgen? Es kam ihm vor, als wäre es mindestens schon zwei Tage her, so viel war in den letzten paar Stunden passiert.

»Genauso war es«, erwiderte sie, ihren Blick immer noch starr auf ihn gerichtet.

»Was glauben Sie, Miss Devoy, warum hat er sich aus dem Staub gemacht?« Lorimer lehnte sich zurück und wippte sanft mit dem Stuhl. Sein Tonfall war ungezwungen, fast kameradschaftlich.

»Woher soll ich das wissen?«

»Nun, immerhin sind Sie Partner. Wissen Sie nicht das ein oder andere voneinander?«

Catherine Devoy zuckte die Achseln und wandte den Blick schließlich von ihm ab.

»Private Dinge nicht, nein«, sagte sie.

»Über Mr. Wests geschäftliche Angelegenheiten wissen Sie aber Bescheid?«

»Selbstverständlich«, antwortete sie.

»Es ist Ihnen also bekannt, dass er große Summen von seinem Gesellschafterkonto abgehoben hat?«

Das verblüffte Schweigen verriet ihm alles, was er wissen wollte.

Lorimer nickte wieder.

»Vielleicht wissen Sie am Ende doch nicht so viel über Mr. West?«

Catherine schüttelte den Kopf.

»Vielleicht«, flüsterte sie.

Lorimer schlug jählings mit den Handflächen auf den Tisch, dass sie zusammenzuckte.

»Miss Devoy, wir haben allen Grund zur Annahme, dass Graham West für den Mord an Duncan Forbes und Jennifer Hammond verantwortlich ist.«

Im Raum herrschte Schweigen, während die beiden Männer die Reaktion der Frau beobachteten. Eine ganze Weile verharrte sie reglos und mit versteinerter Miene. Aus Ungläubigkeit?, fragte sich Lorimer.

Dann musste sie schlucken.

»Chief Inspector, warum um alles in der Welt sollte Graham etwas so Schreckliches tun?« Catherine sprach mit leiser, aber fester Stimme, ihr Blick ruhte wieder auf dem Gesicht des leitenden Ermittlungsbeamten.

»Ich dachte, Sie könnten es mir vielleicht erklären«, entgegnete er gelassen.

»Nun«, erwiderte sie, und ihr Blick war mit einem Mal hart, »da haben Sie falsch gedacht.«

»Sie glauben also nicht, dass er zu einem Mord fähig ist?«

Kurz wandte die Frau den Blick wieder ab und sah nachdenklich drein, dann stieß sie einen tiefen Seufzer aus.

»Wer weiß schon, zu was ein Mensch fähig ist, Chief Inspector?«

»In der Tat«, erwiderte Lorimer.

»Ich glaube«, begann Catherine Devoy langsam, »dass wir es längst mitbekommen hätten, wenn Graham Firmengelder veruntreut hätte.«

Lorimer sah sie interessiert an. Hatte sie von Wests massiven Geldentnahmen wirklich nichts bemerkt?

»Die Summen, um die es geht, sind wie gesagt ziemlich groß. Wir haben herausgefunden, dass er das Geld auf ein ausländisches Konto überwiesen hat«, fuhr er fort und rühmte in Gedanken diejenigen seines Teams, die diese finanziellen Details so schnell herausgefunden hatten. Sie würden noch früh genug herausfinden, wohin das Geld genau geflossen war.

»Kann ich diese Transaktionen mal sehen, Chief Inspector?«, bat Catherine Devoy. Als Lorimer die Aktenmappe öffnete und die entsprechenden Dokumente über den Tisch schob, griff sie wieder nach ihrer Handtasche und holte ein schmales Brillenetui hervor.

Eine Minute lang herrschte Schweigen in dem kleinen Raum, und Lorimer konnte den Verkehrslärm von draußen hören: Autos, die von der Hauptstraße abbogen, und das Rumpeln eines vorbeifahrenden Lkws. Dann nahm die Frau die rahmenlose Brille wieder ab und legte sie neben die Blätter auf den Tisch.

»Das hat nichts mit Forbes Macgregor zu tun«, begann sie. »Wenn Graham hier Zahlungen geleistet hat, dann auf ein privates Konto.«

»Vielleicht auf eins, das er vorher selbst eröffnet hat?«

»Möglich«, gab sie zu. »Aber es ist schließlich nicht verboten, sein eigenes Geld von einem Konto auf ein anderes zu überweisen.«

»Woher wissen Sie, dass es sein eigenes Geld ist? Die Summen sind immens«, protestierte Lorimer.

Catherine Devoy lächelte ihm freundlich zu.

»Graham West ist ein sehr wohlhabender junger Mann, Chief Inspector. Was ist daran so verkehrt?«

Lorimer lehnte sich jäh zurück. Darauf wusste er keine Antwort. Vielleicht hatte sie recht. Womöglich hatte West das Geld geerbt und ganz legal investiert. Immerhin war er Wirtschaftsprüfer. Lorimers Miene verdüsterte sich, als er seine Strategie änderte.

»Könnten Sie uns seine Beziehung zu Duncan Forbes beschreiben?«

Als die Dämmerung hereinbrach, standen Lorimer und Solly am Fenster und blickten über die Dächer der Stadt. Catherine Devoy hatte das Gebäude bereits vor einer Stunde verlassen, doch für Lorimer war es die erste Gelegenheit, mit dem Psychologen unter vier Augen zu sprechen. Im Endeffekt hatten sie aus der Frau sehr wenig herausbekommen. West war offenbar ein rechter Charmeur, »in gewisser Weise ein Playboy«, so hatte sie es formuliert, und er hatte zu allen aus der Firma ein gutes Verhältnis gehabt. Es habe zwischen dem verstorbenen Duncan Forbes und seinem jüngeren, aufstrebenden Partner keinerlei Feindseligkeit gegeben, zumindest nicht nach außen hin. Auch in der Belegschaft habe er sich großer Beliebtheit erfreut, und überhaupt habe man große Erwartungen in ihn gesetzt. Aber jetzt? Die Frau hatte ratlos gewirkt, als Lorimer sie nach dem Grund seiner Flucht gefragt hatte. Ein Teil von ihm war bereit ihr zu glauben.

»Was glaubst du, Solly? Hat sie uns die Wahrheit erzählt?«

Die Augen des Psychologen funkelten hinter den Gläsern seiner Hornbrille.

»Nun ja«, begann er auf seine typische unverbindliche Art, die Lorimer rasend machte. »Ich glaube«, betonte er, »dass Miss Devoy uns etwas vorenthält.« Er machte eine kurze Pause, ehe er fortfuhr: »Außerdem hatte ich das deutliche Gefühl, dass sie bereit war, dir etwas mitzuteilen, dass du sie aber mit deiner Verhörmethode überrumpelt hast.«

»Kannst du das erläutern?«

»Es war die Art, wie sie den Raum betrat. Sie wirkte irgendwie ruhig und gefasst. Als hätte sie sich entschlossen, eine Aussage zu machen.«

»Aber das hat sie nicht.«

Solly schüttelte den Kopf.

»Nein. Leider. Es hätte mich interessiert, was für ein Märchen sie uns aufgetischt hätte.« Er warf Lorimer einen Blick zu und zog die Augenbrauen hoch, als wollte er ihn zu einer Antwort ermuntern.

Der Chief Inspector seufzte nur.

»Ja, vielleicht hast du recht. Das Gespräch hat uns nicht viel weitergebracht, nehme ich an.«

»Und Mr. Adams ist immer noch nicht aufgetaucht?« Solly blickte zur Tür, als erwartete er jeden Augenblick den Nächsten, den sie befragen konnten.

»Nein. Und ich denke, es ist an der Zeit, der Sache nachzugehen – was meinst du?«

»Hallo?« Lesley Adams nahm den Hörer ab und lauschte. Sie hob unwillkürlich die Hand an den Mund, als sich die Person am anderen Ende der Leitung als Beamter der Polizei von Strathclyde vorstellte.

»Malcolm! Was ist passiert? Er ist nicht nach Hause gekommen!«

»Mami! Wo ist mein Buch?«

»Nicht jetzt, Liebes, nicht jetzt«, wandte sich Lesley an das Mädchen, das am Rockzipfel ihrer Mutter wie an einer Rettungsleine hing.

»Aber Mami ...«

»Mami ist am Telefon, mein Schatz. Nein. Nein, ich habe Ihnen doch gesagt, er ist nicht hier«, wandte sich Lesley wieder der Stimme am Telefon zu, die sich nach dem Verbleib ihres Ehemanns erkundigte. »Er hätte eigentlich schon vor ein paar Stunden hier sein sollen.«

Als Alec Barr schließlich den Glasgower Flughafen verließ, stieß er einen tiefen Seufzer der Erleichterung aus. Hinshelwood war endlich wieder weg. Er hatte ihm eine kühne Version von Wests Verschwinden geliefert und sich strikt an seine Depressionstheorie gehalten. Immerhin war es eine plausible Erklärung. Wie hätte sich Hinshelwood gefühlt, wenn in kürzester Zeit drei seiner Kollegen sterben würden? West hatte keine Eltern und keine Frau zu Hause, zu der er gehen konnte, hatte er erklärt. Außerdem war diese Art von Krankheit schwer zu ergründen, nicht war? Sollte es ihm gelungen sein, Peter Hinshelwood zu überzeugen, so hatte er es sich in keiner Weise anmerken lassen. Aber zumindest hatte er versucht, seinem Londoner Kollegen die Geschichte zu verkaufen, sagte sich Barr und trat aufs Gas, als er von der Zubringerstraße auf die Autobahn fuhr.

Er war auf dem Rückweg in die Stadt, als sein Mobiltelefon klingelte. Er drückte auf den Knopf der Freisprechanlage, um herauszufinden, wer ihn anrief.

»Malcolm«, begann er, »wie ist es gelaufen?« Barrs Stimme klang herzlich, aufmunternd.

»Alec, ich muss dich sprechen.«

»Klar, morgen irgendwann?«

»Jetzt! Jetzt sofort, Alec«, rief Adams in schrillem, fast verzweifeltem Ton.

»Aber ich bin gerade auf dem Weg ins Polizeipräsidium, Malcolm«, protestierte Barr.

»Ich muss dich jetzt sprechen!«

Es folgte eine Pause, in der Barr angestrengt nachdachte.

»Also gut«, sagte er schließlich. »Wir treffen uns am gewohnten Ort. In einer Viertelstunde. Spätestens. Passt das?«

Anstelle einer Antwort war nur ein tiefer Seufzer zu hören, dann wurde die Verbindung unterbrochen.

47. Kapitel

Es war Mitternacht. Die Vorhänge hatte sie noch nicht zugezogen. Morgen war der erste Mai. Als sie klein war, hatte ihre Mutter immer gelacht und gesagt, sie sollten ihre Gesichter mit Tau waschen, dann würden sie für den Rest des Jahres hübsch aussehen. Es war eigentlich ein Witz, ein Ammenmärchen, aber Lesley hatte sich immer gerne in der Morgendämmerung aus dem Haus geschlichen, um sich die Feuchtigkeit des nassen Grases über die Wangen zu reiben – sicher war sicher.

Wo war Malcolm?, fragte sie sich zum hundertsten Mal verzweifelt. Das war noch nie vorgekommen. Er war keiner von diesen Partytypen, über die sie in der Sonntagszeitung gelesen hatte, Männer, die sich in irgendwelchen Clubs und Pubs herumtrieben, wo sexuelle Abenteuer gang und gäbe waren. Malcolm würde niemals ... Sie biss sich auf die Lippe, um die Tränen zurückzuhalten, die ihr wieder in den Augen standen. Wo war er? Sie war schon kurz davor gewesen, ihre Mutter anzurufen, einfach zum Trost, doch ihr erwachsenes, weiseres Selbst hatte sie davon abgehalten, zum Hörer zu greifen. Es wäre egoistisch gewesen, ihre Mutter unnötig zu beunruhigen. Und es gab bestimmt keinen Grund, sich Sorgen zu machen. Oder doch?, meldete sich eine leise innere Stimme. Bei diesem Gedanken wurde ihr flau im Magen, und sie verspürte das dringende Bedürfnis sich zu übergeben.

Als das Telefon klingelte, sprang Lesley Adams wie von

einer Wespe gestochen auf. Taumelnd wandte sie sich vom Fenster ab und ergriff den Hörer.

»Hallo? Malcolm! Bist du das?«

Die Stimme am anderen Ende der Leitung war ihr unbekannt. Lesley setzte sich auf die Bettkante und machte sich auf das Schlimmste gefasst: dass ihr die Polizei die Nachricht von Malcolms Tod überbrachte.

Dann richtete sie sich plötzlich auf. Die Stimme erzählte ihr Dinge, die sie nie im Leben glauben konnte, Dinge, die viel, viel schlimmer waren als die schmierigen Geschichten in den Farbbeilagen der Zeitungen. Malcolm sei mitverantwortlich für ... Sie konnte sich einfach nicht vorstellen, dass ihr zärtlicher Ehemann so etwas ...

»Und was kann ich jetzt tun?«, flüsterte Lesley schließlich und hielt den Hörer so fest, dass ihre Finger schmerzten.

Die Stimme am anderen Ende der Leitung stieß einen Seufzer aus und teilte es ihr mit.

Lorimer lag wach und starrte in die Dunkelheit. Neben ihm stöhnte Maggie leise im Traum, den sie bis zum Morgen wieder vergessen haben würde. Anders als seine Frau konnte er sich immer an seine Träume erinnern, nur dass er es heute noch nicht einmal geschafft hatte einzuschlafen.

Adams war nicht aufgetaucht. Seine Frau sei hysterisch gewesen, hieß es, und Lorimer hatte eine diskrete Suchaktion eingeleitet. Er dachte über den Mann nach. Er war der Ruhige unter den vieren gewesen. Wahrhaftig ein Strich in der Landschaft mit dünnen, blonden Haarsträhnen über einem ausgemergelten, totenbleichen Gesicht. Doch als er die Partner über Duncan Forbes und Jennifer Hammond befragt hatte, war sein Blick vor Bedauern weich geworden. Bedauern und Trauer, dachte Lorimer und versuchte sich an die Einzelheiten des

Meetings am Carlton Place zu erinnern. Ja, so war es gewesen. Der Mann hatte ziemlich mitgenommen ausgesehen.

Bislang wussten sie nur recht wenig über Adams. Er schien ein sehr familiärer Mensch zu sein, wenn seine Frau schon am Telefon zusammenbrach und die Polizei bat, ihn zu suchen, ihn nach Hause zu bringen. Die heutigen Nachforschungen hatten nichts Zweifelhaftes über die Forbes-Macgregor-Partner ergeben. Die Firma schien absolut sauber zu sein, nur die Massen von Papierschnipseln deuteten darauf hin, dass sich hier jemand einen Haufen Mühe gemacht hatte. Morgen würde er von dem konfiszierten Material Fingerabdrücke nehmen lassen, sowohl von den Säcken mit Schreddermaterial, die sie im Maschinenraum gefunden hatten, als auch von den Kleidertüten, die West draußen vor seiner Wohnungstür hatte stehen lassen. Wenn sie übereinstimmten, wie Lorimer vermutete, dann würden sie ihre Jagd auf den Flüchtigen verschärfen.

In dieser Hinsicht war Alec Barr hilfsbereit gewesen. Er hatte etwas gezögert, bevor er mit der Nachricht herausgerückt war, dass West an einer Art Depression litt. Es war nicht mehr ganz zeitgemäß, geheimnisvoll die Stimme zu dämpfen, wenn man über psychische Instabilität sprach, aber genau das hatte Barr getan. Der Mann hatte erschöpft gewirkt, und Lorimer konnte es ihm nicht verübeln. Es musste hart sein, sich an einer Welt festzuklammern, die praktisch in Trümmern lag, und trotzdem hatte Barr eine Würde bewahrt, die der leitende Ermittlungsbeamte bewunderte. Er hatte grimmig dreingeblickt, als befürchtete er das Schlimmste, und alle Fragen mit einer Direktheit beantwortet, die Lorimer nach den knappen Antworten, die er normalerweise zu hören bekam, äußerst erfrischend gefunden hatte. Auf die Frage hin, was er über die Vorfälle dachte, hatte Barr aufrichtig bestürzt geklungen. Alles war ein einziger Albtraum, für den irgendein Unbekannter verantwortlich war, dachte Lorimer. Barr lag vermutlich auch gerade wach, ebenso wie die anderen, und versuchte zu begreifen, was West getan hatte, warum er es getan hatte und was mit seinem Unternehmen geschehen würde, sobald alle Fakten aufgedeckt waren.

Wenn endlich morgen war, dachte Lorimer mit einem Gähnen, konnten die Ermittlungen weitergehen.

Babygeschrei drang an ihr Ohr, so laut und durchdringend, dass sie mit einem Ruck kerzengerade im Bett saß. Aber als sich ihre Augen an die Dunkelheit gewöhnten, hörte sie nur ihren eigenen Atem. Es war kein Baby im Haus. Janey und die Familie waren wieder nach Hause gefahren. Es musste ein Traum gewesen sein, dachte Liz und ließ sich in die Kissen zurückfallen. Die kühle Nachtluft drang durch die offenen Fenster herein, und die Leinenvorhänge bewegten sich sacht im Wind. Duncan hatte stets großen Wert auf ein luftiges Schlafzimmer gelegt, und sie hatte sich über die Jahre an die nächtlichen Geräusche gewöhnt. Aus dem Garten war immer etwas zu hören: das Rauschen der Bäume im Wind, die Eule, die in den angrenzenden Wäldern wohnte, und hie und da das Bellen eines Fuchses.

Am anderen Ende des Flurs schlief Philip. Sein Zimmer war weit genug vom elterlichen Schlafzimmer entfernt, um sowohl ihm als auch den Eltern vollkommene Privatsphäre zu gewährleisten. Doch allein zu wissen, dass er im Haus war, gab ihr ein tröstendes Gefühl. In der letzten Zeit hatte er immer wieder Andeutungen gemacht, vielleicht wegzuziehen, wenn er in der Gegend nicht die richtige Arbeit fand. Liz hatte sich zu einem verständnisvollen Lächeln gezwungen, während sie innerlich einen tiefen Schmerz verspürte. Natürlich musste er irgendwann den Schritt in die Eigenständigkeit wagen. Natürlich musste sie ihn seinen eigenen Weg gehen lassen, aber die Vorstellung, dass er auszog und sie ganz allein im Haus zurückblieb, war doppelt hart.

Wenn sie nur sicher sein könnte, dachte sie, dass Duncan ihr immer treu war. Ihr Herz sagte Ja, die Stimme in ihrem Kopf hingegen, die wie der Verfasser dieser abscheulichen Briefe klang, bestand immer noch felsenfest darauf, dass ihr Mann sie betrogen hatte. Er war mit einer anderen Frau zusammen gewesen. War das die Wahrheit? Wenn ja, dann lag irgendwo in der Stadt womöglich gerade noch jemand wach und stellte sich all die Fragen, auf die es keine Antwort zu geben schien. Wer hatte Duncan getötet? Und warum, um Gottes willen, warum?

»Solly?«

»Hm?«

»Komm ins Bett, Liebling«, murmelte Rosie schläfrig und hielt sich die Hand vor den Mund, als sie ein Gähnen unterdrückte. »Es ist nach zwei Uhr – kann das nicht warten?«, protestierte sie. Solly kauerte nach wie vor mit gekrümmtem Rücken vor seinem Computer, genauso wie vorhin, als sie schlafen gegangen war. Als keine Antwort kam, fuhr sie sich mit der Hand über das zerzauste Haar und schlurfte in die Dunkelheit des angrenzenden Schlafzimmers zurück. Die Obduktionen des folgenden Tages erforderten eine ruhige Hand, und ausreichend Schlaf war angesagt. Was auch immer ihr Schatz im Schilde führte, er würde es ihr schon rechtzeitig mitteilen. Graham Wests Verschwinden hatte dem ganzen Haufen Beine gemacht. Sie aber hatte nach wie vor die Routine der täglichen Todesfälle zu bewältigen. Nicht jede Leiche, die man ihr in den Obduktionssaal schob, stellte sich als Mordopfer heraus. Und Gott sei Dank war auch nicht jeder Tod mit derartigen Komplikationen verbunden wie der des Duncan Forbes.

Solly hörte kaum, wie die Wohnzimmertür wieder geschlossen wurde, als Rosie hinausging. Er starrte auf die Karte, die er erstellt hatte. Sie zeigte den Clyde vom Gebiet hinter dem Science Center, seinen kurvenreichen Verlauf durch die Stadt bis hinunter nach Glasgow Green, wo der Flusswächter wohnte. George Parsonage hatte als Mann, der sich für jede Art von Tragödie in ständiger Bereitschaft hielt, großen Eindruck bei ihm hinterlassen. Binnen weniger Minuten konnte er am Unfallort sein. Was für ein Leben musste das sein, wenn man zu jeder Tages- und Nachtzeit abrufbereit war? Andererseits, überlegte Solly, war er in dieses Leben hineingeboren worden und schien ein bestimmtes Pflichtgefühl gegenüber seinen Mitmenschen gleichsam geerbt zu haben. Wie anders war dagegen die Mentalität des Mörders! Wer auch immer Joseph Reilly ins Jenseits befördert hatte, war bar jeglichen Mitgefühls. Und Jennifer Hammond? Duncan Forbes? Lag heute Nacht jemand wach und litt unter den Qualen seines schlechten Gewissens?

Solly betrachtete den Fluss mit seinen Windungen und den schwarzen Kreisen entlang der Ufer. Dort war Forbes aus dem Wasser gezogen worden, einen Steinwurf vom Crowne Plaza Hotel entfernt. Dort war Jennifer Hammonds Wohnung mit Blick auf den Fluss, und dazwischen, in einer Flusswindung, befand sich Graham Wests Penthouse. Solly erinnerte sich an den Blick aus den Panoramafenstern: Von dort oben hätte er flussauf- und flussabwärts alles überblicken können. Von Jennifer Hammonds Wohnung aus war der Blick begrenzter, aber man konnte die zu jeder Zeit stark befahrene Kingston Bridge sehen und einen Blick auf die silberne Turmspitze des Science Towers erhaschen. Er bewegte die Karte mit dem Cursor weiter nach Osten, bis er den Kreis sehen konnte, der das Gebäude am Carlton Place markierte, gleich hinter dem Teil der George V

Bridge, die die Autos benutzten. Jeder konnte dort am Ufer entlang spazieren gehen und in den Menschenmassen der Innenstadt verschwinden. Zur Clyde Street waren es nur wenige Minuten zu Fuß, und von dort zur Argyle Street war es ebenfalls nur ein Katzensprung. Solly hatte jeden Gedanken an ein Boot fallengelassen: Wests eigenes lag unten in Kip Marina vertäut. Die Boote an den Uferstegen waren ausschließlich dafür da, Kunden zu den Läden in Braehead und wieder zurückzufahren, hatte er herausgefunden, oder hinaus ins offene Gewässer jenseits der Flussmündung.

Alles deutete auf West. Warum also saß er hier in aller Herrgottsfrühe und starrte auf den Bildschirm seines Computers, als könnte der ihm irgendetwas Gegenteiliges offenbaren? War er wirklich nur darauf aus, alles komplizierter zu machen, wie Lorimer angedeutet hatte? So sehr er sich allerdings auch bemühte, der Psychologe konnte sich des Eindrucks nicht erwähren, dass Graham West vor mehr als nur der Strafe davonlief, die eine Schuldigsprechung zur Folge hätte.

48. Kapitel

Es war ein Morgen wie bei Chaucer: »... frisch und heiter wie der Monat Mai«, flüsterte sie in die Stille. Es fehlte nur noch, dass der junge Edelmann höchstpersönlich aus dem Nebel geritten kam. Dieser Maimorgen war in der Tat angenehm, die langen Gräser verströmten einen süßlichen Duft, und ein Dunstschleier in der Luft verkündete einen heißen Tag. Maggie bröckelte die Überreste der Scones vom Vorabend ins Vogelhäuschen. Sie erschauderte leicht in ihrem dünnen Nachthemd, die Knöchel nass vom Tau. Sie würde ihre Pantoffeln auf dem Fußabstreifer stehen lassen müssen, wenn sie nicht auf dem ganzen Küchenboden Fußspuren hinterlassen wollte. Aber es war schön, draußen zu sein, bevor der Tag begann. Sie schlang die Arme eng um ihre Brust und lauschte der Amsel, die in einem der Büsche saß und ihr Lied trällerte. Ihr Garten war überwuchert und vernachlässigt, ein Zufluchtsort für Vögel und wild lebende Tiere, aber auch ein Grund für hochgezogene Augenbrauen bei ihren anspruchsvolleren Nachbarn. Einmal im Jahr, in den großen Ferien, brachte Maggie in einem Anfall von Schuldgefühlen den Garten gründlich in Ordnung, um ihn dann bis zum nächsten Jahr wieder völlig aus ihren Gedanken zu streichen.

Heute hatte sie gleich mehrere Freistunden, da die Zwölftklässler in der Prüfungsphase waren. Sie würde die Zeit dafür nutzen, endlich einmal dem Berg an Verwaltungsangelegenheiten Herr zu werden, der sich in ihrem Klassenzimmerschrank angesammelt hatte. Hier müsste auch mal wieder richtig aufgeräumt werden, dachte sie bei sich und warf einen reumütigen Blick auf die Disteln, die sich im Wind wiegten.

Plötzlich sah sie einen rotgelben Fleck vorbeihuschen: Ein Distelfink ließ sich auf einer Karde nieder und beugte die stachelige Pflanze unter seinem leichten Gewicht. Maggie beobachtete ihn gespannt und wünschte, ihr Mann wäre schon wach und könnte den winzigen Vogel auch sehen, der aber hatte noch tief und fest geschlafen, als sie aus dem Schlafzimmer geschlichen war. Armer Kerl, dachte sie. Dieser Fall forderte seinen Tribut. Wäre er nur zum Superintendenten befördert worden, dann hätte er vielleicht ein bisschen weniger Fälle auf dem Tisch. Andererseits hätte er nicht weniger hart gearbeitet, wies sie eine leise innere Stimme zurecht. Und Jo Grant wäre nach wie vor in seinem Team.

Sie hatte wieder nichts unternommen. Sie hatte ihn weder auf das mitgehörte Telefonat noch auf den Zettel in seiner Jackentasche angesprochen. Ein ungutes Gefühl, das sie als bloße Feigheit erkannte, hinderte sie daran, ihrem Ehemann irgendwelche Fragen zu stellen. Seit ihrer Rückkehr war er mehr als fürsorglich gewesen. Und all die Nächte, in denen sie wie im Fieber miteinander geschlafen hatten, passten ja wohl nicht gerade zu einem Mann, der eine Affäre mit seiner Kollegin hatte?

Der Fink flog davon, und Maggie sah seinen hellen Flügeln nach, bis er außer Sichtweite war.

»Kastanien-Fall wie frische Feuerkohlen; Finkenflügel«, zitierte sie leise, mit nur dem Garten als Zuhörer. Der Priester-Dichter hatte ein Auge für das winzigste Detail gehabt. Vielleicht würde sie mit der neuen Fünften mal *Gescheckte Schönheit* ausprobieren, wenn die Prüfungen vorbei waren, und ihnen eins ihrer Vogelbücher zeigen.

Das Wegfliegen des Vogels gab ihr ein Gefühl von Erwachen, und sie verspürte den Drang, ihren Tag zu beginnen. Sie würde Wasser aufsetzen und Bill eine Tasse Tee bringen. Dann könnte auch sein Tag beginnen, dachte sie, und mit ihm die brisante Jagd auf einen Mann, den sie für einen Mörder hielten.

Lorimer fuhr auf den Parkplatz und schielte mit einem Auge auf die parkenden Autos. Gut. Er war vor Mitchison im Büro. Wenigstens etwas. Er würde mit Iain MacKenzie sprechen, bevor sich irgendjemand einmischen konnte. Ein schneller Blick auf seine Uhr verriet ihm, dass es in Sydney acht Uhr sein musste. Wests Flieger war noch nicht gelandet. Sie hatten also noch zwei Stunden Zeit, um ihm eine Willkommensparty zu organisieren, falls sie die Erlaubnis bekamen.

Auf der Treppe nahm er zwei Stufen auf einmal und ging dann in großen Schritten über den Gang in sein Büro. Eine der Nachrichten auf seinem Schreibtisch teilte ihm mit, was er nicht wissen wollte: Sie hatten noch immer keine Genehmigung erhalten, Graham West an der Einreise nach Australien und damit an seinem endgültigen Verschwinden zu hindern. Die Nachricht war von sechs Uhr dreißig. Möglicherweise hatte sich inzwischen schon wieder etwas getan, dachte er. Er griff zum Telefon und wählte die Nummer des Staatsanwalts.

»Guten Morgen.« Iain MacKenzie klang vergnügt. »Sie wissen es noch nicht, nehme ich an?«

»Was? Gute Neuigkeiten, hoffe ich!«

»Das kann man wohl sagen. Wir rechnen mit der vollen Unterstützung der Polizei von Sydney. Sie haben bereits ein Kommando zusammengestellt, das West am Flughafen abfangen soll. Wir haben ihnen eine genaue Beschreibung von ihm gegeben.«

»Gut«, erwiderte Lorimer knapp. »Sie halten mich auf dem Laufenden?«

»Selbstverständlich.« MacKenzies Stimme verriet eine Aufregung, die Lorimer, wie er beim Zusammenklappen seines Mobiltelefons feststellte, nicht im Geringsten teilte.

Was war los mit ihm? Woher kam plötzlich dieses Gefühl der Ernüchterung? Sie würden den Mann festnehmen, nach Großbritannien zurückschicken, und hier in Glasgow müsste er sich schließlich und endlich der Anklage stellen. Warum konnte er also Iain MacKenzies Jubel nicht teilen?

Lorimer lehnte sich zurück und blätterte durch die für ihn hinterlassenen Nachrichten. Malcolm Adams war noch immer verschwunden, die nächtliche Suchaktion war erfolglos geblieben. Alec Barr hatte mitgewirkt, so gut er konnte, nahm Lorimer an. Catherine Devoy war zwar vernommen worden, in Sollys Augen hielt sie jedoch etwas zurück.

Solly. Das Haar in der Suppe. Wie immer hatte ihm der Psychologe einige nervtötende Momente beschert. Diese Geschichte mit den Tüten voller Designerherrenmode für den Wohltätigkeitsladen.

Lorimer widmete sich den anderen Mitteilungen auf seinem Schreibtisch. Die Analysen hatten bestätigt, dass die Fingerabdrücke auf den jeweiligen Tüten mit denen des Verdächtigen übereinstimmten, und da war noch etwas: Man hatte Wests Fingerabdrücke auch in Jennifer Hammonds Schlafzimmer gefunden. Alles schien perfekt zu passen, dachte Lorimer. West war der Mann, den sie suchten. Was aber war mit Adams los, und, wo er schon dabei war, gab es eigentlich Neuigkeiten über die andere »vermisste Person«, Michael Turner?

Eine ganze Weile starrte Lorimer vor sich ins Leere. Da hatte alles begonnen: am Abend von Michael Turners Abschiedsparty. Plötzlich blickte er auf, und ein Funkeln lag in seinen Augen. Vielleicht hatte er von Anfang an alles aus einem falschen Blickwinkel betrachtet. Der Abend wurde überschattet von Duncan Forbes' ungeklärtem Tod. Möglicherweise hätten sie sich mehr auf den jungen Mann konzentrieren sollen, der ein paar Stunden zuvor im Mittelpunkt der Aufmerksamkeit gestanden hatte. Turner war nach New York geflogen und hatte damit eine Freundin aufgegeben, die über seine Abreise nicht übermäßig unglücklich gewirkt hatte. Außerdem hatte er den Mann zurückgelassen, der nach allem, was man so hörte, eine Art Mentor für ihn gewesen sein musste, der aber noch vor Ende der Abschiedsparty ermordet worden war. Was hatten sie bisher über Turner herausgefunden? Er sei ein junger Mann mit hohem Potenzial, einmal Partner zu werden, hatte Barr ihm erzählt. Einen echten Durchstarter hatte er ihn genannt. Tja, durchgestartet war er, das stand wohl außer Frage, nur wohin, das war nach wie vor ein Rätsel.

Was, wenn ...? Die Gedanken zogen düster durch Lorimers Kopf, als er über den jungen Mann nachdachte, der offensichtlich ins Reich des Vergessens gereist war. Was, wenn man ihn aus einem ganz anderen Grund in die USA abkommandiert hatte? Maggie ließ sich immer über die unfähigen Lehrer aus, die früher oder später in hoch bezahlten Verwaltungspositionen landeten, weit entfernt von jedem Klassenzimmer. Was, wenn Turner weggeschickt worden war, weil sie ihn loswerden wollten? War das schon mal jemandem in den Sinn gekommen? Lorimer spielte die Theorie in Gedanken durch. Je mehr er darüber nachdachte, desto plausibler erschien ihm das Ganze.

Im Grunde verfügten sie lediglich über Barrs windige Aussage, Turner hätte auf ihre amerikanischen Kollegen ordentlich Eindruck machen sollen. Duncan Forbes, der den jungen Mann am besten gekannt hatte, war nicht mehr da, um die Aussage zu bestätigen. Aber hatten sie eigentlich nie daran gedacht, mal einen der anderen Mitarbeiter zu fragen? Hatte er den fatalen Fehler begangen, sich der Autorität der Partner von Forbes Macgregor zu fügen? Unter Umständen war es an der Zeit, mehr über Michael Turner in Erfahrung zu bringen. Und diesmal würde er Leute befragen, die keinen Grund hatten, ihm etwas anderes als die Wahrheit zu erzählen.

»Guten Morgen, Chief Inspector.« Adrian Millhouse schüttelte Lorimer die Hand, und der DCI bedeutete ihm, Platz zu nehmen. Millhouse hatte sofort auf seinen Anruf reagiert, stellte Lorimer zufrieden fest.

»Das ist nur ein Gespräch, Mr. Millhouse«, begann Lorimer. »Vertraulich. Keine versteckten Kameras.« Er grinste und entspannte sich, als der Ältere über seinen Witz lächeln musste. »Ich würde Ihnen gerne ein paar Fragen über Michael Turner stellen. Diesmal« – Lorimer hob die Hand, um Millhouse davon abzuhalten, sich in irgendwelchen Gemeinplätzen über seine Sympathie für den jungen Mann zu ergehen – »möchte ich ein ungeschminktes Bild mit allen Schwächen und Fehlern.«

»Natürlich.« Millhouse zuckte die Achseln. »Ich werde alles tun, was in meiner Macht steht.«

»Meine erste Frage an Sie, Mr. Millhouse: Waren Sie über Michael Turners Beförderung überrascht?«

Adrian Millhouse starrte Lorimer ein paar Sekunden schweigend an, dann nickte er.

»Nein, überhaupt nicht«, antwortete er. »Es kam keineswegs überraschend, als ich hörte, dass er zu Kirkby Russell gehen würde. Wir hatten nichts anderes erwartet.«

»Wenn Sie ›wir‹ sagen, meinen Sie damit die gesamte Belegschaft?«

»Na ja, die meisten, mit denen ich gesprochen habe. Und da ich in der Personalabteilung arbeite, laufen mir täglich eine ganze Menge Leute über den Weg.«

»Wie wurde die Nachricht seiner Beförderung allgemein aufgenommen?«

Einen Augenblick lang blickte Millhouse nachdenklich drein. »Wenn ich ehrlich bin, war ich überrascht, dass er nach Amerika wollte. Er wäre ein überaus geeigneter Partner für die Glasgower Kanzlei gewesen, das dachten alle. Duncan hatte ihn schon mehr oder weniger zu seinem Nachfolger erkoren. So eine Talentverschwendung.« Millhouse schüttelte den Kopf.

Lorimer nickte schweigend. Das bestätigte seinen Verdacht. Es musste einen Grund gegeben haben, warum sie den jungen Wirtschaftsprüfer loswerden wollten. Sie nahmen weiterhin an, Turner sei ermordet worden, auch jetzt, da die New Yorker Polizei bestätigte, dass er Kontakt mit ihnen aufgenommen hatte. Die US-Polizei hatte sich damit einverstanden erklärt, absolutes Stillschweigen über Turners Entkommen zu bewahren. Dennoch plagte es sein Gewissen, Millhouse mit gedämpfter Stimme über den vermeintlich Toten sprechen zu hören.

»Man sollte nicht schlecht über die Toten reden, aber ich hatte manchmal das Gefühl, dass Michael ein bisschen überfordert war«, fuhr Millhouse fort. »Mit Jennifer, meine ich.«

»Ach, wirklich?«

»Nun ja, er hat das Ganze jedenfalls viel ernster genommen als sie.« Millhouse lehnte sich zurück und biss sich auf die Lippe. »Ich sag es wirklich ungern, aber Jennifer hat, was ihre männlichen Kollegen betrifft, nichts anbrennen lassen, wenn Sie wissen, was ich meine.«

Lorimer nickte. Das Erste, was ihm an der Frau aufgefallen war, war ihre Koketterie. Sie hatte der Versuchung einfach nicht widerstehen können, ihre unbestrittenen Reize sogar an einem hohen Beamten der Polizei von Strathclyde zu erproben. Jennifer Hammond war eine von der gefährlichen Sorte gewesen, und irgendwie schien ihr Tod untrennbar mit den Männern in ihrem Leben verbunden zu sein.

»Mit wem aus der Belegschaft von Forbes Macgregor war sie noch zusammen?«, fragte Lorimer.

Adrian Millhouse stieß einen tiefen Seufzer aus.

»Also gut«, sagte er und begann die Namen an seinen Fingern abzuzählen. Lorimer hörte aufmerksam zu.

»Graham West«, teilte Lorimer Solly am Telefon mit. »Wir kommen immer wieder auf ihn zurück! Er hatte eine Affäre mit Jennifer Hammond, kurz bevor sie mit Michael Turner zusammenkam. Millhouse zufolge hat sie es im Laufe der Zeit mit allen Kollegen getrieben, die überhaupt in Frage kamen.«

»Was ist mit Duncan Forbes?«

Lorimer runzelte die Stirn.

»Das ist das Merkwürdige. Er hat sie offenbar nicht gemocht. Hat mehr als einen Versuch unternommen, sie wegen ihres Benehmens zu entlassen.«

»Warum hat er sie dann nicht einfach zum Teufel gejagt?«

»Alec Barr ist eingeschritten«, erklärte Lorimer. »Millhouse glaubt, dass Barr eine Schwäche für sie hatte.«

In der darauffolgenden Stille sah er Sollys ungläubig hochgezogene Augenbrauen förmlich vor sich. Und er hatte recht, die Motive des geschäftsführenden Partners anzuzweifeln. Zählte Barr auch zu Jennifers Liebhabern? Er erinnerte sich an das Schlafzimmer, das sie wie das Boudoir einer Edelnutte eingerichtet hatte. Aber sie war nicht dumm gewesen, absolut nicht. Sie hatte genau gewusst, wer die Polizei über die Leiche im Fluss informiert hatte. Ohne diesen emotionalen Hilfeschrei hätte es nicht den geringsten Anhaltspunkt für den Verdacht gegeben, dass Duncan Forbes' Tod kein trauriger Unfall war. Doch aus irgendeinem Grund hatte Jennifer Hammond entschieden, die Identität des Anrufers nicht preiszugeben. Warum? Und wer hatte sie für immer zum Schweigen gebracht? Mit einem Mal schien es von äußerster Dringlichkeit, festzustellen, wo sich bestimmte Schlüsselfiguren an jedem dieser Abende aufgehalten hatten.

Die Frau in der Tür blickte ängstlich zu ihm hoch. Ihre knotige Hand war schon an der Kette, bereit sie herunterzunehmen, sollte sich Lorimer als der herausstellen, als der er sich ausgab.

»Mrs. Barr?«

Die Frau nickte und nahm sich die Zeit, den Dienstausweis eingehend zu studieren. Sie hatte guten Grund, vorsichtig zu sein, dachte Lorimer bei sich. Eine ältere Dame wie sie war allen Betrügern, die tagsüber an ihrer Tür klingelten, hoffnungslos ausgeliefert.

Als Ella Barr sich ausreichend davon überzeugt hatte, dass er tatsächlich DCI William Lorimer war, ließ sie ihn eintreten.

Zwanzig Minuten später verließ Lorimer Barrs Haus mit drei Tassen Tee und einem Stück selbst gebackenem Früchtekuchen im Magen. Ella Barr hatte ihm etwas zum Nachdenken mitgegeben, wenngleich er stark bezweifelte, dass sie sich dessen bewusst war. Nein, Mr. Barr sei nach der Party des jungen Mannes nicht nach Hause gekommen. Und nein, er sei auch an den beiden anderen Abenden nicht zu Hause gewesen. Alec war geschäftlich unterwegs. Er war überhaupt so viel auf Reisen, hatte sie Lorimer stolz erzählt, den Henkel ihrer Porzellanteetasse zwischen den knochigen Fingern. Lorimer betrachtete die Frau aufmerksam. Sie musste mindestens fünfzehn Jahre älter sein als Barr. In krassem Gegensatz zu dem

Rotschopf, der sie alle gnadenlos an der Nase herumgeführt hatte, war Alec Barrs Frau in jeder Hinsicht eine feine Dame mit ihrem dauergewellten weißen Haar und dem Kaschmirpullover mit Rundhalsausschnitt. Sogar die Perlen sahen echt aus. Ein flüchtiger Blick durch den Salon, während sie den Tee brachte, verriet Lorimer eine ganze Menge. Das Haus war der Traum jedes Antiquitätenhändlers. Sammlungen von Elfenbeinschnitzereien wetteiferten mit drei Fabergé-Eiern um den besten Platz, die Sitzmöbel mit spindeldürren Beinen waren mit heller Seide bezogen, passend zu den Gardinen vor den Erkerfenstern, und die geschnitzten Regale waren mit Porzellanartefakten übersät, die er an keinem anderen Ort als dem Burrell Museum vermutet hätte. Das Haus war weniger ein Zuhause als das Lager eines fanatischen Sammlers, und zwar eines unvorstellbar reichen Sammlers. Wieder konnte Lorimer nicht anders, als den Raum mit dem pseudoorientalischen Freudenpalast zu vergleichen, den Jennifer Hammond aus ihrem Schlafzimmer gemacht hatte.

Über Barr wusste er also erst einmal genug. Jetzt galt es herauszufinden, wo sich die beiden anderen Partner an den jeweiligen Abenden aufgehalten hatten, an denen die Morde verübt worden waren. Catherine Devoy lebte wie Graham West alleine. Aber gab es nicht vielleicht jemanden, der sie gesehen hatte? Hatte sich von seinen Kollegen überhaupt jemand die Mühe gemacht, das zu überprüfen? Lorimer fluchte über sich selbst, als er den Lexus rückwärts aus der Zufahrtsstraße manövrierte. Wests Flieger würde jeden Augenblick in Sydney landen.

Die Maschine setzte sanft auf der Landebahn auf, und das Getöse der Bremsen dröhnte ihm in den Ohren. Von seinem Sitzplatz am Fenster aus konnte er den modernen Kampanile der Inchinnan Church sowie die schemenhafte Silhouette der Hügel im Westen sehen. Er gab einen tiefen Seufzer von sich. Mein Gott war es gut, wieder zu Hause in Glasgow zu sein! Seine wenigen Habseligkeiten hatte er in der Segeltuchtasche im Ablagefach über ihm verstaut, aber er würde sitzen bleiben und warten, bis die anderen Passagiere ihre Plätze geräumt hatten. So hatten sie es ihm erklärt. Er fragte sich, ob sie ihn in der Ankunftshalle abholen würde. Sie hatten sich lange nicht gesehen. Mit einem sonderbaren Lächeln auf dem Gesicht blickte der Passagier des Fluges 206 noch immer aus dem Fenster und wunderte sich, dass er es wirklich geschafft und so vieles überlebt hatte.

Es dauerte Ewigkeiten, bis sich die Passagiere zum Ausgang gedrängelt hatten. Graham West erwiderte das Lächeln der hübschen Frau mit einem flüchtigen Nicken. Die Mädchen von Singapore Airlines hatten ihm jeden Wunsch von den Lippen abgelesen, jedoch hatte er ausnahmsweise ihre Reize kaum bemerkt. Er hatte andere Dinge im Kopf gehabt.

Er sah misstrauisch zu den Beamten in Neonjacken, die am Ende des langen Korridors standen, dann wandte er seinen Blick schnell wieder ab. Es war nicht ratsam, hier aufzufallen. Kopf runter, befahl er sich. Er hatte sich am Flughafen in Heathrow eine billige Baseballmütze gekauft, die er sich jetzt noch tiefer ins Gesicht zog. Du musst einfach nur so aussehen wie jeder andere gelangweilte Tourist.

Jetzt drängte sich die Schlange langsam durch die Einwanderungskontrolle. Er spürte das Hemd an seinem Rücken kleben. Bestimmt hatte er hinten einen Riesenschweißfleck, aber was machte das schon? Sie waren seit eineinhalb Tagen unterwegs, und den meisten anderen Passagieren würde es sicher genauso gehen. Das war überhaupt das Geheimnis:

Genau so zu sein wie alle anderen. Die Schlange bewegte sich vorwärts, und Graham konnte schon das Gemurmel der Leute hören, die irgendwelche Fragen beantworteten. Plötzlich fiel ihm ein alter Witz wieder ein, und er musste grinsen.

»Irgendwelche Vorstrafen?«, fragte der australische Einwanderungsbeamte.

»Oh, ich wusste nicht, dass man welche braucht.«

Nun, er hatte bestimmt keine Vorstrafen, und Ray Easton schon gar nicht. Aber als er sich der Barriere näherte, die ihn von der Halle dahinter trennte, überkam ihn ein plötzliches Unbehagen.

»Ausweis, bitte«, sagte der Mann.

Graham West reichte ihm seinen Pass. Der Schweiß rann ihm jetzt in Bächen zwischen den Schulterblättern über den Rücken.

Der Mann sah ihn kurz an, dann sagte er: »Nehmen Sie bitte mal Ihre Kappe ab.«

West nahm die Baseballmütze ab und starrte den Beamten an, der sein Gesicht mit der Aufnahme auf seinem Pass verglich.

Er schluckte und fasste sich dann an sein stoppeliges Kinn. »Noch keine Zeit gehabt, mich zu rasieren«, erklärte er und zwang sich zu einem müden Lächeln.

Der Mann gab ihm den Pass zurück und winkte ihn in Richtung der Gepäckausgabe.

»Der Nächste bitte!«, rief er und hatte den anderen schon wieder vergessen.

West ging weiter, mit jedem Schritt ein Stückchen näher an der Freiheit. Er hatte es geschafft! Er hatte es tatsächlich geschafft! Mit einem tiefen Seufzer der Erleichterung setzte er sich die Baseballmütze wieder auf den Kopf und sah sich nach einem Schild mit dem Hinweis »Exit« um.

Reisende mit schwer beladenen Kofferkulis drängten sich an ihm vorbei zu der Doppeltür, die in die Ankunftshalle führte. Unauffällig verbarg er sich zwischen zwei Männern mittleren Alters. Tarnung, ermahnte er sich.

Dann waren sie draußen. Im gleißenden Sonnenlicht, das durch die großen Fenster hereinströmte, und im Lärm der Menschenmassen, die sich begrüßten, unterhielten und über ihr Wiedersehen mit lange vermissten Freunden oder Familienangehörigen jubelten. Er konnte die Türen sehen, die auf die Straße hinausführten, und stellte sich eine lange Schlange wartender Taxis vor.

»Mr. Easton?«, vernahm er plötzlich eine Stimme an seiner Schulter.

Graham wirbelte herum. Zwei Polizeibeamte in Uniform standen vor ihm und blickten ihn ernst an.

»Würden Sie bitte mitkommen, Sir?«

»Sie haben ihn!« Detective Constable Niall Cameron stürzte in Lorimers Büro, als dieser gerade seine Jacke an den Garderobenhaken hängte. »Wir haben die Nachricht eben erhalten. Sie haben ihn zum Verhör mit auf die Wache genommen. Sie sagen, es sei nur eine Frage der Zeit, bis man ihn in den nächsten Flieger nach Glasgow setzen würde!«

»Gut«, erwiderte Lorimer und bemühte sich, erfreut zu wirken. Der Fall war so langwierig und nervenaufreibend gewesen mit dem ständigen Hin und Her, dass sein Team die Nachricht mit großer Erleichterung aufnehmen würde. Wie aber würden sie reagieren, wenn er sie bat, an bestimmten Stellen noch ein wenig eingehender nachzuforschen?

»Sag allen, wir treffen uns gleich im Versammlungsraum«, trug er Cameron auf. »In fünf Minuten.«

Als die Tür wieder zuging, trommelte Lorimer mit den Fingern auf den Tisch. Was zum Teufel sollte er ihnen jetzt erzählen? Dass Dr. Solomon Brightman das Gefühl hatte, Wests Profil passe überhaupt nicht auf das eines Serienmörders? Dass er selbst so eine merkwürdige Eingebung hatte, alles sei nicht ganz so einfach, wie es schien?

Als das Telefon klingelte, ignorierte er es für ein paar Sekunden, dann hob er ab.

»DCI Lorimer«, blaffte er. Als er erfuhr, wen er in der Leitung hatte, fiel ihm die Kinnlade herunter.

»Es gibt da ein paar Neuigkeiten«, teilte Lorimer der versammelten Runde mit. »Graham West ist von der Polizei in Sydney geschnappt worden, und es sieht ganz so aus, als wäre er schon binnen zwei Tagen wieder hier.«

Die Beifallsbekundungen wurden durch Lorimers erhobene Hand gleich wieder zum Schweigen gebracht.

»Da ist noch etwas anderes«, fuhr er in düsterem Ton fort. »Ich habe gerade einen Anruf von Mrs. Lesley Adams erhalten.«

Alle Augen waren plötzlich auf ihn gerichtet.

»Sie wird gleich noch jemanden hier vorbeibringen.« Lorimer ließ seinen Blick durch die Runde schweifen, die ihn erwartungsvoll ansah. »Michael Turner ist soeben wieder in Schottland gelandet.«

Das Taxi hielt vor dem Polizeipräsidium, und Solomon Brightman stieg aus. Seit Lorimers Anruf war noch keine halbe Stunde vergangen. Er hatte die Vorlesungsunterlagen an seinen ehrgeizigen skandinavischen Assistenten weitergereicht, sich Schal und Mantel übergeworfen und auf den Weg zur University Avenue gemacht. Ein Taxi war sofort zur Stelle gewesen.

Solly nickte, als man ihm am Empfang die Sicherheitsplakette reichte, dann sah er sich um. Von Aufregung war nicht das Geringste zu spüren. Das würde sich ändern, sobald er die Treppe zur Kriminalpolizei hinaufgehen würde, kicherte er in sich hinein.

Als er plötzlich Stimmen von hinten vernahm, wandte er sich um. Eine dunkelhaarige Frau und ein jüngerer Mann näherten sich der Empfangstheke.

»Ich bin Mrs. Adams«, hörte er die Frau mit rauchiger Stimme sagen. Es bestand kein Zweifel, dass sie mit den Nerven am Ende war. »Und das ist Mr. Turner«, fügte sie hinzu und erlaubte sich ein Lächeln in Richtung des Mannes.

Solly stand unauffällig da und beobachtete die beiden. Lesley Adams war eine kleine, zierliche Frau wie Rosie, dachte er, nur ohne die warme, weiche Wohlgestalt, die er an seiner Verlobten so liebte. Diese Frau war durch und durch kantig. Ihre hohen Wangenknochen und die schmale Figur in den schwarzen Kleidern ließen sie zerbrechlich wirken. Ihr Gesicht machte einen gequälten Eindruck, und an den dunklen Schatten unter ihren Augen konnte Solly sehen, dass sie nicht geschlafen hatte. Michael Turner dagegen war zwar ausgemergelt, aber entspannt. Er hätte genauso gut ein Athlet sein können, der gerade vom Training kam. Solly hatte den Verdacht, dass seine drahtige Gestalt über beachtliche Kräfte hinwegtäuschte. Er trug ein Paar schlecht sitzende Khakihosen und ein kariertes Hemd aus kräftiger amerikanischer Baumwolle. Ein flüchtiger Blick auf seine Schuhe machte den Eindruck perfekt. Birkenstock, das Lieblingsschuhwerk der US-Studenten. Wo Michael Turner in den letzten Wochen auch gesteckt haben mochte, sein Gepäck war jedenfalls nicht mit ihm gereist.

»Noch nicht gefrühstückt, oder was?«, fuhr ihn die Frau hinter dem Tresen an. »Hier kannste was kriegen, Kleiner«, schimpfte sie weiter und schaufelte mit Begeisterung Eier, Speck und Blutwurst auf einen Teller.

Sadie warf einen Blick auf das Grüppchen, das sich in der Kantine versammelt hatte. Lorimer hatte sie mitgebracht und kurz erklärt, dass seine Kollegen gern einen Tee hätten, der junge Mann aber unbedingt ihr Spezial-Frühstück bräuchte. Die winzige Frau sah so aus, als könnte sie auch eins gebrauchen, aber sie wollte nur einen Tee. Lorimer hatte einen Teller voll Plunderstückchen auf das Tablett gestellt, bemerkte sie. Dr. Brightman würde auch eins essen, mutmaßte sie, aber dieser Mann schien ohnehin nie zu merken, was er gerade aß. Immer in anderen Sphären, diese Psychologen, sagte sie sich. Nie in der wirklichen Welt. Na, der Kleine wirkte jedenfalls ganz glücklich mit seinem »Sadie Special«, dachte sie und verschränkte zufrieden die Arme vor der Brust, als das Grüppchen auf einen Tisch in der Ecke zusteuerte.

»Besser?« Lorimer musste grinsen, als Michael Turner das letzte bisschen Eigelb mit einem Stück Brot auftunkte.

»Fabelhaft«, seufzte er. »Vielen Dank. Ich dachte, man würde mich auf der Stelle in ein Verhörzimmer sperren und stundenlang ausquetschen.«

»Ist die New Yorker Polizei denn so vorgegangen?«, fragte Solly.

Michael wandte sich dem Mann mit dem dichten dunklen Bart zu.

»Eigentlich nicht. Es ging alles unglaublich schnell. Erst wollten sie natürlich in allen Einzelheiten wissen, was vorgefallen war, aber sie schienen den Mann zu kennen, der mich entführt hat.« Er schnitt eine Grimasse. »Klingt albern, was?

Entführt. Wie im Märchen.« Er hielt inne, um einen Schluck Tee zu trinken. »Ich nehme an, es wird nicht lange dauern, bis sie ihn haben.« Er zuckte mit den Achseln. »Sie haben so gewisse Andeutungen gemacht. Na, jedenfalls haben sie mir meinen Pass und die anderen Sachen wieder zurückgegeben, nachdem sie einen halben Tag damit verbracht hatten, herauszufinden, ob ich auch der war, als der ich mich ausgab.« Plötzlich entfuhr Michael ein herzhaftes Gähnen, und er lächelte entschuldigend.

»Und dann«, begann Lorimer betont langsam, »hat Sie die US-Polizei nach Hause zurückgeschickt? Einfach so?«

Turner nickte.

»Man hat mir gesagt, man würde der Polizei von Strathclyde einen Bericht schicken, aber ich solle mich umgehend bei Ihnen melden, sobald ich in Glasgow gelandet sei.«

»Dennoch haben Sie zuerst Mrs. Adams angerufen«, erinnerte ihn Solly behutsam.

»Ja.« Turner runzelte die Stirn. »Eigentlich habe ich angerufen, um mit Malcolm zu sprechen, aber ...« Er verstummte, als er sah, dass sich Lesley Adams auf die Lippe biss.

»Es war sehr gut, dass Sie Mr. Turner unverzüglich zu uns gebracht haben«, wandte sich Lorimer an die Frau, »aber ich denke, wir können Sie jetzt auch wieder nach Hause gehen lassen.«

Lesley Adams öffnete den Mund, um etwas zu sagen, doch Lorimer schüttelte den Kopf. »Wir werden Sie umgehend verständigen, sollte es Neuigkeiten über den Verbleib Ihres Ehemanns geben«, teilte er ihr mit. »Dass Sie hier sind, hilft weder Ihnen noch uns. Was ist, wenn er versucht, Sie zu Hause zu erreichen?«, fügte er hinzu. Die Frau atmete tief durch und schluckte. Sie bemühte sich, die Tränen zurückzuhalten, die ohne Zweifel vergossen werden würden, sobald sie alleine war.

»Und Sie müssen sich an unsere Vereinbarung halten, Mrs. Adams. Kein Wort zu niemandem, dass Michael Turner hier ist. Und dass er am Leben ist«, ermahnte er sie.

Die Befragung war so gut wie beendet, und Michael Turner würde sich bald zurückziehen können, um etwas Schlaf nachzuholen. Was dem Mann widerfahren war, hätte man unter anderen Umständen als äußerst merkwürdig bezeichnen können, gäbe es da nicht einen Zusammenhang mit den Vorfällen in Glasgow.

Nun war es ihnen endlich gelungen, ein paar der Lücken zu füllen. Turner hatte von Duncans Tod nichts gewusst. Er war bereits im Flieger und außer Landes gewesen, bevor die Nachricht seine Kollegen erreicht hatte. Jennys Tod hatte ihn am meisten getroffen, gestand er. Nach seiner Abschiedsparty war sie noch mit zu ihm gegangen, war aber nicht die ganze Nacht geblieben. Sie hatten ein paar Stunden im Bett verbracht, bevor sie zu sich nach Hause gegangen war und er die letzten Reisevorbereitungen getroffen hatte. Er habe erst von Duncans Tod erfahren, als er kurz vor seiner Flucht mit Malcolm Adams telefoniert habe. Natürlich sei er schockiert gewesen, allerdings habe er zu dem Zeitpunkt vor allem seine Flucht im Kopf gehabt. Erst später, als ihn der Farmer ins Haus bat, habe er es wirklich begriffen.

JJ habe früher mit seiner Familie dort gelebt, hatte ihm der Farmer erzählt. Ein übler Haufen, die Jacksons, und der junge Jimmy sei der Schlimmste gewesen. Der alte Jackson wurde eines Sonntagabends erschossen. Sie hatten den Sheriff verständigt, aber Jimmy oder JJ, wie er sich selbst nannte, war spurlos verschwunden. Er habe ihn seither nicht mehr gesehen. Die Familie war dann einer nach dem anderen weggezogen, nachdem die Mutter unter der Erde war. Das alte Haus hatte seither einfach leer gestanden, bis eines Tages der Lieferwagen von der Bundesstraße abgebogen war. Das alles hatte der Farmer zuerst Turner und dann den örtlichen Polizisten erzählt, die Michael von Alabama zurück nach New York gebracht hatten. Es hatte zwar niemand ausgesprochen, aber Turner glaubte genug Hinweise zu haben, dass JJ auf der Liste der meistgesuchten Verbrecher der New Yorker Polizei stand.

Nun forschte Lorimer etwas genauer nach. Warum war ausgerechnet er, Turner, in die New Yorker Niederlassung der Wirtschaftsprüfungsgesellschaft abgeschoben worden? Es waren äußerst unangenehme fünf Minuten gewesen, in denen Turner zögernd zugab, er sei selbst überrascht gewesen, dass man ihn für die New Yorker Stelle ausgewählt habe, wo er doch eigentlich mit einer Beförderung innerhalb der Glasgower Kanzlei gerechnet habe. Und das Geschäft mit JJ? Er habe angenommen, der Typ sei ein berühmter Dieb, der versuche, an Forbes Macgregors Bankkonten zu kommen. Ob Lösegeld für ihn gezahlt worden sei? Lorimer schüttelte den Kopf und sah, wie sich auf dem Gesicht des jungen Wirtschaftsprüfers Verwirrung breitmachte. Warum war er dann gefangen genommen worden? Und was war mit der Überweisung von Graham Wests Konto passiert?

»Vielleicht können Sie uns eine Antwort auf diese Frage geben«, sagte Lorimer. »Denken Sie an die Zeit zurück, bevor Sie Glasgow verlassen haben. Hat es irgendwelche Probleme in der Firma gegeben? Irgendwas, das hinter dem Mord an Duncan Forbes steckt?«

Michael Turner wirkte verloren und matt. So viel war in den letzten Wochen passiert, und der Jetlag war noch nicht annähernd überstanden.

»Denken Sie nach!«, drängte ihn Lorimer. »Haben Sie etwas gewusst? Etwas, das nicht allgemein bekannt war?«

Mit einem Mal erhellte sich das Gesicht des Mannes, und er hob den Blick.

»Duncan hat das gesagt«, teilte ihm Lorimer mit. »Das waren seine Worte: ›Du darfst niemandem etwas davon erzählen, Michael, hast du gehört?‹« Turner starrte den DCI mit flehenden Augen an. »Ich habe niemandem davon erzählt, keiner Menschenseele!«

»Was hat er Sie gebeten geheim zu halten, Michael?«, wollte Lorimer wissen, die blauen Augen fest auf sein Gegenüber geheftet.

Michael Turner zuckte die Achseln.

»Eigentlich nichts Besonderes. Eine reine Routineangelegenheit. Ich dachte, ich sollte Duncan vielleicht wissen lassen, dass es bei der Prüfung einer unserer Kunden Unstimmigkeiten gab. Gelder waren auf Einlagenkonten überwiesen und dann sofort weiterbewegt worden.«

Solly runzelte die Stirn.

»Was soll daran so falsch sein?«

»Das ist normalerweise ein Hinweis auf Geldwäsche«, erklärte ihm Lorimer.

In dem Augenblick schien Turner aufzuwachen.

»Ganz genau. Und wir haben die Pflicht, solche Dinge zu melden. Also habe ich beschlossen, Duncan Mitteilung zu machen, und nie wieder davon gehört.« Er sah Lorimer aufmerksam an. »Ich habe auch nicht mehr darüber nachgedacht. Duncan sagte, er würde sich darum kümmern, außerdem ...« Er verstummte, und ein Ausdruck des Entsetzens breitete sich auf seinem Gesicht aus. »Oh, mein Gott! *Das* ist es! Das ist passiert!«

»Was, Michael? Um Himmels willen, was ist passiert?«

»Es war Jacobs' Betting Shops«, stammelte er. »Sie gehören einem internationalen Konsortium an. Wenn da riesige Summen gewaschen wurden und Duncan davon wusste, ist es kein Wunder, dass sie ihn umbringen wollten.«

»Aber hat Duncan den anderen Partnern denn nicht erzählt, was los war?« Noch während er die Worte aussprach, stand er auf. Die Antwort auf diese Frage war die Lösung des gesamten Falls. Elizabeth Forbes hatte ihm erzählt, dass ihr Mann etwas auf dem Herzen hatte. Jetzt endlich wusste er, was dieses Etwas war. Tausend Gedanken rasten durch Lorimers Kopf, als er Turner in polizeiliche Obhut gab und seine Kollegenschaft zusammentrommelte.

49. Kapitel

»Erst die Büros. Devoy und Barr müssten eigentlich dort sein. Bringt sie beide auf der Stelle hierher.« Lorimer machte ein grimmiges Gesicht, als er seinem Team die Befehle erteilte. Es gab immer noch keine Spur von Malcolm Adams.

»Cameron, du und DS Wilson schickt Leute in jedes von Jacobs' Wettbüros. Ich will, dass die gesamte Computerhardware bis aufs letzte Bit beschlagnahmt wird! Sag Iain MacKenzie, er muss einen Haftbefehl erlassen!«

Niall Cameron blickte erstaunt drein. Niemand, wirklich niemand sagte einem Staatsanwalt, was er zu tun hatte.

Die Polizisten verließen einer nach dem anderen den Raum, um ihren jeweiligen Anweisungen nachzukommen, bis nur noch die dunkle Gestalt von Solomon Brightman übrig war, der nachdenklich in einer Ecke des Zimmers stand.

»Und?« Lorimer blickte den Psychologen finster an. »Was jetzt?«

Solomon stieß sich von der Wand ab, an der er gelehnt hatte.

»Jetzt warten wir.«

»Warten? Worauf?«

»Darauf, was sie sagen. Barr und Devoy. Einer von beiden sagt dir nicht die Wahrheit, die ganze Wahrheit und nichts als die Wahrheit.« Er grinste und zwirbelte eine imaginäre Stirnlocke. »Und«, fügte er hinzu, »ich würde zu gern Mäuschen spielen, wenn wir ihnen von Michael Turner erzählen.«

»Na, ich denke, da lässt sich doch mehr machen«, erwiderte Lorimer.

»Oh nein!« Catherine Devoy stand am Fenster und blickte auf die Straße hinunter.

»Was ist los?« Alec war in zwei großen Schritten bei ihr. Unten blockierten drei Polizeiwagen die Straße, die Beamten waren bereits auf der Außentreppe des Gebäudes.

Catherine blickte zu dem Mann auf und wünschte sich, er hätte die Situation wie immer im Griff, aber sie sah lediglich eine Maske ohnmächtiger Wut, die sich über seine Züge gelegt hatte.

»Alec?«, stammelte sie und zog an seinem Ärmel. »Alec, was ...?« Doch ihre Worte wurden von dem Knurren übertönt, das ihm entfuhr, als er sie abschüttelte.

»Bleib hier!«, murmelte er. »Sag nichts. Hörst du mich? Nicht ein Wort!« Dann wandte er sich vom Fenster ab und verschwand auf dem Flur.

Catherine stürzte ihm nach, hielt jedoch inne, als ihre persönliche Assistentin erstaunt den Blick hob. Das ging nicht. Sie konnte ihn nicht durch das ganze Gebäude verfolgen. Das ging einfach nicht.

Sie zog sich wieder in ihr Büro zurück und schloss die Tür. Dann erst begriff sie, dass Alec nicht zurückkommen würde. Sie war allein.

Catherine holte tief Luft und atmete langsam wieder aus. Hatte sie nicht immer gewusst, dass es so enden würde? Auch die letzten Fantasien über ein neues Leben mit Alec lösten sich in diesem Augenblick in Luft auf. Sie würde hierbleiben und auf die Polizei warten, die ohne Zweifel bereits das ganze Gebäude belagerte. Ihre Aufgabe war die Schadensbegrenzung, dachte sie wirr. Sie musste sich um jeden Preis zusammenreißen und retten, was zu retten war. Aber was war mit Alec? Was hatte er vor?

Alec Barr sprang über die Feuerleiter hinunter auf das Kopfsteinpflaster. Sein Atem kam in kurzen, schnellen Stößen. Wenn er es bis zum Parkplatz schaffte, würde er ihnen entkommen.

Seine Füße schlitterten über die Metallstufen, als er um die letzte Ecke bog und auf die Erde sprang. Ungeachtet dessen, was in den Büroräumen über ihm geschah, rannte er zur Tiefgarage, die sie sich mit den angrenzenden Büros teilten. Ausnahmsweise war er einmal dankbar, dass sie über keine eigene Tiefgarage verfügten. Ein Knopfdruck auf die Fernbedienung, und die enormen Metalltüren setzten sich in Bewegung. Langsam, sehr langsam öffnete sich das Tor, und Barr fluchte leise vor sich hin, dann endlich rannte er zu seinem silberfarbenen Jaguar.

Der Lärm des Motors hallte in dem unterirdischen Hohlraum wider, als er um die Kurve fuhr, die ihn aus dem Gebäude auf die Straße hinausführen würde. Er betete, dass kein Polizeiwagen die Ausfahrt versperrte. Ein kurzer Blick verriet ihm, dass der Weg frei war. Er trat das Gaspedal voll durch, nur knapp am Bordstein vorbeischlitternd, als er in die nächste Straße einbog.

Seine Hände klammerten sich am Lenkrad fest, während er die nächste Kurve nahm, um auf die andere Flussseite zu gelangen. Der Nachmittagsverkehr zwang Barr, langsamer zu fahren, und er wechselte die Spur. Er würde den Wagen irgendwo verstecken müssen und zu Fuß weitergehen. Sie würden nach ihm suchen, und sein Kennzeichen war ihnen bekannt. Alle diese Gedanken schwirrten ihm durch den Kopf, als er die Hauptdurchgangsstraße verließ.

Alec Barr war vor dem Gedanken zurückgeschreckt, einem Mitmenschen das Leben zu nehmen. Er hatte sich oft gefragt, wie um alles in der Welt jemand so etwas tun konnte.

Jetzt allmählich fing er an zu begreifen.

»Ich frage Sie noch einmal, Miss Devoy, wo ist Alec Barr?« Lorimer hätte am liebsten auf den Tisch gehauen, der zwischen ihnen stand, um die Frau aus ihrer ausdruckslosen Selbstgefälligkeit zu reißen. Er warf dem uniformierten Beamten, der an der Tür stand, einen Blick zu und nickte. Es war an der Zeit, dachte er.

Die Frau starrte weiterhin vor sich auf den Boden, als versuchte sie, alles um sich herum auszublenden: Lorimer, Solly und DS Wilson, die sie mit kaum verhohlener Ungeduld ansahen. Seit einer Dreiviertelstunde hatten sie nicht das Geringste herausfinden können. Jetzt blieb ihnen nichts mehr anderes übrig, als ihren Trumpf auszuspielen.

Solly musterte Catherine Devoy aufmerksam, als sie den Blick hob und den Mann eintreten sah. Wortlos stand sie auf, sämtliche Farbe war aus ihren Wangen gewichen, dann sank sie wieder in den Stuhl zurück, fassungslos.

Michael Turner stand in der Tür und blickte erstaunt von einem zum anderen.

»Wie haben Sie das gemacht?«, flüsterte die Frau und starrte Lorimer an, als wäre er dafür verantwortlich, die Toten wieder zum Leben zu erwecken.

Daraufhin sah Lorimer, wie sich in ihrem Gesicht etwas veränderte. Sie wirkte plötzlich älter, das weiße Gesicht nur noch eine Maske. Ihre scharlachroten Lippen waren nicht länger das Symbol für eine starke, selbstbewusste Frau, sondern lediglich etwas Aufgemaltes, wodurch sie die Person, die sie so gerne sein wollte, der Lächerlichkeit preisgab. Er spürte ein Gefühl von Mitleid in sich aufsteigen. War sie am Ende auch nur ein weiteres Opfer in diesem verworrenen Netz von Ereignissen?

»Fangen wir also noch einmal von vorne an«, sagte Lorimer schließlich.

All die aufgestaute Energie schien aus ihr entwichen zu sein, und sie saß nur schweigend da, mit kraftlos herunterhängenden Armen, und starrte Michael Turner nach, der den Raum in Begleitung eines Polizisten wieder verließ. Gleich würde er im angrenzenden Beobachtungsraum sitzen und dem Verhör durch den Einwegspiegel folgen.

»Miss Devoy«, begann Lorimer und weckte die Frau aus ihrer Erstarrung. »Erzählen Sie mir, wie alles angefangen hat.«

»Alles begann mit diesen Dokumenten, die Duncan Alec gezeigt hat«, sagte sie teilnahmslos. »Er war so darum bemüht, das Richtige zu tun.« Sie schüttelte den Kopf, als versuchte sie eine ferne Erinnerung abzuschütteln. »Wenn wir uns damals korrekt verhalten hätten, wäre uns die ganze Firma um die Ohren geflogen. Wir hatten seit Ewigkeiten mit Jacobs' Leuten geschäftlich zu tun gehabt.«

»Damit meinen Sie die Geldwäsche, nehme ich an«, sagte Lorimer.

»Ja«, stimmte sie widerwillig zu. »Außerdem gab es ein Angebot von einer anderen Buchmacherkette. Jacobs war damit nicht einverstanden.« Sie zuckte die Achseln. »Sein Tod war keine Überraschung. Solche Leute können ziemlich überzeugend sein, Chief Inspector.«

Lorimer starrte sie an. Sie hatten von dem Auftragsmord an einem ihrer Kunden gewusst, aber keinen Ton gesagt. Was hatte sie dazu bewogen? Gier? Oder Angst? In der Zwischenzeit hatte die Frau wieder angefangen zu sprechen, die Worte strömten aus ihr heraus, als wäre ein Damm gebrochen.

»War auch ein einträgliches Geschäft. Dann kommt Duncan herein wie ein Ritter in glänzender Rüstung und will die Londoner Kanzlei darüber informieren, dass etwas nicht in Ordnung ist. Das hätte uns alle ruiniert«, erklärte Catherine nachdrücklich, als müsste Lorimer das doch verstehen. »Der gute alte Duncan war bereit, diese Art von Opfer zu bringen, aber wir ... wählten einen anderen Weg«, schloss sie mit schwerer Stimme.

»Wir?«, forderte Lorimer sie auf, die Aussage zu präzisieren.

»Wir alle. Graham, Alec, Malcolm und ich.«

»Fahren Sie fort«, befahl Lorimer. »Erzählen Sie uns in allen Einzelheiten, was passiert ist.«

Alle hörten zu, als sie beschrieb, wie West das GHB besorgt und sie selbst die Droge auf Michaels Abschiedsparty in Duncans Getränk gemischt hatte. West habe Forbes dann ans Flussufer geführt und ihn hineingestoßen. Michaels Party sei die ideale Gelegenheit gewesen. Sie hatten Forbes aus dem Weg geräumt, und ihre Kontaktperson in New York sollte sich um Michael kümmern, erzählte sie ihnen. Alles andere hatte sich dann ergeben.

»Und Adams? Was war seine Aufgabe in dem Ganzen?«

»Oh«, sagte sie, »Malcolm wurde überredet, das Geld zu nehmen und die Klappe zu halten.«

»Und wo ist Adams jetzt?«

Ein bloßes Schulterzucken verriet dem DCI, dass Catherine Devoy keine Ahnung hatte und es sie auch nicht im Geringsten interessierte.

»Alec Barr«, begann Lorimer langsam. »Und Sie haben ihn angestiftet, das alles zu machen?«

Sie riss erstaunt die Augen auf.

»Was? Das glauben Sie?« Dann begann sie zu lachen, ein trockenes, sprödes Lachen, das in einem Schluchzen endete.

»Mein Gott, er hat es tatsächlich geschafft, sogar Sie zum Narren zu halten, was?«

Lorimer sah sie stirnrunzelnd an.

»Sie glauben also, ich habe Alec beeinflusst?« Das Zittern in ihrer Stimme verriet, dass sie den Tränen nahe war. Sie senkte den Blick und kramte in einer Tasche nach einem sauberen gefalteten Taschentuch. Wie hypnotisiert von Lorimers durchdringenden blauen Augen, fuhr sie fort: »Es war von Anfang an seine Idee. Er hat unsere Konten eingerichtet und das mit den Buchmachern abgewickelt, alles. Er war wie ein ...« Sie hielt inne und versuchte ihre Gedanken in Worte zu fassen. »Ein Vorkämpfer. Er hat an alles gedacht, alles bis ins letzte Detail geplant. Wie wir heimlich das Zeug in Duncans Drink schütten, wie Graham es anstellen musste, damit es wie ein Unfall aussah.«

Lorimer betrachtete ihre Hände, die sich an das Taschentuch klammerten.

»Haben Sie irgendwelche Beweise, dass Barr hinter der ganzen Sache steckt?«, wollte er wissen.

Einen Augenblick lang starrte sie ihn schweigend an und senkte dann ihren Blick.

»Nein«, flüsterte sie. »Er hat dafür gesorgt, dass ihn nichts belasten konnte, nicht wahr? Wir standen alle in seiner Macht, alle.«

»Aber wie konnten Sie damit einverstanden sein, Duncan Forbes umzubringen?«, mischte sich Solly ein. »Er war Ihr Freund. Sie sind die Taufpatin seines Sohnes.«

Catherine Devoy sah den Psychologen mit großen Augen an, als nähme sie ihn zum ersten Mal richtig wahr.

»Ja. Das bin ich, nicht wahr? Die gute alte Tante Cath. Immer da, wenn sie gebraucht wurde.« Ihre Stimme klang jetzt dumpf und barg eine Spur von Bitterkeit. »Und all die Jahre hatte ich geglaubt, sie würden mich auslachen. Arme Catherine. Keiner da, der sie liebt. Aber sie haben sich geirrt, wissen Sie. Ja, das haben sie. Denn ich wurde geliebt. Oh ja. Alec hat mich über Jahre geliebt. Nur weil er dieses vertrocknete dürre Ding nicht verlassen wollte ...« Plötzlich hielt sie inne, als würde sie zum ersten Mal begreifen, wie lang sie sich etwas vorgemacht hatte, sie, die Geliebte, deren Sehnsüchte nie mehr als gegenstandslose Träume sind. Ihr Gesicht verhärtete sich. »Liz Forbes glaubte alles zu haben. Ein hübsches Haus, nette Kinder, den perfekten Ehemann. Warum sollte sie eigentlich so glücklich sein? Und warum sollte Duncan mir alles nehmen?«

»Diese Briefe ...?«

Sie nickte schweigend und ließ erneut den Kopf hängen. Ihre Lippen bebten.

Lorimer hatte schon oft gesehen, wie die Schuldgefühle plötzlich hochkamen, doch normalerweise waren sie mit Selbstmitleid gepaart. Als Catherine Devoy die Hände vors Gesicht schlug, hatte er das sichere Gefühl, dass die Tränen, die jetzt zu fließen begannen, Tränen der Scham waren.

»Duncan Forbes war seiner Frau niemals untreu gewesen, nicht wahr?«

»Duncan?« Der Name blieb ihr beinahe im Hals stecken. Sie schüttelte den Kopf und seufzte. »Nein. Er war der perfekte Ehemann, hat nie eine andere angeschaut.«

»Nicht einmal Sie?«

Catherine sah Lorimer an, und eine unermessliche Traurigkeit lag in ihren Augen.

»Mich erst recht nicht. Und auch keine, die sich ihm an den Hals warf.«

»Sie meinen Jennifer Hammond?«

Sie nickte.

»Bitte sprechen Sie klar und verständlich, Miss Devoy.«

»Jennifer hat es bei allen versucht. Duncan hasste das. Und sie mochte es nicht, zurückgewiesen zu werden.«

»Was für eine Rolle spielte sie?«

»Jennifer? Können Sie sich das nicht denken?« Sie blickte Lorimer neugierig an, als wäre es schier unmöglich, dass dem Mann, der ihr ganzes Leben auseinandernahm, auch nur irgendetwas entgangen war.

»Sie wusste, wer versucht hat, uns wegen Duncan Forbes anzurufen«, erwiderte Lorimer in ruhigem Ton.

»Ich hätte beinahe alles vermasselt. Wenn Alec nicht gewesen wäre ...« Sie biss sich auf die Lippe.

»Alec Barr war in jener Nacht bei Ihnen?«

»Ja«, gestand sie. »Er hat nach der Party in meiner Wohnung gewartet.« Sie hielt inne und starrte ins Leere. »Alec wollte feiern. Aber wie hätte ich das tun können? Duncan war irgendwo dort draußen im Wasser, kalt, allein. Ich konnte den Gedanken nicht ertragen, dass ihn niemand fand. Also habe ich versucht, die Polizei zu verständigen.«

»Aber warum haben Sie überhaupt eingewilligt, Duncan Forbes zu ermorden?«

Catherine Devoys Stimme war jetzt nur noch ein Flüstern. »Wir mussten es tun. Alec sagte, es sei die einzige Möglichkeit.«

»Und Sie haben das Zeug in Duncans Drink gemischt?«

»Ja. Nur Jennifer hat mich gesehen. Sie dachte, wir würden uns einen Spaß erlauben. Die Vorstellung, Duncan mit einer Date-Rape-Droge zu verführen, war zu verlockend, um es sich entgehen zu lassen.«

»Und Sie haben Jennifer Hammond umgebracht?«

Devoy hob den Blick und sah ihm in die Augen, und da wusste er bereits, wie die Antwort ausfallen würde.

»Ja.« Sie nickte und wandte sich von Lorimers gebieterischem Blick ab wie von einem grellen Licht, das ihre Augen blendete. »Sie schwänzelte um Alec herum«, murmelte sie. »Wusste mehr, als gut für sie war. Ich sagte zu Alec, wir hätten sie schon gleich nach der Party loswerden sollen.«

»Und warum haben Sie es nicht getan?« Lorimers Ton war jetzt gefährlich sanft.

»Konnte die Finger nicht von ihr lassen. Meinte, er hätte sie unter Kontrolle.« Sie starrte Lorimer an, und in einem plötzlichen Anfall von Wut ballte sie die Fäuste. »So ein Narr!«

»Und was hat Sie bewogen, Ihre Meinung zu ändern?«

»Oh, als sie versucht hat, uns zu erpressen. Kein kluger Schritt«, fügte die Frau hinzu und nickte gedankenverloren vor sich hin. »Überhaupt kein kluger Schritt.«

»Catherine Devoy«, begann Lorimer. »Ich nehme Sie wegen des Mordes an Duncan Forbes und Jennifer Hammond fest.« Er las die weiteren Anklagepunkte vor und beobachtete ihr Gesicht, als sie krampfhaft versuchte, ihre Ergriffenheit zu unterdrücken. Aus ihren weit aufgerissenen Augen sprach eine plötzliche Angst.

»Bringt sie runter«, befahl Lorimer schließlich.

Sie sahen zu, wie die zuständige Beamtin die Frau am Arm nahm und aus dem Raum führte. Auf die Berührung hin machte sie einen Schritt zur Seite, fügte sich jedoch, als sie die Ausweglosigkeit der Situation begriff, senkte den Kopf und ließ sich abführen.

Lorimer sah hinüber zu Solly und seufzte tief.

»Lass uns hier verschwinden«, murmelte er und erschauderte unwillkürlich, als hätte die Anwesenheit der Frau einen eisigen Luftzug hinterlassen.

Draußen wartete Michael Turner auf sie. Lorimer legte dem jungen Mann die Hand auf die Schulter.

»Ich kann es nicht glauben«, flüsterte Turner. »Sie wollten überhaupt nicht, dass ich für Kirkby Russell arbeite. Es war nur ein Trick, um mich loszuwerden. Sie hatten es von Anfang an geplant.«

Lorimer setzte sich neben ihn.

»Ja«, sagte er grimmig und dachte an die Geständnisse der Frau. »Sie wollten Sie aus dem Weg räumen. Noch einen Wirtschaftsprüfer in den Clyde zu schubsen wäre ein bisschen zu auffällig gewesen, also haben sie sich etwas anderes überlegt. Ich frage mich, wie sie an JJ gekommen sind?«, überlegte er. »Wahrscheinlich hatten sie die zwielichtigen Kontakte durch das internationale Konsortium, das Jacobs' Buchmacher übernehmen wollte«, sagte er eher zu sich selbst. »Es tut mir wirklich leid, dass Sie auf diese Weise davon erfahren mussten«, fügte er hinzu und tätschelte Turners Arm.

»Es ist nur einfach so ein Schock zu hören, dass die Leute, mit denen man zusammengearbeitet hat ... Leute, denen man vertraut hat ... so etwas tun konnten! Ich meine, JJ hätte mich eigentlich gleich nach meiner Ankunft umlegen sollen, nicht wahr?«

Lorimer nickte.

»Eigentlich ja. Aber da war ihm die alte Sünde in die Quere gekommen, die Habgier.«

»Glück für mich, was?«

»Ja«, erwiderte Lorimer knapp. Es war nichts Geringeres als ein Wunder gewesen, dass James Jackson beschlossen hatte, das Ding alleine durchzuziehen. Seit Turners Ankunft waren nach und nach Informationen der US-Polizei durchgesickert. Der Tote, den man zusammen mit Michael Turners Papieren im Wald gefunden hatte, war offenbar ein Typ, den man schon seit langem hinter zahlreichen Auftragsmorden vermutete. Die New Yorker Polizei war seit Jahren hinter ihm her. Jackson hatte ihn zweifellos hingerichtet, um seine eigene Flucht zu ermöglichen. Wie es aussah, hatte er beschlossen, seine Chance als

Auftragsmörder zu nutzen und das ganze Geld selbst einzusacken. Graham West zu erpressen wäre vermutlich erst der Anfang gewesen. Und er war immer noch irgendwo da draußen auf der Flucht.

Schließlich stand Lorimer auf.

»Hören Sie, es steht Ihnen frei, zu gehen, wohin Sie wollen, aber lieber wäre mir, Sie würden hier in der Stadt bleiben, bis wir Barr festgenommen haben.«

Turner nickte und stieß einen Seufzer aus.

»Ja, ich werde hierbleiben.« Er lächelte und schüttelte müde den Kopf. »Und überhaupt – wo sollte ich schon hingehen? Außer meine Wohnung ist noch zu haben.« Er lachte matt.

»Passen Sie auf, ich werde einem meiner Leute sagen, dass er sich um Sie kümmern soll.« Lorimer gab WPC Irvine ein Zeichen und deutete auf den jungen Mann neben ihm, der den Kopf in seine Hände gestützt hatte.

Solomon Brightman blickte ihn schweigend an und wartete.

Lorimer hob beide Hände.

»Okay, du hattest recht. West hat sie nicht alle umgebracht.«

Solly nickte.

»Ich konnte mir einfach nicht vorstellen, dass er eine Frau getötet hat. Es passt nicht in sein Profil.« Er hielt wieder inne, eine Angewohnheit, die Lorimer nach wie vor rasend machte. »Es ist mir nicht gelungen herauszufinden, wer von ihnen es auf sich genommen hatte, die Kollegen umzubringen. Es ergab alles irgendwie keinen Sinn. Bis jetzt.«

»Übrigens wissen wir nach wie vor nicht, was mit Malcolm Adams passiert ist«, erinnerte ihn Lorimer.

Er wandte sich zum Fenster und blickte über die Stadt. War Adams noch irgendwo dort draußen? Nun, der nächste Schritt stand auf jeden Fall fest. Sie mussten Alec Barr finden. Weit konnte er nicht sein. Sein Jaguar war den CCTV-Kameras beim Verlassen der Stadt bisher nicht aufgefallen. Catherine Devoy hatte ihnen alles mitgeteilt, was sie über seinen möglichen Verbleib wusste, was nicht viel gewesen war. Barr hatte ihr befohlen, den Mund zu halten, aber dann hatte Michael Turner den Raum betreten, und sie hatte die Nerven verloren.

»Sir«, ein Beamter in Uniform riss Lorimer aus seinen Gedanken, »wir haben Dougie McAlister hochgenommen.«

»Ganz recht, Mr. McAlister, wir wollen alles wissen. Und wenn ich alles sage, dann meine ich alles«, erklärte Lorimer und durchbohrte den Mann mit seinen blauen Augen.

Dougie McAlister war die schmächtigere, verbrauchtere Version seines großen Bruders Shug. Wahrscheinlich mangelte es ihm einfach an Erfahrung, mutmaßte Lorimer und blickte in die Augen, die von einem zum anderen irrten und den Blick des Chief Inspectors auf der anderen Seite des Tisches zu meiden suchten. So wie er aussah, hatte er sich gerade noch etwas eingeworfen. Allerdings nichts, was sein Vertrauen gestärkt hatte.

»Ich war's nicht, Mr. Lorimer«, begann Dougie in weinerlichem Ton. »Es war der Typ, der ...«

Es dauerte nicht einmal eine halbe Stunde. Dougie McAlister war das Mädchen für alles im Pony Express gewesen, einer konkurrierenden Buchmacherfirma, die so gerne in Tony Jacobs' Imperium mitmischen wollte, dass sie bereit waren, über Leichen zu gehen, um das zu bekommen, was sie wollten. Ohne Beweise und ohne jede Aussage des großen Bruders Shug, der gerade seine Strafe wegen Mordes absaß, stand die Polizei unter enormem Druck, den Drahtzieher hinter den dunklen Machenschaften zu finden.

Lorimer hatte seine ganze Selbstbeherrschung aufbringen müssen, um bei der Vorstellung, wie der unglaubliche Hulk Dougie das Geld überreichte, nicht laut loszulachen. Trotzdem war es eine von mehreren Spuren, denen sie nachgehen mussten. Und da Forbes Macgregor Finanzberater für beide Buchmacherfirmen war, hatte Lorimer keine Zweifel, dass sie genug finden würden, um die Jungs vom Betrugsdezernat einige Zeit in Brot und Arbeit zu halten.

50. Kapitel

George Parsonage sah zu, wie der gut gekleidete Mann mit dem Vorhängeschloss kämpfte. Seine Flüche und die Art, wie er an der Tür rüttelte, zeugten von Panik. George beobachtete die Szene mit zunehmender Neugier. Die alten Schuppen unten am Wasser waren schon seit Jahren verschlossen. Es war nur eine Frage der Zeit, bis die nächste Planierraupe anrücken und alles platt walzen würde, um Platz für weitere Luxuswohnungen zu schaffen. Heute waren nur noch wenige alte Bauwerke erhalten. Seine eigenen blau getünchten Bootshäuser lagen gegenüber seiner Wohnung auf einer grünen Rasenfläche: große Metallverschläge, die den Regen abhielten und den siebzehn verschiedenen Kähnen Schutz boten. Die Rennboote hingen an Haken aufgehängt von den Balken. Die Karren, mit denen er die Boote auf die andere Seite des Wehrs befördern musste, standen immer in unmittelbarer Nähe der massiven Holztore. Heute hatte George an seiner neuesten Skulptur gearbeitet, der Statue eines Ruderers, die er einem Freund zum Geburtstag schenken wollte. Allerdings hatte er seine Arbeit unterbrochen und die Schutzbrille abgenommen, sobald der Anruf kam. Er müsse ein Kind aus den Fluten retten.

Jetzt war er auf dem Rückweg zu seinem Trailer, und tiefe Schwermut trübte seine Sinne. Der Knirps war ins Wasser gefallen, als er einen Fußball aus dem Wasser angeln wollte. Und diesmal war es zu spät für eine Rettung gewesen. Um sich von dem traurigen Gedanken abzulenken, blieb George stehen und beobachtete den Mann, wie er im Schuppen verschwand.

Als qualvolle Schreie nach draußen drangen, griff er nach seinem Mobiltelefon.

Die Nummer musste er nicht erst suchen, er konnte sie auswendig.

»Geben Sie mir DCI Lorimer«, flüsterte er.

Alec Barr trat mit dem Fuß gegen das Bündel, das vor ihm am Boden lag. Der Mann stöhnte auf, als die Ferse auf seinen Bauch traf. Malcolm Adams stieß einen erstickten Schmerzensschrei aus.

»Jetzt dauert es nicht mehr lang. Ich werde dich aus deinem Elend erlösen«, teilte er der Gestalt am Boden mit. »Wir machen eine kleine Spritztour, du und ich«, sagte er und hievte den Mann auf die Beine.

Adams war gefesselt und geknebelt. Seine leichte, zerbrechliche Erscheinung war für Barr ein Kinderspiel. Er warf ihn sich über die Schultern und trug ihn hinaus über den schmalen Pfad, der den Schuppen vom Fluss trennte. Mit einer einzigen gewaltigen Kraftanstrengung schleuderte er den Körper von sich und hinunter in das wirbelnde Wasser. Mit einem Platschen landete er in den Fluten, und Barr beobachtete mit Genugtuung, wie das Bündel in die Strömung hinaustrieb.

»Was zum ...«, grunzte er, als ihn eine Hand unsanft zur Seite schob, so dass er der Länge nach auf die steinige Erde fiel. Dann hörte er ein weiteres Platschen, als der Mann hinter Adams her in den Fluss sprang. Barr rappelte sich auf und lief den Treidelpfad hinauf, fort vom Ufer, fort von der Szene, die sich im Wasser abspielte. Das hätte eigentlich nicht passieren dürfen! Woher war plötzlich dieser Typ aufgetaucht?

Fluchend bog Barr auf die Hauptstraße ab und rannte in Richtung Fußgängerbrücke, die ihn über den Fluss und nach Govan bringen würde. Dort würde er sich ein Taxi nehmen.

Der Lärm der Polizeisirenen ließ ihn aufblicken. Ein Wagen war bereits mit quietschenden Reifen zum Stehen gekommen. Eine bekannte hochgewachsene Gestalt tauchte aus dem Fahrzeug auf und schrie ihn an, er solle stehen bleiben, doch Barr war bereits auf der Brücke und rannte wie wild davon, als hinge sein Leben davon ab.

Der Fluss unter ihm wirbelte bedrohlich durch die Wucht des angeschwollenen Stromes. Er hörte Schritte hinter sich, und als er aufblickte, sah er zwei Polizisten in Uniform, die am anderen Ende der Brücke auf ihn warteten.

»Gib's auf, Barr«, brüllte Lorimer. »Es ist vorbei!«

Barr wirbelte herum und zeigte dem Mann, der ihn Schritt für Schritt einholte, die Zähne. Dann knurrte er ihn an. Er würde sich nicht wie ein Tier in die Enge treiben lassen.

Mit einer schnellen Bewegung machte er einen Satz über das Geländer und warf sich hinunter in die tiefen, dunklen Wasser des Clyde.

Lorimer erreichte die Stelle gerade noch rechtzeitig, um zu sehen, wie der Körper von der rasenden Strömung erfasst wurde. Entgeistert sah er zu, wie Barr gegen die Kraft des Flusses anzukämpfen versuchte und bald darauf in einer riesigen weißen Schaumkrone verschwand.

Der Flusswächter war stets achtsam, wenn er die Leichen aus dem Wasser holte. Ein falscher Handgriff genügte, um die Leiche in den trüben Tiefen des Flusses zu versenken. Diese hier war schwer, vollgesogen mit Wasser und vom Tode schlaff. Sie würden eine Obduktion vornehmen, eine reine Routineangelegenheit und darüber hinaus auch gesetzlich vorgeschrieben, aber George Parsonage wusste schon, was die Todesursache war. Nennt es Selbstmord, wenn ihr wollt, sprach er in Gedanken mit den Pathologen der Leichenhalle von Glasgow.

Er würdigte Alec Barrs Leiche, die zu seinen Füßen lag, keines weiteren Blickes. Er kannte die Geschichte dieses Mannes. Er hatte es sich leicht gemacht, wie so viele andere vor ihm auch. Lorimer würde ihm die Einzelheiten zu gegebener Zeit mitteilen, kein Zweifel. In diesem Augenblick jedoch, als er ans Ufer zurückruderte, wo der Wagen auf ihn wartete, gab er sich mit seinem eigenen Anteil an der Geschichte zufrieden.

Wenigstens ein Leben hatte er heute gerettet.

51. Kapitel

Das Gesicht, das auf ihn hinunterblickte, war das eines Engels, dachte Malcolm, als er wieder zu Bewusstsein kam. Wenn es auch nass von Tränen war, ihr Lächeln war süß und so voller Anmut. Hinter ihr bemerkte er weitere Gestalten, weitere Gesichter, die ihm bekannt vorkamen, aber es war Lesley, auf die er seinen Blick konzentrierte.

»Oh, Malcolm«, war alles, was ihr über die Lippen kam, die beiden Worte genügten jedoch, um zu begreifen, was für ein Dummkopf er gewesen war. Kein Vorwurf, keine Verdammung, nur Liebe. Er versuchte zu lächeln und sich aufzusetzen, doch der Schmerz war so durchdringend, dass er wieder in die Kissen zurücksank. Er hörte eine Krankenschwester etwas sagen, worauf die anderen Leute aus dem Zimmer verschwanden und ihn mit Lesley allein ließen.

»Es tut mir leid«, flüsterte er. »Es tut mir alles so schrecklich leid.«

»Aber warum, Malcolm?« Lesley schüttelte den Kopf. »Warum bist du da nur hineingeraten?«

»Ich wollte nicht, dass du ... ohne etwas zurückbleibst«, murmelte er, jedes einzelne Wort ein Stich in seiner Brust.

»Alles, was ich jemals wollte, warst du.« Lesley weinte wieder, und jetzt spürte er ihre Hand, die seine fest drückte. Er versuchte, die Geste zu erwidern, doch die Müdigkeit überwältigte ihn, und er sank allmählich wieder in seligen Schlaf.

Mit großer Mühe blickte er zu seiner Frau hoch und lächelte.

»Ich liebe dich«, sagte er leise, und die Worte schwebten noch zwischen ihnen, als er die Augen schloss und sich in die ewige Dunkelheit ergab.

Lorimer verließ den Raum und schloss die Tür hinter sich.

»Immerhin wird Malcolm Adams jetzt nie der Verschwörung zum Mord angeklagt werden«, wandte er sich an den Mann neben ihm. »Wenigstens das bleibt der armen Witwe erspart.«

»Ja«, bemerkte Solly und nickte in seinen Bart hinein. »Lesley Adams, sie ...« Solly machte eine Pause und runzelte nachdenklich die Stirn. »Ich hatte das Gefühl ...« Wieder hielt er mitten im Satz inne, dann schaute er zu Lorimer hoch, dessen blaue Augen ihn gespannt ansahen. »... das Gefühl, als wäre etwas zwischen den beiden geschehen. Etwas, das ihr Kraft gab. Es ist schwer zu erklären.«

»Dann gib dir mal Mühe«, meinte Lorimer.

»Etwas in ihrem Ausdruck hat sich verändert, bevor er gestorben ist. Hast du das nicht bemerkt?«

Lorimer schüttelte den Kopf, während er weiter den Krankenhausflur hinunterging. Leben, Tod: ein Mysterium, das ihn immer wieder in Staunen versetzte. Adams war in diese ganze traurige Angelegenheit hineingezogen worden aus Angst, er könnte seiner Familie einmal nichts hinterlassen. Indessen würde ihr Leben, und das Leben so vieler anderer, nie mehr so sein wie vorher.

Er seufzte.

»Catherine Devoys Aussage klingt plötzlich glaubhaft. Sie war Alec Barr hörig, ganz klar: Er war der Drahtzieher hinter der Verschwörung, angefangen bei den Plänen für die Geldwäsche.«

»Was hat den Ausschlag gegeben?«, wollte Solly wissen.

»Jacobs' Buchmacherkette. Die Versuchung war einfach zu groß.« Lorimer schüttelte den Kopf. »Ohne Michael Turners aufmerksames Auge und Duncan Forbes' ehrliche Absichten könnten sie wahrscheinlich immer noch unbehelligt weitermachen.«

Lorimer bog in den Hauptflur ein, der sie zum Ausgang bringen würde. Plötzlich hatte er das dringende Bedürfnis, an die frische Luft zu kommen. Ein Gefühl der Leichtigkeit überkam ihn, als er an den Ort dachte, der seine Lungen mit der süßen Frische füllen würde. Vielleicht war jetzt der richtige Augenblick, Maggie von seinen Plänen zu erzählen.

Der Tisch in der Ecke war für zwei gedeckt, das weiße Tischtuch und die Kristallgläser glänzten im Schein der Kerzen. Vorsichtig zog er einen der Stühle zurück und führte seine Frau an ihren Platz. Als seine Hand die ihre streifte und er ihren fragenden Gesichtsausdruck sah, musste er lächeln.

»Was gibt es denn zu feiern?«, fragte sie schließlich. »Irgendwas Besonderes oder nur das Ende des Falls?«

Lorimer setzte sich ihr gegenüber und lächelte.

»Ich muss dir etwas sagen«, begann er. Als er die aufkommende Panik in ihrem Gesicht sah, lachte er. »Nichts Schlimmes, keine Sorge! Hier«, sagte er und reichte ihr einen braunen Briefumschlag über den Tisch. »Eigentlich sollte es ja eine Überraschung für unseren Jahrestag sein, aber jetzt dachte ich mir, du hast es verdient, es schon heute zu erfahren.«

Noch immer verwirrt zog Maggie die zusammengehefteten Blätter heraus und sah sie sich aufmerksam an. Die erste Seite zeigte ein Farbfoto von einem weißen Cottage, das sich in eine winzige Bucht schmiegte. Die Beschreibung darunter verriet, dass es sich um das Leiter Cottage in Fishnish Bay auf Mull handelte.

»Da werden wir es uns drei Wochen lang gutgehen lassen«, sagte Lorimer. »Ich hab sogar noch Extra-Urlaub bekommen, und ich dachte, wir sollten uns sofort auf den Weg machen, sobald die Sommerferien angefangen haben.«

»Das ist ja großartig!« Maggie blätterte durch die Seiten und überflog die Einzelheiten. »Wie hast du das denn gefunden?«

Lorimer lachte.

»Gehört Jo Grants Tante. Ich wusste, dass du dir so einen ruhigen Ort wünschen würdest. Wir haben uns alle Mühe gegeben, es geheim zu halten, damit es eine Überraschung für dich ist.«

»Das ist es in der Tat«, erwiderte Maggie. Und wenn ihre Stimme nüchterner klang, als es der Moment verdiente, verriet sie ihm nicht, warum. Tränen standen ihr plötzlich in den Augen, und sie beugte sich hinunter, um in ihrer Handtasche nach einem Taschentuch zu kramen. Wie konnte sie nur so dumm gewesen sein? Völlig alberne, blödsinnige Verdächtigungen. Also doch eine übersteigerte Fantasie. Ihre gute alte Mum hätte es ihr gleich gesagt, wenn sie mit ihr darüber gesprochen hätte.

»Hey! Das ist doch kein Grund, in Tränen auszubrechen. So eine große Sache ist es nun auch wieder nicht.«

»Aber ansonsten bist du nicht gerade für Überraschungen zu haben«, protestierte Maggie und putzte sich die Nase.

»Na, vielleicht war es höchste Zeit«, erwiderte Lorimer. »Damit ich nicht ganz so berechenbar werde.«

Maggie streckte den Arm aus und ergriff seine Hand.

»Weißt du was?«, sagte sie. »Ich mag Berechenbarkeit.«

Epilog

Der Grabstein war den Hügeln zugewandt. In Granit gemeißelt stand darauf: »Mein geliebter Ehemann«. Heute konnte Liz die Worte mit klaren Augen sehen. Die Zeit der Tränen war vorüber, und sie konnte Duncan mit aller Zärtlichkeit und Liebe der Welt gedenken. Ein schwacher Wind blies durch das Feld hinter dem Friedhof und ließ sie zu den Wolken hinaufblicken, die über den Himmel jagten. War er dort irgendwo, für ihre Augen nicht mehr erkennbar? Als sie sich wieder dem Grabstein zuwandte, stellte sie sich seine Stimme vor, wie er sie rief, wie er es jeden Tag getan hatte, wenn er von der Arbeit nach Hause kam. »Liz? Ich bin's. Ich bin wieder da.« Und Liz Forbes spürte, dass Duncan in ihrem Herzen zu Hause war, und ihre Erinnerungen waren nicht länger durch Ungewissheit getrübt.

Danksagung

Ich danke all jenen, die es mir durch ihre großzügige Hilfe ermöglicht haben, diesen Roman zu schreiben:

George Parsonage für seinen einzigartigen Einblick in die Wasser des Clyde und dafür, dass er so viele seiner Erfahrungen an mich weitergegeben hat, Dr. Marjorie Black für ihre unerschöpfliche Hilfe in Sachen Gerichtsmedizin, dem verstorbenen Superintendenten Ronnie Beattie sowie Marjory MacKellar, Douglas MacKellar und Arthur Hedley, die mir freundlicherweise Zutritt zu den Wohnungen der Riverside Gardens gewährt haben, weiterhin Nick Stimson, Duty Manager des Crowne Plaza Hotels in Glasgow, meinem Mann für seine Fachkenntnis und die ungeheure Unterstützung während der ganzen Zeit und meiner Agentin, der wunderbaren Jenny Brown. Ferner danke ich Caroline Hogg und dem gesamten Team von Little, Brown, und insbesondere David Shelley für sein Vertrauen.